KNAUR✪

ELLA LINDBERG

Das Leben braucht mehr Schokoguss

ROMAN

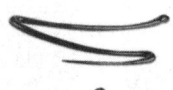

KNAUR

Originalausgabe Februar 2021
Knaur Taschenbuch
© 2021 Ella Lindberg
© 2021 Knaur Verlag
Ein Imprint der Verlagsgruppe
Droemer Knaur GmbH & Co. KG, München
Alle Rechte vorbehalten. Das Werk darf – auch teilweise –
nur mit Genehmigung des Verlags wiedergegeben werden.
Dieses Werk wurde vermittelt durch die
Michael Meller Literary Agency GmbH, München.
Redaktion: Gisela Klemt; lüra – Klemt & Mues GbR
Covergestaltung: Nicole Pfeiffer, Hamburg
Coverabbildung: Collage unter Verwendung verschiedener Motive
von shutterstock.com und © bananahuman / GettyImages (Schleife)
Illustrationen im Innenteil von Shutterstock.com:
Ninell und TheFarAwayKingdom
Satz: Adobe InDesign im Verlag
Druck und Bindung: CPI books GmbH, Leck
ISBN 978-3-426-52692-7

*Für alle, die ein paar tröstliche Worte,
eine Umarmung oder eine Tasse heiße Schokolade brauchen*

Ich bin nicht nervös. Ich habe auch keine Angst, ich fliege einfach nur sehr ungern. Es ist mir ein wenig unheimlich, wie ein so großes, schweres Ding sich in die Luft erheben kann. Natürlich sage ich das keinem, das wäre ja albern. Ich meine, ich hatte in der Schule Physikunterricht, und da wurde uns ganz genau erklärt, wie das funktioniert, mit Kräfteausgleich und so weiter. Ich habe die Einzelheiten zwar vergessen, aber an den zahlreichen Flugzeugen am Himmel sieht man ja, dass unser Lehrer recht hatte. Es ist nur so, dass ich es jedes Mal nicht glauben kann, bevor wir abheben.

Als es so weit ist, hole ich tief Luft und vermeide dabei den Blick aus dem Fenster. So ähnlich fühlt sich ja auch Aufzug fahren an, und dabei wird mir schließlich auch kein bisschen mulmig.

»Flugangst?«, fragt die ältere Frau neben mir und sieht mich eher spöttisch als mitfühlend an. O nein, die hat vorhin schon bei der Sicherheitskontrolle ewig gebraucht und die Stewardess vollgetextet. Ich hatte gehofft, sie wäre schon eingedöst.

»Nein, gar nicht«, sage ich und klammere mich an der Armlehne fest. Hoffentlich will sie kein längeres Gespräch anfangen. Dazu habe ich jetzt echt keine Nerven.

Meine Sitznachbarin wirkt in ihrem wallenden, bunten Kleid wie ein sehr in die Jahre gekommenes Blumenkind. Sie hat eine riesige, altmodische Handtasche auf dem Schoß, in der sie unermüdlich herumkramt. Die Tasche gleicht mit dem braunlila

Blumenmuster einem alten Vorhang oder Sofabezug, und ein bisschen riecht sie auch so.

»Muss Ihnen nicht peinlich sein, Kindchen.« Jetzt hat sie offenbar endlich das gefunden, was sie gesucht hat, denn sie quetscht ihr muffiges Behältnis in den schmalen Platz zwischen ihren Beinen. Ich kann es nicht ausstehen, wenn mich jemand Kindchen nennt. Zu einem Mann würde auch keiner Bübchen sagen.

»Es hat nichts mit dem Flug zu tun. Ich fange morgen einen neuen Job an und deshalb bin ich aufgeregt«, erkläre ich und frage mich sofort, warum. Das mit dem Job stimmt zwar halbwegs, aber das Flugzeug ist mir unheimlicher, als ich zugeben will.

»Soso«, murmelt sie nur und zieht dann eine Stricknadel aus ihrem Dutt. Zu meiner Verwunderung klemmt sie die Nadel zwischen ihre Zähne und schüttelt den Kopf, sodass ihre langen, grauen Haare um ihr Gesicht fliegen – und in meines. Ich versuche, von ihr abzurücken, aber die Sitze sind arg schmal. Dann rollt sie ihr Haar zu einer Schnecke zusammen und steckt es mit der Stricknadel wieder am Hinterkopf fest.

»Die ist aus Plastik«, erklärt sie, »die piepst nicht bei der Sicherungskontrolle. Dabei ist die auch ganz schön scharf. Könnte man gut als Waffe verwenden.«

Ich beschließe, ihre Bemerkung einfach zu überhören, und hole mein Buch aus dem Rucksack. Das Startmanöver ist mittlerweile abgeschlossen, und ich bin einigermaßen ruhig. Start und Landung sind die beiden kritischsten Phasen, somit habe ich praktisch die Hälfte der Gefahr schon hinter mir, rede ich mir innerlich gut zu. Außerdem muss ich langsam anfangen, mich zu entspannen, sonst sagt Annette später wieder was über die Falte auf meiner Stirn. Obwohl meine Schwester meistens kühl und distanziert ist, freue ich mich darauf, sie wiederzusehen. Und trotz der Nervosität freue ich mich auch auf mein Praktikum. In der malerischen Schweiz zwischen Bergen und Wiesen in einer wunderschönen alten Schokoladenmanufaktur zu arbeiten muss traumhaft sein. Mein Schwager hat mir diese Stelle in seinem Unternehmen besorgt, und ich kann noch immer kaum glauben, wie idyllisch alles auf den Bildern im Faltprospekt aussieht. Die Broschüre scheint schon ein paar Jahre alt zu sein, aber Berge und Wiesen neigen ja nicht dazu, sich plötzlich aufzulösen, also ist es bestimmt wundervoll dort. Und es gibt Schokolade in Hülle und Fülle; ich meine, muss ich noch mehr sagen? Mir ist schon klar, dass ich nicht in Willy Wonkas Schokoladenfabrik arbeiten werde, aber anders als zauberhaft kann ich mir dieses Praktikum einfach nicht vorstellen. Es kommt nur ein wenig zum falschen Zeitpunkt. Natürlich bin ich dankbar für diese Chance, und ich brauche auch wirklich diese Praktikumsbescheinigung, aber gerade jetzt, nachdem Johnny und ich uns wiedergefunden haben, fällt es mir verdammt schwer, Hamburg zu verlassen.

Es ist eine lange, komplizierte Geschichte, wie aus unserer Teenagerliebe erst ein Kontaktabbruch, dann Waffenstillstand, danach eine zaghafte Freundschaft und schließlich wieder Liebe geworden ist. Aber so ist das eben im echten Leben, da verläuft nicht alles nach Plan, und man wird immer wieder vom Schicksal überrascht. Jedenfalls hatten sich in diesem Frühjahr all unsere früheren Probleme aufgelöst, und Johnny hat so ernsthaft und geduldig um mich geworben, dass ich irgendwann alle Bedenken fallen gelassen und mich noch einmal neu auf ihn eingelassen habe. Menschen verdienen eine zweite Chance, und er ist einfach mein Traummann: gut aussehend, lustig, locker, unkonventionell – und eben auch meine erste große Liebe.

Unser zweiter Anlauf ist noch sehr frisch, und richtig offiziell ist Johnny auch noch nicht getrennt. Er und seine Ex-Freundin Tina haben zwar bereits während ihres Auslandssemesters telefonisch Schluss gemacht, aber Johnny ist es wichtig, noch einmal persönlich mit ihr zu sprechen. Das verstehe ich vollkommen, eigentlich finde ich es sogar sehr anständig. Es ist nur ein wenig unglücklich, dass Tina ausgerechnet heute zurückkommt, wo ich in die Schweiz fliege und ich Johnny nach ihrer Aussprache nicht gleich treffen kann. Er wird mich natürlich anrufen und mir alles erzählen, das hat er mir versprochen, und ich habe ihm versichert, dass ich die Ruhe in Person bin. Ich bin vollkommen entspannt, so entspannt, wie man nur sein kann.

Plötzlich ruckelt das Flugzeug, unerwartet und heftig. Ich schreie auf und packe meine Sitznachbarin am Arm. Peinlich berührt lasse ich sie gleich darauf wieder los und entschuldige mich. »Tut mir echt leid, das war ein Reflex.« Ich zupfe verlegen an meinem Pulloverärmel. Es ist mein teuerster, bester Wollpulli, und er passt perfekt zu der Bluse und dem grauen Rock, die ich trage. Wenn ich zu meiner Schwester fliege, ist nämlich nichts mit Schlabberklamotten beim Fliegen. Sobald ich ankomme, beginnt ein durchgetaktetes Programm, bei dem man vorzeigbar sein muss.

»Schon gut, Kindchen, das sind ganz normale Turbulenzen. So schnell stürzt ein Flugzeug nicht ab.«

Dankbar für ihr Verständnis nicke ich meiner Sitznachbarin zu und verstaue dann mein Buch im Gepäcknetz vor mir. Offenbar läuft es doch auf eine Unterhaltung hinaus, aber vielleicht habe ich ihr ja auch unrecht getan, und sie ist richtig nett. Da ich keine Oma habe, sollte ich mich eigentlich über ein Gespräch mit einer älteren Dame freuen.

»Obwohl man natürlich nie genau weiß … Es kann auch ganz schnell gehen und muss gar nicht besonders dramatisch verlaufen«, fährt sie fort.

Das beruhigt mich jetzt weniger.

»Wie meinen Sie das?«

»Es gibt alle möglichen Gründe, warum ein Flugzeug abstürzen kann. Nicht nur, dass der Pilot die Kontrolle verliert.«

Langsam macht sie mir wirklich Angst.

»Nicht immer hat man noch die Möglichkeit, den Angehörigen eine Nachricht zu senden. Aber das macht nichts. Ich hatte ein gutes Leben. Wenn es jetzt vorbei wäre, wäre das okay für mich.«

Wie bitte?

»Aber für mich nicht«, widerspreche ich. »Ich bin erst sechsundzwanzig. Ich bin frisch verliebt. Mein Leben fängt doch gerade erst an!«

»Ja, in Ihrem Alter, da hält man die Liebe noch für das Wichtigste.«

»Aber die Liebe *ist* doch auch das Wichtigste!« Ich klinge wie eine Anwältin bei ihrem Schlussplädoyer.

»Sie waren bestimmt noch nie verheiratet, oder?«

»Nein«, sage ich etwas leiser.

»Ich war dreimal verheiratet, zweimal verwitwet, einmal geschieden«, sagt sie zufrieden und öffnet eine große Bonbondose. »Auch eins?«

Der Geruch von Salbei, Lavendel oder irgendetwas eklig Kräuterigem wabert zu mir herüber, und ich lehne dankend ab und überlege, wie ich dieses Gespräch wieder beenden kann. Dies hier ist nicht die Oma, die ich nie gehabt habe. Also hole ich meine Bewerbungsmappe aus dem Rucksack, ziehe vorsichtig den Faltprospekt der Zuckermann-Manufaktur aus der Klarsichthülle und schaue mir zum vermutlich hundertsten Mal meine zukünftigen Arbeitgeber an.

Sie wirken auf dem Gruppenbild vertraut: einander zugewandt, liebevoll. In der Mitte sitzt Elisabeth Zuckermann, die Chefin, und um sie herum sind junge gut aussehende Menschen in schicken Klamotten. Ein bisschen wie die Familienbilder der englischen Königsfamilie, die dann ausgiebig in den Klatschzeitschriften analysiert werden. Der junge Mann rechts neben Elisabeth hat die Hand leicht auf ihrer Schulter und lächelt sie halb an. Das ist laut Bildunterschrift Fabian Zuckermann, wahrscheinlich ihr Enkel, und man sieht sofort, dass sie ihm enorm wichtig ist. Die Frau neben ihm (Bildunterschrift Kirsten Zuckermann-Brenner) hält dagegen einen größeren Abstand zu ihm, und obwohl sie lächelt, wirkt sie bei genauerem Hinsehen fast so, als ob sie der Gruppe gern entfliehen würde. Das ist mir ein Rätsel, denn schließlich ist es ihre Familie. Wenn ich eine richtige Familie hätte, würde ich mich drum reißen, neben meiner Oma auf dem Sofa sitzen und ihre Wärme und den Zusammenhalt empfinden zu können. Aber vielleicht ist es auch nur ihre Schwiegerfamilie, und ihre Ehe mit Fabian ist längst am Ende, wegen unüberbrückbarer Differenzen. Sie ist ein Fan von Traube Nuss, er schwört auf Marzipan.

Mit einem Grinsen im Gesicht schaue ich mir die beiden gegensätzlichen Einzelporträts auf dem Feld mit der Aufschrift *Kontakt* an. Ein sympathisch lächelnder Urs Schröter und ein steifes Porträt von Fabian Zuckermann. Er schaut streng und fast hochmütig in die Kamera, ganz anders als auf dem Gruppenbild. Ich hab so eine Ahnung, welche Seite ich kennenlernen werde.

»Ist er das?«, fragt meine Nachbarin und zeigt auf das Porträtfoto auf dem Faltblatt.

»Nein! Das ist mein zukünftiger Chef.« Als ob ich mich für so einen Schnösel interessieren könnte! Gegelte Haare, steifer Hemdkragen, perfekte Krawatte. Das Schlimmste aber ist der Lebenslauf: Fabian Zuckermann, 29, Juniorchef, Abschluss School of Management in Rotterdam, Abiturnote 0,9 am Elite-Internat Rosenberg, erste Klasse übersprungen an der Grundschule in Schnöselhausen und so weiter.

»Wollen Sie meinen Freund sehen? Das ist er!« Stolz reiche ich ihr mein Handy, von dem ihr Johnny und ich eng umschlungen entgegenstrahlen.

»Der? Das ist ein Hallodri!«, behauptet sie. Hallo? Habe ich sie etwa nach ihrer Meinung gefragt?

»Woher wollen Sie das denn wissen?«, frage ich gekränkt.

»Lebenserfahrung«, sagt sie knapp. »Den Typus kenne ich: immer lächelnd, immer charmant, nie um einen Spruch verlegen, aber chronisch untreu und will sich nie festlegen. Herzlichen Glückwunsch, mit dem werden Sie noch viel Spaß haben.« Zufrieden über ihr Urteil stopft sie sich noch ein Bonbon in den Mund.

»Sie irren sich!«, sage ich irritiert. »Wir sind seit zehn Jahren glücklich verliebt. Auf diesem Bild waren wir 16 und 17.« Ich liebe dieses Foto, das uns beim gemeinsamen Fernsehen zeigt, denn Becky hat es an dem Abend geschossen, an dem wir uns zum ersten Mal geküsst haben, aber kurz davor. Daher ist mein Lipgloss noch drauf, meine Haare liegen richtig, und außerdem sehe ich nicht nur glücklich, sondern auch richtig hübsch aus. Was ein echter Glücksfall ist, denn ich bin leider nicht besonders fotogen. Auf zehn Bilder von mir kommt höchstens eins, auf dem ich mir gefalle, oder sagen wir, das ich nicht furchtbar finde. Aber dieses eine ist perfekt. Dass unsere Beziehung damals nicht lange gehalten hat, habe ich längst verwunden, wir waren eben noch unglaublich jung. Das einzig Wichtige ist, dass wir uns wiedergefunden haben und dass diesmal alles anders ist.

»Vor zehn Jahren? Wieso nennen Sie sich dann frisch verliebt?«, hakt die Alte nach. Mist, der entgeht auch nichts.

»Wir hatten eine, na ja, kleine kreative Pause, um uns zu orientieren. Um herauszufinden, was wir im Leben wirklich wollen.« Die hatten Kate und William schließlich auch, und ihre Ehe läuft super.

»Lassen Sie mich raten: Sie haben herausgefunden, dass Sie auch noch nach Monaten sehnsüchtig auf seinen Anruf warten, und er hat herausgefunden, dass Sex auch mit anderen Frauen

Spaß macht?« Ist meine Sitznachbarin etwa eine Hexe, die glücklichen jungen Menschen das Leben zerstören will?

»So war das gar nicht«, murmele ich. »Ich habe auch rumexperimentiert.« Ich kann leider nicht leugnen, dass ich ihm damals länger hinterhergetrauert habe als er mir, aber da war er eben noch ein hormongesteuerter Teenager und ich übertrieben romantisch. Wir waren zu jung für eine echte Bindung.

Leicht verunsichert stecke ich den Prospekt wieder in die Hülle, ziehe meinen Lebenslauf aus der Bewerbungsmappe und versuche, mich darauf zu konzentrieren. Sieht so weit alles gut aus. Abitur in Hamburg mit normalen Noten, die mir jetzt und verglichen mit Mr Juniorchef allerdings etwas mickrig erscheinen. Ein Jahr kreative Auszeit, wie Becky es formuliert hat, dann Start des Marketingstudiums in Hamburg und seitdem ordentliche Studentin, die voraussichtlich im kommenden Jahr ihr Examen ablegen wird. Wie wenig ich momentan davon überzeugt bin, das auch zu schaffen, steht natürlich nicht drin, aber zumindest auf dem Papier läuft alles geordnet und nach Plan.

»Aufgrund mittelschwerer Turbulenzen können wir unseren Getränkeservice leider nicht durchführen«, flötet die Stewardess durch den Lautsprecher. Ich lasse meine Unterlagen los und halte mich an der Lehne meines Vordermanns fest. Mittelschwer ist gut, wir werden tatsächlich ordentlich hin und her geschaukelt, und ein wenig neidisch sehe ich zu meiner Sitznachbarin, die inzwischen wieder seelenruhig mit ihrer Stricknadel hantiert. Meine Fingerknöchel verlieren dagegen mit jedem Ruckeln des Flugzeugs ein wenig mehr an Farbe.

Als wir in ein ordentliches Luftloch plumpsen, fängt meine Sitznachbarin plötzlich an zu schreien und krallt sich mit beiden Händen an meinem Ellbogen fest.

»Hilfe! Wir stürzen ab!«, kreischt sie und steckt den Kopf zwischen ihre Knie. Die anderen Passagiere schauen uns skeptisch und ein wenig amüsiert an, und ich schäme mich ein bisschen, weil außer ihr und mir offensichtlich keiner in Panik gerät. Dann kommt die Stewardess vorbei und behauptet, dass der Pilot alles unter Kontrolle habe und uns keine Gefahr drohe.

»Na gut«, keucht die Frau und richtet sich wieder auf, »auf Ihre Verantwortung!«

Als sie mich aus ihren Krallen entlässt, prangt ein münzgroßes Loch im Ärmel meines Pullis. Shit, shit, shit! Ich hab keine Wechselklamotten im Handgepäck, und ich werde sofort nach der Landung mit meinem Schwager und meiner Schwester ist ein schrecklich vornehmes Restaurant gehen, in dem sie mich meinem zukünftigen Chef vorstellen wollen. Ich könnte die Oma erwürgen, ihr Glück, dass ich ein freundlicher, mitfühlender Mensch bin.

»Geht's wieder?«, frage ich. Sie nickt und wischt sich die Stirn mit einem großen Stück Papier ab.

»Ich hänge wohl doch mehr am Leben, als ich dachte«, erklärt sie. Ich nicke ihr aufmunternd zu, bis ich bemerke, was sie da gerade nervös in ihrer Hand zerknüllt. Ja, ist sie denn wahnsinnig?

»Hey, das gehört zu meinen Bewerbungsunterlagen!«, schreie ich. »Haben Sie denn kein Taschentuch?«

»Es lag am Boden vor meinem Sitz, kann man ja nicht ahnen, dass Sie das noch brauchen«, sagt sie beleidigt. Na gut, dagegen kann ich schlecht was sagen, dann drucke ich mir eben alles bei Annette noch mal aus. Aber das Loch in meinem Ärmel ist echt ein Problem.

»Haben Sie in Ihrer großen Tasche zufälligerweise auch so etwas wie ein Nähset?«, frage ich hoffnungsvoll.

»Nähset? Keine Chance, Kindchen. Einmal hatte ich eine Baby-Nagelschere dabei, mit abgerundeten Ecken, aber die haben sie mir bei der Sicherheitskontrolle abgenommen. Nadeln sind Waffen, die sind absolut verboten.«

»Ach so.« Was soll ich jetzt nur machen? So kann ich mich doch nicht vor Stefans Chef sehen lassen.

»Was wollen Sie denn nähen?«

Wortlos zeige ich auf das Loch in meinem Ärmel.

»Ach, da habe ich was Besseres, warten Sie mal!« Sie hebt erneut das Teppichmonster auf ihren Schoß und kramt eine Weile darin herum. Schließlich fördert sie triumphierend einen schwarzen Filzstift zutage.

»Ähm, wofür soll der sein?«

»Geben Sie mal Ihren Arm her!«, sagt sie, und ehe ich mich's versehe, hat sie meinen Arm erneut gepackt und angefangen, durch das Loch einen Kreis auf meine Haut zu malen.

»He, Moment, was wird das?«, frage ich, aber es ist zu spät. Sie krempelt meinen Ärmel hoch und vergrößert den Kreis ordentlich, dann füllt sie ihn vollständig aus.

»So, jetzt ziehen Sie mal den Ärmel drüber!«, verlangt sie.

Okay, ich verstehe. Eigentlich gar nicht blöd. Wenn man nicht zu nah herangeht, ist das Loch tatsächlich unsichtbar. Allerdings … »Wie lange hält denn die Farbe?«

»Moment, ich glaube, Sie können beruhigt sein, der hält …« Sie kramt ihre Brille hervor und studiert die Schrift auf dem Filzstift. »Mindestens sieben bis zehn Tage«, verkündet sie strahlend.

»Und was mache ich, wenn ich den Pulli ausziehen will?«

»Dazu kann Sie schließlich niemand zwingen«, erwidert sie ungerührt und steckt ihr Malwerkzeug wieder ein. »Sagen Sie halt, dass Ihnen kalt ist. Oder dass Sie schamhaft sind, was weiß ich.«

»Hm.« Mehr fällt mir dazu nicht ein.

»Haben Sie nicht was vergessen?«, fragt sie.

»Was denn?« Habe ich etwa irgendwo anders noch ein Loch? Bitte nicht.

»Sie haben sich nicht bedankt.«

Echt jetzt? Soll ich mich dafür bedanken, dass eine Irre erst meinen Lebenslauf zerknüllt, meinen Lieblingspulli ruiniert und mich dann dazu zwingt, diesen den ganzen Abend anzubehalten? Und das auch noch, fällt mir siedend heiß ein, wo wir in ein Restaurant gehen, bei dem die Speisen direkt am Tisch gekocht werden. O nein. Das letzte Mal habe ich im Chez Louis so geschwitzt, dass ich mir geschworen hatte, nie mehr hinzugehen. Aber da Stefans Chef extra dorthin eingeladen hat, kann ich mich schlecht weigern. Und nun also gefangen am Grill im Wollpulli, und das im September, na, besten Dank!

»Und?«, fragt die alte Frau lauernd. Sie wird mich wohl nicht in Ruhe lassen, bevor ich mich bedankt habe.

»Also gut, danke«, presse ich heraus, während ich mir vorstelle, ihr ihre Bonbons einzeln ins Gesicht zu schmeißen.

»Na also, geht doch. Warum nicht gleich so?«, murmelt sie und kramt erneut in ihrer Tasche. Ich schließe die Augen. Meine Reise in die Schweiz fängt ja fantastisch an.

2

Ich bin froh, als ich durch den Zoll bin, obwohl ich nichts Verbotenes bei mir trage. Dennoch machen mich Sicherheitskontrollen immer etwas nervös. Während ich mit den anderen Passagieren in die Ankunftshalle gespült werde, halte ich Ausschau nach meiner schönen Schwester. Aber statt Annette sehe ich nur Stefan mit seinem Hipsterbart. Oje, jetzt muss ich die ganze Fahrt über mit ihm allein Konversation machen, obwohl ich in seiner Gegenwart nie genau weiß, was ich eigentlich sagen soll.

»Hi, Stefan, wo ist denn Annette?«, frage ich, während wir uns unbeholfen und steif umarmen.

»Muss noch arbeiten«, brummt er zur Begrüßung. Er scheint schlechte Laune zu haben, wahrscheinlich nervt es ihn, dass er mich allein in Zürich abholen muss. Wenigstens nimmt er mir den Rucksack ab und trägt ihn zu seinem Jeep.

»Fahren wir jetzt direkt zum Essen mit deinem Chef?«, frage ich und klappe den Spiegel der Sonnenblende herunter. Ich sehe halbwegs okay aus, nicht super, aber passabel.

»Ach so, das. Sorry, das wurde gecancelt, irgendein privater Notfall.«

Oh, was für ein Glück! Dann muss ich heute keinen superguten Eindruck mehr machen und kann auch den kaputten Pulli ausziehen. Schön, dass zumindest diese Peinlichkeit keiner mitbekommen wird.

»Was hast du denn da am Arm?«, fragt Stefan aber sofort. Shit, so viel dazu … »Ist wohl Schmutz drangekommen.«

»Aha.« Dann schweigt er und dreht laut irgendeinen alten Heavy-Metal-Song an. In seiner Gegenwart fühle ich mich immer etwas unbehaglich, obwohl er noch nie unfreundlich zu mir gewesen ist. Aber das ist eben das Problem, wir hatten noch nie Streit, wir haben uns noch nie angeschrien und dann wieder versöhnt, wir gehen vorsichtig wie verfeindete Staatschefs miteinander um, die einen Waffenstillstand beschlossen haben. Und mit Annette, auch wenn ich mich jedes Mal auf sie freue, ist es im Grunde noch viel schwieriger. Außer ein bisschen DNA und einer verkorksten Geschichte verbindet uns eigentlich überhaupt nichts. Ich würde es nie wagen, sie zu kritisieren oder einen blöden Witz über sie zu machen – wir sind keine taktierenden Staatschefs, sondern tänzeln über rohe Eier.

Wir haben nie zusammengelebt, und über ihrer Existenz hing immer der Schleier des Verbotenen, weil unser Vater ihre Mutter mit meiner betrogen hatte und das damals alles schwer zu verstehen und noch schwerer zu erklären war.

Erst seit Mamas Tod durften wir uns treffen, und da war ich vierzehn und sie schon erwachsen, und es war einfach schon viel zu spät, als dass wir uns noch wirklich nahekommen konnten. Annette gibt sich immer kühl und geschäftig, und wahrscheinlich lädt sie mich nur aus einer Mischung aus Pflichtbewusstsein und schlechtem Gewissen zu sich ein. Dass ihr Mann mir in letzter Minute ein neues Praktikum besorgt hat, als mein längst zugesagter Praktikumsplatz kurzfristig gecancelt wurde, macht es für mich auch nicht besser. Denn jetzt stehe ich in seiner Schuld und kann mich nicht revanchieren, weil er tausendmal mehr verdient als ich und sowieso alles hat, was er will. Bei dem Gedanken, den beiden mein Mitbringsel – die bunten Kerzen aus Esthers Laden – zu überreichen, fühle ich mich jetzt schon blöd. Aber gar nichts mitzubringen ist noch schlechter als etwas Unpassendes, oder?

Ich schließe die Augen und gehe in Gedanken durch, was ich heute Abend noch erledigen muss: duschen, Haare waschen, Beine rasieren, die Firma noch mal googeln, um auf dem neuesten Stand zu sein, falls seit gestern irgendetwas Bedeutendes passiert ist. Dann meine Bluse für morgen bügeln, meinen Lebenslauf und mein hypothetisches Marketingkonzept für das Unternehmen noch mal ausdrucken und wieder in eine ordentliche Mappe heften, falls Annette so etwas zu Hause hat. Meine hatte nach dem Kampf mit der Kräuterhexe einen Riss und sah nicht mehr präsentabel aus, deshalb habe ich sie direkt am Flughafen weggeworfen.

Je näher wir der Wohnung kommen, desto unwohler fühle ich mich. Die Vorfreude, in die ich mich vorher noch so eifrig gehüllt habe, ist wohl irgendwo über den Wolken hängen geblieben.

Am liebsten würde ich mich in Stefans und Annettes Wohnung in die Wanne legen und dann sofort im Bett verschwinden. Bloß kann ich das nicht bringen, denn ich muss mich wohl mindestens eine Stunde lang höflich mit ihnen unterhalten. Wir sind leider nicht annähernd vertraut genug miteinander, dass ich dort ohne Hose auf dem Teppich lümmeln könnte, wie in Beckys Gegenwart. Ich vermisse meine engste Freundin jetzt schon, und gleichzeitig vermeide ich es lieber, an sie zu denken, denn dann müsste ich ihr die Sache mit Johnny beichten, und das kann ich einfach noch nicht. Schließlich ist sie heiklerweise zusammen mit Tina in Spanien gewesen. (Ja, sie ist auch mit Tina befreundet. Früher hat mich das sehr gestört, aber jetzt macht es mir nichts mehr aus.) In so eine Situation bringt man seine beste Freundin einfach nicht. Becky wäre in einem riesigen Loyalitätskonflikt, denn dass Johnny jetzt wieder mit mir zusammen ist, muss er Tina selbst sagen, und ich muss geduldig warten.

Da Stefan ohnehin nicht mit mir redet, hole ich mein Handy aus der Tasche. Nichts.

Johnny wollte mir eigentlich schreiben, sobald er mit ihr geredet hat. Dafür hat Becky ein Bild gepostet, dass sie gut gelandet sind, und das war vor drei Stunden. Klar kann er nicht mit Tina reden, wenn ihre Eltern dabei sind, aber es wird nur noch wenige Stunden dauern. Und dann ist es endlich offiziell mit uns beiden. Bei dem Gedanken werde ich plötzlich wieder munter, das sind wohl die Endorphine, die mir sofort durch den Körper schießen, wenn ich an ihn denke. Sein Geruch ist es, der mich immer schwach werden lässt. Wenn ich meinen Kopf an seinen Hals drücke, durchflutet mich eine Glückseligkeit, die ich nicht erklären kann. Wie ein Glitzerbad, wie Heimkommen, ein Sog, dem ich mich kaum entziehen kann. Erst gestern Abend haben wir uns verabschiedet und das letzte Mal geküsst, und ich vermisse ihn jetzt schon so sehr, dass ich es kaum aushalte …

Stefan holt mich mit einer abrupten Bremsung von meiner Wolke. Wir sind da, und ich klettere mit leicht steifen Beinen aus dem hohen Auto. Meine Schwester und ihr Mann wohnen nicht direkt in Zug, sondern in einem Miniort namens Unterrügeri. Hier ist alles so sauber, kein Fitzelchen Dreck liegt auf den Gehwegen oder auf der Straße, und jeder Vorgarten ist ordentlich bepflanzt. Ein bisschen gruselig, fast wie in Stepford. Wozu man hier einen Geländewagen benötigt, erschließt sich mir echt nicht. Stefan öffnet die Haustür, und wir stapfen die Treppen hoch. Auch das Treppenhaus ist picobello, es gibt weder Matsch noch irgendwelchen Schmutz auf den Stufen, und auf jedem Treppenabsatz stehen drei sorgfältig ausgewählte Dekoartikel auf dem Steinsims, wie im Museum. Ein bisschen kommt mir das Treppenhaus wie eine Parodie auf ein echtes Haus vor, in dem sich Schuhe und Jacken türmen und die Simse vor lauter Mützen, Handschuhen, Flyern und unnützem Zeug überquellen würden.

Stefans und Annettes Wohnung liegt im dritten Stock unter dem Dach und ist minimalistisch in Schwarz und Glas gehalten. Ich ziehe meine Stiefel lieber vor der Tür aus und tappe dann auf Zehenspitzen über den dunklen Boden. Jedes Buch im Regal steht perfekt an der Kante, Stefans Dartpokale befinden sich millimetergenau im gleichen Abstand zueinander auf dem Schrank, und der Glastisch ist streifenfrei. Hübsch, nur etwas unpersönlich. Und ungemütlich. Und so, dass man sich nicht traut, irgendwas anzufassen. Und Heimweh kriegt, ganz schreckliches Heimweh.

»Ich bring meine Sachen kurz ins Gästezimmer, ja?«, sage ich mit einem Kloß im Hals und fliehe ins selbige. Hier werfe ich meinen Rucksack auf den Boden und lasse mich aufs Bett fallen, das sorgfältig und perfekt mit schwarz-weißer Bettwäsche überzogen ist. Ich öffne den Reißverschluss an meinem Rock und ziehe ihn bequem runter. An der Wand steht eine kleine, schwarze Kommode, sonst gibt es außer dem Bett nichts, woran das Auge haltmachen könnte. Keine Bilder, keine Blumen und vor allem kein hastig hingeworfenes Zeug, das irgendwo anders im Weg war.

In Esthers Gästezimmer befinden sich das Bügelbrett, alte Bettwäsche, der Staubsauger, Lukas' Inliner, Beckys Winterklamotten und manchmal auch noch der verdorrte Weihnachtsbaum vom letzten Jahr. Nicht dass ich jetzt einem Baumgerippe nachtrauern würde, aber so ein winziges bisschen Unordnung oder wenigstens den Hinweis darauf, dass nicht die ganze Wohnung steril ist, fände ich doch sympathisch und beruhigend. »Mia, bist du da? Kann ich reinkommen?« Die Stimme meiner Schwester dringt durch die Tür. Mann, die Frau klopft sogar bei sich zu Hause an.

»Ja, Moment!« Ich ziehe den verrutschten Rock aus und schlüpfe hastig in bequeme Leggings. Dann binde ich meine Haare zu einem Pferdeschwanz und atme einmal tief durch.

»Hallo, Annette!«, sage ich beim Öffnen der Tür, und meine Schwester nickt mir förmlich zu und gibt mir die Hand.

»Herzlich willkommen, Mia, schön, dich zu sehen. Hattest du eine angenehme Reise?«

Nein, absolut nicht, ich hab eine Hexe getroffen, und die wollte mir meinen Johnny ausreden.

»Äh, ja, vielen Dank«, sage ich, während ich ihr ins Wohnzimmer folge. Ich überlege, ob wir uns jetzt wohl förmlich auf die schwarzen Stühle setzen oder ich es wagen kann, mich aufs Sofa zu werfen, das übrigens tatsächlich dunkelbeige ist.

»Hättest du gern einen Tee?«, fragt Annette. Ein Gin wäre mir lieber, aber ich nicke brav und bedanke mich.

Zu meinem Glück streift Annette ihre High Heels ab und setzt sich vorsichtig und damenhaft aufs Sofa. Ich lasse mich erleichtert neben ihr nieder. Es gibt eine dunkelgraue Decke, die sie sich halb über die Beine zieht, ohne dabei Falten zu produzieren. Mir ist auch kalt, aber ich traue mich nicht, ein Stück der Decke zu mir rüberzuziehen. Wir achten beide darauf, uns nicht zu berühren. Annette ist wahrlich nicht der Kuscheltyp.

»Und, wie läuft es so mit deinem Studium?«, fragt sie und nippt an dem Tee, den Stefan uns in schwarzen Porzellantassen gereicht hat.

»Ganz gut, ich hab alle Kurse gemacht, nach dem Praktikum kommt nur noch das Examen.« *Nur noch das Examen* ist gut, ich kriege jetzt schon Schnappatmung, wenn ich an die Prüfungen denke, aber vor Frau Dr. Chemieprofi kann ich das schlecht zugeben. Sie wurde vermutlich ins Guinnessbuch der Rekorde fürs schnellste Studium eingetragen und hat nebenbei immer voll gearbeitet, so ungefähr habe ich mir das aus ihren Bemerkungen in den letzten Jahren jedenfalls zusammengereimt.

»Weißt du schon, wo du in deiner Zeit hier trainieren willst? Ich treffe mich dreimal morgens um sechs mit einer Kollegin zum Joggen, da kannst du gern mitkommen. Der örtliche Fitnessklub vergibt auch Monatskarten, oder du kannst dir mein Sommerfahrrad ausleihen.«

»Trainieren? Wieso?«, frage hilflos. Nach acht Stunden Arbeit jeden Tag werde ich mich wahrscheinlich vor den Fernseher knallen und einschlafen.

»Du arbeitest ja nur bis vier, danach hast du eine Menge Freizeit, bis Stefan und ich heimkommen«, erklärt sie. »Und irgendwie rostet man ja schon ein, wenn man längere Zeit nicht zum Sport geht, oder?«

Aus diesem Satz schließe ich, dass sie vermutet, ich würde daheim regelmäßig Sport machen. Ha! Da kennt sie mich aber schlecht. Sehr schlecht. Ich habe schon mal ein Fitnessstudio betreten, aber das mache ich nie wieder, weil man da gegen seinen Willen dazu gebracht wird, einen Jahresvertrag abzuschließen. Man kann sich nicht mal auf Unzurechnungsfähigkeit rausreden, weil die Mindestlaufzeit auf jeden Fall zwölf Monate beträgt und man so was nicht einfach annullieren kann wie eine nicht vollzogene Ehe. Auch wenn ich die Vereinigung mit den Sportgeräten also nie vollzogen hatte, der Vertrag zählte trotzdem. Kein Wunder, dass mich der Gedanke an Sport nicht gerade aufmuntert.

»Und sonst? Wie läuft es so allgemein?«

»Ich hab einen Freund, willst du mal sehen?« Eigentlich wollte ich das mit Johnny für mich behalten, aber irgendwie sprudelt es ständig aus mir heraus. Annette schaut sich höflich unsere Bilder auf meinem Handy an und sagt mit keinem Wort, dass Johnny ein Hallodri ist, mit dem ich noch viel Spaß haben werde. Aber sie ist ja auch keine Hexe, nicht so eine zumindest.

»Nett«, stellt sie schließlich fest. Nett? Und was ist mit charmant, wunderschön, umwerfend? Aber gut, sie hat ihn ja noch nicht live gesehen.

»Er ist der Cousin meiner besten Freundin.«

»Du meinst Becky, bei der du gewohnt hast?«

24

»Ja, als ich damals zu ihr gezogen bin, hat er nebenan gewohnt, und wir haben uns jeden Tag gesehen. Beckys Mutter Esther und ihre Schwester Lilo haben keinen Zaun zwischen den Gärten, und wir Kinder haben immer alle zusammen draußen gespielt. Ich war schrecklich in ihn verliebt und konnte es nicht fassen, dass er sich irgendwann auch für mich interessiert hat.«

»Und dann?«, fragt sie gespannt. Diesen Teil der Geschichte erzähle ich wiederum nicht so gern.

»Es hat dann ein paar ... Variationen gegeben«, räume ich ein. »Wir waren noch nicht so weit. Wir waren jung und wollten uns ausprobieren. Wir waren eben Teenies. Aber jetzt ...«

»Jetzt ist alles wieder super?«, fragt sie und klingt irgendwie spöttisch, oder bilde ich mir das ein?

»Ja.«

»Und was sagt Becky dazu?« Tja, genau da liegt der Hund begraben. »Die findet das toll«, behaupte ich, weil die Erklärung endlos würde, und wechsle lieber das Thema. »Sag mal, hast du vielleicht so eine Art Mappe, also ich meine, so mit Hüllen, für einen Lebenslauf und so?«

»Für morgen? Du bist ja früh dran.« Bäm, da ist er, dieser Mamaton, nur dass meine Mama ganz anders war, aber das tut jetzt nichts zur Sache, weil ich mich dummerweise trotzdem schon tief im Rechtfertigungsmodus befinde. »Ähm, ja, meine Hülle ist verlor... kaputt... weggegangen.« Weggegangen? Ich seufze innerlich. Na klar, die wollte heute mal ohne mich ausgehen.

»Du hast dich vermutlich auch noch nicht richtig auf das Gespräch mit Herrn Schröter vorbereitet?«

»Nicht so richtig«, gestehe ich. Die Menschen, die einen gern kritisieren, beruhigen sich erfahrungsgemäß am schnellsten, wenn man ihnen zustimmt.

»Stefan, kommst du mal bitte? Wir brauchen einmal *Zuckermann im Schnelldurchlauf,* aber bitte nur die Grundlagen.«

O Mann. Wieso musste ich nur hierherkommen, wo man mich für eine Trotteline hält? Stefan, der eine Platte mit belegten Broten hereinträgt, scheint sich sehr zu freuen, dass er mich belehren darf. Wir setzen uns zu dritt an den klinisch sauberen Tisch, und Stefan beginnt mit seinen Ausführungen.

»Also, angefangen hat alles mit einer Konditorei, die Alfred Zuckermann in den Sechzigerjahren eröffnet hat. Im Lauf der Zeit haben sie sich immer mehr auf Schokolade spezialisiert, und er wollte seinen Sohn Mark als Nachfolger einsetzen«, erzählt er. »Der hatte aber keine Lust dazu.«

Ich nehme mir eins der makellosen Sandwiches mit Käse, einem perfekt zugeschnittenen eckigen Salatblatt und zwei halben Gürkchen. Sie sehen aus wie aus einer Bäckerei oder einem Museum. »Alfred hat mit seiner Frau Elisabeth zusammen die Firma erweitert und Ende der Siebzigerjahre zu einer reinen Schokoladenmanufaktur umgebaut. Geholfen hat ihm nach Feierabend und an den Wochenenden sein bester Freund Jo Schröter mit dessen Sohn Urs. Mark hat sich, sobald er volljährig war, nach Neuseeland abgesetzt und dort eine Familie gegründet. Nach Alfreds Tod 2001 ist er mit Frau und zwei kleinen Kindern nach Deutschland zurückgekehrt. Elisabeth wollte ihm einen Job geben, aber das Familienunternehmen hat ihn weiterhin nicht interessiert.« Mich in den Details auch nicht, ehrlich gesagt.

»Die größte Unterstützung war Elisabeth dabei die ganze Zeit über Urs. Der hatte zwar weder eine betriebswirtschaftliche noch eine Konditor-Ausbildung, aber er kannte das Unternehmen auf dem Effeff und war sich für keine Arbeit zu schade. Also war es logisch, dass die Chefin irgendwann Urs als zweiten Geschäftsführer eingesetzt hat.«

»Und ihr Sohn Mark?«

»Ach, der.« Stefan winkt ab. »Als Mark erneut die Reiselust packte, ist seine Frau mit den Kindern in der Schweiz geblieben und hat ihnen normale Namen gegeben: Fabian und Kirsten.«

»Wieso, wie hießen sie denn?«, will ich jetzt doch wissen.

»Tikki-takki oder so ähnlich, irgendwas Neuseeländisches«, sagt Stefan. Das finde ich ganz amüsant.

»Und dann hat Elisabeth ihre Enkel quasi mit aufgezogen, und so kam es, dass Fabian jetzt der Juniorchef ist. Der hat Betriebswirtschaft studiert und kennt sich theoretisch mit allem besser aus, aber Urs versteht mehr von der Praxis. Das führt gelegentlich zu … Reibereien. Sie haben recht unterschiedliche Vorstellungen davon, wie man ein Unternehmen führt.«

»Und auf wen hört die Belegschaft?«

»Auf den, der gerade im Raum ist«, wirft Annette ein.

»Und das gibt dann meistens ein Durcheinander«, sagt Stefan bekümmert.

»Außerdem ist im Hintergrund eben noch die alte Frau Zuckermann, die die Firma zwar offiziell an Fabian übergeben hat, sich aber verhält, als wäre sie weiterhin der Boss. Wenn sie vorbeikommt, behandeln sie auch alle so, und Fabian versucht meistens, alle Neuerungen vor ihr zu verheimlichen«, ergänzt meine Schwester.

»Klingt schwierig«, sage ich vorsichtig. »Es gibt also drei Chefs, die sich untereinander nicht absprechen, ja?«

»So ungefähr. Im Prinzip hat Fabian letztendlich das Sagen, aber er ist auch oft weg, und die alte Belegschaft hört eigentlich nur auf Urs Schröter. Schwer zu erklären, du wirst das dann schon erleben.«

»Und auf wen soll ich hören?«

»Du hörst bloß auf Frau Rosenthal, eine langjährige Mitarbeiterin, die zeigt dir dann morgen alles.« Also gut. Stefan gähnt, und das nehme ich zum Anlass, mich auch zu erheben. Stefan trägt unser Geschirr in die Küche, und ich überlege kurz, ob ich ihm helfen soll, aber er hat schon alles aufgeräumt und fährt bereits mit einem Lappen über den glänzenden Esstisch.

»Denk dran, Mia, morgen um zwanzig nach sieben müssen wir los, dann gehören wir zu den ersten, und mit etwas Glück kann ich sogar noch das Hauptgebäude aufsperren.«

Wer verlässt denn vor halb acht Uhr morgens freiwillig das Haus, nur um Erster an seinem Arbeitsplatz zu sein? Mein Schwager offensichtlich, und weil ich mit ihm zur Arbeit fahren muss, eben auch ich. Bei dem Gedanken werde ich unendlich müde und beschließe, sofort ins Bett zu gehen und sämtliche Waschungen und jegliche Schönheitspflege auf morgen früh zu verschieben.

»Gute Nacht«, sagt Annette und verschwindet in ihrem durchgestylten Schlafzimmer.

»Nacht!«, sage ich so freundlich, wie ich kann, und schlurfe ins Bad. Ich putze mir hastig die Zähne und verschanze mich dann in meinem Zimmer. Die schwarze Bettdecke ist flauschiger und kuscheliger, als sie aussieht, und ich mache mir ein Nestchen und checke dann im Bett noch mal alle meine Profile. Eine SMS oder WhatsApp-Nachricht hätte mir mein Handy ja sofort angezeigt, aber den Facebook-Messenger muss man manchmal aktualisieren. Aber heute hat er einwandfrei gearbeitet, blödes Ding. Auf Instagram ist Johnny nicht sehr aktiv, aber sicherheitshalber schaue ich trotzdem, ob er mein Bild aus dem Flugzeug gelikt hat. Hat er aber nicht. Meine letzte Chance ist Skype. Das nutzt ja eigentlich fast niemand mehr, aber er ist da aus Nostalgie immer noch angemeldet mit seinem Profilbild von 2006, und gelegentlich hat er mir darüber in den letzten Jahren nachts kryptische Nachrichten geschickt. Sehr spät nachts und sehr kryptisch, sodass ich bei den meisten nicht verstehen konnte, was er meinte, aber es ist schließlich der Gedanke, der zählt.

Auf Tinas Account sind auch keine neuen Bilder, weder von den letzten Tagen in Barcelona noch von der Rückkehr. Sie postet sonst ziemlich regelmäßig Updates. Vielleicht ist sie noch zu aufgewühlt von dem Gespräch mit Johnny, sodass sie keine Nerven für Social-Media-Aktivitäten hat? Bei dem Gedanken bekomme ich wieder ein schlechtes Gewissen, aber gegen die Liebe ist man halt machtlos, oder? Und habe ich nicht auch das Recht auf Glück? Solche Fragen sind nicht so einfach zu beantworten. In einer Serie wäre ich wohl auf den ersten Blick die Böse, die der armen Tina den Typen ausspannt, aber ich habe Johnny klargemacht, dass er sich zuerst entscheiden muss, ehe ich mich auf ihn einlasse. Wir haben uns nicht mal geküsst, bevor er das mit ihr geklärt hatte. Also fast nicht, es gab einen einzigen halben Kuss, den ich aber mittendrin vor lauter schlechtem Gewissen abgebrochen habe, also zählt der nicht. Und sie hat die telefonische Trennung dann wohl recht ruhig aufgenommen und ist weder spontan nach Hamburg geflogen, um ihre Beziehung zu retten, noch hat sie ihn angefleht, bei ihr zu bleiben. Es wäre mir natürlich am liebsten gewesen, wenn sie sich einen hübschen Spanier geangelt hätte und ihn am besten noch dieses Jahr heiraten würde, romantisch am Strand und hochschwanger, zur Sicherheit, damit sie auch keinen Rückzieher mehr machen kann, aber Hauptsache, die Verhältnisse sind geklärt. Ich möchte niemals in die Lage meiner Mutter kommen, die sich jahrelang einen Mann mit einer anderen Frau geteilt hat.

Um mich nicht gänzlich in einem hypothetischen Wenn-aber-falls-Universum zu verlieren, schalte ich mein Handy auf stumm und lösche das Licht.

*D*er Morgen ist genauso grässlich, wie ich es erwartet habe. Um sechs Uhr aufzustehen tut beinahe körperlich weh. Ich tappe ins Bad und stelle mich unter die Dusche. Zum Glück gibt es bei Annette immer sofort heißes Wasser. Ich reibe an dem schwarzen Fleck herum, aber er lässt sich nicht entfernen, obwohl ich schrubbe, bis es wehtut. Dann shampooniere ich mir den Haaransatz flüchtig und gebe ein bisschen Spülung in die Spitzen. Auf diese Weise muss ich alles nur einmal komplett auswaschen und spare mir einen Durchgang. Abbrausen, Handtuch, abtrocknen, Bademantel, Föhn. Knapp zwanzig Minuten später bin ich wieder in meinem Zimmer und zwänge mich in die dunkle Strumpfhose und mein Praktikums-Outfit.

»Wer möchte einen Good-morning-Smoothie?«, trällert meine Schwester und stellt eine grünbraune Flüssigkeit in drei Gläsern auf den Tisch.

»Danke, nur Kaffee«, murmle ich und versuche, die Augen offen zu halten.

»Der ist mit Grünkohl, Sellerie, grünen Äpfeln und Chiasamen. Da kann man nichts falsch machen«, behauptet Annette.

»Bis auf die Farbe, den Geschmack und die Bezeichnung«, sage ich und kassiere einen strengen Blick.

»Wie willst du dir eigentlich die Haare machen?«, wechselt Annette dann elegant das Thema.

»Ähm, die hab ich eigentlich schon gemacht …« Sogar nach einem Youtube-Tutorial, das den perfekten Haarknoten versprochen hat, zusammengehalten von meinem geliebten goldenen Haargummi.

»Ach, ich dachte, die hättest du dir so zum Duschen zusammengewuschelt. Darf ich mal?«

Ich nicke leicht beleidigt, und Annette löst vorsichtig eine Strähne aus meinem Dutt, der daraufhin sofort in sich zusammenfällt.

»Komm mal mit!« Im Bad nimmt sie ein seltsames, kleines Haarteilschwämmchennetzdingsbums aus dem Schrank und zaubert mir damit die schickste Hochsteckfrisur, die ich je gehabt habe. Das goldene Haargummi stecke ich in meine Rocktasche.

»Ich glaube, jetzt geht es einigermaßen«, sagt sie mit zusammengekniffenen Augenbrauen. »Ab mit dir!« Sie gibt mir einen leichten Klaps und scheucht mich in die Garderobe. Als wäre sie meine Mutter oder als hätte sie mir irgendwas zu sagen. Aber ich hab keine Zeit, mich zu beschweren, denn Stefan steht schon im Treppenhaus und klimpert laut und bedrohlich mit seinem Schlüsselbund.

»Abfahrt um sieben Uhr zwanzig!«, ruft er, als befehlige er einen Einsatz des Technischen Hilfswerks. »Es ist sieben Uhr neunzehn! Schwägerin hat erst einen Stiefel an, und ihre Jacke ist noch offen. Zeit bis zur Abfahrt: siebenunddreißig Sekunden!«

Ist er irre? Hat er keine Angst vor dem Zorn der Nachbarn?

»Zeit bis zur Abfahrt: vierunddreißig Sekunden!« Er poltert die Stufen hinunter.

»Er meint das ernst. An deiner Stelle würde ich laufen!«, sagt Annette und schlägt die Wohnungstür hinter mir zu. Als ich keuchend aus der Haustür trete, sitzt Stefan bereits im laufenden Jeep und lässt den Motor aufheulen. O Gott, wie peinlich, sogar wenn uns niemand beobachtet. Wenigstens macht er ungefragt die Sitzheizung an. Dafür verzeihe ich ihm sein Kommandantengehabe. Und jetzt fahren wir nach Oberrügeri oder so ähnlich, und tatsächlich stellt sich langsam doch wieder so etwas wie Vorfreude ein.

Während ich Becky kurz eine Nachricht schreibe, kurven wir auf einer hügeligen Straße durch kleine Dörfer, eins malerischer als das andere. Im Hintergrund sieht man rechts und links die Berge, und davor erstrecken sich sattgrüne Weiden mit freundlich glotzenden Kühen. Oberrügeri ist der letzte und größte Ort; mit Supermarkt, Tankstelle und einer überschaubaren Fußgängerzone wirkt er beinahe wie eine kleine Stadt. Am Ortsende fahren wir um eine Kurve – und vor uns liegen mitten in der Wiese ein Parkplatz und ein großes, hässliches Gebäude mit mehreren Anbauten.

»Da wären wir!«, sagt Stefan und parkt.

»Hier?«, frage ich ungläubig und schnalle mich ab. Wo ist das bezaubernde Fachwerkhaus aus dem Prospekt?

»Der Eingang ist um die Ecke.« Skeptisch folge ich meinem Schwager aus dem Auto und auf einem kleinen Schotterweg an einer verwitterten Mauer entlang. An deren Ende biegen wir nach links ab und haben nun die Frontansicht der Manufaktur vor uns. Okay, hier sieht es schon besser aus. Rechts und links rahmen zwei tiefe Schaufenster die zweiflüglige Eingangspforte ein. Im linken sind diverse Schokoladenfiguren und -tafeln aufgetürmt, im rechten sieht man zwei kleine Sofas vor einem Tischchen stehen. »Das sind der SchokoLaden und das Café«, erklärt Stefan und drückt gegen die Tür. »Schon offen, schade. Nun, dann kann ich dir auch erst mal noch das ganze Gelände zeigen.« Ich würde ja lieber gleich reingehen und mich irgendwo hinsetzen, aber Stefan scheint wild entschlossen, mich um das komplette Gebäude herumzuführen. Brav folge ich ihm an der Seite des Cafés entlang, an einer kleinen Terrasse vorbei und zu einer schmiedeeisernen Bank, die inmitten einiger bepflanzter

Blechtöpfe steht. Die Wand dahinter ist bis zur Hälfte ordentlich gestrichen, danach blättert die gelbe Farbe um die kleinen Fenster herum in Fetzen ab.

»Das ist die alte Backstube, die nutzen wir nicht mehr, aber gleich dahinter befindet sich der Aufenthaltsraum für die Belegschaft samt dem Hintereingang zum Café.«

Neugierig biege ich mit ihm um die Ecke und erstarre. Wir befinden uns in einem U-förmigen Innenhof. Zu unserer Rechten liegen malerische Wiesen und Weiden mit den Bergen im Hintergrund, zu meiner Linken tut sich eine Scheußlichkeit nach der anderen auf. Vor dem Hintereingang stehen ein halbvoller Aschenkübel, zwei wacklige Metalltische und ein großes »Zutritt verboten«-Schild. An einer Wand lehnen von Plastikplanen nur halb verdeckte Autoteile, Traktorräder und Ziegelsteine, und dahinter liegt ein grauer Steinklotz mit löchrigen Ziegeln auf dem schrägen Dach. »Das war ursprünglich ein Bauernhof, den Alfred erst später dazugekauft hat«, sagt Stefan leicht entschuldigend. »Wir nutzen ihn nur als Abstellraum. Links ist der Bürotrakt, der wurde nachträglich an das Vordergebäude angebaut und hinten mit dem Bauernhaus verbunden.« Ja, das sieht man, weder Farbe noch Höhe passen zum vorderen oder hinteren Gebäude. Es sieht einfach nur bescheuert aus. Mutlos folge ich Stefan aus dem Hof hinaus und weiter um die nächste Ecke. Okay, hier befindet sich endlich das Fachwerkhaus vom Foto auf dem Prospekt. Doch die Fachwerkbalken mit dem schmutzigen Weiß wirken weder retroschick noch heimelig, sondern einfach nur alt und heruntergekommen. Da nutzen auch die Blumenkästen nichts, die zwischen dem Fachwerkteil und der verbindenden Mauer hängen. »Das ist die ehemalige Scheune, hier drin wird produziert und verpackt.« Durch eins der trüben Fenster winkt Stefan einem Kollegen. »Nett«, presse ich hervor. Das Bild auf dem Prospekt muss geschickt von dieser Ecke aus aufgenommen und digital aufgehübscht worden sein. Diesen Fotografen sollte ich mal für Porträtaufnahmen engagieren, denke ich. Warum haben die Besitzer das Gebäude an diesem wunderschönen Ort dermaßen verkommen lassen?

Endlich biegen wir um die letzte Ecke und gelangen zurück zum Parkplatz. Am liebsten würde ich gleich wieder in Stefans Jeep einsteigen, zurückfahren und mich wieder ins Bett legen. Aber die Bettdecke über den Kopf zu ziehen ist leider keine Option. Also trotte ich weiter hinter meinem Schwager her und trete ein paar Minuten später endlich mit ihm durch den Vordereingang. Wir betreten das überraschend elegante Foyer mit einer kleinen Sitzgruppe aus Ledersesseln an der Seite.

»Links geht es zum SchokoLaden, rechts zum Café. Links hinter dem Laden liegt die Ausstellungshalle, sozusagen das Schokoladenmuseum. Geradeaus kommt man zum Empfang und zur Garderobe. Dahinter führt ein Gang zu den Büros und zur Produktionshalle, der für Besucher gesperrt ist«, erklärt Stefan weiter. Ist auch besser so, wenn der Gang so hässlich ist, wie das Gebäude von außen wirkt. Ich folge ihm am Empfangstresen vorbei bis zur Garderobe. An der Wand hängen vergilbte Werbeplakate, die wenig Lust auf Schokolade wecken.

»Hier kannst du deine Jacke aufhängen!« Er kommentiert meine verschlissene lila Cordjacke mit dem bunten Futter zwar nicht, aber sein Blick sagt: Versteck das hässliche Ding ganz hinten unter den normalen Mänteln!

Ich hänge meine Lieblingsjacke an einem Haken in der hinteren Reihe auf und drapiere meinen schwarzen Wollschal davor. Dann zupfe ich meinen Pulli zurecht und betrachte mich im Garderobenspiegel. Mit der dunklen Strumpfhose, dem grauen Rock und dem schwarzen Pulli sehe ich seriös und achtbar aus. Ich weiß nur nicht, was ich morgen anziehen soll, denn ich habe bloß wenige ordentliche Outfits im Kleiderschrank. Gut, darüber mache ich mir später Gedanken. Ich bin ohnehin aufgeregt genug. Heute werde ich den ganzen Tag lang nicken und lächeln und mir unzählige neue Informationen merken müssen. Und es geht nicht nur um theoretische Auseinandersetzungen mit einer Werbestrategie, sondern um einen echten Betrieb. Wenn ich einen Fehler mache, kann ich ihn nicht mit zwei Sätzen korrigieren. Dabei brummt mir jetzt schon der Kopf.

»Das ist Frau Rosenthal, sie leitet die Produktion und wird sich heute um dich kümmern.«

Eine dürre, hektische Blondine schüttelt mir kurz die Hand und spricht dann weiter in ihr Smartphone.

»Meine Schwägerin Mia. Sie fängt heute bei uns als …« Stefan verstummt angesichts Frau Rosenthals völligem Desinteresse. »Ich muss weiter«, sagt er dann mit Blick auf seine Uhr. »Wenn irgendwas ist, du findest mich hier den Gang entlang und durch die letzte Tür links runter in der Produktion.«

Damit ist er verschwunden, und Frau Rosenthal kümmert sich kein bisschen um mich. Sie deutet flüchtig auf die Uhr an ihrem Handgelenk, verdreht die Augen und zuckt mit den Schultern. Dann stürzt sie mit dem Handy am Ohr von Raum zu Raum, und ich stolpere hinter ihr her. Ich komme mir sehr blöd vor, weil ich nicht weiß, was ich genau tun soll, und sie nie lange genug zu telefonieren aufhört, damit ich sie fragen kann.

Schließlich landen wir im Café, und sie ordert einen doppelten Espresso für sich und fragt mich, ohne ihr Handy wegzulegen, ob ich auch einen Kaffee will.

»Ja, gern«, sage ich verlegen, und eine missmutige Frau mit blonder Föhnwelle knallt eine hübsch dekorierte Tasse mit perfektem Milchschaum für mich auf den Tresen.

»Bist du auch so eine, die dauernd Kaffee will?«, herrscht sie mich an.

»Ähm, nein. Ich trinke nur ganz wenig«, lüge ich.

»Ja klar, so wie du den runterschüttest! Du bist ein absoluter Kaffee-Junkie, das sehe ich. Noch einen?«

»Ja, bitte, wenn es keine Umstände macht«, flüstere ich.

»Natürlich macht es Umstände. Extra Milchschaum?«

Ich nicke und frage mich, warum die Frau so furchtbar schlechte Laune hat. Mit den Tattoos auf den Armen und im Dekolleté und der seltsamen aufgetürmten Frisur wirkt sie auf jeden Fall Furcht einflößend. Gerade als ich überlege, ob ich beängstigend oder desinteressiert schlimmer finde, weist Frau Rosenthal mich an, an Ort und Stelle zu bleiben. »Ich warte noch auf eine Neue«, sagt sie knapp, schüttet dann ihren Espresso auf einen Satz hinunter und eilt aus dem Raum. Ich nehme meinen zweiten Cappuccino und setze mich damit zögerlich auf ein kleines Sofa. Da kaum Gäste anwesend sind, nehme ich niemandem den Platz weg, nur am Tisch vor dem Fenster sitzt ein Mann und liest Zeitung.

Außer meinem gibt es noch vier andere Minisofas, die gut zu den Tischchen mit den schmiedeeisernen Beinen passen. Allerdings stehen sie in einem seltsamen Kontrast zu den modernen Barhockern an der Theke, die eher in eine Szenekneipe passen würden. Die Wände sind in einem hässlichen Dunkelgrün gehalten, und irgendetwas stört mich, auch wenn ich es nicht genau benennen kann.

Der Kaffee schmeckt allerdings super, noch besser als der bei Stefan und Annette, und der Blick aus dem bodentiefen Fenster auf die verschneiten, hohen Berggipfel ist so unwirklich schön, dass ich erst nach mehreren Minuten mein Handy checke. Noch immer keine Nachricht von Johnny. Heute Morgen habe ich das noch damit abgetan, dass außer mir niemand freiwillig um diese Uhrzeit wach ist, aber jetzt macht es mich langsam nervös. Hat er das Gespräch immer noch nicht hinter sich gebracht? Oder ist ihm gar etwas passiert? Sicherheitshalber schreibe ich Becky kurz, ob zu Hause alles in Ordnung ist. Dann trinke ich meinen Kaffee langsam Schluck für Schluck und esse zum Schluss den beiliegenden Keks. Und jetzt? Keine Frau Rosenthal weit und breit zu sehen. Ob sie von mir erwartet, dass ich mich allein umsehe? Zeugt das von Interesse, oder wäre es unhöflich und neugierig? Am liebsten würde ich Stefan fragen, aber ich kann ihn schlecht anrufen, weil ich nicht weiß, ob ich aufstehen oder doch an meinem Platz bleiben soll. Und die Bedienung an der Theke werde ich auf keinen Fall ansprechen, wenn es nicht sein muss.

Was würde Becky tun? Sie würde das machen, wozu sie wirklich Lust hat, also vermutlich, sich etwas umsehen. Also stelle ich meine Tasse samt Untertasse auf dem Tresen ab und bedanke mich höflich beim Rücken der grimmigen Frau, die gerade irgendetwas im Regal ordnet. Sie ignoriert mich.

»Ich gehe nur mal rasch … auf die Toilette«, murmele ich und verschwinde. Im Gang riecht es nach Staub und Desinfektionsmittel, und auf einmal weiß ich, was mich stört. Wieso riecht es hier eigentlich nirgends nach Schokolade? Ich beschließe, mir den SchokoLaden ganz vorn anzusehen, und sobald ich die Tür öffne, kommt mir endlich der süße Duft von Kakao entgegen. Okay, jetzt bin ich offiziell verzaubert! Auf allen Regalen liegt, steht und hängt Schokolade in unzähligen Varianten. Schokoladenbruch mit Goldschrift, ganze Nüsse in Schokolade, 60-prozentige, 85-prozentige und sogar 90-prozentige Schokolade und Schokoladenwürfel am Stiel, die man in heißer Milch auflösen kann.

Eine Theke präsentiert kleine bunte Pralinen in den Geschmackssorten Pannacotta, Pistazie, Blaubeer, Rosenwasser,

Mango und Safran. Die mit Safran sind vergoldet. Es gibt Zitronenschokolade mit Pfeffer, Schokolade mit Alkohol gefüllt, Williams Birne, Cognac, Weinbrandbohnen. Schokobonbons, die mit Nougat oder Kaffeelikör gefüllt sind. Einen Stöckelschuh aus weißer und rosafarbener Schokolade und die komplette Stadtfassade von Luzern in weißer, Milch- und Zartbitterschokolade. Wow. Ich würde mir am liebsten ein Körbchen schnappen und loslegen. Oder mir einfach die ganze Pracht nach und nach in den Mund stecken. So ungefähr hatte ich mir das ausgemalt. Für Schokolade könnte ich mich wirklich ins Zeug legen, und verzaubert von dem Geruch, verspreche ich mir selbst, aus diesem Praktikum das Beste zu machen. Trotz des seltsamen Starts. Weil ich mittlerweile tatsächlich auf die Toilette muss, gehe ich ins Foyer zurück. Und plötzlich laufe ich Frau Rosenthal in die Arme.

»Ach, da sind Sie ja, ich hatte doch gesagt, Sie sollen im Café auf mich warten! Können Sie gleich die chinesische Touristengruppe übernehmen?«, fragt sie hektisch.

»Eh, nein, das kann ich nicht, so was habe ich noch nie gemacht«, protestiere ich, aber habe das Gefühl, dass sie mich gar nicht richtig hört. Also schüttle ich vorsichtshalber noch den Kopf.

»Hier ist der Zettel, da steht alles drauf, Sie müssen sie einfach nur durch die Ausstellung führen und ihnen an jeder Station die Tafel vorlesen. Sie können doch Englisch, oder nicht?«

»Das schon, aber ...« Englisch ist nicht wirklich meine Stärke.

»Und das Schokoladengießen fällt heute aus, die Werkstatt ist unbesetzt.« Zaghaft nicke ich.

»Wunderbar, dann lasse ich Sie jetzt allein. Und denken Sie daran, je mehr Schokolade sie am Schluss verkaufen, desto höher fällt Ihre Provision aus. Grüezi!«

Weg ist sie, und ich bin schockiert und überfordert. Was soll das Gerede von Provision? Ich kriege doch ein festes Gehalt, wobei der Begriff Taschengeld passender wäre. Aber wie soll ich ohne jede Einarbeitung eine Führung übernehmen? Doch es hilft nichts, ich kann mich schlecht am ersten Tag der ersten Anweisung meiner Vorgesetzten widersetzen. Also schleiche ich zurück zum Empfang und lese mir zitternd den Zettel durch.

Erlebnisrundgang mit fachkundigem Guide.

Ich schnaube kurz auf.

Begrüßung/Garderobe/Überprüfung Anmeldung (Vanessa: bezahlt?) Pro Person 1 Schoggitaler verzieren / 25 Minuten gesamt / Ladenverkauf: Spitzhügeli Nr. 16!

Ich drehe den Zettel um, aber da steht nichts weiter. Ist das ihr Ernst? Das sind die kompletten Anweisungen? Ich habe noch nie in meinem Leben eine Führung geleitet, nur eine Schatzsuche am Kindergeburtstag von Beckys kleinem Bruder, und die ist total danebengegangen. Die Kinder sind von Station zu Station gerast und waren am Ziel, bevor Becky den Schatz überhaupt richtig versteckt hatte. Sie haben ihr die Kiste aus den Händen gerissen und die Süßigkeiten eigenmächtig unter sich verteilt.

Wahrscheinlich ist eine Gruppe chinesischer Touristen leichter zu bändigen als zehn Kindergartenkinder, aber sicher bin ich mir nicht. Noch immer zitternd gehe ich aufs Klo, wasche mir dann die Hände mit der rosafarbenen Blumenseife und ziehe meinen Lippenstift noch einmal nach. Dann wage ich mich ins Foyer zurück, gerade rechtzeitig, denn die Tür öffnet sich mit einem leisen Läuten und spült eine Gruppe chinesischer Männer in Anzügen herein. Ich lächle sie so souverän an, wie ich kann, und weise ihnen dann mit Handzeichen den Weg zur Garderobe. Das ist der einzige Vorgang, den ich mir heute von Stefan abgucken konnte, und er funktioniert auch. Die Männer stellen sich wortlos an und hängen ihre Jacken und Mäntel ordentlich der Reihe nach auf. Offenbar sind sie besser trainiert als deutsche Kindergartenkinder. Dann schauen sie mich erwartungsvoll an.

»Ähm, *do you have an* … Anmeldeformular?«, frage ich blöd.

Einer streckt mir ein Schriftstück entgegen, und ich nehme es, gebe vor, es zu lesen, und nicke dann. »*Yes, very good, thank you.*« Ich hoffe einfach mal, dass sie ordnungsgemäß bezahlt haben oder was auch immer sie nach der Anmeldung erledigen mussten.

»Halt, die Herrschaften bekommen noch ihre Schoggitaler!« Eine dünne Rothaarige in Pelzweste, die mir noch niemand vorgestellt hat, hält mich am Ärmel fest und zählt mir vierzehn Plastikschokotaler in die Hand. »Das sind die Gutscheine fürs Schokoladegießen.«

»Ähm, ich glaube, das fällt heute aus«, sage ich.

»Okay, von mir aus.« Sie streckt die Hände aus, und ich gebe ihr die Taler wieder zurück.

»Viel Spaß!«, ruft sie, und ich frage mich, wen von uns sie meint und ob das hier nicht doch ein grausamer Erstlings-Scherz ist. Irgendjemand wird heute sicher noch Spaß haben, wenn auch nicht unbedingt ich.

Die Ausstellung ist in einem großen Raum zwischen Schoko-Laden und Produktionshalle angeordnet. Sie beginnt mit einem riesigen Plakat, das Bauern auf einer Kakaoplantage bei der Arbeit zeigt.

Vor dem Bild steht ein altmodischer Handwagen, auf dem graue Säcke und einzelne Kakaobohnen liegen, in der Mitte eine riesige braune Bohnenschote. Auf einem Messingschild steht:

»Der nachhaltige Umgang mit Rohstoffen ist uns ein Anliegen. Unser Gütesiegel bescheinigt, dass wir nur Fair-Trade-Produkte aus förderungsbedürftigen Ländern einkaufen.« Ojemine, wie übersetze ich das jetzt ins Englische? Alle Augenpaare sind gespannt auf mich gerichtet, und ich befürchte, dass sich gleich erste Schweißtropfen auf meiner Stirn bilden.

»*Ladies and Gentlemen*«, beginne ich nervös. Das war gleich schon mal falsch, denn hier ist keine einzige Lady.

»*Gentlemen, here you see some farmers working on chocolate fields.*« Schokoladenfelder? Weiß der Himmel, wie man Kakaobohnenplantage übersetzt. Warum hat mir Frau Rosenthal nicht wenigstens eine englische Übersetzung mitgeliefert?

»*It is all fair trade, everything excellent standards, only good deals.*« Die Gruppe sieht mich verständnislos an.

»*Not much work, not hard work, a lot of breaks.*« Weil offenbar keiner versteht, was ich damit sagen will, beginne ich verzweifelt eine Art Pantomime. Ich stelle mich vor das Bild und imitiere den Bauern, der einen Sack schultert. Keine Ahnung, ob man das Zeug anfassen darf. Aber hey, ich bin die Führerin, und ich brauche das jetzt für meine Darbietung. Vorsichtig nehme ich also einen der Säcke hoch und werfe ihn mir über die Schulter. Dann trotte ich ein paar Schritte nach rechts und zurück und setze ihn schließlich wieder auf dem Wagen ab. Vorsichtig nehme ich die riesige Kakaoschote in die Hände, sie ist unerwartet schwer. Ich wusste gar nicht, dass Kakaoschoten dermaßen groß sind. Dann lege ich sie ab, setze mich auf den Wagen und wische mir den imaginären Schweiß von der Stirn.

»*Uff, I am tired.*« Dabei lasse ich einzelne kleine Kakaobohnen durch meine Finger rieseln. Meine Hände riechen nach Schokolade. Die Chinesen sehen mir gebannt zu. Also los, Mia, biete ihnen was! Ich stehe auf, stelle mich an die Seite und spreche mit tieferer Stimme zu dem Handwagen: »*Are you tired? Then you make a big break!*«

Jetzt beginnen ein paar der Männer tatsächlich zu lächeln. Ich setze mich auf den Rand des Wagens und lege meine gefalteten Hände unter meine linke Wange. Dazu mache ich Schnarchgeräusche. Zwei der Chinesen lachen.

Also stehe ich wieder auf, gehe zurück zur Position des Aufsehers und lobe den Wagen. »*Very good. Always slowly. You get enough money, don't hurry.*« Jetzt lacht auf einmal die ganze Gruppe und beginnt zu klatschen. Verlegen nicke ich ihnen zu und führe sie dann weiter zur nächsten Station. Hier wird gezeigt, wie die Kakaobohnen geschält und geröstet werden. In mehreren Schüsseln liegen grüne, braune, rohe und geröstete Bohnen, und ich lasse die Männer ringsherum anfassen und schnuppern.

Auf einem Monitor zeigt ein Video, wie die Kakaobohnen gemahlen und mit Zucker und Kakaobutter vermischt werden. Davor stehen mehrere Schüsselchen mit kleinen Schokoladenwürfelchen. Dass man die probieren darf, erscheint mir logisch. Ich stecke mir ein paar in den Mund und sage: »Hm, *yummie!*«

Zögerlich greifen die Männer nach kleinen Plastikgefäßen und Plastiklöffelchen und löffeln winzige Portionen von den Proben in die Probierbecher.

»*It is free, you can take more, so yummie*, hm!«, ermutige ich sie, größere Portionen zu nehmen, und schütte meine eigenen Schokowürfelchen auch erst mal in einen Probierbecher, bevor ich sie esse. Verdammt lecker, das muss ich zugeben. Nächstes Mal nehme ich gleich das Plastikgeschirr. Ist sicher hygienischer, wenn auch nicht unbedingt umweltfreundlich. In Sachen Nachhaltigkeit, die sie sich groß auf die Fahne schreiben, geht noch was. Ich mache mir eine Notiz auf meinen Zettel, dass ich bei Gelegenheit kompostierbares Holzgeschirr vorschlagen könnte.

Eine weitere Station zeigt, wie die Schokolade conchiert wird. Eine altmodische Maschine presst und schlägt die Kakaomasse gleichmäßig in einem riesigen Gefäß. »Nur durch die mechanische, gleichförmige Bewegung wird die Schokolade flüssig, es gibt keinerlei Wärmezufuhr von außen«, erläutert das zugehörige Schild.

»*Moving, moving, no fire, no heating, only moving*«, übersetze ich, stolz, wie gut ich mich inzwischen eingegroovt habe, und die Chinesen nicken mir freundlich zu. Keine Ahnung, ob sie es verstanden haben, aber wir gehen einfach weiter. Inzwischen muss ich mir echten Schweiß von der Stirn wischen. Wenn ich gewusst hätte, wie anstrengend das hier wird, hätte ich mir bequemere Sachen angezogen. Oder dafür gesorgt, dass ich mir die Ärmel hochschieben kann. Aber Hauptsache, dem Publikum gefällt's.

Jetzt kommen wir zu meinem Lieblingsort, sofern ich das heute schon beurteilen kann: dem Laden. Abermals schaue ich mich vergeblich nach einem Verkäufer um und deute schließlich einfach auf die Regale. Meine Gruppe nimmt sich Körbe von einem Stapel und beginnt eifrig Schokoladenkugeln, -tafeln und -stangen einzuräumen. Halt, Hilfe!

»*Now you must buy the chocolate*«, versuche ich die Männer zur Raison zu rufen. »*Here you have to pay for the chocolate!*«

Die Chinesen sehen mich verständnislos an und türmen weiter Schokolade auf Schokolade. Verzweifelt krame ich meine Liste hervor, vielleicht habe ich ja doch zu diesem Punkt ein paar genauere Anweisungen übersehen. Aber nein, nur »Spitzhügeli Nr. 16!« steht da. Was soll das sein? Die spinnen hier doch alle. Ich scanne die Regale mit den Augen und entdecke relativ schnell eine Reihe von aus Schokolade geformten Berghügeln, die in halb durchsichtigen Kartons verpackt sind. Die Berge sind mit Schnee aus weißer Schokolade bedeckt und werden »Spitzhügeli« genannt. Eigentlich sehr hübsch, aber dann sehe ich, dass die Schachteln mit orangefarbenen Aufklebern versehen sind: »Läuft in Kürze ab, halber Preis«. Ach, so ist das. Deshalb soll das Zeug verkauft werden. Aber irgendwie kommt es mir falsch vor, den freundlichen Chinesen Schokolade anzudrehen, die nicht mehr lange haltbar ist. Obwohl, kann Schokolade eigentlich schlecht werden? Sie kann zumindest grau anlaufen, aber wie ich heute gelernt habe, liegt das dann an der falschen Temperatur im Supermarkt und nicht an der Haltbarkeit. Ich bin wohl gezwungen, auf das Zeug aufmerksam zu machen, aber ich beschließe, das mit dem Ablaufdatum zu erwähnen. Dann kauft das zwar keiner, aber so habe ich ein reines Gewissen.

»*Please look at these fantastic chocolate hills!*« Ich nehme eine Schachtel aus dem Regal und halte sie in die Höhe. »*Here you can see the swiss mountains made of chocolate. It is half price, but you must eat it very soon, because it is only good for one month.*«

Drei Chinesen kommen interessiert näher, nehmen mir die Schachtel ab und lachen über die Alpensilhouette.

»*Eating very soon?*«, fragt einer.

»*Do you have more of this?*«, fragt mich ein kleiner untersetzter Mann.

»*Yes, but it will soon be … bad*«, erkläre ich hilflos. »*You must eat it immediately.*«

»*Immediately?*«, wiederholt ein anderer.

»*No, not today, but maybe tomorrow or next week.*«

»*I like it*«, sagt der kleine Mann und türmt drei Schachteln in seinen Warenkorb.

»*Me too.*«

»*But you must pay for it*«, wiederhole ich verzweifelt und zeige auf die Kasse. »*Half prize!*«

»*Half prize?*«, fragt einer nach. Ich nicke.

»*Everything half prize?*«

»*No, only the mountains!*« Endlich scheint er zu begreifen und legt die anderen Süßigkeiten zurück. Dann lädt er sich den Korb mit Spitzhügelis voll und stellt sich brav an der Kasse an. Im Nu haben sich seine Kollegen die restlichen Spitzhügeli-Packungen in die Körbe gelegt und stellen sich ordentlich in einer Schlange an. Zu meinem Glück sitzt dort inzwischen die mürrische Frau aus dem Café, und ich sehe aufatmend, wie ein Chinese nach dem anderen seine Schokoladenvorräte mit Kreditkarte bezahlt. Danach stellen sie sich in einem perfekten Halbbogen auf, verneigen sich und klatschen mir Beifall. Ich strahle vor lauter Freude und Erleichterung über meinen Erfolg – auch noch, als die komplette Gruppe ihre Jacken geholt und aus der Tür entschwunden ist.

»Wie hast du das denn geschafft?«, spricht mich die mürrische Blondine plötzlich an. »Das war der totale Ladenhüter, im Oktober hätten wir alles wegschmeißen müssen!« Sie lächelt mich jetzt tatsächlich an. »Ich bin übrigens Maja.«

»Keine Ahnung«, gebe ich zu. Mein seriöses Outfit habe ich vor Aufregung durchgeschwitzt. »Diese Liste war nicht besonders aufschlussreich.«

»Das sind sie nie, Süße.« Süße? Erst pampt sie mich an, und jetzt sind wir schon bei Kosenamen. Vermutlich liegt es nur daran, dass sie meinen Namen direkt wieder vergessen hat. Clever. »Ich heiße Mia«, wiederhole ich also freundlich.

»Wirklich? Ich dachte, die Neue heißt Rita. Na, egal, also einfach nur Mia?«

»Na ja, in meinem Pass steht Maria Magdalena, aber das verschweige ich meistens«, rutscht es mir heraus. Meine Mutter hat sich kurz nach meiner Geburt in ihrer religiösen Phase befunden.

»So wie die Hure in der Bibel?«, fragt Maja.

»Sie war eher eine Art Jüngerin«, verteidige ich meine Namenspatronin. »Sie hat vielleicht Ehebruch begangen, aber Jesus hat ihr verziehen. Sie war keine Prostituierte, verstehst du, sie hat kein Geld für Sex genommen.«

Leicht belämmert folge ich Maja ins Café.

»Ist ja schon gut, ich wollte nicht deinen Glauben beleidigen.«

»Hast du nicht, ich bin Atheistin.« Das stimmt auch nicht ganz, aber so einfach ist das mit meinem Glauben nicht zu erklären, und Maja erscheint mir noch immer ziemlich angriffslustig.

»Süße, vor mir musst du dich doch nicht rechtfertigen! Ich bin Buddhistin. Ich toleriere alles Lebendige.«

»Auch Schimmelpilze?«, frage ich und bereue es im nächsten Moment.

»Alles Lebendige, was eine Seele oder etwas Ähnliches besitzt«, ergänzt sie. Ich kann nicht beurteilen, ob sie mich unter richtiger Seele oder etwas Ähnlichem verbucht, aber zumindest ist sie bereit, mir noch einen Kaffee zu machen.

»Ich schlage drei Kreuze, wenn ich nicht mehr im Laden an der Kasse einspringen muss«, sagt Maja, und ich bekomme immer mehr das Gefühl, dass hier nicht alles so wirklich geordnet und strukturiert abläuft.

Jetzt, nachdem die Reisegruppe gegangen ist, ist es richtig gemütlich hier. Durch die große Fensterscheibe blicken wir hinter sattgrünen Wiesen auf das Bergpanorama mit den leicht von Nebel umhüllten Gipfeln. Davor sieht man nur vereinzelte kleine Häuschen, Hügel und die wenig befahrene Zufahrtsstraße. Es ist fast zu schön, um echt zu sein. An die Echtheit erinnern allerdings zuverlässig die tristen Grau- und Brauntöne im Inneren des Cafés. Ich richte meinen Blick lieber wieder auf die spektakuläre Aussicht.

»Ist es hier immer so wie photogeshoppt?«, frage ich.

»Was meinst du damit?« Maja stellt mir diesmal den Kaffee vorsichtig auf den Tisch, anstatt ihn hinzuknallen, und setzt sich zu mir, denn bis auf uns ist das Café mittlerweile vollkommen leer.

»Es ist so … schön hier! So idyllisch. Wie auf einer Postkarte. Ich kann mir gar nicht vorstellen, dass da draußen echte Kühe herumlaufen.«

»Sie sind echt. Eine hat mich mal in die Hand gebissen«, sagt Maja.

»Was? Warum das denn?«

»Ich wollte ein Selfie mit ihr, und das wollte *sie* nicht. Ich musste in die Notaufnahme, aber das Bild ist echt gut geworden. Hatte über 400 Likes bei Instagram.«

»War es das wert?«

»Auf jeden Fall! So eine Tetanusspritze hält ja dann auch für fünf Jahre. Willst du mal sehen?«

Sie zeigt mir ein Bild auf ihrem mit rosa Strasssteinchen besetzten Handy. Darauf trägt sie ein Dirndl und Zöpfe und hat einen riesigen Schokoladenlolli in der Hand. Die Kuh neben ihr hat einen Blumenkranz auf dem Kopf, der farblich perfekt mit Majas Tattoos harmoniert. Sie sieht Maja so finster an, dass mich ihr Angriff nicht überrascht. Okay, das ist ein verdammt gutes Foto. Lustig, schräg, süß, ungewöhnlich und vor allem mit dem hinreißenden Bergpanorama. Vielleicht sollte ich auch mal solche Fotos machen? Vielleicht würde Johnny auf ein Bild mit mir neben einer wütenden Kuh endlich reagieren?

»Hast du eigentlich einen Freund?«, frage ich.

»Bin Single. Erst seit Kurzem, der Ex hat mich betrogen, und das lasse ich mir nicht bieten. Alles, was ich von einem Mann kriegen kann, kriege ich auch woanders. Abgesehen vom Sex, und dafür muss man ja nicht jedes Mal den gleichen nehmen, oder?«

Mann, das ist echt 'ne Nummer, diese Frau. »Muss man wohl nicht«, stimme ich vorsichtig zu. Vielleicht ist sie unterzuckert.

»Kann man sich hier eigentlich irgendwo Schokolade nehmen, wenn man Lust darauf hat?«, frage ich.

»In der Ausstellung überall, du musst nur checken, ob noch genug für die Besucher übrig bleibt. Aber du kannst dir hier auch immer was von den aussortierten Pralinen holen.«

»Wo sind die denn?«

»Du meinst jetzt sofort?« Sie lacht.

»Eigentlich … ja.«

»Fehlende Impulskontrolle?«, fragt sie und winkt mich hinter die Theke. Irgendwie kann ich ihre Sprunghaftigkeit gar nicht einschätzen. Die aussortierten Pralinen, die Maja mir in einem Karton präsentiert, sind so wunderschön, dass ich auf den ersten Blick gar nicht erkennen kann, warum sie nicht verkauft werden.

»Wieso bietet ihr die nicht mehr an? Die sehen doch super aus.«

»Aber sie sind zu alt.«

»Wie alt denn?«

»Fünf Tage.«

»Das nennst du alt?«

»Unsere Kunden können darauf vertrauen, dass bei uns alles immer da und immer frisch ist. Wir benutzen ja fast nur frische Zutaten und keine künstlichen Aromen. Das ist logistisch eine kleine Herausforderung, und zwangsläufig wird täglich viel aussortiert.«

»Wie viele darf ich haben?«, frage ich. Am liebsten hätte ich eine von jeder Sorte.

»Egal. So viele du schaffst!«

»Ernsthaft? Willst du nicht mitessen?«

»Nee, ich mache gerade 'ne Diät.«

»Schade.« Zusammen wäre es lustiger.

»Wie meinst du das?«, fragt Maja und zieht die Schachtel ein Stückchen von mir weg. Mist.

»Ich meine, das hast du doch gar nicht nötig. Du hast doch die perfekte Figur!«

Maja verzieht misstrauisch das Gesicht. »Perfekt?«

»Also, was heißt schon perfekt, ich meine nur, dass bei dir von den Proportionen her alles total ausgewogen ist. Der perfekte Fruchtbarkeitsschlüssel, Taille zu Hüfte und so …«

»Hier, nimm dir mal was, ich glaube, du hast es echt nötig. Fruchtbarkeitsschlüssel, ich glaube, ich spinne«, unterbricht sie mich und bietet mir wieder die Pralinen an. Okay, sie hält mich für bescheuert, aber sie gibt mir Schokolade, also schiebe ich meinen verletzten Stolz beiseite und suche mir sechs wunderschöne Pralinen aus, die ich wie Schätze zu unserem Tisch trage. Von ganz Nahem sieht man an zwei von ihnen kleine abgestoßene Eckchen, aber wen stört das? Sie schmecken himmlisch. Ich kann spüren, wie die Erdbeer-Sahne-Füllung auf meiner Zunge zergeht, wie das Karamell schmilzt und wie die weiße Schokolade meinen Gaumen kitzelt. Ja, das ist das Paradies. Vielleicht mache ich von der nächsten ein Bild, bevor ich sie verschlinge? Ich drapiere die golden glitzernde Praline neben meiner Kaffeetasse vor der Glasfront und schiebe sie hin und her, bis ich den perfekten Winkel zwischen Bergpanorama und Schokoladenkante habe. Klick, klick, klick. Ja, das sieht verdammt gut aus. Ich versehe das beste Bild mit den Hashtags #glück #heaven #love #smile #schokolade #schweiz und #mia, dann lasse ich es auf meine Netzwerke los. Becky liked es nach einer halben Sekunde, aber ich kriege auch eine Menge Zustimmung von fremden Leuten. Nur Johnny und Tina bleiben stumm. Tina und ich sind im echten Leben natürlich keine Freundinnen, aber unsere Netzwerke weisen schon gewisse Überschneidungen auf. Und dass wir denselben Mann lieben, macht unsere Bekanntschaft wohl eher noch enger, auch wenn das der Instagram-Algorithmus wahrscheinlich nicht weiß.

»Da sitzen Sie gemütlich im Café, Frau Feldbrunn, dabei sollten Sie schon längst bei der Teamsitzung sein!« Frau Rosenthal hat sich mal wieder unvermittelt angeschlichen und bellt mich an.

»Ehm, verzeihen Sie, aber ich heiße Mia Kammerer.«

»Sie sind doch die neue Führungsleiterin Rita Feldbrunn?«

»Nein«, wiederhole ich und bin ebenso verwirrt wie Frau Rosenthal.

»Aber warum haben Sie dann vorhin die Führung gemacht?«, fragt sie mich entgeistert. Ja, das ist eine berechtigte Frage.

»Das haben Sie mir doch befohlen … also, vorgeschlagen«, murmele ich.

»Egal, jetzt kommen Sie mal mit, dann klären wir schon, wer Sie sind.« Sie zieht mich am Arm hinter sich her, als wäre ich ein illegaler Eindringling, und wirft Maja mit Blick auf die übrig gebliebenen Pralinen noch zu: »Und Maja, nicht wieder so viel Schokolade essen, denk mal an das tief sitzende Bauchfett, das ist ja nicht nur unschön, sondern auch gefährlich!«

Nun, ganz ohne Fettreserven kann auch nicht allzu gesund sein, wenn ich mir Frau Rosenthal so anschaue, aber jetzt checke sogar ich, dass ich den Mund halten sollte. Sie schiebt mich in einen Konferenzraum und deutet auf einen freien Platz.

»Na endlich! Setzen Sie sich schnell, wir müssen weitermachen!« Der große, junge Mann im Anzug wirft uns einen genervten Blick zu und deutet dann wieder auf das Board hinter ihm. Das ist offensichtlich Fabian Zuckermann, Firmenerbe und mein offizieller Chef. Er hat hohe Wangenknochen, dunkelgraue Augen und ausdrucksstarke Brauen. Eigentlich sieht er richtig gut aus, aber alles an ihm schreit Schnösel, Spießer und Poster-Boy aus den Neunzigern. Seine Krawatte sitzt zu eng, und in der

Menge an Gel, die er sich auf den Kopf geschmiert hat, könnte ein Kleinkind ertrinken. Hinter ihm in der Ecke steht ein kleiner, glatzköpfiger Mann, der optisch beinahe mit der Wand verschmilzt.

»Ist doch nicht meine Schuld!«, sagt Frau Rosenthal laut und setzt sich weit weg von mir zu ihren Kollegen.

»Wie bitte?«, hakt der Chef nach, und alle drehen sich zu Frau Rosenthal um.

»Ich wäre längst hier, aber Frau Feldbrunn hat sich im Café verquatscht.« Sie zeigt auf mich, und jetzt sehen zehn Personen mich streng an.

»Eigentlich heiße ich Mia Kammerer, aber ja, ich habe mich im Café verquatscht«, sage ich schüchtern.

»Na also!«, sagt der ungefähr sechzigjährige Mann mit der Glatze zufrieden und wirft mir einen herausfordernden Blick zu. »Wozu lügen, die Wahrheit kommt am Ende doch ans Licht!«

Ich weiß zwar nicht, inwiefern ich gerade gelogen habe, aber offenbar wünscht er sich eine Erneuerung meines Schuldeingeständnisses.

»Ich war schuld!«, wiederhole ich also lauter, hauptsächlich um diese Blicke loszuwerden, und endlich nicken die Mitarbeiter zufrieden und wenden sich wieder Herrn Zuckermann zu. Puh. Wütend klatsche ich Frau Rosenthal in Gedanken ein paar Pralinen an den Kopf.

»Herr Schössel hat uns eine Praktikantin angekündigt, aber die ist nicht erschienen. Ist aber egal, die machen nur Stress, und es war sowieso ganz kurzfristig über Vitamin B«, motzt Frau Rosenthal. Irgendwie ist diese Frau entweder besonders böse oder begriffsstutzig, und ich ahne, dass ich das dringend aufklären sollte, aber einen erneuten Schwall von durchdringender Aufmerksamkeit ertrage ich gerade nicht.

»Das ist Ihr persönliches Problem, das halten Sie bitte aus unserer Teamsitzung heraus«, sagt der Juniorchef seufzend. »Also, wir müssen die Logistik verbessern und den Internetauftritt optimieren. Das ist alles viel zu old school hier.«

Der kleine Glatzkopf tritt näher und zupft ihn am Arm.

»Ja, Herr Schröter?«

»Ich will Sie ja nicht unterbrechen, aber können wir das nicht verschieben? Morgen ist doch hoher Besuch angesagt, oder nicht?«

Fabian Zuckermann reibt sich die Nase.

»Das hatte ich nicht mehr auf dem Schirm. Morgen kommt die Chefin, Verzeihung, meine Großmutter«, sagt er und wirkt plötzlich ein wenig nervös. »Dann planen wir mal schnell um. Frau Welker, Sie holen die alten Omatischdecken heraus und decken damit im Café alle Tische ab. Die Barhocker müssen heute Abend noch fortgeschafft werden, und die Sachen für die Junggesellenabschiede kommen alle ins Lager. Nicht auszudenken, was passiert, wenn Frau Zuckermann die Schoko-Handschellen oder die essbare Peitsche findet. Kann ich mich auf Sie alle verlassen?«

Murrend stimmen die Mitarbeiter zu und erstellen einen Plan, wie sie alle moderneren Elemente aus der Auslage entfernen und das Café am schnellsten so umgestalten, dass es wie früher aussieht, wie ein gemütliches, nostalgisches Oma-Café nur mit Sofas und Kronleuchtern. Weil mir das zutiefst unlogisch erscheint, frage ich nach, bevor mir klar wird, was ich da tue. »Warum machen Sie das?«

Alle drehen sich erneut zu mir um, entgeistert.

»Was meinen Sie, Frau Feldbrunn?«

»Sie brauchen doch heute mindestens zwei bis drei Stunden zum Wegräumen und morgen Abend noch mal zwei Stunden, um alles wieder hinzuräumen, oder? Warum sagen Sie Frau Zuckermann nicht einfach, dass Sie neue Barhocker angeschafft und neue Produkte ins Sortiment aufgenommen haben?«, frage ich.

Für einen Moment bleiben die Blicke skeptisch, dann brechen alle ringsherum in hysterisches Gekicher aus.

»Der war gut, Frau Feldbrunn!«

»Vanessa wird Ihnen unsere Interna noch näherbringen«, sagt der kleine Glatzkopf und deutet auf die dünne rothaarige, perfekt geschminkte junge Frau vom Empfang, die mir vorhin die Schoggitaler in die Hand gedrückt hat.

Später passe ich Frau Rosenthal im Büro ab.

»Frau Rosenthal, es ist mir ja echt peinlich, aber ich bin wirklich nicht die neue Führungsleiterin, sondern die Praktikantin aus Deutschland. Die Schwägerin von Stefan Schössel, Sie erinnern sich?«

»Sind Sie sicher? Dann verdienen Sie nicht mal die Hälfte.«

Die ist echt lustig. Soll ich mal kurz die Identität wechseln, um doppelt so viel zu verdienen? Nein, das muss irgendwie anders gehen.

»Also, Frau Feldbrunn scheint ja nicht gekommen zu sein. Wenn ich an ihrer Stelle die Führungen mache und Schokolade verkaufe, bekomme ich dann auch die Provision?«, frage ich.

»Von mir aus«, sagt sie gelangweilt.

»Dann ist doch alles gut. Ich mach beides. Ich meine, was habe ich als Praktikantin denn schon groß zu tun?«

»Die Broschüre umschreiben, die Website aktualisieren, den Laden putzen, Herrn Zuckermann im Oktober bei der Präsentation zur Hand gehen, natürlich nicht alles allein, ich muss Sie ja erst mal anlernen, meine Güte, das wird mich so viel Zeit kosten, Praktikanten sind immer so begriffsstutzig und stellen tausend dumme Fragen …«

»Das schaffe ich, keine Sorge«, sage ich entschlossen. »Ich brauche das Praktikumszeugnis wirklich dringend – und das Geld schadet auch nicht.«

»Darüber reden wir dann nächste Woche«, wiegelt sie ab.

Okay, das war das beste Gespräch, das ich mit Frau Rosenthal bisher hatte. Vielleicht sollte ich mein Glück nicht überbeanspruchen.

Im Café sitzen Maja, Vanessa und ein blonder durchtrainierter Typ zusammen und trinken eine heiße Schokolade.

»Willst du auch eine?«, ruft Maja mir zu. Eigentlich müsste ich los, Stefan wartet sicher schon auf mich. Andererseits bin ich froh, dass ich ein bisschen Anschluss gefunden habe.

»Ja, gern!«, sage ich und setze mich dazu. Schnell tippe ich eine Nachricht an Stefan:

Brauche noch länger, du kannst schon mal fahren.

Ich weiß zwar noch nicht, wie ich allein nach Unterrügeri kommen soll, aber irgendwie finde ich das heraus. Irgendwo im Hinterkopf höre ich Esthers Stimme, die mir sagt, dass mich nicht jeder mögen muss und dass ich auch ruhig mal anecken darf. Klar, Esther würde ins Auto springen und die anderen Leute der Firma einfach stehen lassen, aber ihr ist es auch meistens egal, was die Leute von ihr halten. Und ganz bestimmt würde es ihr nicht passieren, dass man sie einen Tag lang mit dem falschen Namen anspricht. Morgen regle ich das. Oder vielleicht fange ich jetzt schon damit an. Genau, deshalb muss ich hierbleiben, damit ich das in Ordnung bringen kann. Das ist kein Sichanbiedern, sondern erwachsenes, reifes Verhalten am Arbeitsplatz.

»Ich heiße übrigens *Mia*«, sage ich.

»Vollmilch oder Zartbitter?«, übertönt mich Maja, und ich muss einen Moment lang überlegen, was sie meint.

»Was du empfiehlst.«

54

»Ich trinke einen grünen Tee, zum Detoxen, aber die meisten nehmen Zartbitter, also probierst du das am besten auch mal.«

Ich nicke und versuche noch mal, meinen Namen zu sagen, aber Vanessa ist damit beschäftigt, von sich und dem kleinen Adonis das perfekte Selfie zu schießen.

»Gehst du mal kurz zur Seite, ich brauch den Sonnenuntergang ohne Hindernis«, sagt der Typ. Okay.

Das Getränk aus flüssiger Schokolade in Milch schmeckt ganz anders als unser üblicher Kakao in Deutschland. Es ist ehrlich gesagt einfach nur großartig.

»Wie ein flüssiger Orgasmus«, sage ich versonnen, und die andern am Tisch lachen. Ich hoffe, dass sie *mit* mir und nicht *über* mich lachen, aber sie sehen ziemlich wohlwollend aus.

»Das solltest du posten«, schlägt Maja vor. Stimmt, vielleicht locke ich Johnny damit endlich aus der Reserve.

»Meine Tasse ist aber schon beinahe leer«, sage ich bedauernd.

»Hier, meine ist noch voll.« Vanessa schiebt mir ihre Tasse hin, und ich mache ein Bild davon. Erschreckt dreht sie ihren Kopf zur Seite und hält sich die Hände vors Gesicht.

»Bin ich mit drauf? Nicht aus dem Winkel, ohne Filter seh ich schrecklich aus!«

»Du bist nicht drauf«, behaupte ich und schneide das Bild schnell so zurecht, dass das stimmt. Obwohl sie doch so aussieht, als würde sie sich jede halbe Stunde nachschminken, und auch ihre Ponyfrisur sitzt makellos.

»Ich adde dich mal bei Insta«, sagt Vanessa und hält mir ihr Handy hin, damit ich meinen Namen eingeben kann.

»Du heißt Mia?«

»Eigentlich heißt sie Maria Magdalena«, petzt Maja. Mann, das hätte ich ihr wohl nicht erzählen sollen.

»Mia ist besser, das ist kürzer!«, bestimmt Vanessa und likt sofort mein Bild. Ich finde es wirklich gut, wenn die Leute meine Bilder mögen, aber manchmal ist es entspannend, wenn man einfach mal etwas tun kann, ohne sich darum zu kümmern, wie es nach außen wirkt. Das Glücksgefühl dieser flüssigen Schokolade kann ich sowieso nicht richtig beschreiben.

»Ich bin Marco«, sagt der Typ und lächelt selbstzufrieden. »Ich arbeite in der Produktion, aber eigentlich bin ich Model.«

»*Einmal* warst du auf dem Plakat von deinem Fitnessstudio«, korrigiert ihn Maja. »Ein einziges Mal.«

»Du bist bloß neidisch, weil dich nie eine Modelagentur aufnehmen würde«, kontert er.

»Mich schon«, sagt Vanessa, »aber so was Oberflächliches interessiert mich nicht.« Warum hatte sie dann solche Angst vor einem unschönen Foto? Vielleicht ist ihr die Pelzweste peinlich? Wobei, wer trägt denn heute noch Pelz?

»Ist der eigentlich echt?«, frage ich und deute auf die Weste. Vanessa sieht mich an, als hätte ich etwas Verbotenes getan.

»Klar, glaubst du, ich trage ein Imitat?«

Ja, das hatte ich irgendwie gehofft.

»Denkst du etwa, ich kann mir keine Originale leisten?«

»Ich dachte mehr so an den Tierschutz«, sage ich.

»Tierschutz? Der Pelz ist uralt, von meiner Tante. Damals gab es noch keinen Tierschutz«, behauptet Vanessa. »Soll das gute Teil im Schrank verrotten, nur damit ich dadurch ein politisches Statement abgebe? So eitel bin ich nicht.«

»Nein«, sage ich, leicht aus dem Konzept gebracht.

»Sitzen meine Haare?«, fragt Marco. »Ich hab gleich noch ein Date!«

»Doch nicht schon wieder mit dem kleinen Italiener?«, fragt Vanessa, und er verdreht schuldbewusst die Augen und grinst. »Kein Kommentar. Der Gentleman genießt und schweigt.«

»Von wegen Gentleman, du erzählst mir doch eh wieder alles brühwarm weiter.«

Marco grinst noch breiter und lässt sich von Vanessa liebevoll die Frisur zurechtzupfen, bevor er mit ihr aufbricht.

»Ich muss dann auch mal«, sagt Maja und steht auf. Plötzlich verläuft sich die kleine Gruppe ganz schnell. Mist, für diese zehn eher unangenehmen Minuten hätte ich Stefan wirklich nicht stehen zu lassen brauchen. Mit einem Seufzen hole ich meine Jacke und schaue sicherheitshalber noch mal zum Parkplatz. Leider ist mein Schwager aber schon über alle Schweizer Berge. Wie dumm von mir. Ich könnte jetzt schon zu Hause sein und mich in zehn Minuten in eine warme Wanne legen. Stattdessen muss ich mir jetzt eine Busverbindung suchen, hab nur noch 30 Prozent Akku, und offensichtlich muss ich fast eine Stunde warten und dann noch mal umsteigen und anschließend zehn Minuten laufen. Und das alles nur, weil ich so erpicht darauf war, integriert zu werden. In so eine Gruppe oberflächlicher Idioten, die ich nach diesem Praktikum sowieso nie wiedersehen werde. Frustriert stiere ich in die Ferne, und für einen kurzen Moment fühlt sich die Situation nicht mehr ganz so blöd an. Faszinierend, registriere ich, dieses Panorama ist wirklich spektakulär. Das Land breitet sich satt und grün vor mir aus. Das Gras weht im Abendwind, und in der Ferne sieht man den See glitzern. Heute Mittag war es noch richtig warm, aber typisch für September wird es abends schnell unangenehm kühl. Zum Glück habe ich mein rosa Seidentuch in der Tasche meiner Cordsamtjacke, das ich mir jetzt um den Hals legen kann, als ich mich Richtung Bushaltestelle bewege.

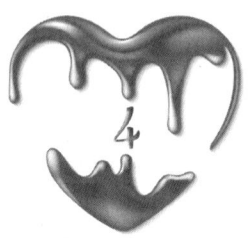

*N*a gut, das kann ja alles sein, dann gebe ich es zu, und es tut mir leid. Aber kannst du nicht wenigstens herkommen, und wir reden hier über alles? Isa, meinst du das jetzt ernst? Das kannst du doch nicht machen! Nur so am Telefon …«

Ich muss mich einfach zu ihm umdrehen, ich kann nicht anders. Ich war so versunken in meine Gedanken, dass ich ihn erst gar nicht wahrgenommen habe. Wie er da auf der kleinen Bank sitzt und sich unbeobachtet glaubt, sieht er gar nicht mehr so schnöselig aus. Er hat den Hemdkragen aufgeknöpft, das Jackett ausgezogen und kratzt sich frustriert am Kinn. Dann legt er ein Bein auf die Bank, womit er endgültig die perfekte Fassade zerstört. Steht ihm gut, finde ich. Plötzlich sieht er nett und irgendwie müde aus, beinahe menschlich.

Die Haare sind immer noch zu einer lächerlichen kleinen Spitze gegelt, aber sein Gesicht wirkt ratlos und irgendwie traurig, gar nicht mehr eingebildet oder blasiert. Beinahe tut er mir leid. Jetzt wischt er sich über die Augen, und mein Herz krampft sich zusammen. Weinende Männer habe ich noch nie ertragen können.

Ich weiß leider ziemlich genau, wie es ist, wenn einem das Herz gebrochen wird, das habe ich nie vergessen, auch nach zehn Jahren nicht. Dieser Mann ist am Boden zerstört, und ich würde ihn am liebsten in den Arm nehmen. Das ist natürlich ausgeschlossen, ich kann ja nicht meinen Chef umarmen, am Ende werde ich noch wegen sexueller Belästigung am Arbeitsplatz angezeigt. Lieber schleiche ich mich weg, bevor etwas Unpassendes aus meinem Mund kommt. Am besten wäre, ihm fällt gar nicht auf, dass ich überhaupt hier war. Ich trete auf Zehenspitzen den Rückweg an – und ein ohrenbetäubender Knall ertönt. Vor Schreck schreie ich auf, aber es ist nur eine dieser Blechgießkannen umgefallen. Herr Zuckermann dreht sich ruckartig um.

»Ist alles in Ordnung?«, fragt er mich. Shit. Rückzug, Klappe halten, Mia.

»Ja, alles bestens, weinen Sie ruhig weiter. Ich hab nur eine Kanne umgeworfen, tut mir leid, aber sie ist nicht kaputt, und ich hab auch gar nichts gehört.«

Er sieht mich ungläubig an. »Wie bitte?«

Ich fürchte, ich habe das mit dem Weinen laut gesagt.

»Ähm, ich bin gegen diese Kanne gestoßen. Aus Blech. Zu laut. Entschuldigung.« Manchmal öffne ich meinen Mund, ohne nachzudenken, und das bringt mich dann in Schwierigkeiten.

»Ich habe nicht … geweint«, sagt er würdevoll. »Ich habe eine Allergie.«

»Ach so. Ja, es tut mir leid. Ich gehe dann mal lieber. Gute Besserung für Ihre … Allergie.«

»Warten Sie mal. Was machen Sie überhaupt noch hier?«

»Ähm, ich hab den Bus verpasst.«

»Soll ich Sie heimfahren?«

»Nein, nein, nicht nötig. Ich laufe dem nächsten Bus einfach entgegen. Es ist ja ein so milder Abend.«

Er blickt zum Himmel. »Sieht ziemlich dunkel aus.«

»Aber das macht mir gar nichts, außerdem haben Sie ja sicher noch zu tun mit Ihrer … Allergie. Der nächste Bus kommt schon … in einer Stunde.« Mittlerweile ist Herr Zuckermann aufgestanden und kommt näher.

»Wo wohnst du denn?« Er hat mich geduzt, war das ein Versehen? Ich überhöre das lieber.

»Bei meiner Schwester. Ich meine, in Unterrügeri.«

»Das ist nur ein Katzensprung. Hol deine Jacke.«

Ob er immer so gebieterisch ist?

»Das ist meine Jacke«, erkläre ich und halte den lila Cordsamt hoch. »Und ich will Sie wirklich nicht belästigen.«

»Hör auf, mich zu siezen, und komm mit!« Ich folge ihm zügigen Schrittes zum Parkplatz. Er schließt einen dunkelgrauen Mercedes auf. Als ich mich ihm nähere, steigt mir plötzlich ein intensiver Duft nach Schokolade in die Nase.

»Oh, das riecht aber gut. Wo kommt das denn so plötzlich her?«

»Aus der Abluftanlage«, sagt er lapidar. »Steigst du jetzt ein oder nicht?«

Ich kann seinen Ton gerade überhaupt nicht deuten. Ist er jetzt hilfsbereit oder gereizt und sauer, weil ich ihn im Liebeskummermodus erwischt habe? Chefs schätzen es sicher nicht, von der Praktikantin oder sonst wem in einem so privaten Moment erwischt zu werden. Ich bin allerdings so froh, dass ich heimgefahren werde, dass ich beschließe, diese Situation einfach würdevoll zu übergehen und so zu tun, als wäre nie etwas gewesen.

»War das am Telefon Ihre Freundin?«, frage ich wenige Minuten später. Okay, ich hab's versucht.

»Meine Verlobte«, sagt er düster und tritt aufs Gas. »Oder wohl eher Ex-Verlobte.«

»Wer verlobt sich denn heutzutage noch?«, rutscht es mir heraus.

»Wie meinst du das?«

»Na ja, sich zu verloben ist ziemlich altmodisch, so Hollywood. Irgendwie nicht zeitgemäß. Ich meine, wie lange kennt ihr euch denn schon?« Ich glaube an die große Liebe, ja klar, aber heiraten, oje. Okay, vielleicht hat das auch was mit meiner Familiengeschichte zu tun. Ehen haben bei uns im Allgemeinen eher nicht so gut funktioniert.

»Drei Monate.«

Ich kann nicht anders und muss mir mit aller Macht ein Grinsen verkneifen. Natürlich sieht er es.

»Was ist so lustig?« Wir brausen noch schneller dahin.

»Verloben ist so ernst, oder? Wer macht das denn schon nach ein paar Wochen? Außer vielleicht sie ist schwanger.« Ups.

»Es gibt eben Traditionen und Werte, mit denen nicht jeder Mensch etwas anfangen kann.« Hat er etwa gerade kritisch in meine Richtung geguckt?

»Schau lieber auf die Straße, sonst bringst du uns noch beide um.« War das zu frech? Aber er wollte ja geduzt werden.

»Vielleicht bist du nur gegen die Ehe, weil sich noch niemand mit dir verloben wollte«, sagt Fabian Zuckermann.

»Stimmt gar nicht. Ich hab schon massig Heiratsanträge bekommen. Da war zum Beispiel Dennis in der neunten Klasse, und dann … na gut, nur Dennis. Aber der hat meiner Pflegemutter sogar einen Strauß Rosen und eine Flasche Sekt mitgebracht.«

»Pflegemutter? Was ist denn mit deiner echten Mutter?«

In mir krampft sich alles zusammen. Darüber möchte ich nicht reden. Also übergehe ich die Frage einfach.

»Mit dem Sekt wollte er unsere Verlobung begießen. Aber sie hat sehr freundlich abgelehnt und gesagt, dass ich frühestens mit dreißig heiraten werde. Den Sekt haben wir dann später ohne Dennis getrunken und auf meine und Beckys jugendliche Freiheit angestoßen. Becky ist meine beste … äh, Pflegeschwester.«

»Deine beste Pflegeschwester?«

»Ja.« Das Ganze ist zu komplex, als dass ich es jetzt nebenbei erklären könnte. Plötzlich ertönt laut und schrill »All by myself«. Kam das aus dem Radio? Aber Fabian fährt an den Straßenrand, parkt ordnungsgemäß und zieht dann sein Handy aus der Jackentasche. *Das* ist sein Klingelton? Dieser Typ ist echt unglaublich. Ein Herzschmerzmädchenklingelton. Ich verbeiße mir schon wieder das Lachen, aber sein Gesicht verändert sich so erschreckend, dass mein Drang, zu lachen, augenblicklich erstirbt.

Das ist nicht die blöde Ex-Verlobte, die ihn vermutlich eh nicht verdient hat, das ist etwas Schlimmeres.

»Ja, ich bin auf der Bundesstraße, ja, ich kann in fünfzehn Minuten da sein.« Er klickt den Anrufer weg und sieht mich mit leeren Augen an.

»Was ist passiert?«, frage ich angstvoll.

»Meine Oma hatte einen Schlaganfall. Sie liegt im Spital in Zug. Es tut mir leid, ich kann dich doch nicht nach Hause fahren.« Sein Gesicht ist weiß, in seinen Augen schimmert es erneut. Mann, hat der einen beschissenen Abend.

»Das macht nichts, wirklich, überhaupt gar nichts. Ich steige am Krankenhaus aus und nehme die Bahn, okay?«

»Ja, das wäre das Beste.« Seine Stimme ist tonlos. »Es sieht wohl nicht gut aus … Meine Güte, und ich hatte ihr doch versprochen, ihr Isa vorzustellen. Eigentlich sollte sie heute ankommen, und morgen wollten wir dann zusammen …«

»Fabian«, sage ich so sanft wie möglich, und der Name klingt seltsam aus meinem Mund. »Es ist deiner Oma sicher gerade egal, ob sie deine Freu… Verlobte kennenlernt oder nicht. Sie will dich sehen, da bin ich mir ganz sicher.«

Er zuckt hilflos mit den Schultern, seine komplette Entschlusskraft scheint aus ihm gewichen zu sein.

»Meine Oma bedeutet mir sehr viel, ich weiß nicht, ob ich es ertrage, sie so zu sehen. Mich womöglich verabschieden zu …« Er bricht ab und fährt sich mit den Händen über das Gesicht. Wir kennen uns kaum, aber hier scheinen deutliche Worte angebracht. Oder moralische Unterstützung.

»Fahr einfach hin. Wenn du willst, gehe ich mit dir rein.«

»Zu meiner Oma?«, sagt er und ist ein einziges Fragezeichen.

»Nein, natürlich nur bis in den richtigen Gang«, erkläre ich.

»Ich gehe bis vors Zimmer mit.« Wenn ich in der Zeit mit Mama eins gelernt habe, dann ist es, mich in Krankenhäusern zurechtzufinden. Keine Fertigkeit, die man gern einsetzt, aber vielleicht kann ich ihm eine kleine Stütze sein.

»Ja, da wäre ich dir wirklich dankbar«, sagt er seltsam aufrichtig, und dann lenkt er den Wagen langsam vom Straßenrand fort. Im Gegensatz zu vorhin fährt er wie ein Fahrschüler und hält sich peinlich genau an die Vorschriften. Er ist wie auf Autopilot.

»Fabian, du kannst hier ein bisschen Gas geben, es ist doch weit und breit kein Gegenverkehr!«

Zögerlich erhöht er das Tempo ein wenig. Ich bin erleichtert, dass wir kurz darauf in die Straße zum Krankenhaus einbiegen.

Fabian parkt, macht aber keine Anstalten, den Wagen zu verlassen. Hat er vielleicht einen Schock?

»Wollen wir nicht aussteigen?«

»Nein.«

»Hast du solche Angst?«

»Ja«, sagt er schlicht. Ich lege meine Hand auf seinen Arm. »Wenn es ganz schlimm steht, lassen sie uns gar nicht rein«, behaupte ich.

»Bist du dir sicher?«

»Ja.« Bin ich nicht, aber hoffentlich ist es so.

Ich klicke auf die Schnalle, um meinen Gurt zu lösen, und weil er es mir nicht nachtut, öffne ich auch seinen Gurt. Dann steige ich aus, umrunde das Auto und mache seine Tür auf. Ich reiche ihm meine Hand, und er steigt langsam aus.

»Nun komm, jetzt reiß dich zusammen. Was soll deine Oma denken, wenn du wie ein Schluck Wasser in der Kurve da antanzt?«, sage ich und hoffe, dass Frau Zuckermann in einem Zustand ist, in dem sie überhaupt irgendwas mitbekommt. Automatisch bin ich in den Ton gefallen, den ich bei Beckys kleinen Brüdern anwende, aber es scheint zu funktionieren.

»Du hast recht.« Er zupft mit der rechten Hand seine blöde Krawatte zurecht, seine linke Hand hält noch immer meine, und er lässt sie auch nicht los, als wir gemeinsam hineingehen.

An der Pforte scheint plötzlich wieder ein wenig Leben in meinen Chef zurückzukehren, denn er verfällt mit dem Pförtner in ein aufgeregtes Schweizerdeutsch, das ich beim besten Willen nicht verstehen kann – anders als er offenbar. Er dirigiert mich einen Gang entlang und dann zu einem Lift und scheint sich tatsächlich gefangen zu haben, denn seine Stimme ist wieder fester.

»Mia, du heißt doch Mia, oder? Also, Mia, würdest du mir einen Gefallen tun, einen großen?«

»Ja klar, wenn ich kann.«

»Weißt du, du kannst das nicht verstehen, aber meiner Oma ist es sehr wichtig, dass die Firma weitergeführt wird und dass ich heirate. Vermutlich ging mit Isa deswegen alles so schnell … egal. Das ist vorbei. Aber das kann ich meiner Oma nicht sagen. Nicht jetzt! Wärst du damit einverstanden, dass ich dich ihr als Isabella vorstelle? Ich weiß nicht, ob sie mich hören kann, und wahrscheinlich wird sie die Nacht nicht überleben. Sie war nur so glücklich, als sie das mit der Verlobung gehört hat, als könnte sie nun in Frieden …« Erneut bricht seine Stimme weg, und Himmel, was soll ich sagen außer: »Ja.«

Ich glaube zwar nicht, dass der Oma irgendeine Verlobte tatsächlich so wichtig ist, aber ich kenne sie schließlich nicht, und die Hauptsache ist, Fabian beruhigt sich.

»Danke.« Er fasst mich wieder bei der Hand, und gemeinsam steigen wir in den Aufzug. Im Spiegel blickt uns ein seltsames Paar entgegen, ein großer, schlanker Mann mit traurigen Augen, und eine kleine, zerrupfte Frau in einer lilafarbenen Jacke und mit einer völlig aufgelösten Hochsteckfrisur. Ich hole das goldene Haarband aus der Tasche und taste nach meinem Dutt, aber zu meiner Überraschung sagt er: »Lass. Oma sind Äußerlichkeiten nicht so wichtig, und sie würde sagen, du hast ein sehr liebes Gesicht.«

Das war jetzt nicht unbedingt ein Kompliment, aber da er sich in einem Ausnahmezustand befindet, verzeihe ich ihm großzügigerweise. Und außerdem hält er immer noch meine andere Hand. Also streife ich das goldene Haargummi über mein Handgelenk, wie ich es oft tue.

Und dann sind wir auch schon auf der Station, und ich merke, wie mein Puls langsam steigt und das beklemmende Gefühl, das ich bisher noch ignorieren konnte, zunimmt. Ich habe es ihm nicht gesagt, aber ich habe auch Angst. Ich habe viel zu viel Zeit in Krankenhäusern verbracht.

Zum Glück liegt Elisabeth Zuckermann in einem warm ausgeleuchteten Raum und sieht gar nicht krank und ausgezehrt aus, sondern nur sehr müde. Sie wirkt zu klein für das hohe Bett, aber es ist ein schöner, friedlicher Anblick.

»Oma, ich bin's«, sagt Fabian vorsichtig und tritt näher.

Frau Zuckermann braucht eine Weile, bis sie ihre Augen öffnet, aber dann sieht sie mich interessiert an. Ich glaube, sie versucht zu lächeln.

»Und das hier ist, ähm, Isabella, meine Verlobte!«

Jetzt macht sie eine Bewegung mit der Hand.

»Möchten Sie meine Hand halten?« Ich lege sie behutsam auf ihre Bettdecke. Frau Zuckermann macht erneut eine Bewegung und versucht, einen Laut herauszubringen.

»Suchst du vielleicht deine anderen Ringe, Omi? Die haben sie dir abgenommen, sie liegen in deinem Schrank«, erklärt Fabian nervös. Sie trägt nur ihren Ehering am rechten Ringfinger, aber die hellen Hautstreifen am linken und an den Mittelfingern verraten, dass hier bis vor Kurzem mehr Ringe gesteckt haben.

»Ich glaube, sie möchte meinen Verlobungsring sehen«, entfährt es mir. Die alte Dame schaut mich aufgeregt an und nickt kaum merklich mit dem Kopf. Du meine Güte, der scheint das ganze Hochzeitsding wohl doch recht wichtig zu sein.

Was mache ich denn jetzt? Um mein linkes Handgelenk liegt immer noch das alte, goldene Haargummi. Es ist etwas bröselig, aber ich habe keine Zeit, nachzudenken. Ich streife es vom Handgelenk auf den Finger und verstecke den Rest in meiner hohlen Hand. Keine Ahnung, ob das als Ring durchgeht, aber in einem Akt der Verzweiflung strecke ich ihr meine Hand mit dem golden schimmernden Gummi entgegen und bin dankbar für die schummrige Beleuchtung. Elisabeth Zuckermann versucht, meinen Finger mit den Augen zu fixieren, und lässt sich dann mit einem Seufzer in ihr Kissen zurücksinken.

»Ihr Ring ist auch wunderschön«, sage ich leise und deute auf ihren schimmernden Ehering in Mattgold. »Ich mag Gold am liebsten.«

»Den hat sie schon seit über zwanzig Jahren nicht mehr abgenommen«, sagt Fabian. »Mittlerweile kann man ihn nicht mehr abziehen, weil ihr Gelenk dicker ist als der Ring.« Frau Zuckermann scheint zustimmend zu nicken, und ich glaube, sie freut sich, dass auch das Krankenhauspersonal ihr den Ehering nicht wegnehmen konnte. Fabian hat sich über sie gebeugt und streichelt sanft ihre Wange. Er flüstert ihr etwas zu, das ich nicht verstehen kann, und irgendwie habe ich das Gefühl, hier ein Eindringling zu sein, auch wenn ich gestehen muss, dass mich der Anblick der beiden unheimlich rührt.

»Sie sollten jetzt gehen«, tönt es plötzlich von der Tür, und eine energisch wirkende Krankenschwester erscheint.

Ich lächle der alten Dame zu, schlucke und mache mich auf den Weg zur Tür. Fabian gibt seiner Großmutter noch einen Kuss auf die Stirn und folgt mir einen Augenblick später.

»Danke«, sagt er, als wir wieder an der Pforte sind, und seine Stimme klingt belegt, aber erleichtert.

»Keine Ursache«, sage ich und desinfiziere mir ganz automatisch an dem Spender neben dem Eingang die Hände, so wie ich es damals bei Mama immer gemacht habe.

Jetzt, nachdem es vorbei ist, spüre ich auf einmal wieder eine große Distanz zwischen uns. Nichts mit Händchenhalten oder Nahenebeneinandergehen. Vielleicht ist ihm gerade ebenfalls aufgefallen, was für einen intimen Moment er da mit einer Wildfremden teilen musste. Wie ein Chef und seine Angestellte verlassen wir das Spital und werden von einer kühlen Abendluft empfangen. Im Auto nestele ich stumm an meinem Gurt herum, während Fabian auf die Straße starrt.

»Wieso bist du mit Krankenhäusern so vertraut?«, fragt er irgendwann.

»Meine Mutter ist an Krebs gestorben.« Mittlerweile kann ich diesen Satz sagen, ohne in Tränen auszubrechen.

»Das ist scheiße«, sagt Fabian.

»Ja.« Ich bin dankbar, dass er mich nicht bestürzt ansieht oder versucht, mich zu trösten. Übertriebene Mitleidsbekundungen sind mir unangenehm. Fabian drückt nur einmal leicht meine Schulter, dann fährt er los.

Wir reden kaum mehr, und als er mich endlich vor Annettes Haus absetzt, verabschieden wir uns beinahe verlegen.

»Danke, dass du mitgekommen bist. Ich weiß nicht, wie ich das sonst geschafft hätte. Und auch für … das andere.«

»Schon gut. Habe ich gern gemacht«, sage ich, und noch während ich aussteige, freue ich mich auf einen Schlaf, der mich diesen ganzen absurden Abend vergessen lässt.

Bist du irre? Ich war kurz davor, die Polizei zu rufen!«, schnauzt Annette mich an, als sie mir die Tür öffnet.

»Tut mir leid, an euch habe ich gar nicht mehr gedacht.« Das klingt nicht nett, ist aber einfach die Wahrheit. Ich bin hundemüde.

»Das habe ich gemerkt.« Annette schiebt mich in die Wohnung und nimmt mir meine Jacke ab, die sie aber trotz ihrer Wut sorgfältig auf einen Bügel hängt.

»Wo ist denn Stefan?«, frage ich.

»In der Kneipe«, sagt sie kurz angebunden. »Wie konnte er ohne dich losfahren? Habt ihr euch gestritten, oder was?«

»War meine Schuld«, sage ich. »Ich bin noch geblieben und wollte mich mit den Kollegen anfreunden, aber ich glaube, das war sinnlos.«

»So schnell schließen Schweizer keine Freundschaften, glaub's mir. Bevor du nicht fünf Jahre in ihrem Ort wohnst, nehmen sie dich nicht mal wahr. Und jemand hat hier für dich angerufen. Deine BFF, soll ich ausrichten. Woher hat sie eigentlich meine Nummer, und was bedeutet BFF überhaupt? Busenfreundin mit Körbchengröße F, oder was?« So angriffslustig habe ich die zurückhaltende Annette noch nie erlebt. Und wenn Becky auf dem Festnetz anruft, dann ist es echt ernst.

»Entschuldige, Annette. Ich muss dringend zurückrufen, ich bin gleich wieder da, und dann reden wir, okay?«, sage ich mit entschuldigender Mimik und flüchte in mein Zimmer. Vier Anrufe in Abwesenheit von Becky. Ich drücke sofort auf die Wahlwiederholung, ohne mich auch nur umzuziehen. Becky schreit mich aus dem Telefon an: »Schön, dass du auch mal rangehst, Fräulein! Ich bin seit vorgestern zurück in Deutschland und hab von dir gerade mal eine beschissene Nachricht über deinen Schwager bekommen. Was ist denn bei dir los?«

Na gut, irgendwie hat sie ja recht. Sonst schreiben wir uns bestimmt fünfmal am Tag.

»Sorry, ist total viel passiert«, erkläre ich schwach und lasse mich auf mein Bett fallen, das irgendjemand extrem sorgfältig gemacht hat.

»Ja, kann ja sein, aber jetzt hör mir bitte zu.«

Oje, jetzt werde ich wohl eine Standpauke wegen Johnny bekommen.

»Du erinnerst dich an Jerome, den ich kurz vor der Spanienreise kennengelernt habe?«

»Ja«, sage ich erleichtert. Offenbar geht es nur um eine Datingstory.

»Heute kam er gleich vorbei und hat mich nach etwa einer halben Stunde allen Ernstes gefragt, ob ich mit ihm in einen Swingerklub gehen möchte.«

»In einen Swingerklub?«

»Ja. Und dabei hatten wir noch nicht mal allein Sex, also zu zweit.«

Das überfordert meine Ratgeberfähigkeiten jetzt etwas. »Ist es nicht ziemlich unhygienisch in so einem Klub?«, sage ich ausweichend und zerre mir den engen Rock herunter.

»Das ist kein Problem der mangelnden Hygiene, es ist ein Problem der mangelnden Romantik! Glaubst du, Romeo hätte Julia gleich am ersten Tag angeboten, mit ihm ins Gebüsch zu gehen, am besten noch zusammen mit Rosalinde? Nein, er hat gesagt: Ein Drücken ihrer zarten Hand soll meine Hand beglücken!«

»Hol mal Luft, Becky. Es ist toll, dass du Romeo und Julia zitieren kannst, echt. Aber damit bist du vielleicht nicht die Zielgruppe der heutigen Männer?« Ich habe das Gefühl, dass Annette vor der Tür lauschen könnte.

»Ich bin nicht die Zielgruppe? Ich glaube, es hängt! Ich bin schön und lustig und gebildet und hab Humor. Ich will bloß nicht schon beim zweiten Date über ausgefallene Sexpraktiken reden, sondern einfach mal Blumen kriegen!« Sie schnaubt wütend.

»Tja, da hat deine Mutter wohl die falschen Prioritäten gesetzt mit all dem Gerede über freie Liebe und gegen die Verkitschung der Gefühle.«

»Ach, meine Mutter ...« Ich sehe förmlich, wie sie abwinkt. »Die kann sich ihre schönen feministischen Plattitüden leisten, solange sie meinen Vater hat. Der kommt für all ihren Blödsinn auf, den sie im Namen der Kunst, der Freiheit und der Frauenrechte verzapft. Vergiss, was die sagt.« Das ist schon wahr, Ralf ist der freundlichste, fürsorglichste Ehemann und Vater, den man sich nur denken kann, der stets im Hintergrund bleibt, aber immer für seine Familie da ist, wenn sie ihn braucht.

»Beckylein, ich fühle mit dir, aber ich müsste mal aufhören, denn Annette hat mich so vorwurfsvoll angeschaut wie noch nie, und ich muss ihr erklären, warum ich nicht mit Stefan heimgekommen bin.« Und ich hab nach wie vor ein bisschen Angst, dass Becky noch auf Johnny und Vorwürfe umschwenkt, daher beende ich das Gespräch lieber früher als später, aber Becky hakt noch mal nach.

»Weil er sich heute früh wie beim Militär aufgeführt hat?«

»Nee, das hat er zwar, aber es war nicht deshalb. Gib mir eine halbe Stunde, dann rufe ich dich noch mal an, versprochen!«

Ich lege auf und atme tief durch, bevor ich mich Annette stelle. Eigentlich finde ich Beckys Wutausbruch toll. Sie weiß, dass sie schön und klug und lustig ist, und sie ist überzeugt, dass ein

Mann das erkennen und sie schätzen muss. Täte er es nicht, würde sie ihn anschreien und die Dinge geraderücken und sich dann betrinken und einen anderen Typen aufreißen, der sie angemessener bewundert. Und wenn er es nicht tut, ist er schneller wieder raus aus ihrem Leben, als man *Shakespeare* sagen kann. Sie gibt sich nicht mit dem Mindestmaß zufrieden, so wie … ich zum Beispiel.

Huch, wo kam das denn gerade her? Vermutlich aus dem Frust, dass Johnny sich seit Ewigkeiten nicht bei mir meldet. Und auch Becky schien noch nichts von uns zu wissen. Das gefällt mir nicht. Ich ziehe meine bequeme Hose an und checke wieder mal all meine sozialen Profile. Nichts. Vielleicht sollte ich ihn einfach anrufen? Ich rufe seine Handynummer auf und habe total Herzklopfen, als ich auf den Hörer drücke. Ich fühle mich aufdringlich und ärgere mich, weil es ja wohl mein verdammtes Recht ist, meinen Freund anzurufen. Es klingelt zweimal, und ich halte beinahe den Atem an, dann klickt es. Weg. War das ein Verbindungsfehler? Also noch mal. Dieses Mal klickt Johnny mich weg, bevor es auch nur einmal klingeln kann. Okay. Er will also nicht mit mir sprechen. In mir wallt eine riesige Wut auf. Nein, mir fällt gerade keine beschissene Ausrede ein, warum Johnny mich zweimal hintereinander wegdrückt! Ist es im Moment unpassend? Ach was, das glaube ich nicht. Der Mistkerl will einfach nicht mit mir sprechen. Ich gebe ihm fünf Minuten, um mir eine WhatsApp zu schicken, in der steht, dass er gerade den fettesten Ring für mich gekauft hat, der in Hamburg aufzutreiben war. Oder dass er das letzte Gespräch mit Tina führt und ihr gerade erklären muss, dass ich die Liebe seines Lebens bin. Zitternd rufe ich ihr Instagramprofil auf. Tinas neuestes Bild zeigt zwei ineinander verschlungene Hände mit den Hashtags #happy, #love #blessed. Nein! Nein, das kann nicht wahr sein! Hat sie so schnell einen neuen Macker gefunden? Natürlich nicht. Außerdem erkenne ich Johnnys kleinen Finger, der unterhalb des Nagels eine winzige Narbe hat. Ich koche innerlich. Also ist er beim endgültigen Trennungsgespräch eingeknickt, und sie hat ihn um den Finger gewickelt, doch zu ihr zurückzukommen? Oder ist das ein altes Bild, das sie aus Trotz gepostet hat?

Ich muss Becky nachher fragen, da hilft alles nichts. Aber eine kleine Stimme in meinem Hinterkopf flüstert längst, triefend vor Gift, dass Johnny die Beziehung zu Tina niemals beendet hat. Welche Beweise habe ich dafür, dass besagtes Telefongespräch vor zwei Wochen überhaupt stattgefunden hat? Vielleicht war das mit mir für ihn nur eine lockere Affäre, solange seine Freundin nicht verfügbar war? Mein Gefühl sagt mir ziemlich deutlich, dass das Traumpaar Tina-Johnny gerade glücklich vereint zu Hause Wiedersehen feiert, während ich hier weit entfernt festsitze und ihm nicht einmal eine reinhauen kann. Dieser Arsch, dieser riesige, beschissene Arsch! Nicht mal eine Nachricht konnte er mir schreiben, keine Entschuldigung, keine Erklärung. Er überlässt es einfach dem Zufall, wann ich davon erfahre, dass ich dann doch nicht seine Freundin bin. Wie kann man so fies und kalt sein? Und wie blöd bin ich eigentlich? Ich kratze mein letztes Restchen Verstand zusammen und formuliere eine halbwegs sachliche Nachricht.

Johnny, was ist los? Warum drückst du mich weg? Erklär mir das, oder es ist endgültig vorbei mit uns. Mia

Das ist die neutralste Version, die ich zustande bringe, in der keine Kraftausdrücke und keine Tränen vorkommen. Und tatsächlich meldet mein Eingangston eine Antwort.

Ich werde es dir erklären, gib mir nur noch etwas Zeit. Es ist kompliziert, aber ich regle das. J.

Kein Kuss. Aber als ob es darauf jetzt noch ankommen würde.

Annette klopft an meine Tür. »Deine Schonzeit ist um, komm jetzt raus!«

Tränen schießen mir in die Augen, und ich weiß gar nicht, wohin mit meiner Wut.

»Ich komme!«, rufe ich und schnäuze mich in ein Tuch aus der Kleenexbox, die auf der Kommode steht. Hat hier jemand Schnupfen, oder wussten alle, wie es mit mir und Johnny endet, nur ich blöde, blinde Nuss nicht? Ich rupfe mir noch ein Taschentuch heraus und öffne dann zögerlich die Tür. Annette steht wider Erwarten nicht mit einem riesigen Hörrohr vor dem Schlüsselloch, sondern sitzt wieder ganz gesittet auf dem Sofa. Hoffentlich merkt sie nicht, dass ich geheult habe.

»Was ist los? Hast du geweint?«, fragt sie als Erstes.

»Nein«, sage ich und wische mir über die Augen.

»Warum lügst du eigentlich so viel, obwohl du so schlecht darin bist?«

Oh. Das hat gesessen.

»Weiß nicht. Ist leichter«, schniefe ich.

»Quatsch. Es macht alles nur viel komplizierter.« Ich wische noch mal über meine Augen und würde am liebsten einfach die Hand dort lassen, damit ich Annette nicht mehr sehen muss.

»Komm, setz dich hin und erzähl mir, was los ist«, sagt sie auf einmal ganz sanft.

»Bist du nicht mehr sauer?«

»Ich war kein bisschen sauer, ich hab mir nur Sorgen um dich gemacht.«

»Musst du nicht, ich bin sechsundzwanzig«, sage ich mürrisch.

»Ja, sieht man, du hast eine Hello-Kitty-Hose an und dir gerade die Augen zugehalten, in der Hoffnung, ich würde dich dann nicht mehr sehen.«

Ich verziehe mein Gesicht und strecke ihr die Zunge raus. Komisch, so albern war ich noch nie in ihrer Gegenwart – und ich glaube, so wohl habe ich mich in ihrer Gesellschaft auch noch nie gefühlt wie jetzt. Auch wenn mein Herz gerade zerschmettert wurde.

»Willst du einen Tee?«

»Ehrlich gesagt wäre mir etwas Stärkeres lieber.«

»Kaffee?«

»Ich meinte Alkohol.«

»Oh. Ja, sicher. Warte mal kurz.« Annette springt auf und holt aus ihrer ordentlichen Vorratskammer eine Flasche Rosé.

»Hm, das ist aber richtiger Kopfwehwein.«

»Dann gibt es nur noch Gin, der ist aber bestimmt schon ein Jahr alt.«

»Das macht gar nichts, Gin ist perfekt. Irgendwas zum Mischen?«

Annette hat kein Tonicwater, aber eine vegane Holunderlimonade (wie könnte Limonade überhaupt nicht vegan sein?), und sie ist tatsächlich bereit, auch einen zu trinken, wenn ich verspreche, gaanz wenig von dem Gin zu nehmen und die Hälfte mit reinem Quellwasser aus einer teuren Glasflasche aufzufüllen.

»Es geht nicht um die Kalorien, sondern um das Gift. Ich ernähre mich sonst ziemlich clean«, erklärt sie. Ist ja schon gut. Ich muss aufhören, dauernd über sie zu urteilen, immerhin ist sie schlank, durchtrainiert und wesentlich besser in Form als ich, obwohl sie zwölf Jahre älter ist. Ich nehme Eiswürfel und ein paar von den Frühstücksblaubeeren und kreiere zwei richtig schöne Drinks für uns, einen doppelten Gin Elder (klingt schön nach Harry Potter) für mich und verdünnte Limonade mit einer homöopathischen Dosis Gin für sie. Als ich fertig bin, fällt mir der Anlass wieder ein, und ich kämpfe erneut mit den Tränen. Immerhin fühle ich, sobald ich die ersten drei Schlucke getrunken habe, wie die tröstende Wärme in mir hochsteigt. Diesen Effekt kriegt meine Schwester wohl nicht zu spüren mit ihrem cleanen Limowasser. Aber ihr Leben liegt ja auch nicht in Trümmern.

»Also, was ist los, Mia?«

»Johnny, also mein Freund, na ja, du erinnerst dich an ihn?«

»Ja klar.«

»Es war wohl alles gar nicht so, wie ich dachte.« Sie sieht mich fragend an. »Ich meine, angeblich hat er mit Tina, also seiner Ex-Freundin, Schluss gemacht. Er hat gesagt, dass alles geklärt ist und er so froh ist, mich wieder in den Armen halten zu können. Und dass ich immer die eine für ihn war. Aber jetzt drückt er mich am Telefon weg … und Tina hat gerade ein Bild von sich und ihm auf ihrem Instagramprofil gepostet …« Ich breche ab, als ich merke, wie jämmerlich sich das anhört.

»Was tust du denn auf ihrem Instagramprofil?«

»So macht man das heutzutage«, verteidige ich mich.

»Vielleicht ist das ein altes Bild?«, sagt Annette. »Wichtig ist doch nur, was er dazu sagt. Hat er denn gesagt, dass er dich liebt?«

»Ob er mich liebt?«

»Ja.«

Ich muss nachdenken. »Möglicherweise nicht direkt. Er hat aber eine Menge gesagt, was so ähnlich klang.«

»Was klingt denn so ähnlich wie Liebe?«, fragt Annette.

»Dass ich supercool bin. Dass uns so viel verbindet. Dass er von meinem unkonventionellen Lebensstil beeindruckt ist. Dass ich einen süßen Hintern habe. Dass er mein Lachen ansteckend findet …« Zur Belohnung für die vielen Beispiele, die mir eingefallen sind, trinke ich mein Glas auf ex leer. Eine Weile lang sitzen wir einfach nur schweigend da. Was soll Annette auch sagen? Es ist alles total eindeutig.

»Krieg ich noch einen Drink?«

»Nein«, sagt Annette und legt mir die Hand auf das Knie. »Ich glaube, du solltest jetzt ins Bett gehen und schlafen. Ruf diesen Johnny morgen noch mal an und rede mit ihm. Oder besser: Jag ihn zum Teufel.«

»Ich weiß aber nicht, ob ich einschlafen kann.«

»Soll ich dir eine Wärmflasche machen?« Das ist das Mütterlichste, was sie mir je vorgeschlagen hat, und rührt mich in meinem halb beschwipsten Zustand beinahe zu Tränen.

»Mach dich schon mal fertig, ich bring sie dir gleich. Ich hab übrigens gehört, dass du dich heute bei der Arbeit gut gemacht hast.«

»Ehrlich?«

»Ja, das hat Stefan gesagt.«

Ich tapse ins Bad und fühle mich halb schwindlig, halb stolz und halb traurig. Aber dreimal halb ergibt mehr als ein Ganzes, oder? Egal, jetzt putze ich mir erst mal die Zähne. Dann stelle ich mein Handy auf lautlos, ohne noch mal draufzuschauen. Wider Erwarten fallen mir sofort die Augen zu, als ich im Bett liege, und Annettes Stimme dringt nur noch im Halbschlaf an meine Ohren, als sie mir die Wärmflasche unter die Decke schiebt.

*A*ufstehen!« Jemand rüttelt mich an der Schulter. Ich kämpfe mich mühsam aus den Tiefen eines Albtraums heraus und öffne meine Augen. Ich halte Annettes Hand fest umklammert und bin nass geschwitzt.

»Komm, du hast deinen Wecker überhört. Stefan will gleich los.«

Shit! Es ist schon zehn vor sieben. Ich rappele mich auf und überlege, ob ich noch eine Minidusche schaffe. Lieber nicht. Also sprühe ich reichlich Deo unter meine Achseln, schlüpfe in frische Klamotten und putze mir nur die Zähne. Meine Augenringe kann ich vielleicht im Auto noch überschminken, jeden Gedanken an Johnny verbiete ich mir. Annette hält mir ein Glas mit grünbrauner Brühe hin, und ich nehme todesmutig einen Schluck. Wieder Grünkohldingsda-Schrecklicher-Morgen oder so was, uah. Ich schnappe mir noch schnell meine Jacke vom Haken und folge Stefan dann leise fluchend ins Treppenhaus.

Erst im Auto komme ich zum Durchatmen und schaue auf mein Handy. Acht entgangene Anrufe von Becky. O nein, ich hatte doch versprochen, sie gestern noch zurückzurufen. Aber jetzt neben Stefans wachsamen Ohren kann ich sie wirklich nicht anrufen, und wahrscheinlich ist sie auch noch gar nicht wach. Ich tippe etwas von zu viel Gin Tonic mit folgendem Gedächtnisverlust und hoffe, dass sie mal wieder nachsichtig mit mir ist. Dann krame ich mein Make-up heraus und schaue, was zu retten ist. Nicht viel, fürchte ich. Mit Schrecken entdecke ich

Mascarareste vom Vorabend in den Wimpern, die mir gleich bei dem Versuch, sie zu überschminken, fürchterliche Fliegenbeine bescheren werden, und abgesehen davon sehe ich komplett übernächtigt aus. So will ich Fabian nicht unter die Augen treten. Beim Gedanken an ihn werde ich etwas nervös. Ob er mich auf gestern anspricht? Mir zuzwinkert, mich in sein Büro bittet? Hektisch nehme ich ein Feuchttuch aus meiner Tasche und wische die Mascarareste notdürftig fort. Außerdem hab ich immer noch einen großen, aber wenigstens nicht mehr ganz so pechschwarzen Fleck am Arm. Also wieder schön Ärmel runterrollen und unten lassen. Ich muss mir am Wochenende wirklich neue vorzeigbare, schicke Klamotten zulegen.

Als wir um Viertel vor acht ankommen, ist die Firma bereits hell erleuchtet.

»So ein Mist!«, flucht Stefan und schaut mich vorwurfsvoll an. »Im Frühjahr hatte ich totale Schlafschwierigkeiten und kam dann morgens oft kaum aus dem Bett. Seitdem versuche ich, immer als Erster hier zu sein, wie bei einer geheimen Challenge. So habe ich irgendwie die Kontrolle zurückgewonnen«, erklärt er dann. Oh, daher kommt das, jetzt habe ich ein schlechtes Gewissen.

»Tut mir leid«, sage ich. Am Montag muss ich mir den Wecker eine halbe Stunde früher stellen. Oder am besten gleich zwei Wecker hintereinander.

Mit einem Anflug von Aufregung steuere ich auf den Eingang zu. Irgendwie freue ich mich darauf, Fabian wiederzusehen. Ich greife gerade nach dem Türgriff, als mir jemand zuvorkommt und mich zur Seite drängt.

»Ey, Stefan!«, zische ich. »Es ist eh schon aufgesperrt, jetzt ist es doch echt egal!«

»Ihnen auch einen guten Morgen«, antwortet Fabian steif. »Lassen Sie mich vorbei, ich hab's eilig!« Und weg ist er, ich sehe nur noch seinen Mantel hinter ihm herwehen.

Scheiße! Das war nicht die Begegnung, die ich mir ausgemalt hatte. Ich wollte ihm heute ganz besonders einfühlsam und sympathisch entgegentreten. Wie eine liebe, mitfühlende Person, der man jederzeit sein Herz ausschütten kann, die aber auch diskret zurücksteht und wartet, bis sie an der Reihe ist. Auf gar keinen Fall wollte ich als keifende Furie auftreten, die ihren Schwager oder Chef anschnauzt.

Jetzt kann ich es wohl vergessen, dass Fabian irgendwie auf unser Erlebnis von gestern zurückkommt oder mir erzählt, wie es seiner Oma geht. Es versetzt mir zudem einen Stich, dass er mich wieder gesiezt hat. Ein wenig überrascht über den Grad meiner Enttäuschung folge ich Stefan in die Garderobe.

»Teamsitzung um 9 Uhr!«, bellt uns Vanessa am Empfang an, und ich suche Frau Rosenthal, um nach meinen heutigen Aufgaben zu fragen. Weil ich sie aber nirgends finden kann, gehe ich wieder ins Café.

»Oh, Mia, da bist du ja endlich, ich muss dir was Krasses erzählen«, begrüßt Maja mich ganz aufgeregt. Ihre Föhnwelle sitzt so perfekt wie gestern, aber heute erstrahlt sie in hellrosa.

»Was denn?«

»Stell dir vor, es ist etwas ganz Furchtbares passiert: Die Chefin hatte einen Schlaganfall, und keiner weiß, wie es um sie steht. Herr Zuckermann ist ganz außer sich.«

»Das ist ja schrecklich«, sage ich möglichst überrascht und setze mich hin. Ich habe das Gefühl, dass ich die gestrige Sache mit Fabian lieber für mich behalten sollte.

»Deshalb gibt es heute schon wieder eine Besprechung. Dann erfahren wir hoffentlich, wie jetzt alles weitergeht. Ist ja nicht so, als wäre hier nicht schon alles chaotisch genug … Egal. Willst du einen Kaffee?«

»Ja, bitte.«

Es fühlt sich falsch an, hier mit Maja zu sitzen und Kaffee zu trinken. Ich sollte endlich an die Arbeit gehen, und außerdem ist die ganze Situation bedrückend. Wenn Elisabeth nicht im Krankenhaus wäre, könnten wir ganz unbeschwert plaudern, und Maja würde mir vielleicht noch ein paar Geheimnisse über die Mitarbeiter verraten. Und vielleicht könnte ich ihr von Johnny erzählen und sie nach ihrer Einschätzung der Situation fragen. Aber so herrscht eine angespannte Stimmung, und ich weiß nicht richtig, was ich sagen soll.

»Glaubst du, sie erholt sich wieder?«, fragt Maja mich plötzlich. Ich werde rot.

»Keine Ahnung. Ich meine, ich bin nicht gerade die Erste, die die Ärzte informieren«, stammele ich und frage mich, ob das eine Fangfrage war und sie irgendwas wissen könnte. Aber ich bin nur paranoid. Woher sollte sie denn …?

»Natürlich nicht. Du kennst sie gar nicht«, sagt Maja.

Ich hoffe, dass sich möglichst bald eine Gelegenheit ergibt, mit Fabian allein zu sprechen. Sollen wir uns weiterhin siezen oder kann ich ihn duzen? Darf ich weitererzählen, was gestern passiert ist, oder soll das ein Geheimnis bleiben? So ganz ohne Absprache fühle ich mich merkwürdig hilflos und überfordert.

»Komm, wir gehen schon mal vor, dann kriegen wir bessere Plätze!«, treibt Maja mich an, als wären wir auf dem Weg ins Kino.

Obwohl es erst zehn vor neun ist, ist der Besprechungsraum schon ziemlich voll. Maja besetzt zwei Stühle nebeneinander und winkt mich laut zu sich. Ich freue mich, dass sie mich neben sich haben will, aber ich schaue mich auch nach Frau Rosenthal um, die ich heute noch nirgends erspäht habe. Ach, da ist sie ja. Neben ihr sitzt eine schwarzhaarige Frau mit roten Lippen, die ich noch nie gesehen habe. Ich taufe sie im Stillen sofort Schneewittchen. Die Belegschaft tuschelt mehr oder weniger flüsternd. Ich höre alles von »Es sieht ganz böse aus« bis zu »Die Chefin ist dem Tod noch mal von der Schippe gesprungen«. Richtig Bescheid weiß keiner, und ich fühle mich ein bisschen überlegen, weil ich die alte Frau Zuckermann gestern im Krankenhaus gesehen habe.

Fabian kommt im Laufschritt hereingeprescht, sieht keinen an und stellt sich vor das Whiteboard. Dann sammelt er sich kurz.

»Wie Sie alle wohl schon mitbekommen haben, gab es einen medizinischen Notfall bei meiner Großmutter. Die Folgen sind noch nicht abzusehen, und Spekulationen bringen uns leider nicht weiter. Daher können wir momentan einfach nur abwarten. Die Umgestaltung der Geschäftsräume ist natürlich hinfällig. Bitte machen Sie sich keine Sorgen, Ihre vielen guten Wünsche gebe ich gern an meine Großmutter weiter. Lassen Sie uns alle wieder an die Arbeit gehen und die Firma weiter voranbringen. Das ist das Beste, was wir tun können. Sobald es zuverlässige Nachrichten aus dem Krankenhaus gibt, werde ich Sie informieren. Ich danke Ihnen.«

Wenigstens ist sie noch am Leben. Da hat Fabian gestern wohl etwas zu schwarzgesehen. Zwei Mitarbeiter melden sich, aber er ignoriert sie, woraufhin wieder ein Tuscheln einsetzt. Fabian sieht mit seinem engen Krawattenknoten noch strenger aus als gestern, aber das Gel hat er in der Hektik wohl vergessen, und seine Haare stehen hinten strubbelig ab. Das sieht irgendwie niedlich aus und bildet einen Gegensatz zu seinem Sorgengesicht.

Als ich aus meinen Gedanken zurückkomme, lächelt Maja mich an und stellt mir Schneewittchen im Flüsterton als Rita Feldbrunn vor. Oh, Frau Feldbrunn ist heute tatsächlich aufgetaucht. Offenbar hatte sie Freitag und nicht Donnerstag als Dienstantritt im Kalender stehen, und sie sieht es anscheinend absolut nicht ein, sich dafür bei Frau Rosenthal zu entschuldigen. Wow, da besitzt jemand wohl mehr Selbstbewusstsein als ich. Ab jetzt übernimmt sie die Führungen, auf Englisch, Deutsch oder auch Japanisch, wie sie betont, und wir dürfen sie Rita nennen, nur Frau Rosenthal nicht, die muss sie siezen.

»Wenn Sie Ihre privaten Besprechungen beendet haben, könnten Sie Ihre Aufmerksamkeit dann eventuell wieder mir und Herrn Schröter zuwenden, Frau Feldbrunn, Frau Gruber und Frau Kammerer?«, fragt Fabian schneidend. Meine Güte, wir waren höchstens halb so laut wie er, und außerdem hat er uns die ganze Zeit ignoriert.

»Ja, natürlich, Herr Zuckermann«, gebe ich höflich zurück.

»Ich bin in meinem Büro, falls es etwas Dringendes gibt. Und mit dringend meine ich so etwas wie einen Aktiencrash oder einen abgetrennten Arm.« Er verlässt den Raum genauso schwungvoll und grußlos, wie er ihn betreten hat.

Als das Gemurmel zu laut wird, bittet Herr Schröter um Ruhe.

»Bitte unterlassen Sie alle sinnlosen Spekulationen. Wir werden heute einen Blumenstrauß an Frau Zuckermann schicken. Eine Genesungskarte liegt aus, wer möchte, kann sich eintragen. Also, es gibt nichts zu tuscheln, wir haben alle genug zu tun.«

Mir ist klar, dass Fabian eine Menge Sorgen hat, es liegt ja nicht nur seine Oma im Krankenhaus, sondern er muss auch noch die Trennung von seiner Freundin überwinden. Trotzdem hätte ich mir einen Blick in meine Richtung gewünscht oder ein freundliches Nicken oder irgendein klitzekleines Zeichen der Erinnerung an unser gemeinsames Erlebnis. Aber dafür hat er momentan wohl leider keinen Kopf. Zum Glück werde ich mit Arbeit abgelenkt, auch wenn ich nun keine Führungen mehr leiten muss. Frau Rosenthal, die seit Ritas Ankunft kleiner und freundlicher wirkt, zeigt mir heute endlich die komplette Manufaktur.

Dass man durch den SchokoLaden in die Ausstellung kommt, weiß ich schon. Am Ende des lang gezogenen Ausstellungsraums, der den Weg von der Kakaobohne bis zur fertigen Schokolade illustriert, befindet sich die Produktionshalle, in die man durch eine schmale Glaswand sehen kann. Doch die kleine Show-Werkstatt in der Ecke ist mir gestern gar nicht wirklich aufgefallen.

»Hier dürfen die Besucher ihre eigenen Tafeln gießen«, erklärt Frau Rosenthal. »Natürlich nur, wenn sie dafür bezahlt haben.« Das war die Sache mit den Schoggitalern, die gestern nicht stattgefunden hat. Heute steht dagegen eine rundliche Frau hinter der Theke, die drei Sorten flüssiger Schokolade in riesigen Töpfen beaufsichtigt. An der Theke liegen rechteckige und herzförmige Plastikrahmen und jede Menge Süßigkeiten zum Verzieren bereit, Smarties, Nüsse, Karamellstückchen, Gewürze und so weiter.

Am liebsten würde ich jetzt sofort selbst eine Tafel gießen, aber Frau Rosenthal scheucht mich weiter. In der Produktionshalle sieht es aus wie in einer riesigen Küche. Die Wände und der Boden sind gefliest. Die Halle ist durch Regale in drei Bereiche unterteilt.

Im ersten Bereich werden die Kakaobohnen aussortiert und gereinigt. Hier stehen die Reinigungsmaschine und die Schälmaschine. Der größte Bereich ist die Schokoladenwerkstatt in der Mitte, in der lange Tische mit diversen hölzernen und metallenen Instrumenten stehen. Hier arbeiten momentan fünf Personen.

An der Wand stehen zwei Conchiermaschinen und das Fließband für die Trüffel. Durch ein schmales, gläsernes Fenster können die Kunden vom Ausstellungsraum aus die Chocolatiers bei der Arbeit beobachten. Im dritten Bereich sitzen zwei Damen in weißen Kitteln und durchsichtigen Häubchen an einem langen

Tisch und formen ein Schachbrett aus Schokolade. »Hier werden die Sonderwünsche angefertigt«, erklärt Frau Rosenthal. »Momentan haben wir zum Beispiel einen Babybauch mit blauer Schleife für die schwangere Ehefrau eines Anwalts in Arbeit. Und das dahinten ist das Goldfolienverpackungsgerät.«

»Ich wusste gar nicht, dass in einer Manufaktur auch Maschinen benutzt werden«, sage ich.

»Es ist eine Mischung aus Handarbeit und Maschinen, je nach Funktion. Wir haben das Goldfoliengerät für die Schokoherzen und ein Fließband, das alle Stufen der Pralinenproduktion abdeckt. Überwiegend wird aber von Hand gearbeitet. Immerhin fertigen wir pro Monat rund zehntausend Pralinen an.«

»Wow!«

»Wir bieten unseren Kunden keine industrielle Massenware, sondern per Hand und mit viel Liebe gefertigte Schokoladen.«

»Das sieht man.«

Am Ende der Produktionshalle führt eine Tür in die Verpackungsabteilung, in der lauter Kisten, Kästchen und Boxen mit dem Firmenlogo stehen. »Hier werden die Produkte eingepackt und zum Verschicken fertig gemacht«, erläutert Frau Rosenthal. Und hier befindet sich momentan auch Stefan, ich sehe ihn mit zwei anderen Männern herumalbern. In einer Ecke befindet sich ein Schreibtisch, der so überquillt von Papieren und Formularen, dass man nervös wird und das Gefühl hat, etwas Wichtiges versäumt zu haben, zum Beispiel fürs Examen zu lernen. Ich kann gar nicht hinsehen.

»Jetzt zeige ich Ihnen unser Büro. Sie können ja nicht immer im Café herumsitzen.« Ich bin mir nicht ganz sicher, ob das ein Vorwurf oder eine nüchterne Feststellung war. Sie führt mich in ein mittelgroßes Büro mit vier Schreibtischen im nachträglich errichteten Bürotrakt. Das Büro ist wirklich okay, etwas kahl vielleicht, aber man hat eine hübsche Aussicht auf den Innenhof und die Berge. Wenn man sich den Stapel an Gerümpel links im Hof wegdenkt, ist es sogar beinahe richtig schön.

»Hier sitzen Frommarda, Herr Schröter und ich. Der vierte PC ist für jeden in der Firma zugänglich, der kurz etwas bearbeiten muss. Vorläufig bekommen Sie den.«

Ich sage »Hallo« zu der Frau mit dem roten Bob in der Ecke, und sie speit mir einen Schwall Schwyzerdütsch entgegen, aus dem ich nur »Ach Gotterla« heraushöre. (Heißt sie Frommarda, Frau Marder oder ganz anders?) Offenbar ist sie schwer gestresst. Ich mache mein Für-alle-Fälle-Gesicht – ein verstehendes, leicht zweifelndes Nicken mit bedauerndem Brummen, das Zustimmung, Kritik oder Verständnis ausdrücken kann, je nachdem, was mein Gegenüber gerade erwartet.

»Dann gibt es das kleine Büro, das der Chefin gehört, und dann noch das Chefbüro von Herrn Zuckermann«, erklärt Frau Rosenthal weiter.

»Hat Herr Schröter wirklich kein eigenes Büro?«, frage ich.

»Nein, er hat ja den Schreibtisch im Verpackungsraum, aber der ist so überladen, dass er daran nicht arbeiten kann. Deshalb sitzt er ja mit uns im großen Büro, wenn überhaupt, denn meistens rennt er den ganzen Tag hin und her und kommt kaum zum Verschnaufen.«

Frau Nagetier sagt wieder »Ach, Gotterla!« und murmelt dann auf Schweizerdeutsch vor sich hin, oder auf Suaheli, wer weiß das schon so genau. Der Gast-PC braucht zehn Minuten, bis er hochgefahren ist, aber Frau Rosenthal bezeichnet ihn trotzdem als den »guten«. Und dann stellt er sich zu meinem Entsetzen als Apple heraus.

»Haben Sie hier vielleicht irgendwo Windows drauf? Ich habe bisher noch nie richtig mit einem Mac gearbeitet«, gestehe ich.

»Wenn ich das gewusst hätte, hätte ich Sie gar nicht als Praktikantin eingestellt«, antwortet sie. Das finde ich jetzt echt etwas unfreundlich. Ich murmele eine leise Entschuldigung, aber Frau Rosenthal schaut mich an, als wäre ich hirnamputiert.

»Die Macs sind viel intuitiver, da geht alles ganz wie von selbst«, behauptet sie und zeigt mir die Druckvorlagen vom alten Katalog. »Die müssten Sie bitte bis Ende nächster Woche überarbeiten.«

»Aber ich weiß doch gar nicht, was sich geändert hat!«

»Sie müssen nur die Jahreszahlen anpassen, der Rest bleibt immer gleich.«

Im Gegensatz zu dem dünnen Faltprospekt, den Stefan mir nach Deutschland geschickt hat, ist die Broschüre ellenlang.

Ich lese alles sorgfältig durch, aber schon wenige Augenblicke später habe ich Probleme, mich zu konzentrieren. Der Text beginnt bei Adam und Eva und ist so dröge, dass ich Durst bekomme. Vielleicht hole ich mir mal ein Glas Sprudel.

»Kann ich mir im Café ein Glas Wasser holen?«, frage ich.

»Ja klar, holen Sie sich, was Sie wollen, die Getränke sind hier frei. Bis auf Alkohol natürlich, aber den gibt es eh erst nachmittags«, sagt Frau Rosenthal, und ich bin nicht sicher, ob sie scherzt.

Mit Milchkaffee und Wasser gewappnet, kehre ich an meinen Schreibtisch zurück und vertiefe mich wieder in die Familiengeschichte der Zuckermanns.

»Wie hat Frau Zuckermann denn die Arbeit im Familienbetrieb und die Erziehung ihrer Kinder unter einen Hut bekommen?«, frage ich Frau Rosenthal nach einer Weile.

»Ich habe keinen blassen Dunst. Ach übrigens: Nenn mich doch Vreni«, bietet sie überraschend an.

»Oh, danke. Ich bin Mia, aber das wissen Sie ja, ich meine, das weißt du ja inzwischen.« Vreni verzieht keine Miene.

»Und wie sind Herr und Frau Zuckermann damals auf die Idee gekommen, von einer Konditorei zu handgemachter Schokolade zu wechseln?«, frage ich weiter. Sie starrt mich an.

»Keine Ahnung.«

»Ich hörte, dass Frau Zuckermann nicht ihren Sohn als Nachfolger eingesetzt hat …«

»Da gab es Querelen«, mischt sich Herr Schröter ein, der plötzlich lautlos hinter Vreni aufgetaucht ist, wie ein Geist. »Ganz unschöne Dinge. Das erwähnen wir lieber nicht.«

Wir arbeiten ein paar Minuten lang jeder stumm für sich weiter, als mir die nächste Frage auf der Zunge liegt.

»Die Broschüre erzeugt übrigens den Eindruck, als würde Frau Zuckermann noch aktiv die Firma leiten. Das ist aber nicht der Fall, oder?«, erkundige ich mich, obwohl ich die Antwort bereits kenne.

»Nein«, sagt Herr Schröter. »Der Geschäftsführer bin ich.«

»Dann sollten wir das auch so kommunizieren«, schlage ich vor.

»Das geht nicht, dann wird sie wütend«, sagt Vreni Rosenthal.

»Wieso sollte sie wütend werden, wenn wir schreiben, wie es ist?«

»Sie regt sich immer ganz schrecklich auf und sagt, wir wollten sie rausdrängen und alles umschmeißen, was sie auf die Beine gestellt hat, da hat das Vreni schon recht«, erklärt Herr Schröter. Das Vreni? Ist eine Frau hier ein Neutrum?

»Womit *sie* ja auch recht hat«, fährt Vreni fort. »Doch ein großer Teil müsste tatsächlich geändert werden, um die Firma wieder voranzubringen. Aber diese Wahrheit erträgt sie nicht. Sie ist eine starke Frau und ist es eben gewohnt, die Dinge in die Hand zu nehmen. Da lässt man eben leider auch ungern los …«

»Wir machen den größten Umsatz mittlerweile nicht mehr mit den Sonderanfertigungen, sondern mit unseren handgefertigten Pralinen«, erläutert Herr Schröter. »Aber durch die hochwertigen Zutaten kosten sie leider zehnmal so viel wie die im Supermarkt. Daher kaufen wir immer mal wieder ein paar gut gehende Saisonwaren dazu und bieten sie im Ladengeschäft an.

Aber etwas anzubieten, was wir nicht selbst hergestellt haben, ist in Frau Zuckermanns Augen ein Affront und unserer Firma nicht würdig, und irgendwie stimmt das ja auch.«

»Wieso sind denn die selbst hergestellten Pralinen so viel teurer?«, frage ich.

»Im Gegensatz zu den industriegefertigten Pralinen enthalten sie nur Edelkakao und weniger Zucker. Und wir benutzen nur Fair-Trade-Biokakaobohnen, bei denen wir die Herkunft und die Lieferanten kennen.«

»Das klingt doch super«, werfe ich ein.

»Ja, man schmeckt den Unterschied auch sofort, aber dafür kosten unsere Produkte eben auch das Zehnfache. Die Hersteller für die Discounter benutzen weniger Kakao und billige Fette wie Palmöl, dafür können sie massenhaft produzieren und den Preisvorteil an die Kunden weitergeben.«

»Das ist blöd«, sage ich wenig qualifiziert, aber Herr Schröter nickt zustimmend.

»In der Produktion fertigen wir zwar noch ab und zu ungewöhnliche Aufträge an, wie einen goldenen Schokoladenschlüssel zur Meisterprüfung oder Schokoladenhunde für eine reiche Dame nach dem Vorbild ihrer eigenen Labradore, aber diese Bestellungen werfen finanziell kaum etwas ab, weil sie so viel Arbeitszeit benötigen. Das kann man keinem in Rechnung stellen.«

»Im Laden wollen wir vor allem die Bandbreite der Schokoladenverwendung demonstrieren, deshalb kaufen wir auch Gimmicks wie zum Beispiel die Handschellen aus Schokolade oder die rosaweißen Schoko-High-Heels ein. Genommen wird so was eher selten, aber die Leute finden es lustig, und so was bleibt eher im Gedächtnis als die zwanzigste Pralinensorte«, ergänzt das Vreni.

»Aber wieso soll Frau Zuckermann das nicht wissen?«, wundere ich mich.

»Das passt einfach nicht zu dem Bild, das sie von ihrer Firma hat. Sie ist 75, in ihrer Jugend wäre so etwas Anstößiges indiskutabel gewesen«, erklärt Herr Schröter.

»Sie wirft ihrem Enkel vor, er wolle sich von den Traditionen abwenden und nur möglichst viel Gewinn erwirtschaften«, sagt Vreni. »Ihr aber geht es vor allem um das Bewahren einer Handwerkskunst. Ruhig, sorgfältig und mit Liebe sollen die Produkte entstehen. Sie begreift nicht, dass wir heutzutage nicht mehr die Zeit dafür haben, jede Woche eine neue Sorte zu kreieren, zu testen und nur dann zu verkaufen, wenn wir damit zufrieden sind. Wir haben unsere Standardsorten und experimentieren nur zu besonderen Anlässen mit neuen Mischungen.«

Das hört sich schwieriger an, als ich dachte, und ich ahne, dass diese Schokoladenmanufaktur noch ganz andere Probleme als die langweiligste Broschüre der Welt hat. Aber es hilft ja nichts, irgendwo muss man anfangen, und schließlich bin ich ja hier, um mich nützlich zu machen.

»Am besten wäre es, wenn ich erst mal noch weitere Informationen einhole und den Text dann komplett überarbeite«, schlage ich vor.

»Um Gottes willen, bloß nicht!«, entfährt es Herrn Schröter. »Frau Zuckermann hat mir die Broschüre nach unendlichen Diskussionen so abgesegnet, da ändern wir inhaltlich gar nichts.«

»Wann war das?«

»Im Jahr 2010.« Ach du meine Güte. Herr Schröter und das Vreni sind mir wahrlich keine Hilfe. Aber schließlich habe ich nicht Marketing studiert, um hier die nächsten Wochen nur Kaffee zu kochen. Und wie es aussieht, braucht diese Firma echt jede Hilfe, die sie kriegen kann, sonst muss mein Schwager sich bald einen neuen Job suchen. Ich beschließe, mich einfach direkt an Fabian zu wenden, aber ohne Urs Schröter und Vreni darüber zu informieren, auch wenn mir bei dem Gedanken daran schon ganz anders wird, so seltsam finde ich diese Situation zwischen uns.

»Dann fange ich mal an, die Jahreszahlen zu aktualisieren«, schlage ich harmlos vor.

»Gut«, sagt Vreni erleichtert.

»Und könnte ich das Layout vielleicht ein wenig modernisieren?«

»Also, das kann ich nicht so einfach gestatten«, sagt Herr Schröter fahrig. Eine harte Schweizer Nuss, dieser Mann.

»Wenn Herr Zuckermann es absegnen würde, wäre es dann okay?«, frage ich unschuldig.

»Herr Zuckermann? Ja, natürlich, aber das können Sie vergessen! An den kommen Sie nicht ran.« Na, da wäre ich mir nicht so sicher, lieber Urs, denke ich, und das Bild von Fabian und mir, Händchen haltend im Aufzug, schießt mir wieder in den Kopf und mit ihm diese unerträgliche Mischung aus Aufregung und Verwirrung. Schnell konzentriere ich mich auf den Prospekt.

Die Schokoladenbilder darin sind auch total veraltet, aber nach den ersten gescheiterten Versuchen, zu meinen Büronachbarn durchzudringen, beschließe ich, mich auch damit gleich an Fabian zu wenden. Er ist mir definitiv noch einen Gefallen schuldig, erst recht wenn das zum Wohle seiner eigenen Firma ist.

In meiner Kaffeepause hole ich mir wieder eine Auswahl von Majas verpatzten oder veralteten Pralinen. Maja nennt das zweite Frühstück Znüni, das dritte Zvieri und mich, als ich zum dritten Mal vor ihr stehe, gierig. Aber nichts könnte ein besseres Mittagessen sein als eine Erdbeer-Sahne-Praline mit Pistaziensplittern. Mit diesen handgefertigten kleinen Kostbarkeiten kann keine Standardpraline aus dem Supermarkt mithalten. Da hat Frau Zuckermann völlig recht.

Wenn das so weitergeht, werde ich mit einer Kleidergröße mehr nach Hamburg zurückkommen. Dagegen locken mich die Salate gar nicht, die sich Vanessa und Marco anscheinend öfter mittags aus dem Ort holen.

»Was hast du denn da am Arm?«, fragt Maja mich. Mist, ich habe mir automatisch die Ärmel hochgeschoben.

»Och, das ist, das war … eine Vorlage für ein Tattoo. Ich wollte mal testen, ob mir das auch nach einer Woche noch gefällt.« Sie kommt neugierig näher.

»Und was soll das darstellen? Einen Tintenfleck, der sich übergibt?«

»Es ist inzwischen etwas ausgeblichen«, sage ich schnell und nehme mir den Edding für die Kundenfragebögen vom Tisch. »Schau, so sollte das eigentlich aussehen.« Ich male zu dem Fleck Blütenblätter und eine Ranke, die sich über meinen Unterarm schlängelt, und frage mich, ob ich eigentlich bescheuert bin, jetzt, wo dieser verdammte Fleck endlich verblasst.

»Fehlt nur noch ein Spruchband«, sagt Maja.

»Hier ist es doch!« Ich male eine zweite Linie neben die Ranke und schreibe in Druckbuchstaben »Mama« hinein. Etwas anderes fällt mir so schnell nicht ein. Jetzt muss Maja laut auflachen.

»Sorry, aber das ist echt peinlich. Das ginge nur, wenn deine Mama tot wäre oder so«, doch bevor sie weiterreden kann, treffen sich unsere Blicke.

»Oh«, sagt sie nur.

Ich schlucke. »Ja.«

»Tut mir leid. Dann ist es natürlich okay. Natürlich immer noch sehr Neunziger, aber na ja … eben okay.«

Ich glaube, es ist das erste Mal, dass ich Maja sprachlos erlebe, und sie sieht mich aus ihren großen, blauen Augen so treuherzig an, dass sie mich an die Kühe auf der Weide erinnert.

»Ist schon gut.« Ich hasse es, wenn jemand abrupt verlegen wird und diesen mitleidigen Blick bekommt, der mir immer entgegenschlägt, wenn ich das mit meiner Mutter erwähne. Aber dieses Mal ist das meiner eigenen genialen Leistung zu verdanken. Schnell lege ich den Edding wieder weg. »Wahrscheinlich lasse ich es mir eh nicht stechen«, füge ich noch hinzu und ziehe rasch den Ärmel wieder herunter.

»Danke für den Kaffee. Ich muss dann auch mal wieder.«

»Du kannst dir noch was von den guten Pralinen aus der Theke nehmen – oder ein Stück Kuchen?« Maja ist noch immer schuldbewusst, aber da kann ich ihr jetzt auch nicht helfen. Und wenn ich noch mehr Schokolade esse, erleide ich vermutlich einen Zuckerschock.

»Ich hatte wirklich genug, danke.«

Maja macht einen perfekten Augenaufschlag mit ihren Kuhwimpern.

»Ist schon gut, ich bin nicht sauer. Ich muss aber echt zurück ins Büro.«

»Nächste Woche habe ich meinen Bürotag!«, sagt sie begeistert. »Dann frage ich, ob ich neben dir sitzen darf.« Jetzt kommt sie mir wie eine Grundschülerin vor. Eine Frau mit tausend Gesichtern.

»Was machst du denn im Büro?«

»Ich gebe einmal im Monat meine Notizen in den Computer ein. Wir führen Buch darüber, was sich wie oft verkauft hat. Ziemlich langweilig, aber wenn ich neben dir arbeiten darf, macht es bestimmt Spaß.« Jetzt bin ich tatsächlich ein wenig gerührt.

»Gut, ich freue mich. Bis bald!«

Es ist an der Zeit, Fabian zu konsultieren, es länger aufzuschieben ergibt keinen Sinn, und bevor wir uns wieder so verkorkst begegnen, will ich ihn lieber einmal allein erwischen. Er hat zwar gesagt, dass man ihn nur im äußersten Notfall stören darf, aber ich denke, dass er mich empfangen wird. Ich meine, ich will ja nur fünf Minuten seiner kostbaren Zeit. Allerhöchstens zehn.

Ich mache einen kleinen Umweg über die Damentoilette und ertappe mich dabei, wie ich mir das Gesicht nachpudere und die Lippen noch mal neu rosa schminke. Wieso mache ich das? Ich will doch nur etwas Geschäftliches mit ihm besprechen. Na gut, und eventuell sehen, was von gestern übrig geblieben ist, oder – und bei diesem Gedanken spüre ich wieder ein wenig Trotz in mir aufsteigen – zumindest noch einmal hören, was für eine große Hilfe ich ihm gewesen bin. Ist ja nicht so, als wäre Omas die Verlobte vorzuspielen das Selbstverständlichste der Welt.

Vor Fabians Tür zögere ich doch noch mal kurz. Sie ist aus dunklem Holz mit goldenen Beschlägen und wirkt eher wie ein Schutzwall und weniger wie eine Tür, die sich einladend öffnet. Sie sieht nicht nach »Komm rein und sprich dich aus«, sondern eher nach »Bleib mir vom Hals, niederes Gesindel!« aus. Na gut, klopfen kann man ja mal. Ich versuche ein kleines, höfliches Pochen. Man hört es kaum, also muss ich wohl stärker klopfen. Nachdem ich irgendwann mit der ganzen Faust gegen das Holz wummere, ertönt ein ungeduldiges: »Ja?«

Ich öffne die Tür einen klitzekleinen Spalt.

»Was ist?«, fragt Fabian genervt. »Ach, du bist es. Was willst du denn?« Aha, ohne Kollegen drum herum immerhin ein Du, registriere ich. Darauf kann man aufbauen.

»Kann ich reinkommen?«

»Eigentlich hab ich keine Zeit. Worum geht es denn?«

»Um die Broschüre«, sage ich. Er schaut mich überrascht an. »Ach so, ich dachte … egal. Das ist doch nicht wichtig.«

»Ich finde schon. Sie ist doch das Aushängeschild –«

»Ich meine, *heute* ist das nicht wichtig«, unterbricht er mich etwas milder. »Aber setz dich doch. Willst du einen Kaffee oder sonst was?« Wieder blickt er irgendwo auf einen imaginären Punkt. Die dichten Haare schirmen seine Augen ab wie ein Schutzschild, jetzt, wo er sein albernes Gel vergessen hat.

»Nein danke.« Ich hätte gern, dass er mich mal richtig ansieht. Dass er lächelt oder mir irgendwie anders zu verstehen gibt, dass er sich freut, mich zu sehen. Aber nichts da. Seine Stirnfalte scheint nur noch tiefer zu werden. Ich war wohl nur eine austauschbare Person, die zur richtigen Zeit an der richtigen Stelle stand. Blöd von mir, hineinzuinterpretieren, dass er mich irgendwie gernhat. Aber ich möchte trotzdem wissen, wie es um Elisabeth Zuckermann steht.

»Wie geht es denn deiner Oma?«

»Das von gestern … das bleibt doch hoffentlich unter uns? Flurtratsch wäre jetzt echt das Letzte, das ich –«

»Natürlich«, falle ich ihm empört ins Wort. Was denkt er eigentlich von mir?

»Es geht ihr überraschend gut«, sagt er dann zu meiner Verwunderung. »Sie spricht und isst und kann sogar schon wieder aufstehen. Sie soll zur Sicherheit zwar noch ein paar Tage im Krankenhaus bleiben, damit sie abchecken können, ob es Folgen des Schlaganfalls gibt. Aber bisher sieht es ganz gut aus.« Dann ist er für eine Weile still und knetet seine Hände, bevor er schließlich weiterspricht.

»Ich hätte, so wie der Arzt gesprochen hat, wirklich nicht damit gerechnet, dass meine Oma den gestrigen Abend überlebt. Ich bin natürlich unglaublich froh darüber, klar. Vielen Dank übrigens noch mal für deine Unterstützung«, fügt er hinzu, der letzte Satz nur noch ein Gemurmel. Er erinnert sich wohl im letzten Moment noch an seine gute Erziehung.

»Gern geschehen«, sage ich aus vollem Herzen, und weil es hierzu erst einmal nichts mehr zu sagen gibt, beschließe ich zu dem überzugehen, weswegen ich hergekommen bin.

»Ich weiß, du hast gerade anderes im Kopf, aber wärst du einverstanden, wenn ich die Firmenbroschüre ein wenig aktualisiere? Ihr einen neuen Anstrich gebe? Sie ein bisschen moderner mache mit … einer guten Geschichte?«, wage ich mich noch mal heran.

»Von mir aus. Schlechter kann sie ja kaum werden.« Fabian lacht. Es ist ein Lachen, dem der Stress der letzten 24 Stunden anzumerken ist, aber vielleicht klingt es genau deswegen so befreit und sympathisch. Dann wird er wieder ernster, fast so, als wäre dieser Fabian nicht für die Öffentlichkeit vorgesehen. »Aber zeig mir das Design bitte, bevor du sie in den Druck gibst.«

Das war's? Nach all dem von den Kollegen zuvor angekündigten Drama? Ich habe sein Okay?

»Und was meine Großmutter betrifft – gibst du mir mal zur Sicherheit deine Handynummer? Dann würde ich dich vorwarnen, falls sie tatsächlich nach ihrer Entlassung hier vorbeikommen will. Damit du dich unter den Barhockern verstecken kannst.« Die Vorstellung finde ich lustig.

»Oh, ja klar.« Ich fummele mein Handy aus der Tasche und halte es ihm hin, ohne zu überlegen. »Hier, tippst du deine Nummer einfach selbst ein?« Mein Sperrbildschirm ploppt auf und zeigt ein verliebtes Bild von Johnny und mir im Bett, ich im Blümchennachthemd, er mit nacktem Oberkörper. O nein! Beschämt reiße ich Fabian das Handy wieder aus der Hand, aber er hat es schon gesehen.

»Wer ist das, dein Freund?«

»Ähm, ja. Nein, ach … Moment.« Ich entsperre den Bildschirm, vertippe mich dabei zweimal und lasse Johnny schließlich verschwinden. Ich reiche Fabian das Handy erneut, ohne ihn anzusehen. Er tippt seine Nummer ein und lässt es anschließend einmal probeweise klingeln.

»Okay, danke.«

»Warum grinst du so?«

»Nettes Nachthemd.« Blümchen und Sternchen, das ist mir so peinlich, und ich werde rot.

»Ich muss dann mal wieder an die Arbeit. Tschüss.«

»Ciao, Mia, und danke!« Er grinst noch immer. Wofür danke? Für die Broschüre? Für meine Oma-Scharade oder das peinliche Foto? Schön jedenfalls, dass er jetzt wieder lachen kann. Und das mit der Broschüre ist wirklich gut, schließlich bin ich zum Arbeiten hier. Oder nicht?

*D*ie erste kurze Arbeitswoche ist vorbei, und ich freue mich aufs Wochenende. Am Samstagmorgen döse ich um acht noch mal ein, doch als ich Annette im Wohnzimmer höre, reiße ich mich zusammen und zwinge mich, aufzustehen. Die Aussicht auf ein leckeres, gemütliches Frühstück macht es etwas leichter. Schließlich war in den vorherigen Morgensprints ja kaum für etwas anderes Zeit als einen Kaffee. Kein Wunder, dass Annette sich ihre Nahrung püriert, das spart Zeit. Sie findet es auch ungeheuerlich, wenn man länger als bis zehn Uhr im Bett bleibt und einen ganzen schönen Vormittag vergeudet.

Das war zumindest einer der wenigen Vorteile meiner Kindheit, ich konnte am Wochenende und in den Ferien so lange schlafen, wie ich wollte. Wahrscheinlich hätte meine Mutter mir auch unter der Woche jederzeit eine Entschuldigung geschrieben, wenn ich geschwänzt hätte, aber ich war bei meinen schlechten Noten stets bemüht, den Anschluss nicht zu verpassen.

Ich habe früh begriffen, dass meine Eltern anders waren als die meiner Schulfreunde. Deren Eltern waren Menschen, die sie unterstützt, aufgefangen und gefördert haben. Meine mussten eher selbst unterstützt und aufgefangen werden, und zwar meistens von mir. Meine Mutter war Malerin, eine zarte Elfe, die stundenlang manisch in ihrem Atelier verbrachte und weder essen noch schlafen konnte, bis ein Bild fertig war. Ich ging ihr lieber aus dem Weg, machte meine Hausaufgaben, kaufte ein, brachte ihr ab und zu etwas zu trinken und überredete sie zu jedem Schluck Wasser. Aber das war okay, denn das waren die guten Tage. Schlimmer waren die Zeiten, in denen sie nichts zustande bekam. Dann trank sie nachmittags schon Sherry oder Scotch, lud seltsame Künstlerfreunde ein und diskutierte nächtelang mit ihnen über Sinn und Sinnlosigkeit des profanen Lebens im Gegensatz zu dem, das der Kunst verpflichtet war. Meistens übernachtete irgendein langhaariger Fremder in ihrem Bett, und manchmal machte er morgens Frühstück, kaufte ihr Blumen und brachte sie zum Lachen. Aber immer endete es irgendwann mit Tränen über Tränen. Dann weigerte Mama sich tagelang, aufzustehen, sich zu waschen oder auch nur die Haare zu kämmen. Es war für mich immer undenkbar, Freunde mit nach Hause zu bringen, und so verbrachte ich immer mehr Zeit bei meiner Freundin Becky und ihrer Familie.

Und mein Vater, na ja, der tauchte zwei- bis dreimal im Jahr auf, machte auf schön Wetter, führte uns zum Essen aus und brach hinterher jedes seiner eilfertig gemachten Versprechen. Schon mit acht Jahren wusste ich, dass man ihm kein Wort glauben konnte. Er war ein erfolgloser Schauspieler, der in noch erfolgloseren Filmen Nebenrollen spielte und nur einmal eine kurze Hochphase hatte, als er eine Rolle in einer Vorabendserie ergatterte. In dieser Zeit sahen wir ihn besonders selten, denn vor nichts hatte er mehr Angst als vor einem Skandal, daher schlich er sich bei uns nur nachts herein und wieder hinaus. Dann wurde die Serie wieder abgesetzt, und es stellte sich heraus, dass es etwas gab, vor dem er noch mehr Angst hatte als vor schlechter Presse, und zwar: gar keine Presse.

Also versuchte er mehrmals, von Paparazzi in pikanten Situationen mit meiner Mutter erwischt zu werden. Die Paparazzi folgten seinen geheimen Hinweisen aber nie, und es wurde in der Folge immer abstruser. Er fuhr mit laut röhrendem Motor in einem geliehenen Ferrari quer durch die Fußgängerzone, pöbelte in Klubs herum und stand schließlich am Ende einer sehr beschämenden Zeit unschlüssig auf einem Hochhausdach und wurde nur von mir bekniet, nicht zu springen. »Du Dummerchen, das war doch bloß Show!«, sagte er, als er aufgegeben hatte und ich mich schluchzend an ihn klammerte. Aber ich wusste leider, dass man seinem Wort nicht trauen konnte.

Danach waren es wieder nur ich und meine Mama, die ihre Glaubensphasen so schnell wechselte wie ihre Wochenabschnittsgefährten. Bei meiner Geburt hatte Mama ihre religiöse Phase, weshalb sie mich mit dem Namen Maria Magdalena strafte. Es folgten die Vollkornphase, die vegane und die Frutarierphase, in der die Ernährung den Weg zum Licht weisen sollte, abgelöst von Heilgesängen und Chakrameditationen. Für eine kurze Zeit ließ sie sich die Karten legen und filterte unser Wasser mit Edelsteinen, bis sie »den ganzen Mumpitz« verwarf und sich der Gegenseite zuwand. Am längsten hielt dann ihre schwarzmagische Phase an, die ich eigentlich ganz witzig fand, bis meine Mutter begann, ihre Entscheidungen auszupendeln und mir erst das Schullandheim, dann ein Rockkonzert und schließlich sogar bestimmte Lebensmittel verbot, weil das Pendel sie vor bösen Schwingungen gewarnt hatte. Also lernte ich früh, das Pendel zu manipulieren und auf mich selbst aufzupassen. Als ob ich mir von so einer Kette mein Nutellabrot verbieten lassen hätte. Apropos Nutella.

Enttäuscht schaue ich mich auf Annettes Frühstückstisch um. Natürlich gibt es keine Hölle, aber es scheint tatsächlich Wohnungen ohne irgendeine Form von Schoko-Aufstrich zu geben. Wobei – ich hätte es mir eigentlich denken können.

»Hast du nichts mit Schokolade da?«, frage ich Annette trotzdem. »Es ist doch Wochenende!«

»Nein. Aber Schokoladentee könnte ich dir anbieten.«

Ich mag Schokolade in fast jeder Form, nur Tee mit Schokoladengeschmack kann ich nicht ausstehen. Der schmeckt nämlich kein bisschen nach Schokolade, sondern riecht nur so, während er in Wirklichkeit nach Komposthaufen schmeckt. Also winke ich dankend ab, nehme lieber einen doppelten Cappuccino und esse mein Brötchen mit Honig.

»Was machen wir heute?«, fragt Annette mich erwartungsvoll, und irgendwie klingt es, als hätte sie tatsächlich Lust, etwas mit mir zu unternehmen.

»Ich muss mir was Neues zum Anziehen kaufen.«

»Und danach?«

»Na ja, vielleicht fernsehen?«

Annette lacht ihr glockenhelles Lachen, und Stefan prustet los. War wohl die falsche Antwort.

»Wir könnten eine Wanderung machen oder in die Höllgrotten gehen«, schlägt er vor. Ach du liebe Zeit, bitte nichts mit Hölle.

»Nicht in die Höllengrotten!«

»Höllgrotten!«, verbessert mich Stefan. »Aber gut. Dann fahren wir doch zum Zuger Berg, da gibt es mehrere Wanderrouten. Die kleine Wanderung schaffen wir locker auch noch am Nachmittag.«

»Wie lang ist denn die kleine Wanderung?«, frage ich skeptisch. So ein bisschen Bewegung könnte schon guttun.

»Sie beträgt 14,8 Kilometer.«

Die kleine? Dann will ich echt nicht wissen, wie lang die große Wanderung ist.

»Können wir nicht irgendwie auf den Berg hochfahren und da einfach ein bisschen spazieren gehen?«

»Du meinst, mit der Seilbahn hochfahren?«

»Ja.« Das klingt doch gleich viel besser.

»Da kommt man aber nicht ins Schwitzen«, sagt Stefan mürrisch. Das war ja eigentlich meine Hoffnung, denke ich und ahne Schlimmes.

Annette schmiert sich überall mit Sonnencreme ein, bevor sie das Haus verlässt, dabei haben wir Ende September, und es ist bewölkt. Außerdem hat sie eine völlig makellose Haut, wobei – vielleicht hat sie die gerade deshalb. Oder von ihren seltsamen Säften. Für so eine Haut würde ich vielleicht sogar mal einen Schokoladentee trinken.

Ich überlege eine Weile und nehme dann nur meine Sonnenbrille und ein buntes Seidentuch mit, das ich Esther gemopst habe. Dann verstaut uns der Herr Kommandant vorschriftsmäßig in seinem Wagen und kutschiert uns in die Innenstadt. Am Wochenende hat er zum Glück einen freundlicheren, eher chauffeurmäßigen Modus drauf, bei dem er uns nur pünktlich und sicher von A nach B bringen will. Ist irgendwie ganz süß.

Zu meiner großen Verwunderung passt mir praktisch alles, was die Verkäuferin auf Anweisung von Annette anschleppt. Offenbar brauche ich eine Nummer größer, als ich dachte. Na gut. Dafür sehe ich jetzt auch besonders hübsch aus. Schick, aber nicht überkandidelt, elegant, ohne steif zu wirken. Beinahe wie eine Sekretärin aus einer Krimiserie, die total seriös und trotzdem gleichzeitig heiß rüberkommt. Aber als ich die Preise sehe, fallen mir beinahe die Augen aus dem Kopf. Wie soll man sich um Himmels willen auch nur ein einziges Ensemble leisten können?

»Lass mal, ich mach das«, sagt Annette, und ich atme auf, freue mich und wähle das günstigste von allen aus.

Danach brauchen wir nur eine Viertelstunde, bis wir zur Talstation der Seilbahn gelangen. Stefan schnauzt einen Rentner an, der sich vorgedrängelt hat, aber abgesehen davon ist alles harmonisch.

Sobald wir auf der Bergstation angekommen sind, strahlt die Sonne. Sie hat natürlich schon vorher geschienen, aber unten im Tal war das irgendwie nicht wirklich sichtbar. Die Wiese um mich herum ist grün, und auf den höheren Gipfeln liegt auch jetzt schon Schnee. Oder ist der noch vom letzten Winter? Die Luft ist klar und schmeckt voller und lebendiger als sonst. Für eine Weile stehe ich einfach nur da und bin vollkommen verzückt. Und plötzlich verstehe ich sogar ein wenig, warum Menschen freiwillig früh aufstehen, um möglichst lange in dieser Pracht herumwandern zu können. Das Panorama ist einfach umwerfend, obwohl es mir ganz unwirklich vorkommt, weil ich das so nur von Fotos kenne.

Ich kann mir gut vorstellen, wie hier jemand inspiriert worden ist, Spitzhügeli Nr. 16 zu kreieren, mit der weißen Schokolade als Schnee.

Nachdem Annette und Stefan sich ein wenig unwillig meinem Tempo angepasst haben, schlendern wir einen breiten Weg entlang und gelangen nach etwa zwanzig Minuten an einen Berggasthof. Das ist ungefähr die Strecke, die ich freiwillig bewältige, ohne schlechte Laune zu kriegen.

»Machen wir hier Pause?«, frage ich sehnsüchtig, und Annette nickt zustimmend, obwohl Stefan den Kopf schüttelt.

Draußen in der Sonne essen wir eine Schweizerische Käsewähe und trinken Cappuccino. Es ist beinahe zu schön, um echt zu sein. Stefan knipst Annette und mich vor dem Bergpanorama und achtet darauf, den perfekten Ausschnitt hinzubekommen. Ich scrolle durch die Fotos, die er mir sofort weitergeleitet hat, und jetzt erkenne sogar ich die Ähnlichkeit in unseren lächelnden Gesichtern. Das schönste Foto werde ich posten, sobald ich wieder Netz habe. Dann kündigen die beiden an, dass sie gleich noch mal losgehen, um sich »richtig die Beine zu vertreten«. Ich beschließe, mir in der Zeit noch eine Ovomaltine zu bestellen.

Ein älterer Herr in Wanderstiefeln kommt vorbei und grüßt freundlich. »Ja, ja, so schönes Wetter, das Richtige für einen entspannten Familienausflug.«

Ich stutze kurz und lächle den Almöhi dann höflich an. Tja, wenn man uns von außen sieht, kommt man wohl nicht darauf, wie kompliziert unsere Beziehung ist. Wahrscheinlich wirken wir wie zwei glückliche erwachsene Schwestern, die einen sonnigen Familienausflug genießen. Und heute fühlt es sich tatsächlich fast danach an. Die sorgfältig unterdrückten Gefühle, die unsichtbar zwischen uns schweben, sind in der klaren Bergluft und umgeben von all dieser Schönheit irgendwie leichter, kleiner als sonst. All die Gedanken, die jeden von uns umtreiben und über die wir nie offen gesprochen haben.

Ich bin sozusagen der lebende Beweis für die Untreue unseres Vaters und damit verantwortlich für die katastrophale Ehe von Annettes Eltern. Und meine Mutter hat das andere, das »echte« Leben meines Vaters immer totgeschwiegen und das Thema gewechselt, wenn ich auf Annette zu sprechen kam. Ich habe meine Halbschwester also das erste Mal bei der Beerdigung unseres Vaters gesehen, doch wie sollte ein Fremder so etwas Abgedrehtes erahnen können. Und dass ich mich erst seit dem Tod meiner Mutter überhaupt mit Annette treffen kann, schon gleich gar nicht. Das ist so verworren und traurig, dass ich es nicht mal vor mir selbst richtig in Worte fassen kann.

Vielleicht bin ich auch deswegen und nach all diesen Gedanken so froh, dass Stefan abends zum Dartspielen geht und Annette und mich allein lässt. Sie ist guter Dinge, trägt die Haare offen und erzählt von einem geplanten Spendenmarathon ihrer Firma. Ich frage mich, ob wir uns inzwischen nahe genug sind, dass ich sie auf unseren Vater ansprechen kann. Oder würde das alles zerstören? Aber es ist doch so lange her, und vielleicht können wir ja auf den schönen und gelösten Stunden dieses Tages etwas Tieferes aufbauen. Also nehme ich all meinen Mut zusammen und spreche es einfach aus.

»Denkst du manchmal an unseren Vater?«

Annette erstarrt in der Bewegung. Dann setzt sie ihre Tasse ruckartig ab, aus der ein paar Tropfen Tee auf den Tisch spritzen. Sie wischt sie nicht weg.

»Ich versuche es zu vermeiden, wenn man mich lässt.«

Ich schlucke, doch da fährt sie schon fort: »Das hat rein gar nichts mehr mit meinem Leben zu tun, und es ist mir lieber, wenn das auch so bleibt.«

Noch während sie spricht, kommen mir beinahe die Tränen. Mit *meinem* Leben hat es sehr viel zu tun. Schon so lange wollte ich mit ihr über die ungeheuerliche Situation sprechen, in die unser Vater uns gebracht hat. Naiverweise dachte ich, dass wir nach all den Jahren vielleicht endlich ein richtiges Schwesterngespräch führen könnten. Uns an unseren Vater erinnern, Gemeinsamkeiten vergleichen, ein bisschen über ihn herziehen. Und vor allem die verlorene Zeit als Schwestern aufholen. Aber Annettes verschlossener Gesichtsausdruck zeigt mir ganz deutlich, dass ich mich getäuscht habe, und ich weiß nicht, was ich sagen soll.

»Gehen wir schlafen?«, fragt sie irgendwann, als das Schweigen unangenehm wird und ich immer heftiger blinzeln muss, um die Tränen zurückzudrängen, und ich nicke.

Ich bringe kaum ein gepresstes »Gute Nacht« heraus, bevor ich mich in mein Zimmer verkrieche. Plötzlich fühle ich mich in ihrer Wohnung schrecklich unwillkommen. Hier ist eben doch alles steril und seelenlos. Ich habe Heimweh.

*N*achdem Annette mir so deutlich gezeigt hat, dass sie auf eine Aufarbeitung unserer Beziehung keinen Wert legt, habe ich keine Lust mehr, mich ihrer Lebensweise anzupassen oder weiter zu versuchen, mich ihr zu nähern. Ich schlafe am Sonntag also lange aus, trinke meinen Kaffee im Bett, schaue, ohne mich wirklich darauf konzentrieren zu können, erst eine Serie auf dem Handy und lese dann in meinem Buch, ebenfalls ohne größeren Erfolg, was meine Konzentration betrifft. Ich versuche krampfhaft, nicht an Johnny zu denken, ihm Zeit zu geben, abzuwarten, geduldig zu sein. Zweimal war ich zwischendurch in der Küche, um mir eine Schüssel Müsli zu holen, und seltsamerweise haben sowohl Stefan als auch Annette mich in Ruhe gelassen. Vermutlich sind sie ganz froh, dass die Verhältnisse nun geklärt sind und sie nicht mehr so tun müssen, als wäre ich hier ein willkommener Gast. Oder gar Familie. Nur noch einige Wochen muss ich hier überstehen.

Zum Abendessen schleiche ich mich dann doch ins Wohnzimmer und setze mich wortlos an den Tisch. Ich meine, ich bin ja nicht nachtragend, und außerdem riecht es nach etwas mit Käse Überbackenem. Weil ich aber noch ein wenig grolle und auch keine Lust habe, mich zu unterhalten, habe ich mein Handy mitgenommen und schaue demonstrativ aufs Display. Annette sieht fast ein wenig schuldbewusst aus, aber vermutlich bilde ich mir das nur ein.

»Du bist echt handysüchtig«, sagt Stefan.

»Ach ja?« Also wirklich, ich checke mein Handy nur etwa alle zwei Minuten. Erstens will ich euch damit etwas sagen, denke ich grimmig, und zweitens kann innerhalb von zwei Minuten viel passieren. Zum Beispiel kann Tina ein Foto von Johnnys Hauseingang posten, vor dem sie mit einem riesigen Umzugskarton steht. Bildunterschrift »Endlich ziehen wir zusammen«, Hashtag #finally, Hashtag #biglove, Hashtag #ichbringesieum! Ich verschlucke mich an einem Bissen Kartoffelgratin, den ich mir gerade in den Mund geschoben habe.

Nein! Johnny lässt Tina bei sich einziehen? Ich springe hustend auf, stoße fast den Stuhl um und verschwinde in meinem Zimmer. Ich schreie für eine Weile in mein Kissen, und weil ich mich noch immer beschissen fühle, trete ich mit dem Fuß gegen das Gästebett.

»Mia, ist alles in Ordnung bei dir?« Annette klopft besorgt an die Tür. »Nein!« Ich rase vor Wut. Und bin selbst davon überrascht. Von wegen cool weggesteckt. Nichts habe ich. Ich wollte es nur nicht wahrhaben. Vielleicht hat mich in den letzten Tagen auch nur der Gedanke getröstet, dass Johnny einfach nicht fähig ist, sich zu binden. Pustekuchen. Ich komme mir vor wie die Teilnehmerin einer Doppelblindstudie in Sachen Liebe. Wochenlang war ich überzeugt, die echte Medizin zu bekommen, und jetzt merke ich, dass ich nur in der Placebo-Gruppe gewesen bin. So bescheuert es auch ist, aber erst jetzt wird mir klar, wie sehr ich wirklich an uns geglaubt habe. Es hat sich so echt angefühlt, und mit aller Wucht schlägt mir meine eigene Dummheit gerade mitten ins Gesicht. Zusammen mit einer ordentlichen Ladung Schmerz.

»Kommst du zurück zum Essen?«, ruft Stefan.

»Nein!« Ich will nichts essen! Ich würde die Tür gern mit Karacho zuknallen, aber sie ist leider schon zu. Also bleibt mir nur die Schokolade. Zum Glück habe ich eine riesige Schachtel Pralinen fürs Wochenende mitgenommen.

Ich rufe Becky an, das ist ohnehin überfällig, und es ist das Einzige, was ich tun kann, bevor ich explodiere. Ich warte nicht mal ab, bis sie sich gemeldet hat, sondern sprudele sofort los: »Becky, ich muss dir was sagen.«

»Du hast mit Johnny geschlafen, und er hat mal wieder dein Herz gebrochen?«

»Woher weißt du das?«

»War nur geraten. Aber so was hab ich mir schon gedacht. Warum sollte Tina sonst so plötzlich bei ihm einziehen? Vor allem, nachdem sie sich seit Tagen nur gestritten haben.«

»Er hat mir gesagt, dass er sich von ihr trennen will! Aber dann …« Das ist das Schöne an engen Freundschaften. Manchmal braucht man gar nicht weiterzureden. »Bist du gar nicht überrascht?«, frage ich irgendwann, nachdem ich leise vor mich hin geschluchzt habe.

»Nicht wirklich. Wie oft war es denn? Einmal, zweimal oder noch öfter?«

»Elfmal«, heule ich los. »Oder elfeinhalbmal. Einmal ist er dabei eingeschlafen, zählt das auch?«

»So ein Idiot! Das ist ja noch schlimmer, als ich es mir vorgestellt hätte. Aber ernsthaft, Süße. Was hast du denn erwartet, du kennst ihn doch.«

»Ich dachte, er hätte sich geändert.«

»O Mann.«

Mehr gibt es nicht zu sagen.

Becky verspricht, mich auf dem Laufenden zu halten, und ich lege auf, um noch mehr Schokolade zu essen. Annette klopft erneut zaghaft an die Tür und fragt, ob ich reden möchte.

»Nein!«, sage ich trotzig. Sie öffnet die Tür trotzdem und breitet die Arme aus.

»Miamädchen, jetzt komm mal her!«, sagt sie überraschenderweise mit warmer Stimme. Es ist schön, in Annettes Armen zu liegen. Etwas ungewohnt, aber sehr schön. Sie duftet gut. Und sie streichelt meinen Rücken.

»Jetzt erzähl mir doch mal alles.«

Sie führt mich zum Sofa, und diesmal hält sie keinen Abstand. Wir kuscheln uns ganz selbstverständlich zusammen, und sie breitet eine Decke über uns aus. Stefan holt mir ungefragt einen Gin Elder aus der Küche und stellt mir die Kleenexbox daneben. Diese Fürsorglichkeit kommt echt unerwartet.

Sobald ich zu reden anfange, breche ich wieder in Tränen aus. Doch obwohl es schrecklich wehtut, bin ich gleichzeitig auch glücklich darüber, dass es meine Schwester ist, die mich hält, während ich weine. Der Schmerz über Johnnys Verrat geht so tief, dass ich es nicht mehr schaffe, vor Annette und Stefan cool zu bleiben, und in gewisser Hinsicht ist dieser Moment ein neuer Meilenstein unserer Beziehung.

»Liebeskummer ist etwas Schlimmes, aber er geht vorbei«, sagt Annette. »Immer.«

»Du brauchst diesen Idioten nicht. Er weiß gar nicht, was er an dir hat. Lass ihn los und schau nach vorn«, sagt Stefan.

»Würde ich ja gern«, schluchze ich mit schokoladeverschmiertem Mund. »Aber ich bin so wahnsinnig wütend! Wieso kommt er immer mit allem durch? Ich weiß, dass es mir nichts bringt und albern ist, aber etwas in mir will einfach nur … Rache!«

»Wenn du dich rächen willst, dann mach es. Aber überleg dir kurz, was du in einem Jahr davon halten wirst. Wirst du deine Reaktion dann auch noch angemessen finden?«

Ich werde ihm irgendwas Ekliges aus dunkler Schokolade schicken, das mit Pfeffer und Chilischoten gespickt ist. Einen winzig kleinen Penis vielleicht. Oder lieber den Abdruck eines abgeschnittenen Skrotums aus Schokolade. Oder ich könnte …

»Ja! Total angemessen«, stelle ich fest.

»Dann räch dich!«, sagt meine vernünftige, korrekte Schwester und lächelt.

Später im Bett suche ich unsere schönsten Bilder heraus. Eigentlich wollte ich daraus eine romantische Collage zu unserem Jubiläum erstellen, aber jetzt werden sie eben zum Instrument meiner Rache. Zuerst lade ich ein Foto aus seinem Bett in meinen Instagram-Feed. Also, wir sind nicht nackt zu sehen, klar, aber unsere Haare sind vielsagend zerzaust, und Johnny grinst dämlich-selig postkoital in die Kamera. Der Rest ist unter der Bettdecke versteckt, aber die ganze Situation ist an Intimität kaum zu überbieten. Ich versuche, Johnny zu taggen, aber sein Name wird nicht angezeigt. Ich stutze und suche nach seinem Account. Aber der ist weg, komplett entfernt. Ebenso sein Facebook-Profil und der ganze Rest seiner digitalen Spuren. Nur bei Skype grinst mich sein dämliches Teenie-Bild an, aber Skype ist ja eh tot.

Hat er das wegen mir getan? Ist er vielleicht unzurechnungsfähig? Nein, offenbar ist er einfach entsetzlich dumm. Was bringt ihm das denn bei jemandem, der seine Adresse hat? Ich meine, wir haben x gemeinsame Freunde. Wir waren zusammen in der Schule und sind nebeneinander aufgewachsen. Wie kann er bitte schön denken, dass ich niemals ein Wort sagen werde, wenn ich heimkomme?

Wie kann er so unendlich dreist sein und sich einfach darauf verlassen, dass ich den Mund halten werde, und mir gleichzeitig nicht einmal eine Erklärung oder eine Entschuldigung entgegenbringen? Wie kann er auf mein Schweigen zählen, wenn er nicht mal die Eier hat, mit mir Schluss zu machen? Ich bin traurig und wütend und einfach fassungslos. Und dazu auch noch richtig erschöpft. Heute hab ich keine Kraft mehr zum Heulen, zum Pläneschmieden oder sonst etwas. Ich brauche Schlaf. Vielleicht renkt sich die Welt über Nacht irgendwie wieder ein. Oder auch nicht, aber dann habe ich wenigstens ein paar Stunden Gnadenfrist, bis ich ihr wieder ins Auge blicken muss.

*A*m nächsten Morgen ist alles tatsächlich nur noch halb so schlimm. Meine Augen sehen zwar verquollen aus, aber ich bin nicht mehr wütend, sondern fühle mich nur dumpf und leer. Und ich bin irrsinnig erleichtert, dass ich gestern Abend keine wütenden Racheposts losgelassen habe. Früher, mit Brieftauben und Rauchzeichen, war Wut nicht so schnell und detailliert kommunizierbar, gut so.

Das gestern war ein widerlicher Weckruf, eine Mischung aus Realitätsschock, Endgültigkeit und vor allem Demütigung. Ich habe meinen Kopf in der letzten Woche zwar tief in die Schweizer Schokolade gesteckt und wollte all das nicht wahrhaben, aber ich habe eigentlich schon da unterbewusst begonnen, meine Perspektive zu ändern, und ich habe etwas begriffen: Ich brauche ihn nicht. Und er verdient mich nicht. So einfach ist das.

Und plötzlich ist die Welt voller ganz neuer Möglichkeiten. Ohne Johnny liegen auf einmal neue Wege vor mir, und ich kann frei wählen, wo ich abbiegen will. Oder stehen bleiben.

Eine Dusche, ein Kaffee und eine Schicht Make-up verwandeln mich wieder in eine halbwegs vorzeigbare Praktikantin.

Diesmal bin ich vor Stefan am Auto, und wir sind die Ersten in der Firma. Er kann die vordere Pforte aufsperren – Maja hat nur den Schlüssel für den Hintereingang des Cafés, wie er mir erklärt – und strahlt dabei so sehr, dass ich mir schwöre, morgens nie mehr zu trödeln. Offenbar verschafft ihm dieser kleine

Kick so viel Energie und Freude wie mir eine neue hübsche Haarspange.

Mittlerweile bin ich schon richtig routiniert, ich lege meine Jacke ab, verstaue die Handtasche in meinem PC-Schrank und gehe dann erst einmal – weil wir ja ohnehin so früh dran sind – zu Maja ins Café. Sie hat heute grüne Haare. Ich spare mir mittlerweile die Fragen. Manchmal kommen mir Erwachsene nur wie Kinder vor, die teurere Fehler machen können. Maja begrüßt mich mit einer Umarmung und macht mir ungebeten einen Cappuccino.

»Gibt's was Neues? Du siehst heute so gut aus«, sagt sie.

»Ist nur Make-up«, bekenne ich. »Kann ich ein Stück Kuchen haben?«

»Nimm es dir. Ein Brötchen oder so was fände jetzt aber besser. Morgens ist mir das Zeug einfach zu süß«, sagt Maja. »Ich verstehe nicht, wie du das jetzt schon runterkriegst.«

»Warum machen wir das eigentlich nicht?«

»Was?«

»Hörnchen und Brötchen zum Frühstück anbieten. Hier in der Nähe gibt es doch keinen Bäcker. Schließlich hat das alles doch mal als Konditorei begonnen, oder nicht? ›Süßer Start in den Tag‹ oder so. Ich wette, es gäbe viele Kunden, die sich dafür begeistern könnten.«

»Die Idee hatte ich auch mal, aber der süße Herr Zuckermann hat mich runtergebügelt und gesagt, dass Kohlenhydrate nicht mehr in sind.«

»Bei normalen Menschen werden Kohlenhydrate immer in sein. Ich frage einfach mal Herrn Schröter.«

Ich schütte den Kaffee herunter und habe richtig Lust, mit der Arbeit zu beginnen.

Es ist ein gutes Gefühl, mich an meinen eigenen Computer zu setzen. Mittlerweile fällt es mir tatsächlich nicht mehr schwer, den Apple zu bedienen.

Mit Fabians Generalvollmacht in der Hinterhand fühle ich mich stark und selbstsicher. Und da Vreni mir mittlerweile ja alles gezeigt hat, habe ich auch einen besseren Eindruck von der Firma. Außer den alten Druckdateien gibt es aber keinerlei Marketingmaterial, sodass ich erst mal aufschreibe, was wir für einen neuen Prospekt alles benötigen.

Gute Fotos, einen aktualisierten Text, den Link zur Homepage, vielleicht ein neues moderneres Layout …

Ich gehe die ältere Version der Broschüre durch. Da gab es eine Menge Informationen zur Schokoladenherstellung und zum durchschnittlichen Schokoladenverzehr. Ich speichere das Dokument unter einem neuen Namen, damit ich es gleich bearbeiten kann.

Die beliebteste Schokolade ist offenbar seit Jahren die mit Haselnuss – mit einem konstanten Fananteil von 25 Prozent der Bevölkerung. Darauf folgt Marzipan-Schokolade, igitt, dann kommen Keks-Schokolade, Traube-Nuss (gibt es die echt immer noch?), dann Toffee- oder Karamellfüllung und Pfefferminz-Schokolade mit immerhin noch zwölf Prozent. Sorten mit Gewürzen wie Pfeffer und Chili sowie Frucht- und alkoholischen Füllungen sind dagegen wohl seltener gefragt. Durchschnittlich verzehrt jeder Deutsche angeblich gut neun Kilo Schokolade im Jahr, jeder Schweizer elf. Die Belgier essen im Schnitt nur vier Kilo pro Jahr, obwohl sie auch berühmte Schokolade herstellen.

Das ist mäßig interessant, das muss nicht mit rein, beschließe ich. Höchstens eventuell ein Satz darüber, dass Haselnuss der Dauerbrenner ist.

Die erste Milchschokolade wurde von dem Schweizer Daniel Peter erfunden, der Kondensmilch mit Kakaopulver vermischt hat. Und ein anderer Schweizer war Rudolf Lindt, der die Conchiermaschine entwickelt hat, die ich letzte Woche der chinesischen Delegation vorgeführt habe. Das ist schon ein wenig interessanter, aber eigentlich reicht es doch, wenn man das in der Ausstellung erfährt. Und meinetwegen auf der Website. Aber so was in der Broschüre ist doch langweilig. Was würde mich mitreißen, wenn ich an Schokolade denke? Im Prinzip ist es der Geschmack, vielleicht noch der Duft. Aber man kann schlecht eine essbare Broschüre entwickeln. Doch wie ist es mit synthetischen Duftstoffen? Könnte man das Papier irgendwie aromatisieren? Allerdings passt das nicht zum Firmenmotto, denn hier wird ja auf jegliche künstlichen Aromen verzichtet, und es werden nur frische natürliche Zutaten verwendet.

Natürlich isst das Auge auch mit. Die Fotos müssen besser sein, am besten von einem professionellen Fotografen gemacht, der alles schön drapiert und ausleuchtet. Wir müssen die Schokolade wie ein Stillleben in Szene setzen. Oder wie einen Kindertraum aus Charlies Schokoladenfabrik, bei dem man genau sieht, wie hochwertig diese Unikate sind. Dass hier nichts vom Fließband kommt, sondern jede Praline sorgfältig von Hand angefertigt wird. Und wenn man selbst experimentieren könnte, mit Kakaobutter, Rosenwasser, Mandeln, Kakaosplittern und Krokantstückchen?

Plötzlich hält mich nichts mehr auf meinem Schreibtischstuhl. Wozu soll ich mir theoretisch den Kopf über Schokolade zerbrechen, wenn die Praxis wenige Meter von mit entfernt live und duftend zelebriert wird?

»Vreni, darf ich mal in die Produktionshalle gehen? Ich würde gern zusehen, wie die Schokolade verarbeitet wird.«

»In der Produktion passiert heute nichts Spannendes, es wird nur die neue Kakaobohnenlieferung aussortiert und gewaschen, das macht jede Menge Dreck, und da wollen die Männer ungestört bleiben. Aber Maja macht heute Mangopralinen. Willst du dabei vielleicht zuschauen?«

»Ja, natürlich, sehr gern!« Ich strahle Vreni an. Ich wusste gar nicht, dass Maja so etwas auch macht.

Vreni ruft sie kurz an und schickt mich dann in die ehemalige Backstube hinter dem Café. Maja sieht zum Schießen aus, sie trägt einen weißen Ganzkörperanzug und hat ihre bunten Haare unter ein halb durchsichtiges Häubchen gezwungen. In der rosa gefliesten Küche wirkt sie mit ihrem modernen Make-up leicht deplatziert.

Noch halb in der Tür stehend, schickt sie mich in den Nebenraum, wo ich mir die Hände desinfiziere und mich ebenfalls in ein bereitliegendes imkerähnliches Ensemble hülle. Dann darf ich hereinkommen und mich auf einen Holzhocker setzen, um ihr zuzusehen. Auf den breiten Herdplatten brodelt und zischt es, und es duftet nach Kakao, Butter und Zitrusfrucht.

Zuerst gießt Maja einen dünnen Ölfilm auf eine saubere Kunststoffplatte.

»Das ist wie eine Folie aus Öl«, erklärt sie, »sozusagen anstelle von Backpapier, damit man die Pralinen später gut ablösen kann.« Darauf verteilt sie flüssige Vollmilchkuvertüre und rollt sie mit einer Art breitem Nudelholz hauchdünn aus. »Nun setzen wir ringsum einen Rahmen, damit alle Pralinen gleich hoch werden.« Der passende Kunststoffrahmen steht schon bereit. »Und jetzt machen wir die Ganache, das ist die Pralinenmasse.«

Sie rührt eine gelbe Masse in einem großen Emailletopf um. »Das ist das Mangopüree, das habe ich vorhin aus tiefgekühlten, reifen Früchten gekocht und püriert. Jetzt müssen wir es noch süßen, dazu nehmen wir Invertzuckersirup. Willst du mal?«, bietet sie mir an. Ich nicke und gieße die abgemessene Menge an hellgelbem Sirup leicht zitternd in das Mangopüree. Geschafft!

»Was ist Invertzucker denn genau?«, erkundige ich mich.

»Eine Mischung aus Trauben- und Fruchtzucker, er macht die Masse haltbar. Nun fehlt nur noch der Limettensaft.«

»Wie wird man denn eigentlich Chocolatier?«, will ich wissen.

»In Belgien kann man sich direkt zum Chocolatier ausbilden lassen, in der Schweiz und in Deutschland muss man den Umweg über den Konditormeister gehen und kann sich erst danach für die Schokolade entscheiden. Ich hab eine normale Bäckerlehre gemacht und bin dann direkt hier eingestiegen.«

Ich biete an, die bereitliegenden Limetten auszupressen, und Maja stimmt zu und beobachtet, wie ich mit einem scharfen Messer eine Frucht halbiere und so viel Saft wie möglich auspresse. Ich muss sagen, dass es sich mit diesen Küchenwerkzeugen wesentlich besser arbeiten lässt als mit Esthers stumpfen Messern zu Hause. Und im Stehen geht es besser als im Sitzen. Als mir ein Tropfen Limettensaft über den Zeigefinger tropft und ich ihn automatisch ablecke, unterbricht Maja mich sofort: »Halt, stopp, alles weglegen, Hände waschen und desinfizieren. Du kochst hier nicht für deine Freunde, hier gibt es strenge Hygienevorschriften.«

Etwas belämmert folge ich ihrer Anweisung und lasse mir für die weitere Arbeit Gummihandschuhe geben. Sie hat ja recht.

Schließlich träufelt sie den gesiebten Limettensaft in die Ganache und vermischt sie mit flüssiger Schokolade aus dem Temperierbecken an der Seite.

»Jetzt kommt die Butter dazu, willst du sie reinrühren?« Ich nicke und lasse die vorbereiteten Butterstückchen vorsichtig in die Pralinenmasse gleiten. Es duftet himmlisch, und ich kann es kaum erwarten, endlich probieren zu dürfen.

»Erst ganz zum Schluss, Madame!«, sagt sie und haut mir gespielt auf die Finger.

»So viel?«, staune ich, als Maja schließlich das letzte Butterstückchen aus der Schale hineingleiten lässt und mir den Löffel aus der Hand nimmt.

»Klar, das sind Kalorienbomben. Ohne eine Menge Butter oder Sahne geht es nicht.«

Die fertige sämige Masse gießt Maja geschickt in den weißen Kunststoffrahmen auf die schon vorhandene Schokoladenschicht, dann nimmt sie einen Gummistab und verteilt die Masse gleichmäßig in die Form. Auf dem linken Rand der Form steht etwas, was genau die Größe des Metallrahmens hat.

»Das ist das Abstreifgerät, damit verteile ich die Ganache jetzt ganz gleichmäßig auf dem Schokoladenboden.«

Sie zieht die Metallschiene langsam über die komplette Form. Nun ist alles exakt gleich hoch.

»Jetzt müssen wir sie bei Zimmertemperatur abkühlen lassen und können erst in zwei Tagen die abschließende Schokoladenschicht draufgeben.«

»Was? Warum nicht sofort?« Ich kann doch nicht bis übermorgen warten!

»Sonst schmilzt uns die Ganache weg«, schmunzelt sie. »Und wenn man zu schnell kühlt, wird die Schokolade grau oder lässt sich nicht mehr richtig schneiden. Aber keine Sorge, ich habe noch halb fertige Erdbeerpralinen von Freitag im Regal. Die vollenden wir jetzt.«

Geschickt verstaut sie die Kunststoffplatte mitsamt dem Rahmen und der halbhohen Pralinenmasse auf einem der breiten Metallregalbretter. Dann hebt sie eine andere Platte aus dem Regal und lässt sie behutsam auf dem Tisch nieder.

»Hier ist die Ganache schon ausgekühlt. Jetzt kommt nur noch die Schoggischicht drauf.«

Diesmal darf ich helfen, das flüssige Glück vorsichtig aus dem Temperierbecken zu schöpfen und in die Form zu gießen. Noch nie hat mich irgendein Vorgang mit einem Schöpflöffel so glücklich gemacht. Es ist warm, heimelig und duftet nach dem Paradies.

»Und jetzt streuen wir noch die Dekoration darüber, damit man die Pralinen später auch identifizieren kann.«

Winzige getrocknete Erdbeerstückchen, halb nackt und halb mit Schokolade überzogen, landen gleichmäßig auf der Schokoschicht.

»Fertig!«, sagt Maja zufrieden und überlässt mir wie einem Kind Topf und Schüssel zum Auslecken. »Aber nimm sie mit rüber, bevor du dich daraufstürzt!« Sie grinst.

Im Nebenraum mache ich mich über die Schokoladenreste her und bin nach weniger als fünf Minuten pappsatt. Maja folgt mir und entledigt sich ihrer Schutzkleidung. Gemeinsam waschen wir uns anschließend die Hände, und Maja schickt mich ins Büro zurück, damit ich ihr beim Aufräumen nicht im Weg bin.

Selig sitze ich vor dem PC und klicke mich erneut durch die Schokoladenbilder. Jetzt kann ich mir schon viel besser vorstellen, wie die traumhaften Pralinen zustande kommen.

Aber seit ich hier bin, wundere ich mich leise, womit die Kollegen im Marketing sich eigentlich so die Zeit vertreiben. Mit Werbemaßnahmen offenbar nicht. Außerdem frage ich mich die ganze Zeit, wann ich Fabian endlich über den Weg laufe, und bin seltsam schüchtern, als er – als hätte er meine Gedanken erraten – plötzlich im großen Büro auftaucht.

»Frau Kammerer, könnte ich Sie kurz sprechen?«, fragt er förmlich.

»Ja, natürlich, Herr Zuckermann.«

Ich folge ihm zu seinem eigenen Büro, in dem alles aus Leder und dunklem Holz glänzt. Nachdem er die Tür geschlossen hat, ändert er zum Glück seinen strengen Tonfall und wird weicher.

»Setz dich doch. Möchtest du was trinken?«

Ich schüttele den Kopf, aber Fabian sieht gar nicht hin und hat schon zwei Gläser auf den Tisch gestellt.

»Hör zu, Mia, meine Oma wurde gestern entlassen. Es ist ein Wunder, sagen die Ärzte. Wahrscheinlich hat sie gar keine Schäden davongetragen.« Hektisch gießt er uns Orangensaft in die Gläser. Ich wollte doch gar nichts trinken …

»Das freut mich sehr.« Und ich meine es ehrlich. »Aber warum siehst du dann so sorgenvoll aus? Das klingt doch vielversprechend!«, sage ich und merke, dass ich mich jetzt, da ich ihm gegenübersitze, mit dem Du zwischen ihm als Chef und mir als Praktikantin irgendwie seltsam fühle. Himmel, ist der Mensch kompliziert.

»Aber es tun sich prompt unerwartete Schwierigkeiten auf.«

»Welche denn?«

»Überleg doch mal. Oma kann sich an alles erinnern. Sie hat sich schon gestern nach dir erkundigt. Sie will dich wiedersehen!«

»Oh … Das ist allerdings ein … Problem«, gebe ich zu.

»Kannst du nicht sagen, dass wir uns getrennt haben?«

»Von einem Tag auf den anderen? Auf gar keinen Fall! Wo sie dich auf den ersten Blick so ins Herz geschlossen hat.«

»Wir haben doch kaum miteinander gesprochen«, sage ich verlegen. Ein bisschen schmeichelt mir das schon.

»Ich hab ja versucht, dir zu erklären, wie wichtig ihr dieses Thema ist. Und Grosi sagt, sie habe sofort gespürt, dass du die Richtige für mich bist. Am Ende erleidet sie dann gleich den nächsten Anfall. Nein, nein, es muss mir etwas anderes einfallen.«

So langsam beginne ich, seine Stirnfalte zu verstehen. Ich überlege so lange, bis sich meine eigene kleine Linie über dem Nasenrücken bemerkbar macht.

»Was weiß deine Oma denn von Isabella?«, frage ich dann und nehme einen Schluck Saft. »Ich meine, sie wohnt doch nicht hier. Vielleicht musste sie ja zurückfliegen? Zur Arbeit, oder was auch immer diese Isabella so tut. Sie könnte doch eine nette Postkarte schreiben und ab und zu Grüße ausrichten, und ihr trennt euch erst, wenn deine Großmutter wieder völlig auf dem Damm ist.«

»Ja, das könnte gehen. Ist eine gute Idee. Sie musste zurück. Hat einen Job, bei dem sie gebraucht wird. Obwohl ich Oma bereits erzählt hatte, dass sie noch Studentin ist.«

»Dann steht sie eben kurz vor dem Examen.« Schon allein dieses Wort auszusprechen erzeugt bei mir Unbehagen. »Sie muss sich vollkommen ihren Prüfungen widmen. Wenn sie sich jetzt keine Mühe gibt, war alles umsonst, die ganzen Jahre.« Bei dem Gedanken schaudert es mich. Fabian schaut mich wieder an, aber jetzt ist es anders. Fast so, als würde er mich heute zum ersten Mal wirklich wahrnehmen.

»Das ist gut. *Du* bist gut. Was machst du hier noch mal?«

»Marketing«, sage ich leicht verwundert. Wir haben doch über die Broschüre gesprochen, aber wahrscheinlich hat er gar nicht richtig zugehört.

»Das passt zu dir. Du kannst dir Geschichten ausdenken, bist schnell und flexibel. Gefällt mir.« Gesprochen wie ein wahrer Chef, denke ich, aber werde dennoch ein bisschen rot.

»Danke. Was soll ich denn machen, wenn deine Oma hierherkommt?«

»Ach, die lässt sich in der Firma kaum mehr blicken. Mach du einfach ganz normal deinen Job, darin scheinst du ja gut zu sein.« Ich versuche meine Freude über das Lob zu verbergen. Um meine Verlegenheit zu überbrücken, trinke ich mein Glas auf einen Zug halb leer.

»Warte mal, du hast da ein bisschen Saft.«

»Wo?« Verlegen wische ich mir die Mundwinkel ab.

»Nein, weiter unten.«

Er beugt sich zu mir und streicht mir vorsichtig einen Tropfen vom Kinn. Wo er mich berührt, kribbelt meine Haut wie elektrisiert. Hat er das auch gespürt?

Meine Güte, wahrscheinlich hat er bloß gedacht, wie tollpatschig ich doch bin, dass ich mich beim Trinken bekleckere. Ich drehe meinen Kopf zur Seite und trinke das Glas leer. Natürlich kann er meine Gedanken nicht lesen, trotzdem bin ich plötzlich schrecklich verlegen. Und kann gleichzeitig den Wunsch nicht abschütteln, dass er mich noch mal berührt. Besser, ich gehe jetzt, bevor ich noch etwas Unangemessenes sage, zum Beispiel, dass er mit dieser Frisur wunderschön aussieht oder dass ich nichts dagegen hätte, wenn er mich mal probeweise küssen würde.

Schnell weg, ganz schnell. Vermutlich sind das die seltsamen Hormonüberschüsse Frischverlassener, die gerade durch meinen Körper schießen.

Ich murmele einen Abschiedsgruß und verlasse das Büro so zügig wie möglich, ohne direkt hinauszustürmen. Im Gang atme ich einmal tief durch und laufe beinahe in Vanessa hinein.

»Kannst du mich wohl für ein Stündchen vertreten?«, fragt sie erfreut. »Ich hab einen Arzttermin.«

»Aber ich weiß doch gar nicht, was man am Empfang macht!«

»Du musst die Leute bloß in die Garderobe und zum Ausstellungsraum schicken. Hier ist die Liste mit den Anmeldungen, aber heute kommt nur noch eine Schulklasse, und die haben schon online bezahlt. Gib ihnen 31 von diesen Plastiktalern, das sind die Gutscheine fürs Schokoladengießen. Danke, du bist ein Schatz! Tschüssi!« Sie drückt mir einen Beutel mit Talern in die Hand und ist weg, bevor ich Nein sagen kann. In dieser Firma scheinen sie nicht allzu viel von klar definierten Arbeitsgebieten zu halten. Muss ich jetzt Vreni fragen, ob ich das machen darf? Steht sie in der Rangordnung über Vanessa? Ich habe keinen blassen Schimmer.

Na gut, gehe ich eben zum Empfang. Das kann ja nicht so schwer sein.

Eine Minute später bin ich bereits überfordert. Wie öffnet man um Himmels willen diese Tür an der Seite, um auf den Stuhl der Empfangsdame zu gelangen? Die Tür lässt sich weder nach vorn noch nach hinten verschieben, hat keinen Griff und auch sonst keinen Knopf oder irgendetwas Sichtbares. Braucht man vielleicht einen Schlüssel? Ich habe aber keinen. Also schaue ich mich um, ob jemand kommt, und klettere schließlich einfach auf den Tisch, rutsche bis zum Ende und lasse mich wenig elegant in das kleine Kabuff hinter dem Empfangsschalter rutschen. Geschafft!

»Bravo!«, höre ich eine Kinderstimme sagen. Erschrocken rappele ich mich auf und drehe mich um. Vor mir steht ein Pulk von Kindern und beginnt zu klatschen. Mit hochrotem Kopf setze ich mich auf Vanessas Stuhl und bin heilfroh, dass die erwachsene Begleitperson der Schulklasse erst jetzt das Foyer betritt. Das ist gerade noch mal gut gegangen.

»Grüezi, mia sind von der St.-Albans-Schule.«

»Grüß Gott«, sage ich so professionell, wie ich es zustande bringe.

»Die Frau ist über den Tisch gerutscht und in die Kabine gefallen«, kräht ein blonder Junge.

»Unsinn, Tobi!«, weist die Lehrerin ihn zurecht und legt ihre ausgedruckte Reservierung vor. »Mir ha schon zahle.«

»Sehr schön«, sage ich erleichtert. »Hier sind Ihre Gutscheine fürs Schokoladengießen!« Ich überreiche der Lehrerin den Beutel und bin froh, als die Kinder abgezogen sind. Offenbar kennt die Lehrerin sich hier aus, sie führt die Kinder zielsicher zur

Garderobe. Plötzlich fällt mir siedend heiß ein, dass ich die Taler gar nicht abgezählt habe. Wie viele sind das bloß gewesen? Habe ich der Klasse jetzt einen Freifahrtschein für unbegrenztes Schokoladengießen spendiert? Soll ich hinterhergehen? Aber dann müsste ich mich wieder über den Tisch schwingen, und gerade betritt schon ein neuer Gast das Foyer. Nein, das geht nicht, ich muss hier drinbleiben und würdig aussehen.

»Einen schönen guten Nachmittag!«, begrüßt mich die alte, freundliche Dame. Aus dem Augenwinkel erinnert sie mich ein bisschen an die Queen.

»Herzlich willkommen«, antworte ich automatisch.

»Isabella, das ist aber eine Überraschung!«

Ich brauche einen Moment, bis ich begreife, dass sie mich meint. O nein, das ist Elisabeth Zuckermann! In dem grünen Kostüm, gut frisiert und quicklebendig habe ich sie einfach nicht erkannt. Von wegen, die taucht in der Firma nicht mehr auf!

»So eine Freude! Da schreibt mir der Fabian, dass du schon wieder auf dem Heimweg bist, und dabei bist du hier und springst sogar in der Firma ein, wenn Not am Mann ist …«

Ich lächle verkrampft und überlege fieberhaft, was ich sagen soll. Warum hat Fabian mich nicht vorgewarnt?

»Komm mal her, Kindchen! Ich habe dich ja noch gar nicht offiziell in der Familie willkommen geheißen.« Elisabeth geht um die Theke herum, drückt die vermaledeite Schranke einfach nach unten und schließt mich in die Arme. Ach, so geht das. Wieder dieser zarte Duft von Lavendel. Ich bin leicht gerührt, weil sie sich so freut, mich zu sehen. Und aus ihrem Mund klingt »Kindchen« plötzlich liebevoll und warm. Ich freue mich auch, ehrlich. Vor allem darüber, dass sie schon so fit ist, dass sie wieder zur Arbeit kommen kann und alles. Aber meine Bredouille freut mich weniger. Was soll ich denn jetzt machen? Sobald sie mich losgelassen hat, schiele ich unauffällig auf mein

Handy. Kein Wort von Fabian, der mir das alles eingebrockt hat. Vielleicht hat er selbst noch nicht gemerkt, dass seine Oma hergekommen ist? Also lächle ich und lächle und lächle, bis mir die Mundwinkel wehtun, während ich unter dem Tisch klammheimlich einen Hilferuf per SMS an Fabian absende. Ich hoffe verzweifelt, dass er vorbeikommt und mich erlöst oder brieft. Bis dahin sage ich das Einzige, was mir neutral erscheint: »Möchtest du vielleicht einen Kaffee oder ein paar Pralinen? Wollen wir vielleicht ins Café rübergehen? Wunderschönes Wetter heute, oder?«

10

*N*ach einer Ewigkeit kommt Fabian endlich ins Café. Er hat nervöse rote Flecken im Gesicht und sieht sich ständig um, ob uns jemand beobachtet. Mir geht es nicht viel anders, und ich bete immerzu, dass mich hier niemand mit Mia anspricht. Und dass keine neuen Gäste kommen, nachdem ich den Empfang im Stich gelassen habe. Aber was hätte ich machen sollen?

Nur Elisabeth scheint beste Laune zu haben und spachtelt eine von Majas Schokoladenkreationen nach der anderen.

»Ach, Schatz, hier bist du!«, sagt Fabian unnatürlich hölzern und nuschelt mir etwas von einem wichtigen Anruf im Büro zu.

»Also wirklich, ich bin begeistert, deine Isabella arbeitet gleich im Betrieb mit!«, sagt Elisabeth anerkennend.

»Ja, es ist jemand ausgefallen, und da hat sie spontan ihre Hilfe angeboten«, höre ich ihn noch improvisieren, als ich mich endlich auf Zehenspitzen entferne.

Du meine Güte, war das ein Schock! Fürs Erste bin ich gerettet, und sicherheitshalber verschanze ich mich im Büro, bis Fabian eine Viertelstunde später nachkommt. Schweigend folge ich ihm in sein Büro, wo er mich mit einem Schwall an Entschuldigungen überschüttet.

»Ist schon gut, das war eben ein ungünstiger Zufall. Aber wir haben es ja jetzt hinter uns«, beschwichtige ich ihn schließlich.

»Nein, leider nicht«, gesteht er zerknirscht und sieht so aus, als würde er am liebsten losheulen. »Äh, also, Omi ist so begeis-

tert von dir, und ich kann keinen weiteren Schlaganfall verant-
worten, und na ja, also … sie hat uns für morgen Abend zum
Essen eingeladen. Zum Familienessen bei meiner Schwester.«

»Aber … ich kann doch unmöglich mit zu einer Familienfeier
gehen«, stammele ich.

»Ich weiß. Das kann ich nicht von dir verlangen.«

»Nein, das geht wirklich nicht«, sage ich fest und versuche,
ihm nicht in die Augen zu schauen. Er sieht so bekümmert und
verzweifelt aus.

»Es ist eine Sache, einer sterbenden Frau eine letzte Freude zu
machen, aber eine ganz andere, jemanden vorsätzlich zu täuschen. Ich hab einfach nicht die Nerven dafür, mehrere Leute
bewusst zu belügen.«

Fabian nickt, aber meine Worte dringen überhaupt nicht zu
ihm durch. Er knetet seine Fingerknöchel, bis sie rot werden.

»Wenn sie die Wahrheit erfährt, landet sie wieder im Spital«,
sagt er leise. »Oder es kommt noch schlimmer.«

Bei dem Gedanken, dass Elisabeth sterben könnte, werden
meine Augen feucht. Wer will schon die Verantwortung für den
Tod einer so liebenswerten Omi übernehmen? Ich nicht, und Fabian sieht so bedrückt und schwermütig aus, dass er mir entsetzlich leidtut. So sehr, dass ich ihn aus seiner Verzweiflung erlösen
will. Auch wenn das wahrscheinlich nicht besonders klug ist.

»Glaubst du denn, dass ein einziger Abend reichen würde? Ich
meine, damit sie sich stabilisiert und keinen zweiten Schlaganfall bekommt?«, frage ich vorsichtig.

»Ich weiß es nicht, aber wenn wir die Sache mit der Trennung
oder deiner Abreise noch ein paar Tage vertagen könnten, würde
mir ein riesiger Stein vom Herzen fallen.«

Er sagt »Trennung oder Abreise«, aber es klingt wie »unlösba-
res schreckliches Problem, das mich völlig überfordert und womit ich mich jetzt nicht befassen will«.

»Was sagen denn die Ärzte, wann deine Oma wieder belastbar sein wird?«

»In zwei Wochen sollte sie sich weitestgehend erholt haben.«

»Zwei Wochen also.« Ich sehe ihm in die Augen, und er schaut mich intensiv an. Ich weiß, dass es verrückt ist, aber irgendein Teil von mir will ihm so dringend helfen, dass ich mich nicht dagegen wehren kann. Mein Nein schmilzt dahin wie Ganache unter nicht abgekühlter Schokolade.

»Heißt das, du machst es tatsächlich?«, fragt er ungläubig.

»Ich versuche es«, sage ich leise. »Ich gebe mein Bestes. Vielleicht wird es aber irgendwie komisch.«

Fabian lacht plötzlich laut auf und wirft erleichtert seinen Kopf zurück. »Unglaublich. Du hast tatsächlich Ja gesagt. Meinst du übrigens mit komisch lustig oder seltsam?«

»Beides. Seltsam. Aber irgendwie ist es auch lustig.«

»Auf den Schreck haben wir uns einen Cognac verdient.«

Jetzt, nachdem ich zugesagt habe, mitzugehen, ist Fabian wie verwandelt. Er holt eine fein geschliffene Glaskaraffe aus dem Schrank und schenkt uns dickflüssigen Cognac in zwei Schwenker.

Und dann brieft mein Fake-Verlobter mich für den nächsten Tag, indem er mir alle relevanten Informationen über die Beziehung mit Isabella anvertraut.

»Wir haben uns im Juni auf Sardinien kennengelernt.«

»Ich war noch nie auf Sardinien.«

»Das macht doch nichts. Sardinien ist einfach nur eine Insel, wie Mallorca mit mehr Grün. Warst du schon mal auf Mallorca?«

»Einmal«, gebe ich zu. »Aber wir waren nicht am Ballermann, Becky und ich wollten einfach nur günstig ans Meer.«

»Das genügt. Also, im Juni auf Sardinien. Alle Büsche und Sträucher haben geblüht, und wir haben uns bei einer Strandparty kennengelernt.«

»Das klingt romantisch.«

»Ja, war es auch.« Für einen kurzen Moment sieht er in die Ferne, als ob Isabella dort mit einem Blumenkranz auf dem Haar stehen würde. Offensichtlich ist er noch nicht über sie hinweg. Warum versetzt mir das einen Stich?

»Und hatten wir dann gleich in der ersten Nacht Sex?«, frage ich schließlich. Irgendwie muss ich ihn aus der Nostalgie reißen.

»Ich glaube nicht, dass uns irgendjemand drüber ausfragen wird, wann genau wir uns nähergekommen sind«, sagt er zurückhaltend. Na gut.

»Meine Schwester würde danach fragen«, sage ich und merke, dass ich dabei an Becky und nicht an Annette gedacht habe.

»Mach dir nicht so viele Gedanken, Mia. Wie wir uns kennengelernt haben, wissen sie ja schon. Niemand wird auf die Idee kommen, dass wir ihnen unsere Beziehung nur vorspielen. Ich hoffe, dass meine Schwester und ihr Mann zu höflich sind, um dich auszufragen. Und bei Omi hast du eh einen Stein im Brett. Das wird schon, ich bin ja die ganze Zeit da und kann dir notfalls zur Seite springen.«

Jetzt sieht er mich so nett an, dass ich am liebsten ein Stückchen näher rücken würde, aber ich bin mir unsicher, ob er mich wirklich mag oder nur meine Hilfe braucht.

Und offenbar wünsche ich mir überraschend dringend Ersteres. Daher tue ich, was ich immer tue, wenn ich nervös bin: Ich verabschiede mich höflich und fliehe aus der Situation.

Abends bei Annette schaue ich mir ein paar Dokus über Hochstapler an.

»Bleib bei deiner Geschichte.«

»Wechsle elegant das Thema.«

»Verwirre mit unwichtigen Details.«

Tja, schade, dass ich meinen Vater nicht um Rat fragen kann. Der hätte mir das Vortäuschen ganz gut beibringen können, und das nicht nur, weil er Schauspieler gewesen ist. Nach der Angst, die mir eine seiner letzten Schauspielaktionen – die auf dem Dach – eingejagt hatte, ging mir Papas tatsächlicher Tod dann seltsamerweise nicht besonders nahe. Im Grunde hatte ich ihn ja kaum gekannt.

Wenn er seinen Besuch ankündigte, lief Mama zum Friseur, zwang mich zum Aufräumen, was sie sonst nie tat, und zog mir unbequeme Kleidchen an. Das passierte vielleicht ein- oder zweimal im Jahr, und jedes Mal verschwanden die beiden dann stundenlang in Mamas Schlafzimmer. Danach führte er uns zum Essen aus, nannte uns »seine Ladys« und wollte plötzlich meine volle Aufmerksamkeit. Ich versuchte, ihm seine Fragen nach der Schule, meinen Freundinnen und meinen Interessen zu beantworten, aber letztendlich blieb er ein Fremder für mich. Meine Eltern waren wohl nie richtig zusammen, aber auch nie richtig getrennt. Als er verunglückte, las Mama es in der Zeitung. Sie weinte tagelang und schleppte mich zur Beerdigung, bei der ich nur fremde Gesichter sah.

Wir standen rechts von der Grabstelle, und ich konnte die Leute auf der anderen Seite betrachten. Niemand kam mir bekannt vor, und weder Mama noch ich wurden in der Rede erwähnt. Das fand ich seltsam, aber andererseits kannte ich mich auch nicht sonderlich gut aus mit Beerdigungen. Plötzlich fiel mir eine junge Frau auf, die mir gegenüberstand und mich mit großen Augen fixierte. Sie sah aus wie ich, nur in älter und schöner, und von diesem Moment an hatte ich nur noch Augen für sie.

Offenbar war sie über mich noch viel schockierter als ich über sie, denn als sie an der Reihe war, zum Grab zu treten und Erde hineinzuwerfen, machte sie einen falschen Schritt und stolperte. Ihr fiel beinahe die Schaufel aus der Hand. Später wartete sie dann am Eingang des Friedhofs auf mich. Sie war blass und zitterte, als sie mich vorsichtig ansprach.

»Ich bin Annette, und du?«

»Ich bin Mia.«

»Das war mein Vater, der hier beerdigt worden ist.«

»Nein, Adrian war mein Vater«, widersprach ich.

»Tja, dann war er wohl der Vater von uns beiden. Das erklärt so einiges.«

In ihrer Hand hatte sie den Zettel vom Gottesdienst. Sie streckte ihn mir entgegen, und ich nahm ihn, obwohl ich einen eigenen hatte. Mit einem Kajalstift hatte sie »Annette Salzer« und eine Telefonnummer daraufgeschrieben.

»Wenn du mich mal anrufen willst …« Weiter kam sie nicht, denn Mama zupfte mich bereits am Arm. Annette drückte mir kurz die Hand und ging dann rasch weiter.

Auf dem Heimweg fragte ich Mama, ob sie von meiner Schwester gewusst hatte, woraufhin sie zu weinen begann und etwas vom Segen der Unwissenheit stammelte. Sie weinte auch später stets, sobald ich mit dem Thema anfing. Also hörte ich irgendwann auf, sie zu fragen. Den Zettel hob ich aber auf.

Vier Jahre später, nach Mamas Tod, wählte ich die Nummer schließlich und verabredete mich mit Annette auf einen Kaffee. Sie gab mir förmlich die Hand, übernahm die Rechnung und machte Small Talk mit mir.

Seitdem haben wir uns elfmal gesehen und kein einziges Wort mehr über unseren Vater gesprochen. Den verpatzten Versuch vor ein paar Abenden mit eingerechnet. Und auch wenn sie danach wegen Johnny wirklich lieb zu mir war, fühle ich mich bei dem Gedanken an dieses Gespräch so verloren, dass ich Becky anrufen muss.

»Na, wie ist es heute gelaufen?«, begrüßt sie mich gut gelaunt. Johnny erwähnt sie mit keinem Wort mehr, seit ich ihr ausführlich von meinem mentalen, emotionalen und generellen Schlussstrich geschrieben habe. Ich glaube, sie ist ein bisschen stolz auf mich.

»Nicht so richtig gut«, gebe ich zu und denke an Elisabeths Überraschungsbesuch.

»Was ist los? Sag es schnell, ich habe gerade ein Date.«

»Oh, mit wem denn?«

»Kennst du nicht, Miaschatz. Schieß los, ich bin auf dem Klo, aber langsam muss ich mal zum Tisch zurück.«

»Wo seid ihr denn?«

»Im *Zeit und Raum*.«

Ach, wie gern wäre ich da jetzt auch! Ich kann richtig vor mir sehen, wie die Kerzen in den Weinflaschen über den Bücherregalen flackern, und höre die leise Sechzigerjahre-Musik im Hintergrund.

»Ich vermisse dich«, sage ich aus tiefstem Herzen. Das ist das Elementare, denn die ganze komplizierte Geschichte mit Elisabeth und dem Familienessen kann ich so schnell nicht zusammenfassen.

»Das ist alles?«, fragt sie vorsichtig. Ich nicke nur, und wie das so ist bei Freundinnen, kann sie es hören.

»Oh, Mialein, ich vermisse dich auch! Aber nun ist deine Zeit leider abgelaufen, denn ich muss jetzt knutschen gehen, obwohl Mama meint, dass ich es mit dem Hardcoredating übertreibe und so nie den Richtigen finden werde. Aber was weiß sie schon, der hier ist echt süß, also wünsch mir Spaß, ich dir auch, und ich drück dich jetzt weg, ja?«

»Drück mich weg«, sage ich und muss ein bisschen lachen. »Und viel Spaß!« Aber sie hat schon aufgelegt. Ich fühle mich trotzdem besser. Wenn man so eine Freundin hat, ist man auch in der Fremde nie ganz allein.

Eine Stunde später schluchzt Becky in den Hörer.

»Mia, was ist aus dieser Welt geworden? Entweder ich bin bei ›Versteckte Kamera‹ oder habe irgendeinen Zettel auf der Stirn, der die ganz schrägen Typen einlädt. Der Nächste, der mit mir in

131

einen Swingerklub gehen will, und jetzt halt dich fest: weil man als Paar weniger Eintritt zahlt, aber ich soll dann nicht die ganze Zeit an ihm dranhängen und besitzergreifend sein. Hat da gerade der neue Superladen eröffnet, oder spinnen die alle?«

»Und, wo bist du jetzt?«

»An einer Tankstelle. Ich hab ihm gesagt, er soll mich rauslassen. Ich hab kein Geld fürs Taxi, aber Mama kommt mich abholen. Es ist mir nur so peinlich, dass sie schon wieder recht hatte.«

Eine Weile lang lassen wir uns noch über die Männerwelt im Allgemeinen aus. Das Spezielle, also Johnny, vermeidet sie weiterhin, und ich erwähne auch Fabian nicht. Keine Ahnung, warum. Vermutlich weil ich selbst nicht weiß, was ich von alldem halten soll.

11

Ich werde das irgendwie überstehen. Ich komme spät und gehe früh, und dazwischen bringe ich ein paar von den auswendig gelernten Sätzen über die Lippen, falls mich überhaupt irgendjemand irgendetwas fragt. Sonst lächle ich einfach nur und schaue freundlich. Und ich esse was von dem seltsamen, vornehmen Zeug, das sie mir vorsetzen werden – das Besteck von außen nach innen benutzend, wie Fabian es mir erklärt hat. Außer wenn es Muscheln sind, dann schütze ich eine Unverträglichkeit vor.

Bleibt nur noch eine letzte Schwierigkeit: Was ziehe ich um Himmels willen an? Ich kann Fabian nicht sagen, dass ich nur zwei Jeans, vier T-Shirts, eine Fransenbluse und zwei graue Pullis dabeihabe. Und die Jacke, die er so schrecklich findet, den Blick habe ich nämlich genau gesehen. Die neuen Klamotten, die Annette mir gekauft hat, sind so förmlich und büromäßig, dass sie nicht zu einer Abendeinladung passen.

Mit diesem Problem würde ich jetzt bei meiner Pflegemama Esther auf Granit beißen. Sie würde mir irgendein altes Tuch zuwerfen, sagen, dass ich wie immer bezaubernd aussehe und dass unsere Kleidung nicht dazu da ist, die Vorstellungen des Patriarchats zu bedienen. Becky wäre jetzt auch nicht viel besser, weil ihr einfach alles steht und ich in ihren Sachen selten gut aussehe. Und Johnny hat beim Packen nur gesagt, dass er mich ohne Klamotten besser findet. Doch bevor ich alles Edle, Höhere und Würdevolle vergesse, das ich mir vorgenommen habe, und mein unschuldiges Kissen wieder an der Wand landet, verdränge ich diesen Gedanken schnellstmöglich. Zurück zum Kleiderproblem.

Ich weiß nicht, ob ich Annette danach fragen kann. Ich meine, sie ist eine Frau, das würde dafür sprechen, aber ich weiß nicht, ob wir uns so nahestehen, dass wir über Problemzonen reden können. Vielleicht empfindet sie die Unterstellung irgendwelcher Problemzonen als anmaßend? Wahrscheinlich hat sie sowieso keine.

Ich weiß nicht mal, welche Kleidergröße sie trägt, im Gegensatz zu ihr, wenn ich an unseren Ausflug in den Laden denke. Vielleicht, überlege ich, ist sie doch meine beste Option, auch wenn ich gespannt bin, was sie zu meiner Abendplanung sagen wird.

Nachdem ich meiner entgeisterten Schwester und ihrem Mann von Fabians Einladung erzählt habe, bekommen sie zu meiner Erleichterung aber keinen strengen Blick, sondern einen Lachkrampf. Die beiden sind auch immer für Überraschungen gut. Ich nutze die gute Stimmung und spreche meine Notlage an, hilft ja nichts.

»Annette, ich hab nichts anzuziehen. Und ich meine damit wirklich *gar nichts*. Es ist eine furchtbar feine Sache, dieses Essen, und ich hab kein Abendkleid. Ich weiß nicht mal, wie das, was ich nicht habe, aussehen müsste.« Ich klinge jämmerlich.

»Du meinst so was wie das kleine Schwarze von Versace?«, fragt sie.

»Ja, genau. Hast du so was?« Ich halte den Atem an.

»Nein. Aber ich hab eine Replik davon. Warte mal.«

Damit habe ich schon wieder nicht gerechnet. Sie sagt mir weder, dass die ganze Sache völlig bescheuert ist, noch, dass ich mich nicht veralteten, männlichen Rollenvorstellungen anpassen muss, oder fängt bei dem Gedanken an mich in ihrem Kleid an zu lachen. Sie will mir einfach nur helfen, und vielleicht kann sie das sogar.

Das Kleid sieht auf Annettes Arm völlig unscheinbar aus, aber als ich hineinschlüpfe, ist es wie Magie. Der Stoff fühlt sich weich an und fällt so geschickt über meine Schultern, dass er ein unschuldiges, angedeutetes Dekolleté formt und alles Unförmige wegschmeichelt. Es macht eine schmale Taille und lässt sogar meine Beine länger aussehen. Gleichzeitig sehe ich komplett angezogen und irgendwie repräsentativ aus.

»Wow!«, sage ich.

»Warte mal, der Reißverschluss ist noch nicht ganz geschlossen. Atme mal ein und halt die Luft an!« Annette ruckelt an meinem Rücken herum, bis sie mich zwickt.

»Aua!«

»Mist, ich kriege es oben nicht ganz zu. Warte mal, vielleicht hab ich noch was anderes.«

»Nein! Es muss dieses Kleid sein! Versuch es noch mal, bitte.« So gut hab ich noch nie ausgesehen. Das kann ich nicht wieder ausziehen! Jetzt ruft Annette peinlicherweise Stefan zu Hilfe.

»Heiß!«, kommentiert mein Schwager meinen Anblick, und ich bin nicht sicher, ob er das ironisch oder ernst meint.

»Aber es geht nicht zu«, erklärt Annette. »Kannst du mal ziehen?«

»Darf ich?« Es ist nett, dass er fragt, bevor er meinen Rücken anfasst, aber offensichtlich ist hier auch mit roher Gewalt nichts zu machen.

»Gibt es irgendeinen Trick, mit dem man innerhalb von zwei Stunden zwei Kilo abnehmen kann?«, frage ich verzweifelt.

»Lass dir zwei Rippen rausnehmen«, schlägt Stefan vor.

»Wie bitte?«

»Das war ein Witz«, erklärt Annette und sieht ihren Mann schmunzelnd von der Seite an, sodass ich plötzlich eine Ahnung davon bekomme, wie die beiden wohl sein können, wenn sie allein sind.

Ich drehe mich vor dem Spiegel hin und her. Von vorn und von der Seite ist es absolut perfekt, von hinten allerdings eine Katastrophe.

»Es ist zum Heulen«, sage ich und spüre, wie mir tatsächlich Tränen in die Augen schießen. Da habe ich einmal in meinem Leben ein perfektes Kleid an, aber kann damit nicht vor die Tür gehen.

»Wird dich denn jemand längere Zeit von hinten sehen?«, fragt Stefan plötzlich.

»Wie meinst du das? Ich werde ja wohl an den Leuten vorbeigehen müssen, bevor ich mich hinsetze.«

»Hast du nicht eine Stola oder einen schwarzen Schal, Schatz?«, wendet er sich an Annette, aber die schüttelt bedauernd den Kopf.

Sein Blick wandert von seiner Frau zum Fenster.

»Fandest du diese Gardine nicht ziemlich hässlich, als meine Mutter sie uns geschenkt hat?«

»Doch«, gibt Annette zu.

»Dann kannst du dich freuen, denn ab heute bist du sie los«, sagt er grinsend.

Ich fasse es nicht, aber er meint das ernst. Mein Schwager nimmt die Gardine ab, misst mich dann fachmännisch ab und setzt sich an die Nähmaschine. Ich glaube es ja nicht! Wieso beherrscht mein Schwager, dieser Bär von einem Mann, eine so weibliche Fertigkeit? Innerhalb von zwanzig Minuten hat er aus dem scheußlichen Vorhangstoff eine leichte Stola genäht, die er hinten am Kleid befestigt.

»Nicht wundern, ich muss die festnähen, damit keiner den offenen Reißverschluss sieht. Auf den Laufsteg schafft es diese Kreation wahrscheinlich nicht, aber für ein Abendessen bei den Zuckermanns sollte es ausreichen.«

»Du spinnst«, sage ich, aber dann muss ich kichern, und Annette fällt mit ein. Im Spiegel sehe ich wie eine zeitlose, klassische Dame aus, und auf einmal kann ich es kaum erwarten, mich Fabian so zu zeigen.

Fabian reagiert wie ein Schauspieler im Film, wenn die Protagonistin sich für den Abschlussball schön gemacht hat. Er steht mit offenem Mund am Fuß der Treppe und sieht mich bewundernd an. Sein »Wow!« ist mir so peinlich, dass ich bei der allerletzten Stufe stolpere und beinahe in ihn hineinfalle. Er fängt mich auf, wir kichern beide, und der seltsame Moment ist vorüber. Wieder einmal bin ich mir nicht ganz sicher, ob er mich wirklich schön findet oder nur schon in seine Rolle übergegangen ist. Das macht mich nervös, und ich merke, dass ich zu viel und schnell plappere.

Galant reicht er mir seinen Arm und führt mich zu seinem parkenden Wagen, und als wir Tempo aufnehmen, empfinde ich plötzlich ein rauschhaftes Gefühl von Freiheit. Ein Gefühl, wie ich es lange nicht verspürt habe. Leise summe ich den Song von Norah Jones aus dem Radio mit und lasse mich von der Geschwindigkeit mitreißen. In diesem Moment sind Johnny und mein Leben in Deutschland ganz weit weg.

»Wir müssen noch kurz was erledigen«, sagt Fabian nach einer Weile des Schweigens.

»Was denn?«

»Wirst du schon sehen«, grinst er, und mehr ist für die nächste Viertelstunde nicht aus ihm herauszubekommen. Als er vor dem Ziel hält, glaube ich zunächst, er will mich verkohlen. Aber er öffnet mir nur mit ernstem Gesicht die Tür und reicht mir seinen Arm.

Das Juweliergeschäft ist umwerfend. Von außen wirkt es eher unscheinbar, es liegen nur die üblichen Ausstellungsstücke im

Schaufenster. Doch sobald man die Tür öffnet, wird man von einem Glockenspiel begrüßt, und ich fühle mich beim Eintreten wie Aschenputtel, die aus der Kutsche steigt. Innen funkelt es von drei Seiten auf mich ein. Rechts ist ein gläserner Schrank, in dem auf dunklem Samt Colliers mit unterschiedlichen Edelsteinen blitzen. Ketten, Armbänder, Ohrringe in Silber und Gold mit Brillanten und kleinen Perlen verlocken zum stundenlangen Schauen.

Links sind teure Armbanduhren aufgereiht, für Herren mit protzigen Markenlogos, für Damen mit glitzernden Steinchen verziert. Vorn ist unter dem Tresen ein gläsernes Fach eingebaut, in dem die unterschiedlichsten Ringe einzeln und paarweise liegen, auch wieder mit reichlich Gefunkel. Keine Ahnung, ob das echte Diamanten sind, ich bin eigentlich gar nicht besonders scharf auf Schmuck. Aber hier kann man sich kaum sattsehen.

Ein bisschen beneide ich die unbekannte Isabella darum, dass sie sich hier einen Ring aussuchen könnte, wenn sie wollte. Warum will sie eigentlich nicht? Ob es wirklich aus ist zwischen ihr und Fabian oder ob sie nur einen Streit hatten und sich demnächst wieder versöhnen, sobald ihr auffällt, was sie an ihm hatte? Na ja, kann mir ja egal sein.

»Willst du dich noch umschauen, oder kaufen wir einfach den günstigsten?«, fragt Fabian mich.

»Entscheide du«, sage ich hastig. Es ist mir unwohl genug bei der Sache. Unwohl, wohlig, seltsam, albern, schön.

»Also, wir brauchen bitte einen Verlobungsring«, erklärt Fabian der Verkäuferin hinter dem Tresen. Sofort hellt sich ihr mürrisches Gesicht zu einem Strahlen auf.

»Oh, wie wunderbar. Haben Sie schon eine ungefähre Vorstellung, oder soll ich Ihnen einfach zeigen, was bei uns besonders gern genommen wird?«

Fabian sieht mich an, und ich zucke mit den Schultern.

»Ich kann Ihnen fünf verschiedene Edelmetalle anbieten und zwanzig unterschiedliche Edelsteine«, sagt sie eifrig.

»Fünf? Ich dachte, es gibt nur Silber und Gold?«, frage ich.

»Ja, Rotgold, Weißgold, Gelbgold, Platin und Sterlingsilber«, zählt sie auf. »Je nach Aufwand dauert es bis zu zwei Wochen, bis der Ring fertig ist.«

»Haben Sie nicht etwas Fertiges? Wir benötigen ihn jetzt sofort«, sagt Fabian.

»Doch, doch. Eher schlicht oder verschnörkelt?«

»Schlicht, ein bisschen dicker vielleicht«, sage ich. Schließlich war mein goldenes Haargummi nicht allzu schmal.

Die Dame stellt eine mit Samt ausgeschlagene Schachtel auf den Tisch. Darauf glitzern bestimmt sechzig Ringe um die Wette. Wow, die sind sehr, sehr schön – wie wohl die aussehen, die zwei Wochen brauchen?

»Möchten Sie mal einen anprobieren?«

»Ja!« Ich deute auf einen silbernen Ring mit vielen kleinen, funkelnden Brillanten in der Fassung.

»Mia, es muss doch Gold sein!«, erinnert mich Fabian. Ach so, stimmt ja.

»Einen aus dieser Reihe vielleicht?« Die Verkäuferin bietet mir vier schrille Goldringe an.

»Ach, nein, die sind mir zu … leuchtend.«

»Das grauenhafte Haargummi nimmst du nicht ab, aber die sind zu leuchtend?«, flüstert mir Fabian zu. Worauf der alles achtet. Ich werde rot und versuche, mich nicht aus dem Konzept bringen zu lassen. »Nein, die sind viel zu schrill.« Da bleibe ich jetzt dabei. »Wenn, dann eher so.« Ich zeige auf die hintere Reihe in Mattgold.

»Na gut, wenn du meinst. Nimm, was du willst, Hauptsache, unter 1000 Franken und in den nächsten zehn Minuten, wenn's geht.«

Die Verkäuferin sieht mich erschrocken an.

»Sind Sie in Eile? Wollen Sie vielleicht ein anderes Mal wiederkommen? Der Ringkauf ist ja schon eine aufregende Sache für ein Paar. Wir bieten bei Abschluss ein Glas Champagner an und machen auch Fotos für unsere Galerie, manchmal kommen die dann sogar in unser Schaufenster«, sagt sie stolz.

»Um Gottes willen, bloß nicht«, rutscht es Fabian heraus.

Sein Handy blinkt auf, er dreht sich weg und tippt wild auf seinem Display herum. »Bitte, such dir einfach irgendeinen aus, wir sind eh schon spät dran.« Jetzt sieht die Dame hinter dem Tresen mich ungläubig an.

»Ist das auch Ihr Wunsch?«, fragt sie mich schließlich beherrscht.

»Ja, bitte. So schnell wie möglich und ohne Foto und so. Haben Sie vielleicht noch ein günstigeres Metall, etwas Vergoldetes aus Messing oder so?«, frage ich. Auch wenn es verlockend ist, muss ich Fabian seine Notlage nicht auch noch mit einem teuren Goldring bezahlen lassen.

»Sie meinen einfache Freundschaftsringe? So um die achtzig Franken?«

»Ja, genau!« Ich lächle sie freundlich an. Die Arme ist völlig aus ihrem Champagner-Konzept gebracht.

Zögerlich packt sie die teuren Ringe weg und holt zwei durchsichtige Plastikplättchen hervor, an denen paarweise einfache Ringe befestigt sind, die wie aus dem Kaugummiautomaten aussehen.

»Wunderbar. Ich nehme einfach den!« Ich zeige auf den billigsten Ring.

»Die gibt es nur im Doppelpack. Ab und zu kommen Schüler aus dem Gymnasium gegenüber vorbei, und die kaufen so was furchtbar gern.«

»Wie lange halten die? Geht das Gold leicht ab?«, mischt sich mein unfreundlicher Verlobter doch noch einmal ein.

»Also, für die Ewigkeit sind sie natürlich nicht, aber ein paar Jahre überstehen sie schon«, erklärt die Dame vorsichtig.

»Reicht völlig«, brummt Fabian. »Und den zweiten können Sie gleich entsorgen. Den brauchen wir nicht.«

»Das ist bei Kate und William auch so«, informiere ich sie, bevor die Gute noch komplett vom Glauben abfällt. »Nur sie trägt einen Ring. Das ist eine ganz alte Tradition, auch im Königshaus.«

»Wünschen Sie eine helle oder eine dunkle Schatulle?«

»Das ist uns wirklich total egal.«

»Und auch kein Foto, wie Sie ihr den Ring überstreifen?«

»Nein!«, sagen wir beide wie aus einem Mund.

»Und keinen Champagner …?«

»Nein«, will ich gerade sagen, als Fabian einwirft: »Vielleicht wäre es gar nicht so schlecht, wenn du den Champagner nimmst, Mia. Trink beide Gläser, ich muss ja fahren, aber so überstehst du den Abend vielleicht eher, oder?«

»Wie du meinst, Schatz.« Ich komme mir vor wie in einem sehr seltsamen Hollywoodfilm, der gerade von einer Schnulze in eine schlechte Komödie kippt. Die Verkäuferin sieht aus, als hätte sie selbst dringend ein Glas nötig. Sie räumt alle Ringe weg bis auf die beiden kleinen vergoldeten, die jetzt einsam auf der Glasplatte liegen. Dann winkt sie ihrer Kollegin zu, sie möge bitte den Champagner bringen.

Ein sehr junges Mädchen in einem altmodischen rosa Ballkleid biegt um die Ecke und balanciert lächelnd ein Tablett mit zwei gefüllten Sektflöten. Um den Hals hat sie eine altmodische Polaroidkamera hängen und strahlt uns so unverhohlen an, dass ich ein ganz schlechtes Gewissen kriege. Dass wir kein Foto wollen, hat sie wohl nicht mitbekommen. Bestimmt ist das hier ebenfalls eine Praktikantin, die noch an die große Liebe glaubt. Ich fühle mit ihr und will ihr ihren Auftritt nicht nehmen, bloß weil mein lieber Chef seine Scharade nicht eilig genug hinter sich bringen kann.

»Fabian, mein Herz. Können wir nicht doch das Foto machen?«, frage ich mit meinem bezauberndsten Lächeln. Er schaut mich verwirrt an, sagt dann aber: »Na gut, wenn du willst. Von mir aus. Aber lass uns schnell machen, denn meine Schwester hasst nichts mehr, als wenn Gäste zu spät zum Essen kommen.« Ich lächle das Mädchen an und nehme mir eins der Sektgläser.

»Und das andere für den Herrn?«, fragt sie zuckersüß. Er schüttelt den Kopf. Ich schaue ihn streng an, bis er das Glas nimmt und sich wie geheißen neben mich unter einen gemalten Rosenbogen an die Wand stellt.

»Und jetzt die Ringe!« Die junge Frau scheint den Moment so wichtig zu nehmen, als würde sie uns gerade trauen.

Die ältere Verkäuferin schaut betreten und reicht uns dann die Freundschaftsringe.

»Oh, eine sehr ungewöhnliche Wahl«, sagte die junge Frau und starrt das Preisschild an. 79,95 Franken. »Das sollten wir vielleicht noch entfernen.« Ihre Kollegin zerschneidet das Plastikband, das unsere Ringe zusammengehalten hat, und gibt uns die billigen Imitate in die Hand. Mit der Sektflöte in der einen und dem Ring in der anderen Hand können wir uns weder umarmen noch die Ringe überstreifen. Also halte ich beides einfach hoch und setze mein breitestes Lächeln auf. Fabian tut es mir nach, und die junge Frau knipst zwei Bilder mit ihrer Kamera und geht wedelnd mit ihnen ein paar Schritte zurück.

Ich lege meinen Ring zurück auf die Theke und schütte das Glas auf ex hinunter. Fabian stellt mir ungefragt das zweite Glas hin.

»Sind wir tatsächlich spät dran«, murmle ich ihm zu, »oder willst du hier einfach weg?«

»Beides«, sagt er mit einem verkrampften Lächeln. Dachte ich mir doch, dass es nicht nur um seine Schwester geht. »Tut mir leid, all das ist so absurd. Eigentlich wollte ich hier vor wenigen Tagen ernsthaft herkommen. Na gut, vielleicht nicht gleich unter den Regenbogen der Liebe. Aber eben … ernsthaft, und jetzt bringe ich dich in diese Lage …« Er bricht ab, als die ältere Verkäuferin sich wieder nähert.

»Ich verspreche dir jedenfalls, dass wir es dafür auch so schnell wie möglich hinter uns bringen.«

»Was meinst du, wie lange ich durchhalten muss?«

»Eineinhalb Stunden?«, sagt er vorsichtig. »Schneller kriegen wir das wahrscheinlich nicht hin.«

»Ach, das hört sich gut an.« Was soll ich auch sonst sagen?

Die Verkäuferin hat inzwischen aufgehört, dezent zu lauschen. Sie starrt Fabian mit offenem Mund an, der mir nun wieder seinen Arm reicht und mich zum Ausgang bugsiert.

»Also, danke für alles!«, rufe ich über meine Schulter. »Auf Wiedersehen!«

»Aber Ihre Fotos!« Die Praktikantin kommt aus ihrer Ecke gerannt, doch ihre Kollegin hält sie zurück und schüttelt den Kopf. »Die Romantik ist tot«, höre ich sie noch sagen, als das bezaubernde Glockenspiel uns mit den ersten Klängen des Hochzeitsmarsches entlässt.

*A*ls wir nur fünf Minuten nach der Zeit an einer imposanten Haustür klingeln und eingelassen werden, stellt Fabian mir seine große Schwester vor. Die superdünne, makellos geschminkte Kirsten mustert mich skeptisch und ringt sich dann ein halbes Lächeln ab.

»Hallo, Isabella!« Dazu hält sie mir förmlich die Hand hin. Ich nehme sie schüchtern. Warum kann sie nicht ein verwaschenes Shirt mit ihrer eigenen Katze darauf tragen? Das würde noch besser gegen meine Nervosität helfen, als sie mir nackt vorzustellen, denn wahrscheinlich ist sie auch unter ihrer Kleidung makellos.

»Omi kennst du ja bereits«, fährt Fabian fort. Elisabeth lächelt freundlich, fegt meine ausgestreckte Hand zur Seite und nimmt mich schwungvoll in den Arm. Sie duftet zart nach Lavendel.

»Isabella, wie schön, dich wiederzusehen!«

Kirsten bedenkt die Umarmung mit einem sehr finsteren Blick, bis ihr Mann sie anstupst und sie wieder ihr halbes Lächeln aufsetzt.

»Ich bin Georg, Kirstens Eigentum«, stellt der große Mann in einem grauen Hemd mit Krawatte sich vor. Kirsten zieht die Augenbrauen zusammen und pikt ihm ihren Ellenbogen in die Seite.

»Was möchtest du trinken?«, fragt er höflich.

»Wasser vielleicht?«

»Kommt sofort! Geh doch schon mal durch.«

Kirstens Haus ist das beeindruckendste Privathaus, das ich je von innen gesehen habe. Es liegt halb am Hang, sodass man es vorn ebenerdig durch die Haustür betritt und sich hinten im Wohnzimmer plötzlich im ersten Stock befindet. Alles ist riesig und aus Glas, cremefarben und schwarz. Wie Annettes Wohnung im XXL-Format. Ich glaube tatsächlich, die Bar ist aus Granit! Die riesige Sofalandschaft ist gleichmäßig mit perfekt aufgeschüttelten Kissen dekoriert. Ob Kirsten ein Maßband nimmt, um die Abstände auszutarieren?

»Hier, dein Wasser!« Kirstens Mann bringt mir ein dünnes Glas, in dem über einem Berg aus Crushed Ice ein paar Milliliter Wasser und eine halbe Zitronenscheibe schwimmen.

»Danke«, sage ich artig und trinke es mit einem Schluck aus. Das Eis schlägt gegen meine Zähne. Dann sehe ich, dass alle anderen einen alkoholischen Aperitif gewählt haben. Warum hat Fabian mir keinen dezenten Hinweis darauf gegeben, wie man sich hier verhalten muss? Obwohl ich den Champagner aus dem Juweliergeschäft noch ganz gut spüre. Wo ist mein verfluchter Verlobter überhaupt abgeblieben?

Langsam gehe ich ein paar Schritte weiter durch das Wohnzimmer. Etwas in mir schreit, dass ich meine Stola jetzt ablegen müsste. Da das aber nicht geht, schaue ich mich suchend nach etwas um, worauf ich mich setzen könnte. Im Sitzen fällt sie hoffentlich nicht so auf.

Fabian befindet sich einen Raum weiter mit Elisabeth im Gespräch. Beide sitzen an einem elegant gedeckten Tisch mit Kerzenleuchtern, Stoffservietten und Weingläsern. Und natürlich liegt auch jede Menge Besteck neben den Tellern, so wie Fabian es vorausgesagt hat. Immer von außen nach innen benutzen, habe ich seine Stimme im Ohr. Schüchtern bleibe ich an der Tür stehen. Das ist nicht meine Welt. Ich will nicht ungebeten eintreten, und ich will auch nicht so aussehen, als würde ich lauschen, was ich natürlich trotzdem tue.

»Glaubt ihr, ich wäre so rücksichtslos, einfach zu sterben, bevor ich alles geregelt habe? Was haltet ihr denn von mir?«

»Omi, nein, so habe ich das doch nicht gemeint! Urs findet nur, dass es wichtig ist, für den Fall der Fälle ein genaues Prozedere festgelegt zu haben.«

»Papperlapapp! Das ist immer noch meine Firma, und ich sage, dass du im Fall der Fälle alle Entscheidungen triffst. Dazu brauchst du keinen Urs.«

Endlich fällt Fabians Blick auf mich, und er winkt mich zu sich heran. Ich nähere mich den beiden und warte auf eine Anweisung.

»Komm, Kind, setz dich doch«, sagt Elisabeth. »Ich hoffe, du hast keinen großen Hunger, meine Enkelin ist nicht gerade eine begabte Köchin. Lass dich von dem vielen Besteck nicht täuschen.« Ich verkneife mir ein Lachen, fühle mich augenblicklich besser und setze mich neben Fabian, der mir galant den Stuhl zurechtschiebt.

»Grosi!«, zischt Kirsten von der Tür her.

»Wieso, ist doch wahr. Ich bin alt genug, ich muss mich nicht mehr verstellen. Ich esse nur noch, was mir schmeckt. Der Fraß im Krankenhaus war jedenfalls eine absolute Katastrophe.«

»Willst du mein Essen etwa mit der Krankenhausküche vergleichen?«, fragt Kirsten beleidigt und stellt eine große Porzellanterrine auf den Tisch, aus der es verlockend dampft.

»Nein, meine Liebe, wie käme ich denn dazu.« Elisabeth lächelt entwaffnend, und Georg stellt einen Korb mit Weißbrotscheiben auf den Tisch.

»Darf ich dir deine Stola abnehmen, Isabella?«, fragt er.

»Auf keinen Fall!«, sage ich erschrocken und klammere mich an der früheren Gardine fest. »Mir ist total schrecklich eiskalt, brr!«

»Oh, schon gut, es war nur eine Frage«, sagt er und lächelt leicht irritiert. Glücklicherweise teilt Kirsten nun mit einer silbernen Kelle die Suppe aus.

»Kürbissuppe, na, da kann man nicht allzu viel falsch machen«, murmelt Elisabeth.

»Selleriecremesuppe mit Walnüssen und karamellisierten Kürbis*stückchen*«, verbessert Kirsten.

»Oha!«, sagt Fabian. Die Suppe schmeckt trotz der komplizierten Bezeichnung etwas fade, aber mit viel Pfeffer und Brot geht es, und den Suppenlöffel habe ich auf Anhieb gefunden. Georg schenkt reihum Mineralwasser oder Rotwein ein. Da ich ja nicht fahren muss, lasse ich mir gern Wein geben. Fabian hatte recht mit seiner Empfehlung in Bezug auf den Champagner, dieser Familie sollte man lieber nicht nüchtern über den Weg laufen.

Mithilfe des Rotweins laviere ich mich überraschend gut durch die diversen Gänge, die hinreißend dekoriert sind, aber alle eher lasch schmecken. Kirsten setzt offenbar mehr auf Schein statt Sein. Einmal stupst Fabian mich an und schiebt mir eine andere Gabel zu, aber ansonsten meistere ich den Umgang mit Besteck und Konversation gut. Bei Kirstens Nachfragen zu Elisabeths Gesundheitszustand muss ich auch im Prinzip nichts weiter tun, als gelegentlich zustimmend zu brummen oder zu nicken.

Beim Nachtisch fragt Kirsten mich dann aber plötzlich über meine Familie aus. Das ist mir unangenehm, also erinnere ich mich an die Leitsätze guter Betrüger aus den Dokus und setze auf Ablenkung. Ich bezeichne ihre Mousse au Chocolat als den besten Nachtisch, den ich je gegessen habe. »Würdest du mir eventuell das Rezept geben? Dann könnte ich sie zum Geburtstag meiner Schwester machen.«

»Das ist leider ein Familiengeheimnis«, sagt Kirsten bedauernd. Diese Frau ist unfassbar.

»Isabella wird ja ohnehin bald zur Familie gehören«, mischt sich Elisabeth ein, »du kannst ihr das Rezept also ruhig geben.«

»Aber ich habe es Opa auf dem Sterbebett versprochen«, bleibt Kirsten hartnäckig.

»Was versprochen? Dass du dir eine amtliche Urkunde zeigen lässt, bevor du verrätst, wie viel Milliliter Sahne du in den Nachtisch rührst? War das das Wichtigste, das ihr miteinander zu bereden hattet, bevor er von uns gegangen ist? Außerdem warst du während Alfreds Tod in Neuseeland, soweit ich mich erinnere.«

Kirsten schaut so finster, wie ich es sonst nur von Beckys kleinen Geschwistern kenne.

»Es ist nicht so wichtig, ich nehme einfach eine Fertigmischung. Man schmeckt den Unterschied sowieso nicht«, sage ich hastig und spüre nun die giftigen Blicke auf meinem Gesicht. »Ich will damit sagen, meine Schwester und ihr Mann sind keine … äh, Gourmets, sie stopfen sich auch mal gern mit billigem Süßkram voll.« Was absolut gelogen ist, Stefan ist ein totaler Feinschmecker, möge er mir verzeihen.

»Und *du* bist verantwortlich für das Marketing unserer handgemachten, hochwertigen Schokoladenspezialitäten?«, fragt Kirsten entgeistert. Fabians gestrige Lügen haben also schon die Runde gemacht.

»Nicht Mi… Isa allein, wir haben ein kompetentes Team, das sie unterstützt«, eilt Fabian mir zu Hilfe.

»Misa?«, wiederholt Kirsten und sieht mich fragend an. Na toll!

»Ja, also eigentlich heiße ich gar nicht Isabella«, sage ich und beschließe spontan, für den nächsten unangekündigten Besuch der Chefin gleich zwei Fliegen mit einer Klappe zu schlagen. Fabian sieht mich entsetzt an. »Irgendwann müssen sie es doch sowieso erfahren. In Wirklichkeit heiße ich … anders, doch das kann keiner richtig aussprechen. Deshalb habe ich mir einen Spitznamen ausgedacht, aber irgendwie passt Isa nicht so recht zu mir. Ich habe mich kürzlich für Mia entschieden, damit kann ich mich besser identifizieren. Nur Fabian muss sich einfach noch ein wenig daran gewöhnen, nicht wahr, Schatz?«

»Sich selbst einen Namen ausdenken?«, ätzt Kirsten. »So was tun doch nur Leute, die sich total wichtigmachen, wie Cat Stevens oder dieser Rapper, Diddy Daddy oder so.«

»Bei Yussuf Islam waren es religiöse Gründe«, erklärt Fabian fachmännisch, bevor ich etwas erwidern kann.

»Na gut, aber Sean Combs nannte sich Puff Daddy, P. Diddy, Swag und irgendwann Brother Love. Das kann man doch nicht mehr ernst nehmen«, springt Georg seiner Frau bei. Alle sehen mich erwartungsvoll an.

»Ja, na ja, es ist ja nicht so, als hätte ich mich gleich Madonna genannt. Und Mia ist doch eigentlich ganz hübsch.«

»Genau, lasst sie doch in Ruhe«, mischt sich Elisabeth ein. »Ich kann das gut verstehen. Ich habe mich von meinen Freundinnen immer Lissy nennen lassen, aber daheim bei den Eltern war ich das Bettinchen oder die Betty. Und mein erster Mann hat mich immer Elli genannt, nur Alfred fand meinen Namen so schön, dass er ihn nicht verkürzen wollte. Bei jedem Namen habe ich mich ein wenig anders gefühlt, aber alle haben zu ihrer Zeit zu mir gepasst. Dann also Mia!« Sie hebt ihr Glas und lächelt mir zu.

»Irgendwie passt Mia tatsächlich besser zu dir. Bei Isabella erwartet man irgendwie eher den Typ zarte Prinzessin«, bemerkt Kirsten.

»Hat dir schon mal jemand gesagt, dass deine unbegründete Überheblichkeit deine unschönste Eigenschaft ist, mein Kind?«, fragt Elisabeth, und nun muss ich mir ein Grinsen verkneifen. Sogar Fabian hat kurz aufgelacht, und Kirsten ist still geworden.

»Ich brauche kurz eine Zigarettenpause, kommst du mit mir raus, Liebling?«, fragt Fabian in das Schweigen hinein und steht auf. Ist es nicht unhöflich, mitten beim Dessert den Platz zu verlassen? Ich zögere kurz.

»Geht nur«, sagt Kirsten. Sie hat sich offenbar gefangen und lächelt wieder ihre verkniffene, biestige Version der Mona Lisa. »Und wenn du dich auf dem Rückweg frisch machen willst, wir haben eine Bürste im Gästebad. Die wird natürlich jeden Tag desinfiziert.«

Will sie mir damit sagen, dass meine Frisur nicht richtig sitzt, oder geht es mehr darum, die Sauberkeit ihres Haushalts unter Beweis zu stellen? Ich ignoriere diese Bemerkung, nicke Elisabeth mit einem Lächeln zu und folge Fabian auf den Balkon, der sich als riesige Terrasse mit Bergpanorama erweist. Wow!

»Stimmt etwas nicht, oder habe ich vielleicht ein geheimes Zeichen verpasst?«, frage ich. Wahrscheinlich habe ich noch viel mehr Fehler gemacht, als ich überhaupt gemerkt habe. Aber ich bin eben nicht in einem Elite-Internat erzogen worden und weiß gerade nicht einmal, warum mir das wichtig ist.

»Willst du eine Zigarette? Eigentlich habe ich vor Jahren aufgehört, aber diese letzte Woche … Und nein, du machst das toll. Ich wollte dich nur vor meiner Schwester retten.«

Erleichtert schüttele ich den Kopf. »Danke. Offenbar kann sie mich nicht leiden.«

»Ach, Quatsch, sie ist richtig nett zu dir. Meine Ex-Freundin, also die vor Isabella, *die* konnte sie nicht leiden. Die hat es nicht mal bis zum ersten Gang ausgehalten.«

»Meinst du das ernst?«

»Na ja, fast.« Wenn er lächelt, ist er auf einmal gar nicht mehr so einschüchternd und kühl. Im Gegenteil.

»Schönes Kleid, übrigens«, sagt er.

»Danke!«

»Nur vielleicht eine Nummer zu klein?«

»Was?« Vor Schreck schlage ich mir die Hand vor den Mund. Das komplizierte Arrangement! »Warum hast du mir das nicht früher gesagt?«

»Entspann dich, ich hab dich nur angezündet.«

»Du hast mich was?«

»Angezündet. Das bedeutet aufgezogen.«

»Ach so.« Die Schweizer sind doch ein seltsames Völkchen.

»Und dein Kleid sitzt prima, auch wenn ich nicht verstehe, warum du deine komische Stola nicht mal ablegst.«

»Weil es fürchterlich kalt ist.«

»Du hast die ganze Zeit über beim Essen rote Wangen gehabt und dir heimlich Luft zugefächelt.« Er dreht sich direkt zu mir und schaut mich freundlich und herausfordernd zugleich an. »Komm, Misa, sag die Wahrheit!«

»Sie ist festgenäht«, gebe ich mich geschlagen.

»Echt jetzt? Darf ich mal sehen?«

Ich nicke und drehe mich schüchtern zur Seite. Auf einmal bin ich nervös, weil Fabian mir seltsam nahe kommt und ich seinen Atem an meinen Schulterblättern spüre. Doch dann bricht er in Gelächter aus, und die Spannung verfliegt.

»Wer hat das genäht? Deine Schwester?«

»Ihr Mann.«

»Was, Stefan?« Fabian prustet vor sich hin, und ich kann nicht anders, als in sein Lachen einzustimmen. Wie kann jemand so gut aussehen und gleichzeitig so warm und echt lächeln? Und wohin ist der schnöselige Juniorchef verschwunden? Und wieso hört er nicht auf, mich anzusehen, verdammt?

»Ich muss jetzt aber wirklich mal, na ja, ins Badezimmer«, rette ich mich in gewohnter Manier aus meiner eigenen Verlegenheit. Fabian begleitet mich galant bis zum Flur und gesellt sich dann schon mal wieder zu den anderen. Ich gehe einen langen, mit flauschigem Teppich ausgelegten Gang entlang und komme

151

mir vor wie die Prinzessin in Blaubarts Schloss. Die fünfte Tür links, hat Fabian gesagt. Mann, haben die viele Zimmer.

Auf dem Weg zum Badezimmer höre ich plötzlich ein Flüstern: »Pssst!« Aus einem der geöffneten Zimmer schaut ein kleines Kerlchen im Schlafanzug heraus.

»Wer bist denn du?«, frage ich überrascht und bleibe stehen.

»Ich bin Leon. Nicht der Mama sagen, ich muss nämlich schlafen.«

»Versprochen!« Kirstens Gegner sind automatisch meine Freunde.

»Bist du eine Mama oder eine Tante?«

»Nichts davon.«

»Oh.« Er schaut mich mitleidig an.

»Das macht mir nichts aus. Ich heiße Mia.«

»In Echtichkeit? Das ist so kurz.«

»So ungefähr. Eigentlich Maria Magdalena. Und du?« Kinder kann ich irgendwie nicht belügen.

»Ich heiße in Echtichkeit Konstantinos Leonides Justinian Brenner.« Ach du meine Güte. Da habe ich mit meinem Namen ja direkt noch Glück gehabt.

»Warum hast du dich im Gesicht angemalt?«

»Das ist Make-up, das machen erwachsene Frauen manchmal.«

»Hast du eine Diamantrüstung?«

»Nein.«

»Einen Enderdrachen, eine Enderperle?«

»Äh, nein. Was soll das denn sein?«

»Damit kannst du dich an einen anderen Ort beamen. Du musst nur die Enderperle auf den Boden werfen und sagen, wo du hinwillst.«

»Ist das ein Spiel? Hast du dir das selbst ausgedacht?«

»Das Spiel kann man kaufen. Du weißt ja gar nichts.«

»Und was machst du hier?«

»Ich darf nicht rauskommen, weil schon meine Schlafenszeit ist. Ich bin aber zu aufgeregt.«

»Warum denn?«

»Weil ich im Sommer einen Bruder bekomme. Oder einen Mädchenbruder, aber ein richtiger Bruder wäre mir lieber. Hat Mama mir heute erzählt. Aber das ist ein Geheimnis, das darf ich niemandem verraten. Schon gar nicht Omi, damit sie sich nicht wieder aufregt.«

»Okay, ich behalte es für mich, versprochen. Ich muss jetzt mal aufs Klo. Gute Nacht, Leon.« Ich zwinkere ihm zu.

Der kleine Junge verschwindet in seinem Zimmer, und ich beschließe, dass ich noch mal versuchen werde, mich ehrlich für Kirsten zu interessieren. Wenn sie ihre Schwangerschaft vor Elisabeth geheim halten muss, kann ich ihre gereizte Stimmung besser verstehen. Vermutlich ist ihr die ganze Zeit schlecht, das würde auch das verkniffene Gesicht erklären. Wir Frauen müssen zusammenhalten, befinde ich großherzig. Die Bürste im Bad ignoriere ich aber trotzdem.

»Was hast du eigentlich vor Leons Geburt gemacht?«

»Ich habe Kunstgeschichte studiert.«

»Oh, das ist echt …« Langweilig? Nervig? Beängstigend?

»… beeindruckend«, beende ich meinen Satz.

»Allerdings. Und du?«

»Ich? Och, Marketing. Also ich studiere noch. Bin fast fertig. Demnächst.«

»Aha. Also hast du noch gar keinen akademischen Grad«, sagt sie herablassend.

»Äh, nein.« Ich greife zum Wein und schenke mir nach. Das läuft ja großartig mit der Annäherung.

»Bietest du mir freundlicherweise auch einen an?«, fragt sie spitz.

»Aber du bist doch schwanger«, platze ich heraus.

»Der ist alkoholfrei. Ich hab vorhin die Etiketten vertausch…«
Dann bricht sie ab und sieht mich fassungslos an. Ringsherum
noch mehr entsetzte Gesichter. Elisabeth fasst sich an die Brust.

»Tut mir leid.« Ich sehe betreten zu Boden und wünsche mir
eine dicke, fette Enderperle, mit der ich mich an einen anderen
Ort beamen kann.

»Sorry, Schwesterchen. Das war meine Schuld. Ich hab mich
so gefreut, dass ich vorhin im Auto nicht den Mund halten konnte. Mia wusste gar nicht, dass es ein Geheimnis war!« Beschwichtigend streicht Fabian Kirsten über den Rücken und gibt mir
dann nach kurzem Zögern einen Kuss auf die Stirn. Ich erstarre
unter seiner Berührung. Sein Mund ist weich und warm, und
am liebsten würde ich mich in seine Arme schmiegen und keinen andern im Raum mehr ansehen. »Danke«, flüstere ich ihm
fast tonlos ins Ohr und umarme ihn einmal kurz.

»Kindchen, na so was!« Elisabeth fängt sich als Erste und umarmt ihre Enkelin strahlend. »Meine allerherzlichsten Glück-
wünsche!« Plötzlich schwirren alle um Kirsten herum, lachen
und gratulieren ihr. Im allgemeinen Tumult gehen Fabians Ab-
schiedsworte beinahe unter, der etwas von »morgen früh aufstehen« murmelt und mich zum Ausgang schiebt.

13

Ich bin Fabian sehr dankbar, dass er mich gestern Abend in Schutz genommen und nach meinem peinlichen Outing von Kirstens Schwangerschaft für einen schnellen Abgang gesorgt hat. Er hat sich vor Annettes Haustür noch mal höflich bedankt und gewartet, bis ich sicher im hellen Treppenhaus angekommen war, bevor er losfuhr. Beim Abschied, als er mir noch mal kurz zuwinkte, hat sich mein Herz für eine Sekunde verkrampft. Als würde ich ihn vermissen, sobald er aus meinem Blickfeld verschwindet. Das muss am Adrenalin gelegen haben, der ganze Abend war ja schon ein wilder Ritt und eine ungewohnte Aufregung für mich.

Heute bin ich dagegen ganz ruhig und gut gelaunt aufgewacht. Ein guter Tag, das habe ich gleich gemerkt, als ich noch vor Stefan fix und fertig angezogen an der Wohnungstür stand und ganz relaxed meinen grünen Smoothie getrunken habe. Sogar an den Geschmack kann man sich mit der Zeit gewöhnen.

Und nicht nur ich bin ausgeglichen und gut gelaunt, jeder in der Firma begegnet mir heute so freundlich, als hätten sie alle einen Glückskeks gefrühstückt.

Gleich am Empfang lächelt Vanessa mich ungewohnt breit an und grüßt nett. Auch Marco und ein mir unbekannter Mann grinsen mich an, und ich lächle herzlich zurück. Dann kommt auch noch Fabian vorbei und schenkt mir ein so strahlendes Grinsen, dass ich beinahe gegen die Wand laufe. Zum Glück scheint er in Eile zu sein und geht zügig weiter, sodass er meine kurzzeitige Entgleisung nicht bemerkt.

Na also. Von wegen, die Schweizer sind so zurückhaltend und werden mit Fremden nicht warm. Heute beweist mir offensichtlich jeder Mitarbeiter in Zuckermanns Confiserie das Gegenteil.

»Hallo, Mia«, sagt Maja und verzieht augenblicklich das Gesicht, als ich sie im Café ebenfalls mit einem Strahlen begrüße.

»Was ist denn los?«

»Du kommst besser mal kurz mit.« Sie schleift mich zur Damentoilette und lässt mich in den Spiegel sehen. Nein! Nein und nochmals nein. Meine Zähne sind grün! Nicht hellgrün wie ein Frühlingsblatt, sondern dunkelwaldgiftgrün wie bei einem bösen Troll. Verdammter Guten-Morgen-Shake! Wie schafft Annette es, das Zeug jeden Tag zu trinken und trotzdem weiße Zähne zu haben? Deshalb haben die anderen also gegrinst – weil ich Fräulein Grünzahn aus Deutschland bin und nicht weil sie gute Laune haben oder mich mögen. Aber es tut sich leider keine rettende Spalte im Erdboden für mich auf, und ich verschmelze auch nicht diskret mit dem Tapetenmuster.

»Na komm, so wild ist es auch nicht«, tröstet mich Maja und holt eine in Klarsichtfolie verpackte Zahnbürste aus ihrer Handtasche. »Die ist vom Zahnarzt, ich lass mir da immer gleich eine zweite Notfallbürste einpacken. Total praktisch, auf den Borsten ist sogar schon Zahncreme. Dann noch ein Pfefferminz, und du bist wie neu.«

»Aber alle haben es gesehen.«

»Na und? Bis zur Mittagspause ist das wieder vergessen.«

Das halte ich für eine zu positive Einschätzung, aber sie hat recht, denn beim Mittagessen im Aufenthaltsraum hat die Belegschaft in der Tat ein spannenderes Thema.

»Ihr könnt es euch nicht vorstellen, aber der Zuckermann lässt echt nichts anbrennen«, behauptet Vanessa mit vollem Mund. Vor ihr stehen mehrere Salatschüsseln und aufgeschnittenes Baguette. »Erst letzte Woche hat ihn diese Isabella abgeschossen, und gestern seh ich ihn schon mit einer anderen im Auto rummachen!«

Wie bitte? Mit wem hat Fabian rumgemacht? Ich setze mich zögerlich ganz an den Rand des Tischs, bereit, notfalls gleich wieder aufzuspringen und wegzulaufen.

»Echt jetzt? Kannst du rummachen mal genauer definieren? Knutschen und so?«, fragt Marco zu meinem Glück näher nach.

»Na gut, nicht direkt geknutscht, aber er hat an ihren Haaren rumgenestelt, und das hat sehr intim ausgesehen. Sie hatte ein schwarzes Abendkleid mit einer unmöglichen Stola an. Außerdem war sie eher rundlich, gar nicht sein normaler Typ.«

Na gut, das war dann wohl ich. Ich bin so erleichtert, dass ich mich fast gar nicht über Vanessas Beschreibung ärgere. Wobei, eher rundlich – echt jetzt?

Die rothaarige Frau Marder gibt einen Kommentar auf Suaheli ab, der bei den anderen für Zustimmung und Begeisterung sorgt.

»Tja, bei dem Aussehen und dem Geld hat er halt die freie Auswahl«, kommentiert Marco. Wieso bin ich eigentlich so erleichtert, dass Fabian keine neue Freundin hat?

»Ganz verliebt hat er sie im Auto angeschmachtet, ich schwöre es«, erzählt Vanessa mit funkelnden Augen weiter. Tja, gut gespielt, Herr Zuckermann. »Und das Beste ist, sie haben vor dem Juwelier geparkt und sind zusammen reingegangen ...«

Oje, das ist wohl der Nachteil eines so heimeligen, kleinen Orts, jeder kennt jeden, und irgendjemand beobachtet einen immer in den unpassendsten Situationen. Es ist wohl nur noch eine Frage von Tagen, wann mein Inkognito auffliegt.

»Und du hast keine Ahnung, wer das war?«, fragt Maja.

»Keinen blassen Schimmer«, gibt Vanessa zu. »Vielleicht jemand über Tinder oder so.«

Frau Marder scheint eine Bemerkung zum Onlinedating zu machen, denn Vanessa zeigt auf einmal ihr Handy herum, und alle lachen. Sie spekulieren wild darüber, wie Fabians Tinderprofil aussehen könnte, und ich halte mich raus. Dann erwähnen sie den Stammtisch, zu dem Marco und Vanessa mittwochs immer gehen, und alles läuft bestens, bis Marco aus heiterem Himmel fragt: »Mag die Mia heute Abend mitkommen zum Stammtisch?«

Mag sie nicht, o nein, mag sie gar nicht. Kneipen sind nicht mein Fall, Bier ist nicht mein Fall, und ich habe, um ehrlich zu sein, immer noch etwas Angst vor der Belegschaft und noch mehr vor ihren unbekannten Freunden. Andererseits ist es irgendwie auch eine Ehre, dass sie mich miteinbeziehen wollen. Und wenn ich an heute Morgen denke, dann habe ich es vermutlich nötig, mir bei meiner Integration hier helfen zu lassen.

»Ja. Total gern, danke!«, sage ich also und lächle tapfer.

»Dann um fünf am Parkplatz«, bestimmt Marco.

Marco nimmt mich in seinem Skoda mit und ermahnt mich, mir vor dem Einsteigen ordentlich die Schuhe abzustreifen. In seinem fabrikneuen Auto hängt ein Duftbäumchen, das nach Aufguss in der Sauna riecht und die Aufschrift »Tannenholz« trägt. Aus dem Lautsprecher dröhnen die Pet Shop Boys, die ich besser finde, als ich zugebe.

Die Kneipe ist schrecklich nobel, und ein kleines Bier kostet hier sieben Franken. Offenbar sind die Schweizer alle Millionäre. Zum Glück kann ich mich neben Vanessa setzen, die ich wenigstens schon kenne. Sie stellt mich als »total liebe Kollegin« vor. Kollegin ja, wo das lieb herkommt, frage ich mich ernsthaft, denn Vanessa und ich haben uns noch nie allein unterhalten, und unseren kleinen Pelz-Disput wird sie wohl kaum meinen. Zum Stammtisch gehören noch zwei geschniegelte Männer und ein älterer Mann mit wildem Bart.

Dann lästern sie erst mal über einen Jacky, den ich nicht kenne, und alle außer mir finden das wahnsinnig lustig, also sage ich einfach nichts. Dann kommt noch eine Freundin von Marco dazu, die mir bodenständig und sympathisch erscheint. Sie ist Zeitungsredakteurin, wodurch sie gleich noch mehr Pluspunkte bei mir sammelt.

»Worüber berichtest du denn als Nächstes?«, frage ich ehrlich interessiert.

»Übers Schwingen!«

Swingen? Habe ich das richtig verstanden? Dieser Schweizer Dialekt macht mich fertig.

»Was ist das denn für eine Zeitung, für die du berichtest?«

»Das Zuger Regionalblatt«, sagt sie und nimmt einen großen Schluck Bier.

»Und da wird übers Swingen berichtet? Sind das nicht eher kleine, verborgene Veranstaltungen?« So habe ich mir das zumindest bisher vorgestellt, und wieso taucht dieses Thema derzeit permanent auf? Ist das normal?

»O nein, das Zuger Schwing- und Älplerfest wird ganz groß aufgezogen, dafür wird extra eine mobile Sporthalle aufgestellt«, mischt sich Marco ein.

Ich bin sprachlos. »Eine Sporthalle? Wie viele Leute kommen da denn so?«

»Sie rechnen mit mehreren tausend Gästen.«

»So viele?« Jetzt bin ich wirklich überrascht. Dass die Schweizer so … aufgeschlossen sind, hätte ich nicht gedacht. Dagegen komme ich mir spießig und altmodisch vor. Aber wenigstens Becky, die nun wirklich alles andere als prüde ist, scheint auch kein Fan davon zu sein.

»Findet das tagsüber statt?«

»Ja klar, sonst wäre es ja zu dunkel für die Übertragung.«

»Wie, Übertragung?«

»Es wird auf jeden Fall im Regionalfernsehen gezeigt.«

»Live?«, frage ich ungläubig. »Ganz ohne Filter oder, na ja, Masken?«

»Wieso denn Masken?«

»Wegen … wegen der … Persönlichkeitsrechte. Datenschutz. Ist das den Leuten denn gar nicht peinlich?«, stottere ich herum.

»Nein, wieso denn? Die Zuschauer freuen sich, wenn sie selbst mal im Fernsehen auftauchen.«

Zuschauer? Offenbar bin ich krass verklemmt.

»Also, die meisten schauen nur zu, ja?«

»Ja klar.«

»Und wer nimmt da teil?«

»Na, die richtig großen Jungs. Solche Kerle, zwei Meter hoch und krasse Muskeln.« Nicht mein Geschmack, aber ich lebe ja offenbar eh hinterm Mond.

»Sie tragen Sackleinen, und man darf sie nur am Sackleinen anfassen und nicht an der nackten Haut.«

Und die Frauen? Die kann man ja wohl nicht am, äh, *Sack* packen. Aber vielleicht will ich die Antwort gar nicht wissen.

»Und was sind Älpler?«, frage ich stattdessen.

»Na, das sind Bauern.«

»Und die swingen auch?« Es wird immer absurder.

»Ja klar, die lieben das. Ist ja sonst langweilig bei denen, immer mit denselben Mägden und Kühen auf der Alm.«

»Jetzt veräppelst du mich, oder?«

»Nein, wieso sollte ich?« Marco ist geradezu empört.

»Willst du ein paar Bilder vom letzten Jahr sehen?« Er greift zu seinem Handy. Ich springe auf.

»Nee, lass mal«, sage ich verstört. »Ich muss kurz austreten.«

Ich. Kann. Nicht. Mehr! Ich will sehr dringend Becky anrufen, damit sie meine Welt wieder zurechtrückt. Aber sie geht nicht ans Telefon. Dafür schreibe ich Stefan, ob er mich retten kann, und glücklicherweise ist er bereit, mich direkt abzuholen. Ich gehe sehr langsam zum Tisch zurück und setze mich still dazu. Niemand beachtet mich, nur die Kellnerin.

»Darf es noch mal dasselbe sein?«

Nein, darf es nicht, das Bisherige hat schon meinen Viertelmonatslohn verschlungen, und der Monat ist noch lange nicht zu Ende.

»Ich übernehm das!«, sagt Marco plötzlich. »Noch eine Apfelschorle für die Dame.«

»Danke«, sage ich erleichtert.

»Schon gut. Und vielleicht informierst du dich noch mal ein bisschen über unsere Bräuche, jetzt, wo du eine Weile hier bist. Ich schick dir ein paar Links.«

»Klar, gern.« Werde ich eben nur die Artikel lesen.

»Und dann kommst du mit und schaust es dir mal live an.«

»Ja, das wird sicher lustig.« Ich lache hysterisch. »Ist doch nur Sex. Ich meine, wir haben ja schließlich alle schon mal einen Porno gesehen.«

Für einen kurzen Moment ist es ganz still. Dann bricht ein Gelächter los, so laut, dass ich mir am liebsten die Ohren zuhalten würde.

»Sex? Du weißt nicht, dass Schwingen eine Art von Ringen ist, oder?«, keucht Marco und hält sich den Bauch.

Nein. Nein, das wusste ich nicht. Ringen! Verdammt, wer soll denn auf so was kommen? Vanessa lacht so laut, dass ihr der Sprudel aus der Nase spritzt, und ich wünsche mir verzweifelt die Situation mit den grünen Zähnen zurück, da bin ich irgendwie besser weggekommen. Ich wäre fast bereit, die Story mit Fabian selbst zum Besten zu geben, solange nur dieses Gejohle aufhört.

»Mia, Mia, du bist vielleicht ein Früchtchen. Haben alle Deutschen so schräge Gedanken?« Marco kann gar nicht mehr aufhören. O Himmel, möge dieser Tag einfach zu Ende gehen.

In diesem Moment betritt Stefan die Kneipe und zwinkert mir zu. Ich war noch nie so froh, ihn zu sehen. Er marschiert an den Tisch, pflückt mich Häuflein Elend von meinem Stuhl und nimmt sogar meine Tasche.

»Dann bis morgen«, murmele ich und sehe niemanden an, als ich meinem Schwager zum Ausgang folge. Sie brüllen immer noch vor Lachen, als sich die Tür hinter uns schließt.

Am besten kündige ich gleich morgen.

Nachdem ich mir gestern Abend noch mal die Studienordnung angesehen hatte, habe ich dann doch nicht gekündigt, sonst müsste ich nämlich ohne Examen von der Uni abgehen. Ich habe mich allerdings auf direktem Weg in unserem Büro verkrochen und beschließe, während ich mir grimmig eine Praline in den Mund schiebe, hier auch meine Pausen zu verbringen und keinem aus der Produktion jemals wieder unter die Augen zu kommen.

Es ist gleichzeitig gut und schlecht, dass Maja heute neben mir im Büro arbeitet. Das Gute ist, dass sie sich offenbar für meinen Kaffeekonsum verantwortlich fühlt und mich mit Naschschub aus der Caféküche versorgt, so muss ich nicht aus meinem Versteck heraus. Das Schlechte ist, dass sie ununterbrochen redet. Ich plaudere ja gern mit ihr, aber im Moment würde ich gern auch mal ein bisschen arbeiten. Ja, tatsächlich. Es macht mir Spaß, die alten verstaubten Formulierungen umzuschreiben. Ich bin begeistert davon, neue Layouts auszuprobieren, und wie immer, wenn es mich gepackt hat, versetzt meine Arbeit mich in einen regelrechten Flow. Vorausgesetzt, man lässt mich.

Vreni ist die meiste Zeit damit beschäftigt, mit Frau Marder in der Ecke so harten Schweizer Dialekt zu reden, dass ich kein Wort verstehe. Im Grunde weiß ich nicht einmal sicher, ob sie überhaupt so heißt. Vielleicht ist ihr Name wirklich Frommarda oder noch ganz anders – nach zwei erfolglosen Versuchen habe ich mich nicht getraut, erneut nachzufragen.

Schließlich verschwindet Maja zu einem Treffen mit einem Lieferanten, und ich beschließe, das zu nutzen und meine Mittagspause aufzuschieben, damit ich mal eine Weile konzentriert arbeiten kann.

»Ich finde, wenn der Seniorchef seit zwanzig Jahren tot ist, könnte man *junior* hinter dem Namen seines Nachfolgers langsam weglassen«, sage ich halblaut vor mich hin.

»Du lieber Himmel, das ist ausgeschlossen. Dann weiß ja niemand, wer gemeint ist«, widerspricht mir Urs Schröter, der momentan an Vrenis Computer sitzt.

»Doch, das weiß man, Fabian Zuckermann ist der einzige lebende Herr Zuckermann in der Firma«, sage ich.

Vreni sieht das auch anders. »Es gibt ja im Grunde noch seinen Vater, Mark Zuckermann. Der hat sich hier zwar schon lange nicht mehr blicken lassen, aber juristisch ist das noch nicht alles geregelt.« Eine Sekunde später schlägt sie sich auf den Mund, als habe sie mir damit jetzt irgendein Staatsgeheimnis verraten und ich würde es sofort brühwarm der Konkurrenz weitererzählen. Dabei weiß ich ja noch nicht mal, wer unsere Konkurrenz überhaupt ist. Vielleicht sollte ich das mal herausfinden? Vom Gegner lernt man laut meinem Dozenten am besten – bei Erfolg von seinen Strategien, bei Misserfolg aus seinen Fehlern, wie er uns eingebläut hat.

Nachdem ich Vreni und Urs Schröter offenbar auf die blöde Idee gebracht habe, mir beim Tippen über die Schulter zu schauen, werde ich nervös und verschütte meinen letzten Schluck Kaffee.

»O nein!«

»Ist nicht so schlimm. Wir bekommen eh bald neue Tastaturen«, sagt Vreni und reicht mir eine Packung Taschentücher. Herr Schröter verlässt wortlos den Raum und kommt mit einem feuchten Schwamm zurück, mit dem er meinen Tisch säubert.

»Danke!«, sage ich erleichtert. Die beiden sind wesentlich netter, als es anfangs wirkte.

Als Maja zurückkommt, kann ich schon wieder lächeln.

»Ich hab eben Kaffee über die Tastatur geschüttet!«

»Shit. Brauchst du eine neue Tastatur?«, fragt Maja.

»Nein, neuen Kaffee!« Vreni lacht.

»Versuchst du nie, dich mal wie eine normale, gesunde, psychisch stabile Person zu benehmen?«, fragt Maja. Offenbar hat mein Missverständnis über das Swingen schon die Runde gemacht.

»Doch, jeden Tag.«

»Gelingt dir nicht besonders gut. Mit Milch und Zucker?«

»Ja, bitte.«

Sie dreht sich grinsend um und holt uns beiden neue Tassen, auf meiner Untertasse prangt eine rosa Himbeerpraline.

So macht das Arbeiten Spaß! Für das Fotoshooting, das ich veranstalten möchte, habe ich so viele Ideen, dass ich mit dem Notieren kaum hinterherkomme.

Beim Brainstorming und Tüfteln erinnere ich mich, warum ich mich damals fürs Marketing entschieden habe: Ich bin gut darin. Ich kann Leute von einer Sache begeistern, wenn ich von ihr überzeugt bin. Und wer könnte nicht von Schokolade überzeugt sein, außer vielleicht ein Diabetiker? Schokolade tröstet, ohne mit guten Ratschlägen zu nerven. Schokolade nimmt einem auch den zehnten Liebeskummer wegen desselben Kerls nicht übel. Schokolade ist süß, weich und himmlisch, außerdem jederzeit verfügbar. Sie schert sich nicht darum, ob deine Beine rasiert sind oder ob du dir die Haare gewaschen hast, sie wartet geduldig auf dich und versüßt dir den Abend nach einem stressigen Arbeitstag. Außer man arbeitet in einer Schokoladenmanufaktur, dann tut sie das auch schon tagsüber, ha!

Als schließlich alle außer mir in die Pause verschwunden sind, klingelt das Telefon, und ich nehme automatisch ab.

»Zuckermanns Confiserie, Kammerer«, sage ich leicht nervös.

»Grüezi mitenand, hier Ohneseits aus Zürich. Ich möchte eine Bestellung aufgeben.«

»Oh, können Sie vielleicht in einer halben Stunde noch einmal anrufen? Ich bin nur die Aushilfe«, sage ich leicht panisch.

»Nein, entweder jetzt oder gar nicht«, sagt die Frau patzig, aber wenigstens auf Hochdeutsch. »Service ist für Sie wohl ein Fremdwort.

»Nein, entschuldigen Sie bitte, ich notiere mir alles.«

»Ich hätte gern diese ›Süße Überraschung‹, und zwar zweihundert Mal.«

»Was meinen Sie genau?«

»Kennen Sie sich auf Ihrer eigenen Website nicht aus?«, herrscht sie mich an.

»Das zweite Bild oben links unter ›Impressionen‹.«

Hastig rufe ich die Website auf. Okay, das ist einfach eine Schokoladentafel, auf der »Süße Überraschung« steht. Das sollte wohl kein Problem sein.

»Ich brauche das für die Verlobungsfeier meiner Tochter. Am Samstag. Können Sie das Lieferdatum garantieren?«

»Ja, selbstverständlich. Alles klar, zweihundert Stück.« Ich notiere auch ihre Adresse und verspreche, die Bestellung per Mail zu bestätigen.

»Und liefern Sie bitte per Express. Wenn das am Samstag nicht da ist, kriegen Sie eine ganz schlechte Bewertung online. Die Floristin muss das noch auf die Blumen abstimmen und in die Überraschungstütchen für die Gäste …«

Ich brumme professionell »Hm« und »Ah« an den passenden Stellen und hoffe verzweifelt, dass ich alles richtig mache. Als sie

166

endlich aufgelegt hat, bin ich richtig erledigt und beschließe, dass ich jetzt auch eine Pause verdient habe.

Die meisten Mitarbeiter haben schon gegessen, als ich im Aufenthaltsraum ankomme, und weder Marco noch Vanessa sind zu sehen. Puh! Vreni ist mit Urs zu einem nahe gelegenen Italiener gefahren, und zum Glück erwähnt von den wenigen Anwesenden niemand mein peinliches Missverständnis auch nur mit einem Wort.

Auf dem Rückweg gehe ich durch die Ausstellung und sehe mir noch einmal die kleine Show-Werkstatt an, in der die Besucher selbst Schokolade dekorieren können. Schokolade selbst zu verzieren ist auf jeden Fall der richtige Ansatz, aber da muss doch noch mehr gehen. Was berührt die Menschen emotional? Gerüche. Und auf einmal weiß ich wieder, was mich die ganze Zeit über gestört hat.

Obwohl wir in einer Schokoladenmanufaktur sind, riecht es – außer im Café – nirgends nach Schokolade. Daran muss die blöde Abluftanlage schuld sein. Wer leitet denn bitte schön den authentischen Duft echter Schokolade aus einer Schokoladenausstellung ab? Das ist doch richtig dumm. Vielleicht kann man das rückgängig machen? Ich beschließe, mal nach dem Hausmeister oder dem Wartungsdienst der Firma zu suchen. Es ist jedenfalls kein Wunder, dass es mit der Manufaktur nicht wirklich zum Besten steht.

Zur Nachmittagsschicht im Büro bringt Maja mir ungefragt wieder einen Milchkaffee mit, wofür ich sie küssen könnte.

»Du bist ein Schatz!«, sage ich gerade, als mir der Anruf von vorher wieder in den Sinn kommt. »Sag mal, wo sind denn die ›Süßen Überraschungen‹?« Vielleicht mache ich die Bestellung einfach selbst fertig, bevor Vreni zurückkommt.

»Die was?«

»Na, die ›Süßen Überraschungen‹.«

»Ich habe keine Ahnung, was du meinst.«

Ich zeige ihr das Foto auf der Website, und sie bricht in Lachen aus.

»Die Tafel hat sich irgendein Besucher gemacht, und wir haben das Foto davon verwendet – mit seinem Einverständnis, natürlich. Diese Schokolade haben wir doch nicht im Sortiment.«

»Nein? Aber was mache ich denn jetzt mit der Bestellung der Kundin? Die wollte 200 Stück, ich dachte, das wäre super.« Ich stöhne verzweifelt auf.

»Stornieren«, schlägt Maja vor und zuckt mit den Schultern.

»Aber sie war eh schon so grantig. Und richtig scharf darauf, einen Verriss zu schreiben.«

»Dann geh in die Schokoladenwerkstatt, gieß zweihundert Tafeln und schreib ›Süße Überraschung‹ drauf«, sagt Maja lapidar. »Aber dafür wirst du vermutlich die ganze Nacht brauchen.«

Meine Kampfeslust erwacht. »Warum nicht? Das mache ich und –«

»Da war ein Spaß, Mia«, unterbricht sie mich. »Keiner von uns nutzt die Schokoladenwerkstatt. Die ist doch nur für die Besucher.«

»Aber es ist auch nicht verboten, oder?«

»Verboten ist es wohl nicht. Nur völlig behämmert.«

Inzwischen ist mir Fabians Bürotür schon sehr vertraut. Ich weiß, wie fest man klopfen muss, um gehört zu werden.

Er bellt sein »Herein!« zwar immer noch im Man-störe-mich-nicht-Ton, aber als er mich erblickt, verziehen sich seine Mundwinkel zu einem Lächeln. Seine Haare stehen etwas strubbelig ab, und er hat seine obersten Hemdknöpfe geöffnet.

»Mia, was gibt's? Setz dich doch.«

»Hi, Fabian.« Dass ich ihn breit anlächle, ist reine Höflichkeit.

»Du strahlst ja so. Gibt es gute Neuigkeiten?«

Eher nicht. Ich freue mich einfach nur, ihn zu sehen. Und er sieht heute aus wie ein knuddeliger Teddybär.

»Eigentlich nicht, nein. Bekomme ich einen Orangensaft?«

»Oh, der ist aus. Geht auch Apfelsaft?«

»Klar.« Den könnte er mir auch vom Kinn streichen. Ich erröte leicht und muss mir ein Grinsen verkneifen.

Er gießt mir ein Glas aus einer kleinen, dickbauchigen Flasche ein und sich selbst den Rest, der sein Glas nur knapp zur Hälfte füllt. Dann lässt er sich auf seinen Chefsessel sinken und wirkt fast froh über die kurze Pause.

»Möchtest du mehr Saft?«, frage ich. »Ich gebe dir gern etwas ab, dann ist es gerecht.« Ein hilfloser Versuch, den Grund meines Besuchs noch ein wenig hinauszuzögern.

»Lass mal. Du bist doch nicht gekommen, um Apfelsaft mit mir nach Millilitern aufzuteilen, oder? Also, was ist los?«

»Na gut.« Länger komme ich wohl nicht drum herum. »Ich hab vorhin eine Bestellung angenommen, die wir wohl nicht im Sortiment haben. ›Süße Überraschung‹, 200 Stück, per Express.« Ich zeige ihm auf meinem Handy das Bild von der Homepage. Zu meiner Überraschung bekommt er nicht sein Sorgengesicht, sondern scheint sich nun selbst ein Grinsen verkneifen zu müssen.

»Wer hat die denn bestellt?«

»Eine sehr schlecht gelaunte Frau Ohneseits aus Zürich.«

»Sagt mir nichts. Storrnier es, entschuldige dich mit Unwissenheit, und gut ist.«

»Ich weiß nicht, die Kunden müssen sich doch auf uns verlassen können. Sollen wir nicht lieber versuchen, die Bestellung auszuführen? Vielleicht gibt sie uns sonst eine schlechte Bewertung.«

»Und wer soll das machen? Zweihundert Stück bis morgen früh? Das ist unmöglich.«

»Wieso denn?« Jetzt bin ich erst recht angespornt. »Die Besucher brauchen fünf Minuten für eine Tafel, und ich würde es bestimmt doppelt so schnell schaffen. Zu zweit kriegen wir das in acht Stunden hin!«

»Zu zweit? Wer soll den Wahnsinn denn mitmachen?«

»Du!«, sage ich. »Du schuldest mir noch was.«

Er sieht mich entgeistert an.

»Aber Mia, das ist doch eine Schnapsidee!«

»Es war auch eine Schnapsidee, deiner Oma eine falsche Isabella vorzuspielen, oder nicht? Trotzdem habe ich mitgemacht«, sage ich selbstbewusster, als ich eigentlich bin, aber es scheint zu wirken.

Fabian wiegt den Kopf hin und her. »Das hast du in der Tat.«

»Na also. Wann fangen wir an? Um achtzehn Uhr?«, nagle ich ihn fest, bevor er es sich anders überlegen kann.

»Seit wann bist du denn so energisch?« Aber dabei grinst er, und ich glaube, ich habe gewonnen. »Wie wäre es mit halb sieben?«

»Einverstanden.«

»Das ist vielleicht gar nicht so schlecht. Dann teste ich mal die Ausstattung in der Show-Werkstatt. Für eine so winzige Auflage schmeißen wir ja nicht die richtigen Maschinen an. Ist eigentlich ganz lustig, das Ganze mal aus der Sicht der Besucher zu probieren.«

»Siehst du, verbuchen wir es unter Recherche.«

Er grinst mich halb beeindruckt, halb überrascht an, und ich lächle erleichtert zurück. Als ich die Tür hinter mir schließe, fällt mir allerdings auf, dass ich uns gerade wieder ein neues Date verschafft habe, das kaum weniger seltsam ist als das erste. Und beim Gedanken an eine ganze Nacht in Fabians Gegenwart flattert mein Magen plötzlich nicht nur vor Hunger.

15

Ich will Stefan nicht belügen, ihm mein Missgeschick aber auch nicht unbedingt im Detail erläutern. Also nenne ich es »Liegengebliebenes abarbeiten und dann mit jemandem von der Arbeit noch was trinken«. Entspricht ja fast der Wahrheit, wir werden bestimmt zwischendurch mal was Flüssiges zu uns nehmen, und Fabian gehört eindeutig zur Firma.

»Aber nimm dir ein Taxi und komm nicht zu spät heim.«

»Mach dir keine Sorgen!«

»Ich bin ja froh, dass du dich mit den Mitarbeitern so gut verstehst. Dann viel Spaß!«

Ich winke meinem Schwager zu und versuche, nicht allzu auffällig im Foyer herumzulungern, als sich nach und nach alle verabschieden. Und plötzlich erlöschen überall die Lichter. Oh. Im ersten Moment bin ich bestürzt, aber nach einigen Sekunden zeichnen sich sanft die Umrisse aller Gegenstände ab, und ich befinde mich an einem verzauberten Ort. Aus dem Café leuchten die Lichterketten von Majas Dekoration, durch die Frontscheibe die Straßenlaternen, und die kleinen, leuchtenden Hinweisschildchen an den Türen und Gängen flackern wie geheimnisvolle Fackeln. Der Holzboden scheint zu atmen, und es duftet leicht nach Leder und Möbelpolitur. Ich kann mir auf einmal gut vorstellen, wie hier vor vielen Jahren eine andere junge Frau in der Dunkelheit gestanden hat und von einer verheißungsvollen Vorfreude erfüllt war.

»Wieso machst du kein Licht? Findest du den Schalter nicht?« Ich habe Fabian nicht kommen hören, aber er ist so selbstverständlich Teil dieses Ambientes, dass ich bei seiner Stimme gar nicht erschrecken könnte.

»Schau mal, hier ist die Schaltleiste.«

»Nicht anmachen!«, entfährt es mir, aber zu spät, er hat bereits die Deckenleuchten eingeschaltet, und eine Flut an Helligkeit strömt ins Foyer und zerstört den verzauberten Moment.

»Bist du so weit?« Ich drehe mich um und sehe Fabian direkt ins Gesicht.

»Ja.« Ich bin vollkommen bereit. Wozu auch immer.

»Na, dann los. Wir haben viel vor.« Er reicht mir spielerisch seinen Arm, damit ich mich einhake, aber sobald sich unsere Arme berühren, fühlt es sich nicht mehr nach einem Spiel an. Es gibt hier kein Publikum, dem wir Innigkeit vorspielen müssten, also lasse ich ihn los und tue so, als müsste ich mir die Nase putzen.

Zum Glück erreichen wir soeben die Besucherwerkstatt am Ende der Ausstellung, und Fabian schaltet das Kühlband ein.

An diesem altmodischen Tresen bekommt normalerweise jeder Besucher eine Plastikform, in die flüssige, heiße, weiße, helle oder dunkle Schokolade gegossen wird. Danach kann man seine Tafel im flüssigen Zustand mit allerhand bereitgestelltem essbarem Dekokram wie Smarties, Nüssen, Mandeln, Zuckerstreuseln, Cranberries, Rosinen und Schokostückchen verzieren und hinterher auf das Förderband legen, auf dem sie langsam und gleichmäßig durch die Kühlungsanlage transportiert wird, um innerhalb von siebzehn Minuten heruntergekühlt zu werden. Am Schluss muss man nur abwarten, wie die eigene Kreation wieder aus dem Tunnel herausgefahren kommt, wie bei den Wertsachen am Flughafen.

»Bei schnellerer Kühlung würde die Schokolade grau anlaufen«, erklärt Fabian, und wenn ich es nicht besser wüsste, würde ich sagen, er ist auch nervös. Zumindest erklärt er mir unablässig Dinge, die ich schon weiß, als gelte es, mich in einer Nacht zur Meister-Chocolatière zu machen. Die abgekühlten Tafeln werden schließlich in Folie eingepackt und mit einem der Klebeschildchen im Retrolook versehen, auf das jeder dann mit einem Goldstift den Namen seiner persönlichen Kreation schreiben kann. Das Design mit dem altmodischen Rand gefällt mir wahnsinnig gut. So sollte am besten der ganze Prospekt aussehen.

»Für die serienmäßig hergestellten Schokoladenfiguren gibt es natürlich wiederverwendbare Formen in der Produktion, aber für die 200 Stück nehmen wir die hübschen, durchsichtigen Einmal-Formen.«

Im Gegensatz zu den Besuchern legt Fabian nur rasch einen Rand aus Mandeln oder Smarties in die flüssige Schokolade und lässt die Tafeln gleich durch die Kühlanlage laufen. Dann sammelt er sie hinten wieder ein und verziert sie erst jetzt mit bunter Zuckerschrift, die sich auf der festen Schokolade viel besser dosieren lässt und auch filigrane Muster erlaubt. So kann man richtige Sätze schreiben, die nicht verlaufen. Ich staune ein wenig darüber, wie sorgsam und gekonnt Fabian mit der Zuckerschrift über die Tafeln gleitet, und ertappe mich dabei, auf seine Hände zu starren. Als er mich ansieht, tue ich so, als studiere ich nur konzentriert seine Vorlage.

Ich selbst kopiere zuerst zweimal sorgfältig das Muster von dem Bild auf der Homepage, aber das dauert ewig und ist irgendwie langweilig. »Meinst du, ich muss alles so machen wie auf der Vorlage?«

»Nö, tob dich doch aus! Da wir die sogenannte ›Süße Überraschung‹ nicht im Sortiment haben, kannst du sie gestalten, wie du willst. Hauptsache, die Größe stimmt. Das war das Einzige, was wir in der Bestellung festgelegt haben, oder? Du musst nur am Ende die Unterschiede auf die Aufkleber schreiben, aber da reichen Stichpunkte wie Mandeln, Smarties, Zimt.«

Also lasse ich meine Fantasie spielen, mische die helle mit der dunklen Schokolade und platziere Pistazienstückchen neben Mandelsplittern, Smarties, Cranberries und bunten Zuckerstreuseln. Nach einer Weile stellt sich Fabian neben mich und sieht mir über die Schulter.

»Was wird das, Süßigkeiten für einen Kindergeburtstag?«

»Idiot!«, grinse ich und boxe ihm leicht in die Seite.

»Soll es nicht romantisch sein?«, fragt er mich. »Ich dachte, es geht um eine Verlobung.«

Als ich nicke, schreibt Fabian mit rosafarbener Zuckerschrift Sprüche auf die nächsten Schokoladentafeln. Er hat eine schöne, gleichmäßige schwungvolle Schrift, aber er schreibt nur Plattitüden wie »Alles Liebe«, »Für meinen Schatz« oder »Darling«.

»Findest du das etwa romantisch? Ist das nicht eher total abgedroschen?«, frage ich. »Sollten wir nicht etwas kreativer sein?«

»So was wie ›Ich liebe dich, obwohl du so gerne Schokolade isst‹?«

Ich wiege den Kopf hin und her. »Du hast mir meine letzte Schokolade geklaut«, schlage ich vor.

Seine Augen leuchten. »Das nehme ich. Das ist witzig. Fällt dir noch was ein?«

»Bei der Schokolade hört die Freundschaft auf.«

»Nur über meine Schokolade.«

»Ich würde meine letzte Schokolade für dich geben.«

Fabian muss lachen und sieht mich mit einem Blick an, den ich nicht richtig zu deuten weiß, und ich bin froh, dass wir danach einfach für eine Weile stumm nebeneinanderher arbeiten. Eine kleine Gelegenheit, meinen Puls wieder herunterzufahren. Es ist nur das gleichmäßige, leise Schlagen der Conchiermaschine zu hören. Überall duftet es nach Schokolade, und ich fühle mich wie berauscht davon.

»Wie weit bist du?«, fragt Fabian irgendwann. Er hat die Ärmel hochgeschoben und einen kleinen Klecks flüssiger Schokolade auf der Wange.

»Bei Nummer 43, und du?«

»Bei 54.«

»Du Angeber!«

»Bei deinem Tempo wird die ganze Nacht kaum ausreichen«, kontert er.

»Gar nicht wahr!«

Wir albern ein bisschen herum, und ich fühle mich leicht und beschwingt, als Fabian plötzlich aus heiterem Himmel fragt: »Bist du eigentlich noch mit diesem Typen auf dem Foto zusammen?«

Wieso will er das wissen? Johnny ist so ziemlich der Letzte, über den ich jetzt reden will. Ich will nicht mal mehr an ihn denken.

»Nein. Warum interessiert dich das?«

»Na, schließlich bist du meine Verlobte, oder nicht?« Er sieht mich ernst an – ich bin irritiert. Dann löst sich die gespielte Strenge in dem schönsten Lächeln auf, das ich jemals gesehen habe. »Weil ich dich mag. Was dachtest du denn?«

»Du magst mich?« Mich überkommt ein leichter Schwindel.

»Würde ich mir sonst mit dir die Nacht um die Ohren schlagen?«

Ich boxe ihn erneut leicht, diesmal auf die Schulter.

»Aua!«

»Das hast du verdient!«

»Vielleicht ein bisschen.« Er grinst mich lausbubenhaft an, und mir wird plötzlich warm. Auf eine gute Art, ohne Schwindel, nur ein so angenehmes Gefühl, dass ich froh bin, hier mit ihm zu arbeiten. Ich fühle mich jedenfalls wieder etwas sicherer, doch das scheint nicht von großer Dauer zu sein. Noch immer sieht er mich an, als würde er auf etwas warten.

»Vielleicht mag ich dich auch. Also ein bisschen, so als Freund.« Jetzt werde ich wahrscheinlich rot. War das zu viel? Nicht dass er vorher auch ein normales Mögen meinte. So ganz platonisch. Oder schlimmer noch, Chef-und-Praktikantinnen-mäßig. Und mit einem Mal wird mir wieder bewusst, wie seltsam unser Status ist. Bestimmt mach ich mich gerade total lächerlich. »Also, nicht dass du das in den falschen Hals kriegst. Ich mag dich, aber ich stehe nicht auf dich. Ich meine, ich will nicht mit dir …«

»Mit mir was?« Sein Gesicht ist plötzlich sehr nahe vor meinem, und meine Lippen kribbeln.

»Mit dir Schlittschuh laufen! Ich will nicht mit dir Schlittschuh laufen!« Ha, gut gerettet. Jetzt muss er nur noch ein wenig zurückgehen, dann kann ich auch bestimmt wieder atmen. Er bleibt aber leider stehen und grinst.

»Ich wüsste ja zu gern, wie du ausgerechnet auf Schlittschuh laufen gekommen bist.« Ich auch.

»Becky, meine beste Freundin, geht immer mit ihren Dates Schlittschuh laufen«, improvisiere ich. »Sie überträgt die Geschicklichkeit eines Mannes beim Eissport auf alle anderen Bereiche. Wer da die Kurve nicht kriegt, kann gleich die Biege machen!« Warum rede ich so einen Blödsinn?

»Bist du denn interessiert an meiner Geschicklichkeit?« Seine Augen sind undurchdringlich, und ich habe keine Ahnung, ob ich mich gerade völlig täusche und vor meinem Chef daneben-benehme oder ob das eine Steilvorlage war, die Temperatur in der Fabrik ein wenig hochzufahren. Was antworte ich nur?, frage ich mich und höre mich im nächsten Moment sagen: »Welche Schokolade magst du eigentlich am liebsten?«

Schaut Fabian enttäuscht – oder belustigt? So oder so, der Moment ist verflogen, und er tritt wieder vor die halb fertigen Tafeln.

»Halbbitterschokolade.«

»Ich mag am liebsten weiße«, sage ich und lehne mich vorsichtshalber noch ein wenig an die Tischkante.

»Weiße Schokolade ist streng genommen gar keine Schokolade«, korrigiert er mich. »Denn Schokolade wird nach dem Kakaoanteil definiert. Die Weiße enthält keinen reinen Kakao. Sie besteht nur aus Kakaobutter, Zucker, Milch und Aromastoffen, wie zum Beispiel Vanille.«

»Wenn du hier weiter dozieren willst, brauchen wir zwei Nächte.« Der Abstand bekommt meiner Schlagfertigkeit besser. Er blitzt mich an. Mann, hat der leuchtende Augen.

»Ich wusste gar nicht, dass das Herumschokoladen so einen Spaß macht«, sage ich verlegen.

»Was?« Wenn er lächelt, hat er winzige Lachfältchen neben den Augen.

»Das Herumschokoladen. Oder lieber schokoladieren?«

»Erfindest du öfter neue Wörter?«

»Nur wenn ich welche brauche.«

»Sie sind jedenfalls ein kreativer Kopf, Fräulein Kammerer.« Da ist er schon wieder. Dieser verwirrende Chef-Ton, der zugegebenermaßen auch ziemlich sexy ist. War das ein ehrliches Lob, oder flirten wir wieder? Was davon mir lieber wäre, kann ich gar nicht sagen.

»Muss die Grundmischung eigentlich immer gleich schmecken, oder kann ich auch andere Zutaten nehmen?«, frage ich Fabian nach einer Weile.

Schokolade mit Pfeffer, Chili oder Meersalzkörnern finde ich persönlich zwar zum Davonlaufen, aber bei all den Zutaten, die hier herumstehen, packt mich eine kindliche Freude am Experimentieren.

»Welche Zutaten meinst du denn?«

Ich deute auf das Regal, auf dem Chilischoten, Meersalz, Muskat, Piment und Cayennepfeffer stehen.

»Ich würde gern mal eine Überraschungsschokolade kreieren. Von außen sieht man zum Beispiel nur Karamellstückchen und eine rote Schrift mit einer Warnung, aber wenn man draufbeißt, hat man plötzlich Pfeffer oder Chili im Mund.«

»Du meinst, so was wie eine Racheschokolade? Nach einem missglückten Valentinstags-Date?«, fragt Fabian.

So explizit habe ich mir das gar nicht ausgemalt, aber irgendwie formt sich die Idee beim Sprechen.

»Genau. Ich schreibe ›Danke für den schönen Abend‹, und dann beißt er auf Pfeffer. Oder ›Danke für den Rückruf‹, und dann hat er Chilischoten im Mund! Die ist für die Typen, die nie zurückrufen.« Johnny hasst Chili, Pfeffer und alles, was scharf ist. In der Hinsicht ist er ein richtiges Weichei. In jeder anderen auch, wie ich nun weiß. Auf jeden Fall würde ich ihm zu gern ein bisschen was Scharfes in seine Lieblingssorte mixen.

Fabian grinst mich an. »›Danke fürs Schlussmachen am Telefon‹. Die würde ich Isa gern überreichen.«

»Danke fürs Blockieren auf Facebook!«, ergänze ich.

»Danke für fünf verschwendete Jahre!«

»Danke, dass du mit meinem besten Freund geknutscht hast.«

»Danke fürs Schlussmachen an meinem Geburtstag!« Jetzt sprudeln die Ideen nur so aus mir heraus, und ich zücke schon die Zuckerschrift.

»Warte mal, Mia, ich finde das superlustig. Und ich würde auch gern ausprobieren, ob es funktioniert. Aber lass uns für diesen Auftrag ein paar, hm, positivere Sätze nehmen, okay? Sonst ahne ich schon, wie die Bewertung ausfallen wird.« Da hat er natürlich recht.

»Aber ich bin grade so in Fahrt«, jammere ich. »Ich kann jetzt nicht aufhören.«

»Sollst du auch nicht, mach einfach von jeder Idee eine Tafel, okay? Die fotografieren wir dann und nehmen sie unter dem Namen ›Böse Überraschung‹ mit ins Sortiment. Ich habe eh überlegt, die ›Süße Überraschung‹ hinzuzufügen, und die braucht schließlich ein ausgewogenes Pendant.« Er lacht. »Ich arbeite derweil die 200 bestellten Tafeln ab und lege ihnen probeweise kostenlos noch zehn von deinem Experiment bei. Du bist eh so langsam, dass du mir gar keine Hilfe bist.«

»Was?« Empört beschwere ich mich: »Ich wende hier all meine Energie auf, um dich zu unterstützen.«

»Ich unterstütze wohl eher *dich*. Wer hat denn die falsche Bestellung aufgenommen?«

Na gut.

Etwa eine Stunde später haben wir ordentlich was geschafft, und da es mittlerweile auch schon 4 Uhr morgens ist, geben wir beide noch einmal extra Gas. Als ich zu Fabian hinübersehe, wie er gerade konzentriert Krokant über Schokoladenmasse rieseln lässt, kann ich einfach nicht anders, als zu ihm zu gehen. Er sieht so zufrieden aus, ganz bei sich. Als er mich bemerkt, hebt er den Kopf, und ich muss lachen. Er hat überall Schokoladensprenkel im Gesicht.

»Du hast da was.«

»Oh, wo?«

»Schwer zu sagen … überall.« Ich weiß nicht, was mich gerade so mutig macht, aber ich tupfe mit meiner Fingerspitze langsam über sein Gesicht. »Da, da, da und da … hier auch noch …« Behutsam fahre ich die kleinen, etwas zu dunkel geratenen Sommersprossen nach. Ich stehe so dicht vor ihm, dass ich die feinen Härchen auf seiner Haut sehen kann. Fabians Brustkorb ist bewegungslos, und ich frage mich, ob er die Luft anhält. Der letzte Schokoladenfleck ist auf seinen Lippen, und kurz schwebe ich mit meinem Finger darüber, dann – als hätte ich erst in dem Moment realisiert, was ich da tue – nehme ich ihn ruckartig wieder herunter.

»He!«, sagt er entrüstet.

»Oh, hab ich dich gekratzt?«, frage ich erschrocken.

»Nein.«

»Warum beschwerst du dich dann?«

»Weil du aufgehört hast.«

Er greift nach meiner Hand und führt sie zurück an seine Wange, dann, ganz sanft, berühren seine Lippen meine Handinnenfläche. Seine Hand warm auf meiner. Mich durchzuckt ein Blitz. Wie gern würde ich ihn hier und jetzt küssen, doch nach all den Fettnäpfchen der letzten Tage habe ich plötzlich eine panische Angst davor, es zu vermasseln. Und mein Herz, das in meiner Brust gerade fast zerspringt, weiß noch ziemlich gut, wie sehr es schmerzen kann. Was, wenn das alles einfach nur ein lustiges Spiel für ihn ist? Ein Zeitvertreib? Etwas, um über die echte Isabella hinwegzukommen? Nein, das kann ich nicht, und mein Zögern ist bereits in meiner Hand angekommen, die sich wie von allein wieder senkt.

»Ich glaube, es wird bald hell«, sage ich. Fabian hält meine Hand immer noch fest.

»Willst du ins Bett?«, fragt er. O ja, und ob ich das will. Aber ich kann nicht, so und jetzt nicht. Verdammt, und er sieht so schön aus. Ich nicke nur, und Fabian räuspert sich.

»Dann ziehe ich mich kurz um und fahre dich heim.«

Er lässt mich los, und es ist wie eine kalte Dusche. Als er aus dem Raum geht, fröstelt es mich.

Vor mir liegen 205 in Folie verpackte ›Süße Überraschungen‹ und 30 unverpackte ›Böse Überraschungen‹. Die verzierten Tafeln sehen gigantisch aus. Ich setze mich kurz hin und merke plötzlich, wie müde ich bin. Mein Rücken und meine Arme schmerzen von den ungewohnten Bewegungen. Kurz lege ich den Kopf auf meine Arme und schließe die Augen. Ich bin beinahe eingenickt, als Fabian zurückkommt und mich vorsichtig anstupst.

»Marco wird alles morgen früh verpacken und verschicken, er weiß Bescheid. Unglaublich, dass wir das hingekriegt haben.«

Ich bin auch wahnsinnig stolz auf unser Werk.

»Hol deine Jacke oder was auch immer du dir da für einen Fetzen umhängst, und ich bringe dich zu deiner Schwester. Ich glaube, du brauchst dringend Schlaf.«

Ja, das stimmt allerdings. Und zusammen mit einer bleiernen Erschöpfung überfällt mich eine unglaubliche Enttäuschung darüber, wie diese Nacht nun endet. Vor einer Viertelstunde wäre ich ihm am liebsten in sein Bett gefolgt, und nun frage ich mich, ob es nicht furchtbar dumm war, diesem Moment nicht nachzugeben. Alles war perfekt, aber jetzt ist es vorbei, und wer weiß, wann es ein nächstes Mal gibt, um herauszufinden, wo wir stehen. »Weil ich dich mag …«

Es scheint so einfach, warum also fühlt es sich so kompliziert an?

Im nächsten Moment bin ich nur noch erleichtert, dass ich bald in mein sicheres Bett fallen kann. Ich bin viel zu müde, um noch eine vernünftige Unterhaltung zu führen. Zitternd vor Kälte und Müdigkeit setzt Fabian mich zu Hause ab, und wir umarmen uns kurz und unbeholfen, bevor ich aus seinem Auto stolpere und im Treppenhaus verschwinde.

*N*achdem ich den Freitag übermüdet wie in Trance hinter mich gebracht und den halben Samstag verschlafen habe, überredet Annette mich am Sonntag dazu, einen Wellnesstag in einem tollen Spa zu machen, und ich gebe nach, obwohl es mir unangenehm ist, dass sie mich schon wieder einlädt. Aber die Schweizer Preise sind dermaßen überzogen, dass ich solche Vorschläge nur als Einladung annehmen oder komplett ablehnen kann. Im Moment freue ich mich jedenfalls über ein wenig Ablenkung, und es ist Ewigkeiten her, dass ich so etwas wie »Wellness« gemacht habe.

Das Spa sieht von außen klein und schlicht aus, überrascht beim Eintreten aber mit seiner großzügigen Innenausstattung. Ich versuche, einfach den Luxus und den Tag zu genießen und nicht dauernd an Fabian zu denken.

In der Dampfsauna halte ich es nur kurz aus. Dann dusche ich eine halbe Sekunde lang kalt und begebe mich in den warmen Saunapool. Ringsherum sind Sitzplätze angeordnet, sodass man sich durch eine relativ schmale Gasse zu einem freien Platz durchkämpfen muss. Gut, die Leute sind alle nackt, aber ich sehe keinem ins Gesicht und zwänge mich durch zum letzten freien Platz. Geschafft. Hinter meinem Rücken sprudelt es angenehm aus irgendwelchen Düsen, und ich entspanne mich beinahe. Durch das Gesprudel ist das Wasser weiß, und niemand kann sehen, was sich unter der Oberfläche verbirgt. Das ist mir durchaus recht. Irgendwie wundere ich mich darüber, dass die Leute auch nackt noch so seltsam sprechen. Irgendwie hatte ich erwartet, dass sie ohne Bekleidung auch frei von allen Eigenarten sind, so wie ungeprägte Prototypen. Verstehen kann ich aber kaum etwas. Außerdem kriege ich allmählich Hunger. Da Annette wohl noch in der Dampfsauna ist, beschließe ich, mich allein auf die Suche nach was Essbarem zu machen, außerdem habe ich inzwischen schon fast zehn Minuten erfolgreich gewellnessed. Das muss reichen. Also rappele ich mich wieder auf und versuche, zurück zu den Treppenstufen zu gelangen.

Heldinnen in romantischen Komödien sind manchmal tollpatschig, aber wenn sie stolpern, landen sie in den Armen eines gut aussehenden Mannes, der sich dann augenblicklich und unsterblich in sie verliebt. Sie stolpern jedenfalls nie im Pool der Sauna und fallen dabei nackt auf einen Mann, der aussieht wie ihr Chef. Und wir reden hier nicht von einem jungen, gut aussehenden Chef wie Fabian Zuckermann, sondern von Urs Schröter, klein, mit Glatze und Bierbauch und vollkommen verwirrt angesichts der nackten Frau, die plötzlich in seinen Armen liegt.

»Ähm, entschuldigen Sie bitte …« Der Satz erstirbt auf meinen Lippen, während ich mich aufrappele. Aber warum zum Teufel hat keiner der nackten Menschen hier im Wasser es für nötig befunden, mal seine Beine einzuziehen? Es ist wirklich eng. Es auszusprechen macht die Peinlichkeit nicht kleiner, sondern größer. Ich stehe also auf und schreite die drei Stufen aus dem Becken, nackt, wie Gott mich geschaffen hat. Wozu es hinauszögern. Anders komme ich nicht aus diesem Becken raus. Und raus möchte ich jetzt wirklich ganz dringend. Also kann Herr Schröter ebenso wie alle anderen einen Blick auf meinen Hintern werfen, während ich vor der Peinlichkeit fliehe.

Draußen grabsche ich mir sofort ein großes Handtuch und hülle mich von oben bis unten ein. In diesem Moment kommt Annette, schlank und makellos wie eine Göttin, aus der Dampfsauna und lächelt mich an. Sie hat sich ein winziges Handtuch umgebunden, das all ihre privaten Zonen bedeckt, bei mir jedoch vermutlich nicht einmal als Haarturban ausreichen würde. Außerdem sieht es bei ihr lässig aus, nicht so verkrampft wie bei mir.

»Hey, Mia, hast du Hunger?«

Ich nicke, den Kopf noch immer rot von meinem Missgeschick, und folge ihr zu einem der Plastiktische.

Hoffentlich kann Herr Schröter uns hier nicht sehen.

Wir bestellen Ofenkartoffeln im Salatbeet, und irgendwann frage ich Annette einfach, wie sie es schafft, sich hier so selbstsicher zu bewegen.

»Am Anfang war es mir auch peinlich, aber es ist ganz normal, hier nackt zu sein, und keiner macht sich Gedanken.«

»Außer mir.«

»Oh, ich war auch nicht immer so locker. Einmal, das war eine Katastrophe, haben wir Stefans Chef hier getroffen, den Schröter. Ich dachte, ich sterbe, als der neben uns in den Pool gestiegen ist. Aber später hat Stefan mir erzählt, dass er ohne Brille blind wie ein Maulwurf ist.«

Ohne Brille ist er blind wie ein Maulwurf! Die Steine, die mir von der Seele fallen, sind zentnerschwer, und während sie donnernd auf den Boden krachen, beiße ich erleichtert in meine Kartoffel.

Nach dem Essen bringt Annette mich zu einem rosaweißen Counter, der wie eine Muschel aussieht. Oder eine Mischung aus Frauenarztpraxis und Yogastudio.

»Ich habe uns beiden eine Lomi-Lomi-Massage gebucht.«

»Danke. Was ist das?«

»Nur eine normale Massage mit Öl«, behauptet sie und verschwindet hinter einer der Trennwände.

Eine winzige Asiatin kommt auf mich zu. »Frau Kammerer? Lomi-Massage?«

Ich nicke brav.

»Warum nehmen Sie nicht die krchxskrm-Massage?«

»Wie bitte?«

»Die krchxskrm-Massage! Die kostet genauso viel und ist viel besser.« Freudig, aber auch sehr resolut strahlt sie mich an.

»Was?«

»Die krchxskrm-Massage! Ist besser!« Ihre Augen verengen sich leicht, und bevor ich herausfinde, ob vor lauter Höflichkeit oder weil mir sonst Konsequenzen drohen, sage ich lieber: »Na gut.«

Kurz danach habe ich schon wieder einige wichtige Lebenslektionen erhalten. Zum einen, dass es keine gute Idee ist, zehn Minuten vor der krchxskrm-Massage etwas gegessen zu haben. Und zum anderen, dass es keine gute Idee ist, sich überhaupt eine krchxskrm-Massage geben zu lassen.

Krchxskrm bedeutet offenbar Malträtieren mit Füßen und Ellenbogen. Die Masseurin mag vielleicht klein und alt ausgesehen haben, aber nun weiß ich: Diese Frau hat Bärenkräfte. Sie sitzt rittlings auf meinem Rücken, packt mich am großen Zeh und zieht mein Bein in einem Halbkreis hoch. Ich halte das anatomisch gar nicht für möglich, was sie da mit mir machen will.

Dann schnipst sie mir gegen die Ohren und zieht mich an den Ohrläppchen. Vielleicht bedeutet krchxskrm so was wie Karma? Oder Bestrafung für alle Sünden, die man kürzlich begangen hat? Ich komme mir jedenfalls vor wie ein ungehorsames Kind und frage mich, was genau ich eigentlich verbrochen habe.

Als sie endlich von mir ablässt, fühle ich mich, als hätte sie mich mit einem Hammer niedergeschlagen.

»Trinken Tee?«, fragt sie drohend. Ich stimme zu und warte auf einem Baststuhl auf Annette. An der Wand fällt mir eine

Werbung für Akupunktur ins Auge, und mir schießt durch den Kopf, wie die Akupunktur wohl erfunden worden ist. Ich meine, auf so eine irre Idee kommt man doch nicht einfach so? Ob da wohl jemand gestolpert und auf einen Igel gefallen ist und fortan von seinen Rückenschmerzen geheilt war? Wie die krchxskrm-Massage entstanden ist, das kann ich mir lebhaft vorstellen, und ich fühle sehr mit dem ersten Opfer dieser Praxis. Als Annette mich holt, bin ich jedenfalls mehr als erleichtert.

Auf dem Heimweg schlafe ich beinahe im Auto ein. Wellness ist fast genauso anstrengend, wie eine ganze Nacht durchzuarbeiten. Nur dass man dabei nicht Fabians Geruch in der Nase hat – eine Mischung aus Rasierwasser, Karamell und seinem ganz eigenen Duft, der mich schwindeln lässt und nach dem ich mich sehne. Zum Teufel, auch in meinem halb schläfrigen Zustand dringt der Gedanke an mein Gehirn durch, dass es mich ganz schön erwischt hat. Da hilft auch keine Flucht. Höchstens nach vorn vielleicht?

17

*A*m Montag kann ich es kaum abwarten, zur Arbeit zu kommen. Ich habe mich hübsch angezogen und mir sogar die Haare von Annette hochstecken lassen, aber Fabian läuft mir den ganzen Vormittag nicht über den Weg, und mir fällt kein Vorwand ein, um ihn aufzusuchen. »Ich wollte nur mal kurz dein Lächeln sehen« ist wohl kein überzeugender Grund. »Sorry, dass ich gekniffen hab, aber ich hab Angst, dass du auf meinem Herzen rumtrampeln könntest wie der letzte Idiot« wäre zwar ehrlich, aber wer macht sich schon freiwillig so nackt? Wie gesagt, ich bin kein Fan von Sauna. Ich versuche, mich auf die Broschüre zu konzentrieren, und hoffe auf den Nachmittag.

»Ich weiß wirklich nicht, wie du bei dieser Unordnung arbeiten kannst«, sagt Vreni vorwurfsvoll. Ihr Schreibtisch sieht nicht viel besser aus, und Herrn Schröters Kammer des Schreckens will ich lieber gar nicht erwähnen.

»Aber ich arbeite«, widerspreche ich und halte ihr den Probeausdruck des neuen Katalogs hin.

Ich habe den Retrorand von den Klebeschildchen überall im Netz gesucht und nicht ganz dasselbe Muster gefunden, aber dann bin ich auf eine ähnliche Druckvorlage gestoßen, die man ziemlich günstig erwerben konnte, und so habe ich unseren sämtlichen Papierkram damit verziert, die Broschüre, die Klebeschildchen für die Schokolade und sogar die kleine Speisekarte im Café.

Es war leicht anzupassen, den modernen Grafikprogrammen sei Dank, und jetzt sieht unser Werbematerial einheitlich wie aus den Sechzigerjahren aus, aber auf eine schlichte, frische Art, die mich richtig glücklich macht. Es fehlt nur noch jemand, der das neue Design auf die Website übertragen kann.

»Ja, okay, das sieht gut aus«, gibt Vreni zu und ruft Frau Marder herbei, damit sie sich meine Arbeit ansehen kann.

»Schaut guad aus!«

Ha! Ich glaube, ich fange an, sie zu verstehen. Es ist ein bisschen wie damals im Englischunterricht, erst kannte ich nur einzelne Wörter, aber irgendwann hat es klick gemacht, und auf einmal konnte ich meine amerikanischen Lieblingssongs komplett verstehen. Jetzt kann ich nur noch hoffen, dass die Möglichkeit, den Worten meiner Kollegen einen Sinn zu entnehmen, sie sympathischer macht und sich nicht irgendwelche Abgründe auftun.

Majas Haarpracht erstrahlt heute tiefblau.

»Sieht toll aus«, sage ich. »Aber schadet die ganze Chemie nicht deinen Haaren?«

»Welche ganze Chemie denn? Ich benutze seit einem halben Jahr nur noch selbst gesiedete Haarseife. Oder Roggenmehl.«

»Zum Haarewaschen?«

»Ja. Die Haare sind viel gesünder, und man spart jede Menge Plastikmüll. Ab und zu kommt noch eine Rinse drauf.«

»Eine was?«

»Essigkur. Du weißt ja gar nichts. Das bisschen Farbe alle paar Wochen macht ihnen folglich nichts aus.«

»Es sieht echt toll aus«, bekräftige ich. Und dann bestelle ich Lasagne beim Lieferservice, den Maja und die anderen gelegentlich nutzen, auf Salat habe ich nämlich keine Lust, auch wenn er natürlich gesund ist und meine vielen Schokoladensünden halbwegs ausgleichen würde. Die sind mir seltsamerweise noch lange nicht zu viel.

Heute ist es überraschend warm, und jemand hat im Innenhof die Tische gedeckt, sodass wir im Freien vor dem wunderschönen Bergpanorama essen können. Stefan sitzt umgeben von seinen Kollegen aus der Produktion am hinteren Tisch, während ich mit Maja vorn Platz genommen habe. Ich werde die Befürchtung nicht ganz los, dass Herr Schröter mich sehen und ausrufen könnte: »Ach, das ist ja der Popo aus dem Saunabecken!«

Marco, Vanessa und Vreni setzen sich zu uns, aber da ich mich heute, Maulwurf hin oder her, vorsichtshalber lieber vor Herrn Schröter verstecke, sind sie das kleinere Übel. Ich habe in ihrer Gegenwart schließlich nur ein Wort falsch verstanden und bin ihnen nicht gleich nackt auf den Schoß gefallen, das relativiert den Peinlichkeitsfaktor doch enorm. Zu meiner großen Erleichterung sprechen sie mich aber gar nicht mehr auf die Sache mit dem Schwingen an.

Vreni hat Servietten und einen Salzstreuer mitgebracht, und wir benutzen das Besteck aus dem Café. Einen leckeren Bissen Lasagne im Mund, lasse ich meinen Blick umherschweifen und kann mal wieder nicht glauben, wie schön es hier ist. Man sieht nicht nur die unterschiedlichsten Grüntöne, in denen die Wiesen und Weiden sich von unserem Platz aus bis auf die Berge erstrecken, sondern auch die schneebedeckten Gipfel.

»Warte nur ab, noch kann man die Berggipfel sehen, aber ab November senkt sich der Hochnebel aufs Tal, dann ist es vorbei mit der schönen Aussicht«, sagt Vreni.

Das kann ich mir gerade kaum vorstellen, bei dem blauen Himmel mit den zarten Wattewölkchen. Rechts hinter der Schokoladenfabrik liegt eine sattgrüne Weide mit Schafgarben und Butterblumen, und links Richtung Unterrägeri schimmert der Ägerisee. Solange man den Blick auf das alte Bauernhaus und den Schrotthaufen unter den Planen vermeidet, ist die Szenerie von einer unwirklichen Schönheit.

Nach einer Weile wird mir kalt, und ich greife nach meiner Jacke. Solange die Sonne durchkommt, ist es herrlich, aber sobald sich eine Wolke vor sie schiebt, wird es ungemütlich kühl. Es geht eindeutig stark auf den Herbst zu.

»Tankt jedes bisschen Sonnenlicht, das ihr kriegen könnt«, empfiehlt Stefan laut, und dann entbrennt eine Diskussion über die Unsinnigkeit der Zeitumstellung. Vanessa und Marco verbringen die meiste Zeit mit Fotografieren, während Maja und ich uns aufs Essen konzentrieren.

Plötzlich höre ich Herrn Schröters Stimme: »Und dann hat sie sich einfach auf mich gesetzt. Komplett nackt. Im Pool! Bei Gott, ich schwöre, dass es wahr ist!«

Allgemeines Gelächter der umringenden Männer, zustimmende und ungläubige Laute, und ich wünsche mir einen Tarnumhang herbei. Von wegen Maulwurf!

»Ich sag's euch, das war eine Schnitte! Höchstens zwanzig und ein perfekter Körper. Als ich ihren Hintern gesehen habe, habe ich mich wieder wie ein Jüngling gefühlt.«

Okay, von meinem Hintern kann er nicht gesprochen haben. Ich frage mich, ob gleich zwei Frauen im Saunabecken über ihn gestolpert sind oder ob sein Gehirn über einen eingebauten Photoshop-Filter verfügt. Aber Hauptsache, seine Gesichtserkennung hat versagt. Als ich gerade erleichtert aufatme, tritt plötzlich Fabian aus der Tür. Ich setze mich gerade hin, wische mir mögliche Brotkrümel aus dem Gesicht und versuche, möglichst interessant und attraktiv auszusehen. Fabian nickt aber nur kurz in die Runde, schnappt sich ein Stück Baguette und murmelt etwas von einem riesigen Berg Arbeit. Dann entdeckt er mich, sieht mir kurz in die Augen, lächelt unmerklich und verschwindet wortlos. Maja stupst mich an und fragt irgendwas, aber ich kann ihr nicht folgen. Ich schaue auf die Berggipfel und beginne zu summen. Mann, ist das schön hier.

»Erde an Mia, was ist mit dir los?«

»Ich hab nur gerade gedacht, was ich doch für ein Glück habe mit diesem Praktikumsplatz«, murmele ich. Maja schüttelt den Kopf, aber dann wird sie zum Glück wieder ins Gespräch gezogen. Marco beklagt sich über seinen Vermieter, der ihn angeblich grundlos schikaniert.

»Letzte Woche waren die Maler da und haben die Fassade renoviert. Sie haben alle Fensterumrahmungen grau gestrichen und nur meine beiden Fenster in Rosa«, sagt er grimmig.

»Wolltest du das so?«, fragt Vanessa.

»Natürlich nicht, das war überhaupt nicht abgesprochen! Der Urban ist einfach total homophob und wollte mich als homosexuell brandmarken.«

»Du machst doch eh kein Geheimnis draus, oder?«, sagt Maja.

»Na und? Du willst doch auch nicht, dass man an deine Hauswand schreibt: ›Promiskuitiv, färbt sich ständig die Haare und kann nie die Klappe halten‹!«

»Da hast du recht«, sagt Maja und lacht. »Dann verklag ihn doch wegen Diskriminierung!«

»Ist das denn schon Diskriminierung?«

»Wenn die anderen Fenster grün, blau und gelb gestrichen werden, dann ist es einfach nur schlechter Geschmack. Aber wenn alle anderen grau sind und nur deine rosa, kriegst du dafür bestimmt Schmerzensgeld«, mischt Stefan sich vom anderen Tisch aus ein. Derweil dreht Urs Schröter richtig auf und vergisst vor lauter Begeisterung seine Lautstärke. »Ich hab der Heidi gesagt: Heidi, jetzt ist Schluss mit deinen Sprüchen! Ich gehöre noch lange nicht zum alten Eisen. Ich kann auch jederzeit was Besseres kriegen. Du kannst mich nicht mehr mit deinem jungen Hausfreund erpressen. Da wurde sie ganz kleinlaut, und auf einmal war nichts mehr mit sich scheiden lassen … wir hatten sogar …« Getuschel, Getuschel. »… hahaha … Einfach nur reinkneifen hätt ich müssen!«

»Also, mir reichen jetzt die sexistischen Sprüche vom Schröter!«, sagt Maja empört und steht laut auf. »Ich esse drinnen weiter. Kommst du mit, Mia?«

Ja, mir reichen die sexistischen Sprüche vom Schröter auch, obwohl ich ganz gern noch mal gehört hätte, *wie* perfekt der Körper der Zwanzigjährigen war.

Im Café sind wir allein, und hier braucht man wenigstens keine Jacke. Es freut mich ja, dass mein Sturz im Saunabecken möglicherweise dazu beigetragen hat, dass Herr Schröter seine Ehe retten konnte, noch mehr vor allem, dass er meinen Hintern deutlich mehr studiert zu haben scheint als mein Gesicht, aber Maja ist schon bei einem ganz anderen Thema.

»Was geht da bitte zwischen dir und dem Chef vor sich?«, fragt sie mich beim Kaffee direkt. O Mann.

»Nichts«, sage ich und werde prompt rot. Verdammt!

»Ha, von wegen, das sieht man doch auf drei Meilen Entfernung! Habt ihr eine Affäre oder was?« Sie schaut mich lauernd an, und der Reiz, endlich mit jemandem über den Ameisenhaufen in meinem Bauch zu sprechen, ist einfach zu verlockend.

»Irgendwie schon«, gebe ich zu.

»Was, echt? Wie ist er denn im Bett?« Jetzt wird mir klar, dass diese Antwort nicht wirklich stimmt.

»Nein, wir haben nicht … ich meine, wir hatten keinen Sex«, stottere ich.

»Ach komm. Wieso hat dann die Luft so zwischen euch gebrannt?«

Hat sie das?

Ich zucke mit den Schultern.

»Maja, es ist echt kompliziert.«

»Ist es doch immer, oder nicht? Wenn ich das Vanessa erzähle, die dreht durch!«

»Nein, bitte, das musst du für dich behalten.«

»Ach menno, wieso denn? Schämst du dich für ihn? Schämt er sich für dich? Geht es nur um den Job, und du hast dich hochgeschlafen? Ach nein, ihr habt es ja noch nicht getan. Echt nicht?«

Okay, das ist nicht hilfreich. Das ist anstrengend.

»Maja, bitte, sag es keinem. Ich erkläre es dir … bald. Nächste Woche, versprochen!«

Sie sieht mich prüfend an.

»Großes Indianerehrenwort?« Das musste ich das letzte Mal irgendjemandem im Kindergarten geben.

»Ja.«

»Na gut. Aber nächste Woche bist du fällig!«

»Ich weiß.« Bis dahin wird Fabian mir erklären müssen, wie er das weiter zu handhaben gedenkt. Oder ich mir selbst.

Später habe ich einen geheimen Termin mit dem Hausmeister, weil ich über das Abluftsystem reden will. Die Sache mit dem Schokoladenduft geht mir nicht mehr aus dem Kopf. Wie großartig wäre es für das Museum, die Führung, ach, die ganze Firma, wenn man diesen Duft überall hätte, egal wohin man auch geht! Aber das behalte ich erst mal für mich, bis ich weiß, ob es funktionieren könnte und was es kostet, bevor ich es von Fabian absegnen lasse. Ich will nicht schon wieder als Bittstellerin mit unausgegorenen Ideen vor seinem Schreibtisch auftauchen.

Der Hausmeister sieht kein bisschen wie der freundliche, hilfsbereite Typ aus meiner Schule aus, bei dem wir Schaumkussbrötchen und Käsestangen gekauft haben. Er trägt eine braune Weste über einem moosgrünen Hemd und hat ungefähr zehn Haare, quer über seine Glatze gelegt. Dazu trägt er auch noch eine Brille, die seine Augen auf das Doppelte vergrößert. Ich kann nicht beschwören, dass er ein Serienkiller ist, aber er sieht dem Mörder aus meiner gestrigen Doku einen Tick zu ähnlich. Ich traue ihm kein bisschen.

»Also, wenn ich das in den Akten richtig sehe, ist hier letztes Jahr eine Abluftanlage für dreißigtausend Franken angeschafft worden. Seitdem ist der ganze Schokoladenduft aus der Firma weg. Halten Sie das wirklich für eine vernünftige Anschaffung?«, frage ich ihn.

»Ja, das Abluftsystem, das war kompliziert. Zuerst wurden nur die Gerüche aus der Produktionshalle herausgeschleust, aber der Gestank aus den Abflussrohren ist dringeblieben. Das hat so gestunken, da sind die Leute reihenweise in Ohnmacht gefallen.« Seine weiteren Schilderungen kommen mir stark übertrieben vor, andererseits vertraue ich mir selbst nicht hundertprozentig, wenn es darum geht, dem schweizerischen Dialekt den kompletten Sinn zu entnehmen.

»Jetzt wird *alles* hinten rausgeblasen. Das hat natürlich eine Stange Geld gekostet. Aber alles ist hygienisch rein und angenehm«, schließt er seine Ausführungen. Aha.

»Und wäre es möglich, nur den Duft aus der Schokoladengießerei wieder nach innen zu schleusen?«, frage ich ihn.

»Keine Chance, das kann man nicht trennen. Nehmen Sie einfach ein Raumspray mit Duftrichtung *Schokolade* und sprühen Sie das in Ihren Ausstellungsraum.«

Will der mich verarschen? »Ich würde es aber gern mal mit dem echten Schokoladenduft ausprobieren. Da muss es doch einen Weg geben – zum Wohl der Firma! Vielleicht ist es ja inzwischen deutlich besser, oder der Schokoladenduft setzt sich durch …«

»Sie sind unbelehrbar, oder? Von mir aus, ich kann die Anlage nachher abschalten, aber erst wenn alle gegangen sind. Dann bekommen Sie mal einen Eindruck, aber fallen Sie nicht in Ohnmacht! Ich schalte die Abluftanlage morgen früh um fünf wieder ein, so sollte alles passen, bis wir um acht öffnen.«

»Keine Sorge, ich bin nicht so empfindlich.«

Ich bin total sicher, dass der Hausmeister seine Rolle hier nur unnötig aufbläst und maßlos übertreibt. Vielleicht ist er auch einfach nicht das hellste Licht im Kronleuchter.

Zwei Stunden später muss ich erkennen, dass *ich* die defekte Glühbirne in diesem System bin, denn sobald alle die Firma verlassen haben und ich allein im Büro bin, schwillt mir ein entsetzlicher Gestank entgegen. Nicht im Sinne von muffiger Wäsche, sondern mehr »toter Iltis feiert mit hundert Vampiren eine Kadaverparty in der Kläranlage«. Shit. Ich renne aus dem Gebäude und setze mich schwer atmend auf die Bank vor dem Parkplatz. Das halte ich keine Sekunde länger aus. Stefan ist einkaufen gefahren und hat versprochen, mich in einer Stunde abzuholen. Ich schreibe ihm.

Kannst du mich abholen?

Du wolltest doch nicht mit zum Biomarkt.

Ja, ich weiß, aber ich halte es hier nicht mehr aus.

Okay.

Stefan, der sich inzwischen an meine Sprunghaftigkeit gewöhnt hat, kehrt postwendend um und sammelt mich ein.

»Du liebe Güte, was stinkt hier denn so entsetzlich?«

»Na ja, ich glaube, also …«, stottere ich herum.

»Da ist wohl die Abluftanlage kaputt. Das muss aber schleunigst repariert werden, sonst können wir morgen nicht öffnen.

Macht dieser Hausmeister eigentlich *irgendwas* in diesem Laden?« Er ist drauf und dran, aus dem Auto zu steigen und nach dem Rechten zu sehen. Ich fühle mich schlecht.

»Vielleicht ist die Anlage ja nur kurz … abgestellt worden?«, schlage ich vor.

»Wer sollte etwas so Dämliches machen?«

Nun, da wüsste ich schon jemanden.

»Der Hausmeister hat gesagt, dass er sie heute Abend mal abstellen möchte. Nur vorübergehend. Morgen früh macht er sie wieder an. Hab ich gehört. Zufällig.«

»Na, hoffentlich. Sonst können wir morgen nicht arbeiten. Was für eine dumme Idee! Na komm, Schwägerin, lass uns was essen gehen, Annette arbeitet heute länger.«

Jetzt fühle ich mich ein wenig überrumpelt und unvorbereitet. Ich war noch nie allein mit Stefan essen. Ich habe überhaupt noch nie mehr als dreißig Minuten mit ihm allein verbracht und außerdem meistens im Auto. Nicht gegenüber an einem Tisch, ohne Ablenkung. Worüber sollen wir um Himmels willen reden?

Im *Steinbock*, einem urigen Schweizer Wirtshaus, bestellt Stefan sich ein Schnitzel mit Pommes, und ich entscheide mich für Älplermakronen, die ich für Kartoffelpuffer halte, was sich jedoch wenig später als Kartoffeln mit Nudeln und Zwiebeln plus Apfelmus herausstellt. Zwiebeln und Apfelmus! Hätte ich doch bloß auch Pommes bestellt.

»Schmeckt's?«, fragt mein Schwager. Seine Pommes liegen neben drei glasierten Karotten auf einem kleinen silbernen Extrateller und sehen verführerisch knusprig aus.

»Geht so.«

Small Talk ist nicht mein Ding. Ich kann eigentlich nur ehrlich oder gar nicht – oder natürlich die dritte Möglichkeit namens Fettnäpfchen. Die würde ich heute gern auslassen, wenn möglich. Auf der anderen Seite bin ich ja schon seit einer Weile bei ihnen, wir haben uns quasi erfolgreich aufgewärmt, warum nicht einfach die Gunst der Stunde nutzen, denke ich noch, während mein Mund schon vorgeprescht ist.

»Was hast du eigentlich gedacht, als ich plötzlich aufgetaucht bin? Hast du dich gewundert, dass es mich gibt?« Das habe ich mich schon lange gefragt, und ich wundere mich über meinen Mut, es auszusprechen. Oder meine Dummheit.

»Nein, das wusste ich schon seit Jahren.« Ungerührt isst er weiter. Ich lasse meine Gabel fallen und starre ihn an. Damit habe ich nicht gerechnet.

»Wirklich? Aber woher?«

»Das Thema ist mal zwischen Tür und Angel gefallen, als ich Annette abholen wollte und ihre Eltern streiten hörte, aber dann hat es keiner mehr erwähnt. Bis du Annette vor zwölf Jahren angerufen hast.«

»Also hast du es schon zu Adrians Lebzeiten gewusst?« Mein Herz klopft schneller.

»So halb. Er hat es nie erklärt, und ich habe nicht gefragt.«

Das ist mir völlig unverständlich.

»Aber Annette redet niemals über diese Zeit mit mir. Ich weiß nicht, ob sie ihrer Mutter gegenüber loyal sein will oder ob es ihr unwichtig ist. Manchmal kann die Luft ganz schön stickig werden von all dem, was sie nicht sagt.« Als er das Wort ›unwichtig‹ sagt, steigt in meiner Kehle ein Kloß aus Wut und Trauer auf, den ich mit aller Kraft runterschlucken muss – was schwieriger ist, als die Zwiebeln mit dem Apfelmus herunterzuwürgen.

»Weißt du, Mia, meine Frau war noch nie gut darin, über Gefühle zu reden«, stellt Stefan nüchtern fest.

»Was bin ich denn für sie? Eine plötzlich aufgetauchte, fremde Verwandte, um die man sich anstandsweise kümmert? Eine lästige Pflicht?« Mir kommen fast die Tränen, und ich verbeiße sie mir mit aller Kraft.

»Bist du von Sinnen? Annette liebt dich! Du bist ihre einzige Blutsverwandte außer ihrer dementen Mutter, ist dir das denn nicht klar?«

»Nicht wirklich.«

»Du hast deine zweite Familie: Esther, Becky und wie sie alle heißen. Du findest überall Freunde. Unglaublich, wie du in dieser kurzen Zeit sogar die spröden Schweizer für dich eingenommen hast. Vor allem diese arrogante Maja. Ich meine, sie hat dich gestern tatsächlich umarmt, oder?«

Arrogant? Ich bin mir nicht sicher, ob wir von derselben Maja sprechen.

»Aber Annette hat sich geweigert, mit mir über unseren Vater zu sprechen! Sie war so ablehnend, als wäre ich gar nicht berechtigt, mit ihr darüber zu reden. Als wäre ich niemand …«

»Weil sie Angst hat! Sie hat nie gelernt, über Emotionen zu sprechen. Bei ihren Eltern ist alles unter den Teppich gekehrt worden. Als sie von dir erfahren hat, war ihr Vater bereits tot, und sie konnte ihn nie damit konfrontieren. Sie hat das alles mit sich herumgetragen. Weißt du, dass sie vier Jahre lang jeden Tag auf deinen Anruf gewartet hat?«

»Das hat sie mir nie gesagt.«

Jetzt schmunzelt Stefan und sieht mich aufmunternd an. »Weißt du, wann sie mir zum ersten Mal gesagt hat, dass sie mich liebt?«

Ich habe keine Ahnung und schüttele den Kopf.

»Nach fünf Jahren Beziehung.« Nein, im Ernst?

»Sprich mit ihr, Mia. Sag ihr, sie soll nur zuhören. Das kann sie sehr gut. Und ich glaube, es würde ihr guttun. Euch beiden.«

Jetzt laufen mir die Tränen doch übers Gesicht, aber auf einmal ist es mir gar nicht mehr peinlich.

»Hier!« Stefan schiebt mir eine blütenweiße Serviette und seinen Teller mit den knusprigen Pommes zu. »Du stocherst in deinem Essen ja nur herum. Gib's schon her!«

Wir tauschen unsere Gerichte, und ich putze mir die Nase. Dann lächle ich Stefan an. Meine Traurigkeit ist plötzlich verschwunden.

»Weißt du was? Ich bin froh, dass du mein Schwager bist.«

Ich merke, dass es stimmt. Ich habe Stefan wirklich lieb gewonnen. Obwohl er ein so merkwürdiger Zahlenmensch ist. Falls das überhaupt stimmt. Vielleicht war es auch einfach nur ein dummes Vorurteil, und vielleicht muss man von Zeit zu Zeit mal seine Glühbirnen austauschen.

Ich habe Maja wirklich unheimlich gern. Ehrlich. Aber ich traue ihren Schweigekünsten nur bedingt über den Weg. Und seit ich ihr gestern in einem schwachen Moment von dem »irgendwas« zwischen mir und Fabian erzählt habe, tickt die Uhr, bis sie mich ausquetscht und sich verplappert. Ich muss Maja irgendeine Erklärung geben, die nicht völlig unglaubwürdig klingt. Ich bin zwar in der Lage, zu improvisieren, aber dabei kommt selten etwas Gutes heraus. Während einer unruhigen Nacht, in der ich mich hin und her gewälzt habe und von einem wirren Traum in den nächsten gefallen bin, beschließe ich, die Situation als Motivation zu betrachten und konfrontativ anzugehen. Ich werde noch verrückt, wenn ich die Nacht in der Fabrik weiter unkommentiert lasse, und vermutlich ist es auch nur eine Frage der Zeit, bis irgendjemand dahinterkommt. Es ist also besser, wenn Fabian und ich uns noch einmal absprechen, und ich möchte ihm auch zu gern irgendeine Äußerung zu dem entlocken, *was* da zwischen uns ist.

Bevor ich einen Rückzieher machen kann, gehe ich gleich am nächsten Morgen zu seiner Tür und klopfe, ohne vorher meine Sachen in der Garderobe abzulegen. Ich trage nämlich einen grünen, auf Taille geschnittenen Mantel von Annette, der mir super steht, solange man nicht versucht, ihn vorn zu schließen, außerdem halbhohe Stiefelchen mit Troddeln. Und einen eleganten Dutt, aus dem nur zwei Locken wie unabsichtlich heraushängen. Mit meinem kirschroten Kussmund finde ich mich schön und verwegen, und ich will Fabian lieber so unter die Augen treten als in den Birkenstocksandalen, die ich mir inzwischen ebenso wie die meisten Kollegen fürs Büro mitbringe.

»Na, hast du vergessen, wo die Garderobe ist?«, begrüßt er mich uncharmant und ignoriert meinen fabelhaften Kirschmund.

»Hast du vergessen, guten Morgen zu sagen?«

»Entschuldige. Ich stehe etwas unter Stress.«

»Was ist denn los?«, erkundige ich mich. Er sieht aus, als hätte er auf der Knopfleiste seines Kissens geschlafen, irgendwie zerknittert.

»Na ja, es ist ja kein Geheimnis, dass wir derzeit nicht gerade die besten Zahlen schreiben. Du brauchst nicht den Kopf zu schütteln, ich weiß, dass die Belegschaft schon darüber spricht. Was schlimm genug ist, denn sie sollten sich nicht sorgen. Und jetzt ist auch noch ein Lkw verschwunden.«

»Wie bitte?«

Er seufzt. »Ein Lastwagen mit zweihundert Kilo Schokolade. Die Ware wurde letzte Woche abgeholt und sollte nach Belgien geliefert werden. Dort ist sie aber nicht angekommen.«

Ich setze mich vorsichtig auf sein Sofa. »Was sagt denn der Fahrer dazu?«

Fabian fährt sich durch die Haare, die heute noch keine Bürste gesehen haben.

»Der ist unerreichbar. Den Auftrag für die Lieferung hatte zuerst ein hiesiges Unternehmen angenommen, ihn dann aber an einen Spediteur aus Ungarn weitergegeben. An sich kein Problem, das machen die öfter. Der in Ungarn hat aber ein weiteres Unternehmen in Tschechien mit der Fahrt beauftragt. Und dort hat offenbar ein neuer Fahrer die Fahrt angetreten und sich mit der kompletten Fracht abgesetzt.«

»Und was machen wir jetzt?« Bei dem Wort »wir« meine ich, ein winziges Lächeln in seinem Gesicht zu sehen, dann verliert es sich wieder in einem sorgenvollen und müden Ausdruck.

»Ich hab gerade die Polizei benachrichtigt. Vielleicht können sie rausfinden, wer sich da eingeschlichen hat, keine Ahnung.«

»Sind wir gegen so etwas versichert?«

»Wahrscheinlich.« Er zuckt mit den Schultern. »Muss ich mal prüfen. Ich weiß nicht, ob das unter normalen Diebstahl fällt. Sag mal, findest du das etwa witzig?«

Ich versuche, das Zucken meiner Mundwinkel zu verhindern, aber die Situation ist tatsächlich völlig absurd. »Irgendwie schon. Ich meine, wer klaut denn Schokolade? Der Osterhase?«

»Vor allem, wer klaut *zweihundert Kilo* Schokolade?«, fragt er aufgebracht, und ich merke, dass meine Witze heute nicht so angebracht sind.

»Okay, dann störe ich dich mal lieber nicht länger.«

»Nein, nein, bleib doch, bis die Beamten eintreffen. Ich kann mich so lange ohnehin auf nichts konzentrieren.« Eine Weile schauen wir uns abwechselnd unsicher an und schnell wieder ins Leere. Dann sagt er: »Sag mal, findest du nicht auch, dass es hier komisch riecht?«

»Nein, gar nicht«, sage ich schnell und nur ein wenig schuldbewusst. Der Gestank aus der Abluftanlage ist immerhin schon fast vollständig verflogen.

»Worüber wolltest du eigentlich mit mir sprechen?«

Sein Sorgengesicht ist nicht verschwunden, und er sieht müde und zerknautscht aus. Kein guter Zeitpunkt, um mit so was wie Liebesverwirrungen zu kommen, fürchte ich. Aber ich muss trotzdem irgendetwas sagen, sonst werde ich vermutlich für immer schweigen. Und das halte ich auch nicht aus. Dummerweise habe ich meinen Einstieg vergessen und überhaupt alles, was ich mir so schön zurechtgelegt hatte.

»Also, äh, Maja hat gefragt, was zwischen uns läuft. Sie meint, ähm, die Luft würde zwischen uns brennen.« Jetzt hebt er seine Brauen, was mich völlig aus dem Konzept bringt. »Das ist natürlich absoluter Schwachsinn, ich meine, ich finde dich nicht … besonders attraktiv und so, und überhaupt steht das ja ohnehin nicht zur Debatte …« Was rede ich da nur? Ich räuspere mich. Noch mal von vorn. »Also, sie merkt, dass wir irgendwas vor den anderen verheimlichen, und möchte wissen, was. Außerdem fürchte ich, wenn Maja etwas weiß, dann weiß es ziemlich schnell auch der Rest der Firma. Deswegen dachte ich, wir sollten das besprechen.« Schon besser.

Fabian scheint das anders zu sehen.

»Das auch noch. Dafür habe ich momentan wirklich keinen Kopf. Streite einfach alles ab oder sag gar nichts.«

Ja, ganz toll, das wird Maja sicher zufriedenstellen.

»Ich kann doch nicht einfach schweigen!«

»Warum nicht? Du stehst doch nicht unter Eid. Hast du es denn jemals versucht, einfach gar nichts zu sagen?«

»So gesehen, nein«, gebe ich zu.

»Siehst du. Probier es mal, ist gar nicht so schwer. Und im Notfall antwortest du einfach mit irgendeinem Filmtitel.«

»Wie soll das denn bitte gehen?«

» ›Brügge sehen … und sterben‹. ›Alles, was recht ist‹. ›Dabei sein ist alles‹. Es kommt nur auf die Betonung an. Sag es, als wäre es eine adäquate Antwort, und dann wechsle das Thema. Ach, und bitte behalte das mit dem Lkw erst mal auch noch für dich.« Dann steht er auf und begleitet mich sanft zu seiner Bürotür. Die Mischung aus hinauskomplimentiert werden und dem zärtlichen Griff um meine Hand und Taille bringt meine Sensoren völlig durcheinander. Ich komme zu keinem Ergebnis und schaue ihn irritiert an. Das läuft nicht, wie ich es geplant hatte. Ich habe das Entscheidende noch nicht gesagt, aber was war es nur? Wir stehen inzwischen an der Tür, und ich kann seinen Geruch wieder wahrnehmen, seine Hand liegt noch auf meiner.

Während ich den Gang entlanglaufe, fällt mir natürlich wieder ein, wie ich *eigentlich* in mein Gespräch starten wollte. Was ist jetzt mit unserer verdammten Scharade? Ich ärgere mich und balle die Faust, die noch immer von Fabians Berührung brennt. Bevor ich in meinem Gefühlschaos versinke, setze ich mich schnell ins Café ab. Die Woche hat immerhin erst angefangen, und Maja wird mich heute hoffentlich nur ablenken und nicht mit Fragen löchern.

»Schicker Mantel!«, sagt sie anerkennend, als ich zur Tür reinkomme. Wenigstens ist er einer Person aufgefallen. »Möchtest du Lakritzschokolade frühstücken?«

»Um Himmels willen, nein! Wer sollte so was wollen?« Ich lege den schicken Mantel jetzt trotzdem ab, schlüpfe in meine bequemen Schuhe und setze mich an die Theke.

»Die Lakritzpralinen waren irgendwie ein Schuss in den Ofen«, erklärt Maja. »Die liegen schon seit drei Tagen unangetastet hier herum, obwohl ich den Preis gestern schon auf die Hälfte reduziert habe.«

»Vielleicht brauchst du eine bessere Strategie?«, sage ich und frage mich, wo eigentlich mein Kaffee bleibt. Den hab ich dringend nötig!

»Vielleicht mögen die Leute einfach keine Lakritze?«, überlegt Maja laut. In diesem Moment kommt eine missmutige Frau mit einem schwarzen Bob ins Café gestapft.

»Ich kriege einen schwarzen Kaffee und dazu irgendwas Süßes, möglichst vegan und ohne Kohlenhydrate, wenn's geht.«

»Ohne Kohlenhydrate habe ich nichts, aber bei der Himbeer-schokotorte ist der Boden ganz dünn, wollen Sie ein Stück davon?«, fragt Maja freundlich.

»Himbeerkuchen ist ein absolutes No-Go, hier wachsen um diese Jahreszeit doch gar keine Himbeeren«, mault die Kundin.

»Kaffeebohnen auch nicht«, sagt Maja. »Soll ich den Kaffee dann auch stornieren?«

Die Frau sieht Maja böse an, murmelt etwas Unverständliches und fragt dann: »Haben Sie wenigstens Lightschokolade?«

»Meinen Sie ohne Zucker? Für Diabetiker haben wir zwei Sorten mit Süßstoff. Oder die cleane Variante mit Reissirup.«

»Nein, ich meine ohne Kalorien«, schnaubt sie.

»Hm, also ganz ohne Kalorien habe ich nichts da«, wiederholt Maja gepresst. Innerlich wappne ich mich bereits für einen ihrer besonders fiesen Sprüche, doch dann geht plötzlich ein honigsü-ßes Lächeln über ihr Gesicht.

»Aber hier hätte ich vielleicht genau das Richtige für Sie! Für die Verdauung dieser Lakritzschokolade benötigt der Körper ungefähr so viel Energie, wie sie enthält. Das ist sozusagen ein Nullsummenspiel. Allerdings ist diese Sorte in der Herstellung sehr kompliziert und die Zusammensetzung streng geheim, und deshalb ist sie natürlich auch doppelt so teuer wie andere Sorten. Aber nicht mehr lange, und Sie werden dieses Wundernasch-werk in jeder Fitnesszeitschrift erblicken!«

Die Frau funkelt Maja an, bevor sie mich misstrauisch mus-tert, dann schnappt sie sich ihre Tasse und schlurft an einen der Fenstertische.

»Ich glaube, jetzt bist du zu weit gegangen«, flüstere ich. Aber Maja hört mir gar nicht zu, sie tippt irgendwas in ihr Smartpho-ne ein und kichert.

Zehn Minuten später steht die schlecht gelaunte Kundin wie-der an der Theke und deutet auf die Lakritzschokolade.

»Ist es diese da?«

»Ja«, sagt Maja ernst.

Ihr Blick hellt sich auf. »Davon habe ich schon gehört. Ist das auch die Originalsorte aus Italien?«

»Ja klar.«

»Dann packen Sie mir bitte alles ein, was Sie davon haben.«

Maja legt die Lakritzschokolade auf die Waage und liest ungerührt »293 Franken« vor.

»Hier, und behalten Sie den Rest!«

Die Frau legt drei Hundert-Franken-Scheine auf die Theke, grabscht nach ihrer Beute und steckt sie in ihre Tasche. Danach verlässt sie beinahe fluchtartig das Café.

»Wo wollte die denn auf einmal so eilig hin?«

»Möglicherweise hat jemand vorhin einen Wikipedia-Artikel erstellt, in dem eine neue italienische Nullsummenschokolade angepriesen wird, die in der Schweiz 100 Franken pro Kilo kostet, Preis steigend.«

»Aber Maja, du kannst doch nicht einfach irgendwelche Lügen ins Internet stellen«, sage ich entsetzt.

»Wieso nicht? Sind halt Fake News oder postfaktische Tatsachen oder so. Oder ich lösche es heute Abend wieder«, setzt sie nach einem Blick in mein Gesicht hinzu. »Alles vor dem ersten Kaffee ist doch im Grunde Notwehr.«

Und den stellt sie mir jetzt endlich hin.

Danach bin ich gestärkt genug, um ins Büro zu gehen. Herr Schröter behandelt mich völlig normal, also versuche ich einfach, die Szene im Schwimmbecken auf ewig aus meinem Gedächtnis zu streichen.

»Schau mal, Ursi!«, sagt Vreni und legt Herrn Schröter den Probeausdruck der neuen Broschüre vor.

»Macht sich gut«, sagt der anerkennend.

Irgendwie kriege ich die Sache mit dem abhandengekommenen Lastwagen nicht aus dem Kopf, über die ich kein Wort verlieren soll. Trotz allem Ärger, den Fabian damit hat, finde ich es immer noch witzig, dass jemand einen Laster mit Schokolade entführt hat. Weniger lustig war allerdings der Gesichtsausdruck von Fabian bei der Erwähnung der Betriebszahlen, und ich frage mich, wie schlimm es tatsächlich um diese Manufaktur steht.

»Was schaust du denn so nachdenklich, Mia?«, fragt Vreni. Mist. Ich habe meine Gesichtsmuskeln wohl nicht allzu gut unter Kontrolle.

»Schreiben wir wirklich rote Zahlen?«, frage ich ganz offen. Immerhin hat Fabian selbst erwähnt, dass die Belegschaft längst darüber spricht.

»Na ja … Seit der Supermarkt im Ort eröffnet hat, bleiben uns viele Kunden weg. Da gibt es hundert unterschiedliche Sorten Schokolade, von preiswert bis edel, und praktisch jede Sorte. Wenn die Leute dort ihre Einkäufe erledigen, nehmen sie die Schokolade eben auch gleich mit.«

»Aber es gehen doch dauernd Aufträge ein, wie dieses Schokoladenflugzeug für den frischgebackenen Piloten neulich oder das Schachspiel aus Schokolade zum Geburtstag für den passionierten Schachspieler!«, sage ich.

»Ja, schon, aber das sind halt Sonderanfertigungen, die im Prinzip kaum die Kosten decken. Den richtigen Umsatz haben wir lange mit Saisonwaren gemacht, Schokohasen und -nikoläusen. Schlichte Formen, einfacher Guss, günstig in der Herstellung und umsatzstark. Aber das ist jetzt vorbei. Mit den Preisen vom Supermarkt können wir nicht mithalten. Und die Führungen und das Museum, das ist ja eher ein Zubrot, aber kein großer Umsatzbringer. Von dem Café ganz zu schweigen …«

»Darf ich mir die Zahlen mal ansehen? Ich meine, um sie mit dem zu vergleichen, was wir darüber gelernt haben, für meinen Praktikumsbericht und so …«

»Von mir aus, schau dich um. Du weißt ja, wo die Ordner sind.«

»Steht es wirklich so schlimm?«

»Ich fürchte, ja. Aber das muss dich nicht weiter kümmern, du bist ja nur noch ein paar Wochen hier.«

Oh. Das kommt mir völlig unwirklich vor. Ich muss schlucken, während mir bewusst wird, dass ich mich gar nicht mehr so sehr nach zu Hause sehne, und vor allem, dass es mir dann immer noch nicht egal wäre, was aus diesem Betrieb und den Menschen hier wird.

»Stehen wir denn vor dem Konkurs?«, frage ich entsetzt.

»Na, wir werden nicht eingehen. Nicht sofort zumindest. Aber vermutlich müssen wir langfristig Personal einsparen. Und was danach ist, das weiß niemand …«

Zum ersten Mal wird mir bewusst, was Begriffe wie Transformationsprozess, Kostenreduktion und Umstrukturierung wirklich bedeuten. Nämlich, dass Menschen wie Maja und Stefan ihren Arbeitsplatz verlieren könnten.

Das ist schlecht, richtig schlecht. Ich ahne, dass ich nicht die Erste bin, die sich Gedanken dazu macht, und will auch nicht vermessen sein, aber irgendwas muss man doch tun können?

»Und das lässt sich gar nicht verhindern? Man könnte doch die Preise senken, Werbung buchen, die Ausstellung attraktiver machen? Neue Broschüren anfertigen …« Traurig wedle ich mit meiner Kreation, die mir plötzlich vorkommt wie ein Tropfen auf den heißen Stein.

»Wir tun, was wir können, aber an den Preisen kann man nicht viel drehen. Unsere Fair-Trade-Bio-Zutaten kosten eben mehr als gewöhnliche. Doch wenn wir das aufgeben, dann haben wir gar nichts mehr, was uns von der günstigen Schokolade abhebt. Aber der Gedanke liegt natürlich nahe. Was allein die Einkaufskosten bedeuten … braunes Gold, wenn man so will.«

»O Mann, dann sind zweihundert Kilo vermutlich richtig teuer, oder?«, sage ich unbedacht.

»Wie kommst du denn jetzt auf zweihundert Kilo?«

O Mist, aber gut, noch habe ich ja im Grunde gar nichts verraten. Das kann ich leicht retten.

»Ach, ich habe nur vor mich hin gedacht. Ich, ähm, ich überlege, einen Schokoladenkrimi zu schreiben.«

»Einen Schokoladenkrimi?«

»Ja, darin wird ein Laster mit Schokolade gestohlen. Und nach vielen Irrungen und Wirrungen kommt heraus, dass der Dieb die Schokolade nur an arme Kinder in seinem Heimatort verschenken wollte, die sonst nichts zu Weihnachten bekommen.« Man darf mich mit meinem Gehirn echt nicht allein lassen.

Vreni sieht mich skeptisch an, dann lacht sie. »Du bist echt 'ne Marke, Mia. Und die Geschichte willst du dann als Gratisbüchlein verteilen, sozusagen als Marketinginstrument?«

»Genau!«, sage ich erfreut. Auf Vrenis Fantasie kann man sich auch verlassen.

»Ich weiß nicht, kannst du denn überhaupt schreiben?«, fragt sie.

»Ein wenig.« Sehnsüchtige SMS, wütende E-Mails, schmachtende Tagebucheinträge … »Nicht unbedingt etwas, das den Umsatz von unserer Schokolade hebt«, gebe ich zu.

»Dann schau mal, ob du einen Autor findest, der Lust hätte, das für uns zu schreiben. Aber mehr als 500 Franken darf das nicht kosten.«

500 Franken? So viel kann ich für Marketing ausgeben? Das würde ja locker für die neuen Fotos reichen, die ich mir wünsche!

»Ich schau mal, war ja nur eine vage Idee«, sage ich rasch. »Könnte ich dieses Budget denn auch für etwas anderes verwenden? Für ein Fotoshooting zum Beispiel?«

»Ich denke schon. Alles unter 500 Franken müssen wir nicht von den Chefs genehmigen lassen.« Wie bitte? Es gibt ein Budget, auf das ich zugreifen kann ... Warum hat mir das denn noch keiner gesagt? Damit kann ich eine Menge anfangen und eile gedanklich schon zu der Ersten Hilfe, um die mich niemand gebeten hat.

Hi, Mia, kleine Vorwarnung, Omi ist auf dem Weg zu uns. Mach einfach weiter wie gehabt. LG, Fabian.

Seit dem Abendessen bei Kirsten habe ich Elisabeth nicht mehr gesehen, deshalb bin ich mehr als nervös beim Eintreffen dieser lapidaren SMS. Einfach weiter wie gehabt, ja das stellst du dir so leicht vor, mein Lieber. Meine Nackenhaare richten sich jetzt schon auf, und kurz entschlossen rufe ich ihn an.

»Fabian, das geht so nicht, wie soll ich mich denn bitte verhalten? Darüber müssen wir echt vorher noch mal reden. Dazu kommt: Weiß sie das von dem Lkw? Und von den Zahlen überhaupt?«

»Nein, das weiß sie nicht, und das darfst du ihr auch nicht sagen.«

»Findest du nicht, dass du ihr langsam mal ein paar Wahrheiten zumuten solltest?«

»Gestern hat sie einen halben Schwächeanfall bekommen, als ihr Lieblingsbrot beim Bäcker ausverkauft war. Es ist nicht die Zeit für Wahrheiten!«

»Dann sorg dafür, dass sie mir auf keinen Fall unter den Augen der Belegschaft über den Weg läuft, sonst haben die noch mehr zu tuscheln!«

»Okay, am besten kommst du gleich in ihr Büro, da treffen wir uns in fünf Minuten.«

»Halt, warte mal ...« Aber er hat schon aufgelegt. Ich streiche also zitternd mein Röckchen und meine Haare glatt und mache mich auf den Weg zu Elisabeths Büro.

Aber meine Sorgen in Bezug auf meine Person waren überflüssig, sie umarmt mich nur kurz und herzlich und bietet uns an, auf ihrem Sofa Platz zu nehmen.

»Mittlerweile geht es mir prächtig, und es wird höchste Zeit, mal nachzusehen, was ihr in letzter Zeit so getrieben habt«, beginnt sie schwungvoll.

O nein. Will sie etwa die Bücher einsehen?

»Wie ich höre, hatte Mia ein paar interessante Vorschläge, Frau Rosenthal war äußerst angetan davon.« Wirklich?

»Das waren nur ganz vage Ideen«, sagt Fabian. »Möchtest du nicht lieber im Café einen schönen Kaffee trinken gehen?«

»Nein, ich möchte im Büro ein schönes Gespräch über unsere Werbemaßnahmen führen.« Eins zu null für sie.

Glücklicherweise interessiert sie sich weniger für die konkreten Zahlen als dafür, wie die Konkurrenzunternehmen werben. Im Gegensatz zu ihrem Enkel finde ich sie weder altmodisch noch verbohrt. Zu dritt sichten wir die Onlineauftritte der beiden Konkurrenzunternehmen in der Region, und Elisabeth begutachtet deren Sortiment.

»Ich fürchte, wir kommen nicht darum herum, einen Account auf Instagram anzulegen«, sagt sie schließlich fachmännisch.

»Instagram, der Ort, wo einem Frauen mit gebleichten Zähnen, aufgespritzten Lippen und einem Kilo Schminke im Gesicht erzählen, dass man sich so lieben soll, wie man ist?«, meint Fabian verdrießlich. »Und woher kennst du so was überhaupt, Omi?«

Daraufhin zuckt Elisabeth nur lapidar mit den Schultern und zwinkert mir zu.

»Um gute Bilder zu verbreiten, ist es nun mal das beste Medium«, pflichte ich ihr bei.

»Ja, kann sein. Aber dann brauchen wir auch wirklich gute Fotos«, sagt Fabian.

»Ganz genau«, sage ich erfreut. Das Gespräch geht in die richtige Richtung, und das schneller als erwartet. Ich brauche zwar keine Freigabe, wenn ich im Budget bleibe, aber wenn ich am Ende auch Fotos von den Mitarbeitern will, allen voran von ihrem gut aussehenden Chef, werde ich wohl früher oder später mit meinem Plan herausrücken müssen.

»Am besten lassen wir professionelle Aufnahmen erstellen. Stellt euch mal vor, Erdbeer-Sahne-Pralinen zwischen Seidentüchern, Mandelkrokant zwischen Kakaobohnen und Vanillestangen, Nusskrokant vor dem Bergpanorama, alles schön drapiert und perfekt ausgeleuchtet«, schwärme ich.

»Aber es darf nicht albern oder billig wirken«, wendet Fabian sofort ein.

»Keine Sorge, Liebling, unsere Pralinen werden ganz unschuldig abgelichtet. Es wird stilvoll, und wir lassen auch kein sexy Schokoladenhäschen daneben posieren – nichts Abgefucktes, versprochen!«, necke ich ihn.

»Sehr witzig«, brummt er.

Elisabeth sieht mich tadelnd an und fragt: »Sind wir hier im Salon Salopp, Mia?«

Verschämt beiße ich mir auf die Unterlippe und habe plötzlich eine Ahnung davon, vor welcher strengen Oma Fabian jahrelang Möbelverstecken gespielt hat. Man blickt doch immer nur auf die Oberfläche der Menschen. Mein geplantes Fotoshooting hält sie aber für einen »fantastischen Einfall«, und auch meine Probebroschüre findet vollste Zustimmung. Ich will mit dem *großen* Fotoshooting noch nicht vorpreschen, baue aber in meine Aufzählung das Wort *Mitarbeiterfotos* schon einmal ein. Sollen sie sich ruhig zunächst langsam mit dem Gedanken vertraut machen.

Am Ende meines Vortrags sieht Fabian mich mit großen Augen an, und Elisabeth sagt: »Ich vertraue deiner Mia da vollkommen. Sie hat den richtigen Riecher für die richtige Idee zur richtigen Zeit. Sie sollte am besten dauerhaft für uns arbeiten.«

Ich werde rot vor Stolz bei ihren Worten.

»Tja, Omi, das wünschen wir uns alle, geht aber leider nicht. Du weißt, bald muss sie nach Hamburg zurück«, sagt Fabian schnell und tätschelt meine Hand. Danke für die Erinnerung! Natürlich gehe ich nach Deutschland zurück. Aber kann er mich nicht selbst antworten lassen? Zuerst halte ich Fabians verbissene Miene für so etwas wie kindische Eifersucht, weil seine Oma mir häufiger zugestimmt hat als ihm, doch den wahren Grund seiner Anspannung begreife ich, als ich von der Toilette zurückkomme und die beiden durch die angelehnte Tür reden höre.

»Dass du uns eine so fähige und kluge junge Dame mitgebracht hast und sie dann auch noch für die Firma gewinnen konntest, ist wie ein Sechser im Lotto, mein Junge!«, höre ich Elisabeth schwärmen. »Deine Mutter wird hingerissen sein! Habt ihr eigentlich schon ein Geschenk? Die Geburtstagsparty ist ja bereits am Wochenende. Und freut Mia sich schon darauf?«

Es geht also weiter mit unserem kleinen Heimatfilm. Oje, ojemine. Jetzt soll ich auch noch seine Mutter kennenlernen. Die stelle ich mir vor wie Kirsten in älter, reicher und noch hochnäsiger. Und bestimmt mit noch mehr bohrenden Fragen an die Frau, die ihren Jungen aus dem mütterlichen Schoß locken will. Großartig!

»Hoffentlich wird das keine unheimliche Begegnung der dritten Art«, murmele ich halblaut, als ich eintrete und dann die Tür mit einem deutlichen Geräusch schließe.

»Wo waren wir gerade stehen geblieben? Ach ja, Onlinemarketing«, wechselt Fabian rasch das Thema.

»Vielleicht sollten wir ein paar Influencer finden, die unsere Produkte auf ihren Blogs vorstellen«, schlage ich vor.

»Influenza? Mia, das ist ansteckend«, warnt uns Elisabeth.

»Ach, Oma, das ist was ganz anderes. Wir müssen dich mal auf den neuesten Stand bringen«, korrigiert Fabian sie leicht genervt.

»Das war ein Witz, Jungchen. Denkst du, ich kenne mich bei eurem Internet nicht aus? Ich schreibe bessere E-Mails als deine Mutter! Die kann dieses T9 immer noch nicht bedienen.«

»Das sind SMS, Omi.«

»Ist doch Jacke wie Hose«, brummt Elisabeth, aber sie lächelt.

»Apropos Mutter, du hast Barbara ja noch gar nicht kennengelernt, Mia. Mach dir keine Sorgen, sie erwartet nicht, dass die Freundin ihres Sohns genauso gut aussieht wie sie selbst.«

Wie bitte? Hat sie das gerade wirklich gesagt? Ich bin nicht hübsch genug für Fabians Mutter?

»Nicht jeder hat schließlich die Zeit und das Geld, eine 40-Stunden-Woche in sein Aussehen zu investieren.«

Ich bin noch zu empört, um zu grinsen, aber die kleine Spitze ist kaum zu überhören. Ist wohl nicht weit her mit einem guten Schwiegermutter-Schwiegertochter-Verhältnis. Trotzdem verunsichern mich Elisabeths aufmunternd gemeinte Worte ziemlich. Ich meine, bei Kirstens Essen habe ich mir alle Mühe gegeben, gut auszusehen und mich passend zu verhalten. Aber das waren nur eine Handvoll Leute in einem Privathaus. Die Party von Fabians Mutter soll dagegen in ihrem riesigen Penthouse stattfinden, wie ich Elisabeths weiteren Bemerkungen mit Entsetzen entnehme. Wie viele Gäste da aufschlagen werden, will ich mir gar nicht ausmalen. Ich strahle wie eine eingefrorene Schaufensterpuppe.

»Ich freue mich schon sehr auf diesen Abend. Ich mache täglich Übungen für einen flachen Bauch und habe mir schon ein Kleid bei Dior dafür zurücklegen lassen«, presse ich hervor. Fabian hebt wie immer seine Augenbrauen auf diese undeutbare

Art und Weise, aber seine Oma lacht herzlich und verabschiedet sich mit einer großen Umarmung von mir.

Obwohl Elisabeth meine Einfälle noch einmal gelobt und mich als großes Talent bezeichnet hat, verlasse ich ihr Büro mit zitternden Knien.

»Wieso hast du das mit dem Kleid von Dior gesagt? Jetzt können wir vorher noch einmal einkaufen gehen!«, raunt Fabian mir zu, sobald die Tür hinter uns geschlossen ist.

Geschieht ihm recht. »Ich habe eben improvisiert. Warum hast du nichts von der Party bei deiner Mutter erwähnt? Womöglich weil du wusstest, ich würde Nein sagen? Das nennt man Erpressung!«

Jetzt sieht er endlich angemessen zerknirscht aus.

»Nein, nein. Ich hatte vor, es dir so bald wie möglich zu sagen, aber die Sache mit dem Lkw hat mich aus dem Tritt gebracht. Wenn du improvisierst, bist du übrigens echt eine Katastrophe, weißt du das?« Er lächelt dabei, ich bleibe trotzdem empört stehen.

»Weißt du eigentlich, wie sehr mich die Rolle stresst, in die du mich hier gedrängt hast? Ich könnte mir am Wochenende auch was Schöneres vorstellen, als mich von den High-Society-Freunden meines Fake-Verlobten begutachten zu lassen. Ich könnte mich zum Beispiel ganz entspannt in die Badewanne legen, Serien schauen und dabei Fast Food vom Chinesen essen«, schnauze ich ihn an.

»Du isst chinesisches Essen in der Wanne?« Er grinst, lässt es aber schnell bleiben, als er meinen Todesblick sieht. »Du hast ja recht. Es tut mir leid. Und du bist brillant, das meine ich ernst. In der Herznote Brillanz – und nur ein winziger Hauch von Katastrophe in der Kopfnote.«

Mit Parfum kennt der Herr sich also auch noch aus. Na gut, bei dem Lächeln kann ich ihm eh nicht länger böse sein. »Trotzdem sollten wir unsere Geschichten vielleicht etwas besser absprechen. Sonst stürzt am Ende noch dein Kleid die Firma in den Ruin. Wie wäre es mit einem von einem kleinen, aufstrebenden Zürcher Label?«

»Ist mir egal. Ich geh auch in Jogginghose«, sage ich bissig.

»Komm, ich lade dich zur Versöhnung auf einen Kaffee ein!«

»Oh, zu großzügig, der ist doch für Mitarbeiter eh umsonst.«

»Vielleicht ist das unser Problem. Die Angestellten trinken einfach zu viel Kaffee, und das treibt uns in den Ruin.«

»Dein Fehler, da hättest du eben nur Kakaotrinker einstellen dürfen«, scherze ich.

»Dafür habe ich ja jetzt dich, die mir den rechten Weg weist. Komm schon, ich war ewig nicht mehr im Café.«

»Damit wir Majas Gerüchten neue Nahrung geben?«

»Und wennschon! Ist doch egal.« Er geht zügig voraus, und ich dackele mit gemischten Gefühlen hinter ihm her.

Im Café treffen wir auf Maja, die Vanessa gerade eine Szene macht.

»Ich glaub's ja nicht! Du hast für echte Pelze gemodelt? Du hast die gar nicht von deiner Tante geerbt?«

»Das kannst du nicht belegen«, sagt Vanessa gerade. »Das war vielleicht meine Doppelgängerin. Jeder Mensch hat mindestens sechs oder sieben Doppelgänger auf der Welt.«

»Und die haben alle die gleiche Narbe am Arm?«, fragt Maja.

»Vielleicht. Du kannst mir gar nichts beweisen.«

»Ich bin beim Tierschutz engagiert. Wenn ich herauskriege, dass du echte Pelze trägst – neue und nicht aus dem Keller deiner Ahnen gezerrt –, kriegst du hier nie wieder einen Kaffee!«

Jetzt schaut Vanessa endlich angemessen betreten drein. Sie ist genauso kaffeesüchtig wie ich. Inzwischen hat Maja uns bemerkt.

»Cappuccino für die heilige Maria Magdalena und eine Latte für den Chef?«, fragt sie.

Vanessa gackert los, als wäre sie dreizehn, und Fabian grinst und nickt. Ich lache nicht, weil ich beleidigt bin.

»Na komm, ich heiße mit zweitem Namen Hiltrud«, sagt Maja beschwichtigend.

»Ich bin nicht sauer auf dich, sondern auf jemand anders«, sage ich vieldeutig, während ich höchst eindeutig in Fabians Richtung sehe. Der macht einen vollkommen unschuldigen Eindruck. »Er hat mich eine Katastrophe genannt.«

»Brillant und katastrophal zugleich«, korrigiert mich mein Fake-Verlobter mit einem Grinsen und schlendert dann zu dem Sofa vor dem großen Panoramafenster, auf dem er entspannt Platz nimmt.

»Immerhin, mich findet er *nur* katastrophal«, sagt Maja, bei der mittlerweile der Groschen gefallen ist. Ich zucke mit den Schultern, während ich noch verarbeite, dass Fabian hier gerade so offen mit mir herumschäkert.

»Ich finde dich auch brillant«, sagt Vanessa gedämpft. »Du bist erst seit September hier und hast dir schon den Chef geangelt. Alle Achtung!«

»Ach, halt die Klappe, Tiermörderin!«, verteidigt Maja mich.

»Mia, ist das denn wirklich wahr?« Vanessa kriegt ihren Mund gar nicht mehr zu. Ich wiege den Kopf hin und her und sage nichts. Vielleicht nicht der schlechteste Ratschlag, den mein Verlobter mir da mitgegeben hat. Einfach mal die Klappe halten und die anderen rätseln lassen.

Vanessa sieht ungläubig zu Fabian, der im perfekt gebügelten Anzug vor dem unglaublichen Bergpanorama auf dem Sofa sitzt und aussieht wie ein gestresstes BOSS-Model in der Pause vor dem dritten Fotoshooting an diesem Tag.

»Nein, das ist unmöglich. Er spielt in einer ganz anderen Liga als du«, stellt Maja fest.

Ich lächle ein wenig und halte weiter den Mund.

»Also, was läuft da zwischen euch?«, bohrt Vanessa dennoch weiter.

Mir reicht es langsam, genug mit den Fragen. »Bist du das etwa, die hier absurde Gerüchte verbreitet?«

Meine liebe Kollegin schaut trotzig. »Und wenn? Also, was geht ab?«

»Nur die Sonne war Zeuge.«

»Wie bitte?«

»Ein Chef zum Verlieben.« Ich muss mir das Lachen verbeißen, so blöd guckt Vanessa aus der Wäsche.

»Denn sie wissen nicht, was sie tun. Ihr entschuldigt mich, ich muss dann mal zu meinem, also unserem Chef.« Mit meinem Kaffee in der Hand stolziere ich zu Fabian, dem schönsten Mann im Holozän.

»Und mich hat er damals auf der Weihnachtsfeier abblitzen lassen! Der ist vollkommen unberechenbar«, höre ich Vanessa noch empört zu Maja sagen. Aha, sie ist also eifersüchtig. Daher weht der Wind.

»Dein seltsamer Ratschlag hat tatsächlich funktioniert«, sage ich und setze mich neben Fabian. »Und Vanessa hält dich übrigens für unberechenbar.«

»Natürlich bin ich berechenbar. Halt nur nicht immer!«, entgegnet er. Über seine trockenen Bemerkungen bin ich immer wieder erstaunt. Eigentlich sieht er einfach zu gut aus, um auch noch tiefgründig zu sein.

»Und du hast also Vanessa mal abblitzen lassen?«

»Also, erstens versuche ich ja tatsächlich, hier der Chef zu sein und nicht meine Mitarbeiter abzuschleppen, und zweitens ist Vanessa völlig indiskutabel. Die hat keinen Bezug zu irgendetwas Realem. Vanessa benutzt die Natur nur als Hintergrund für ihre Instagramfotos. Ich wette, die ist noch nie auch nur einen Schritt durch den Wald gelaufen.«

»Ich gehe gern durch den Wald.« Tagsüber, im Sommer, auf einem befestigten Weg. »Und ich bin außerordentlich bodenständig«, sage ich stolz. »Ich war sogar bei den Pfadfindern.«

Fabian mustert mich skeptisch. Aber das ist nicht einmal gelogen. Ich bin einmal dort gewesen. Dass der Pfadfinderführer mich abgewiesen und wieder nach Hause geschickt hat, weil ich ein Mädchen war, muss ich ja nicht erzählen.

»Dann kannst du Fährten lesen, den Morsecode und Feuer machen?«, fragt Fabian interessiert.

»Klar«, sage ich so beiläufig wie möglich.

Vor schönen Männern mit Klugheit und Charme hat uns Esther immer gewarnt, weil sie sich bei Frauen nie anstrengen mussten. Wem die Mädels in Scharen nachlaufen, der hat zu wenig Gelegenheit, einen wirklichen Charakter auszubilden, so ihr Credo. Aber Fabian ist kein Filou, wie sie es nennen würde. Er ist klug und trotzdem kein bisschen oberflächlich. Und er ist offensichtlich bereit, sich ernsthaft auf nur eine Frau einzulassen. Ich könnte mich also glücklich schätzen. Wäre ich die echte Isabella.

Leider bin ich nur Mia, die Praktikantin, die immer noch rätselt, inwieweit ich ihm einfach nur bei seiner Scharade gelegen komme, ein netter Zeitvertreib bin, um ihn von seinem Kummer abzulenken, oder ob er ganz eventuell nicht doch …

Und in diesem Moment greift er nach meiner Hand. Im Café! Vor Maja und Vanessa. Einfach so.

»Danke, dass du am Wochenende noch einmal mit mir Theater spielst. Ich weiß, dir ist das unangenehm, mir ja auch – deshalb kann ich dir wirklich nicht genug danken!« Er lässt seine Hand noch für einen kurzen Moment auf meiner liegen, gerade lange genug, dass mir wieder flau und schwindelig wird. Meine Güte, ich drehe langsam durch vor lauter vorgespiegelten und echten Gefühlen, die sich miteinander verknäulen und die ich nicht mehr auseinanderbekomme.

20

Fabian geht mit mir ein Kleid kaufen, als wären wir ein ganz normales Paar. Er schlägt mir scherzhaft zwei, drei unmögliche, glitzernde, tief ausgeschnittene Kreationen vor, bevor er mir endlich zeigt, was ihm wirklich gefällt. Zum Glück deckt sich sein Geschmack mit meinem, und er sucht auch zielsicher meine Größe heraus, sodass wir mal wieder wie ein eingespieltes Team zusammenarbeiten.

»Du hast ja heute gute Laune!«, sage ich, als ich in einem dunkelblauen Abendkleid aus der Kabine trete und er mir breit zulächelt und einen Daumen hoch zeigt.

»Du siehst eben so hübsch aus, da kann man ja nur gute Laune bekommen. Außerdem bin ich sehr erleichtert. Der Lastwagen ist nämlich wiederaufgetaucht.«

»Oh, wo denn?« Ich drehe mich noch einmal vor dem Spiegel und bin auch äußerst zufrieden mit meinem Anblick.

»Offenbar hatte der tschechische Fahrer gar nicht vor, die Schokolade zu entwenden, sondern nur beschlossen, einen kleinen Umweg über den Bauernhof seines Onkels zu machen, ohne daran zu denken, dass es auf einem Dorf im tschechischen Nirgendwo keinen Empfang gibt. Es fehlen zwei kleine Kisten, die er an seine Nichten und Neffen verteilt hat, den Rest hat er unbeschadet und nur zwei Tage zu spät abgeliefert.«

»Das kann nicht wahr sein! Und die Anzeige?«

»Habe ich zurückgezogen. Der Fahrer hat sogar angeboten,

für die fehlende Schokolade aufzukommen, aber das verbuche ich einfach unter Verlust.«

Mir fällt wieder einmal auf, was für ein gutes Herz Fabian hat.

»Die Spedition werde ich aber trotzdem wechseln«, fügt er sachlich hinzu.

»Soll ich noch ein anderes Kleid anprobieren?«

»Von mir aus nicht, dieses hier ist doch perfekt, oder?« Ehrlich gesagt muss ich ihm zustimmen, der Stoff fällt schmal und elegant an mir herab, und ich fühle mich wie eine Prinzessin, die zu einem Ball geht.

»Mir steht einfach alles«, sage ich übermütig, obwohl das absolut nicht stimmt.

»Wahre Schönheit kann eben nichts entstellen, nicht mal eine Gardine«, sagt er grinsend, und ich ziehe mich schnell in die Kabine zurück, um meine leichte Röte zu verstecken. Es macht Spaß, Zeit mit Fabian zu verbringen, auch wenn er mich dauernd aufzieht. Oder gerade deshalb.

Also gut, Familienfeier die zweite. Dass der Geburtstag meiner Fake-Schwiegermutter in ihrem riesigen Penthouse gefeiert werden sollte, wusste ich ja. Aber bisher habe ich noch nicht herausgefunden, wie groß die Wohnung tatsächlich ist – es gibt allein eine Dachterrasse, die sich um drei Ecken erstreckt. Was Barbara als »kleinen Umtrunk unter Freunden« bezeichnet hat, findet mit ungefähr zweihundert Leuten statt, und ich fühle mich zwischen der Schweizer Schickeria ziemlich verloren, denn Fabian hat es mal wieder geschafft, mich gleich zu Beginn stehen zu lassen. Ist das ein geheimer Test, wie gut ich mich allein zurechtfinde, oder ist Fabian einfach so beliebt, dass ihn jeder sofort für sich haben will?

Barbaras Wohnzimmer beinhaltet eine halbe Kunstgalerie und leider auch Kirsten, wie ich zu spät bemerke, denn sie hat mich bereits entdeckt. Sie winkt mich zwar zu sich her, aber als wir uns mit zwei angedeuteten Küsschen begrüßen, beschleicht mich der Eindruck, dass sie sich genau wie ich nur nicht rechtzeitig wegducken konnte. An den Wohnzimmerwänden hängen überall Zeichnungen und Gemälde, die teilweise mit kleinen Infotafeln über die Künstler ausgestattet sind. Ich bin ja keine Kunstkennerin, aber sollte man die Tafeln nicht abmachen, wenn man das Bild erworben und an die heimischen vier Wände gehängt hat? Ein paar Bilder kommen mir bekannt vor, die meisten sagen mir nichts. Dazwischen hängen ein paar Skizzen von Strichmännchen, die es – wie ich erst auf den zweiten Blick bemerkte – auf die unterschiedlichsten Arten treiben. Meine Güte, wer platziert denn so was zwischen die wunderschönen Ölgemälde und Kunstdrucke?

»Hast du schon ›Die Begegnung‹ von Lars Hammerstedt gesehen?«

Als ich Kirstens Blick folge, sehe ich ein wirklich wunderschönes Bild von einem sich vor einer Grotte küssenden Paar. Sie halten sich im Arm wie auf dem Bild von Klimt, aber die Farben sind fröhlicher und strahlen gute Laune aus.

»›Die Begegnung‹ von *Hammerstedt*«, sagt sie ehrfürchtig. »Ein Original.«

»Wow. Es ist wundervoll«, sage ich. Ich bin wirklich beeindruckt. Man sieht einfach, dass es sich um echte Kunst handelt, auch wenn man nicht Kunstgeschichte studiert hat wie andere Personen hier im Raum.

»Ja, einfach unvergleichlich!«, sagt Kirsten.

Als ich gerade von den fröhlichen Farben schwärmen will, sehe ich, dass Kirsten gar nicht direkt auf mein Bild schaut, sondern ein paar Zentimeter weiter auf eine der hässlichen Strichmännchenzeichnungen starrt. Ist *das* etwa »Die Begegnung« von Hammerstedt? Dieses peinliche, perverse Gekritzel? Na, immerhin habe ich rechtzeitig die Klappe gehalten, wie es scheint, denn als Nächstes sagt sie: angewidert: »Diese kitschige Pop-Art-Nachbildung von Gustav Klimt dagegen ist geradezu ein Verbrechen. Ich verstehe nicht, wie Mutter so etwas aufhängen kann.«

»Ja, scheußlich!«, stimme ich ihr zu.

»Geschmackloser Kitsch. Widerlich.« Und mit diesen Worten lässt mich Kirsten stehen und trippelt geziert zu ihrer Mutter, die gerade durch die Tür getreten ist.

Barbara ist blond, unglaublich dünn und mit viel Schmuck behängt, aber sie hat mich freundlich begrüßt und flößt mir nicht halb so viel Angst ein wie ihre Tochter. Sie tut mir fast leid, als ich sehe, wie Kirsten jetzt auf sie einredet und ihr zu verstehen gibt, dass sie einen grauenvollen Geschmack hat und dass sie eine echte studierte Kunstkennerin bräuchte, die sie bei ihren Investitionen berät. Ein paar Gäste kichern verstohlen, während Barbara die Farbe aus dem Gesicht weicht.

»Vielleicht suche ich mir ein ganz neues Betätigungsfeld«, sagt sie schließlich und sieht ein wenig verloren aus. Merkt Kirsten denn gar nicht, wie sehr sie ihre Mutter verletzt? Dass Barbara sich solche Mühe mit der ganzen Veranstaltung gibt und dass sie, Kirsten, sie vor den anderen bloßstellt? An ihrem Geburtstag auch noch. Diese Frau ist echt unmöglich. *Wie* unmöglich, merke ich allerdings erst zehn Minuten später, als ich nach einem kleinen Umweg über die Tanzfläche auf den mittleren Teil der Terrasse zurückkehre. Schon wieder höre ich Kirstens Stimme – und meinen Namen, in einem gar nicht netten Ton. Ich sollte nicht hier sein. Es ist nie gut, Gesprächen über sich selbst zu lauschen. Aber ich kann auch nicht einfach weghören, also bleibe ich stocksteif hinter einer der vier großen Topfpflanzen stehen, die einen Minidschungel bilden.

Kirsten löchert Fabian, und ein Blick in sein Gesicht verrät, dass es ihm sichtlich unangenehm ist.

»Hast du sie überhaupt auf ihre Ehetauglichkeit hin geprüft?«

»Meinst du damit eher Kochen oder Sex?«, fragt er mit sarkastischem Unterton.

»Ich meine ihre Herkunft, du Idiot! Aus was für einer Familie stammt sie denn? Ich habe im Internet nämlich rein gar nichts über sie gefunden.«

Ha, da soll sie mal schön weitersuchen. Über uns gibt es nichts, *nada, niente*. Dafür hat mein Vater schon gesorgt. Was Fabian als Nächstes sagt, kann ich leider nicht verstehen, weil einige Gäste dicht neben meinem Versteck vorbeilaufen und schallend lachen.

»Ich finde eine Verlobung einfach verfrüht«, sagt Kirsten jetzt. »Das ist heutzutage doch gar nicht mehr nötig.«

Da hat sie allerdings wieder recht.

»Oder ist sie etwa schwanger?«

»Natürlich nicht«, zischt Fabian. »Aber du weißt genau wie ich, wie wichtig es Oma ist, dass die Familie fortgeführt wird.«

»*Ich* führe die Familie fort!«, sagt Kirsten böse. »Sogar bald mit zwei Kindern. Dazu brauchst du also keine Zweckehe einzugehen mit jemandem, der eindeutig nicht in deiner Liga spielt.«

So langsam regen mich die Schweizer auf mit ihrer Liga. Was Fabian darauf erwidert, geht wieder im Geplauder neben mir unter, und ich lehne mich ein wenig tiefer in die Blätter.

»Aber *du* interessierst dich nicht für die Firma«, sagt er nun.

»Weil sie überholt und langweilig ist. Außerdem geht sie eh über kurz oder lang pleite.«

»Geht sie nicht! Das werde ich verhindern! Und pass bitte auf, dass Grosi dich nicht hört.«

»Ach, als ob die das nicht längst wüsste.«

»Das glaube ich nicht.« Fabians Stimme ist fast nur noch ein Raunen. »Neulich wollte ich sie ganz behutsam auf die angespannte finanzielle Situation ansprechen, und bum landet sie mit Schlaganfall im Spital! Weißt du, wie ich mich seither fühle?«

Für einen Moment sieht Kirsten tatsächlich betreten aus, dann wird ihr Gesicht wieder zu einer ungerührten Maske.

Auch Fabian registriert das, denn sein Ton ist nun fast ein wenig trotzig. »Auf jeden Fall müssen wir sie vor der Wahrheit im Moment unbedingt schützen, zumindest so lange, bis ich einen Weg gefunden habe, die Manufaktur zu retten. Ich finde sie nämlich keineswegs langweilig. Ich denke, dass man etwas richtig Tolles daraus machen kann. Und Mia findet das im Übrigen auch, was nur *ein* Grund ist, warum ich sie mag.«

Die Frau hinter dem Buschwerk wird schon wieder rot. Er mag mich. Und er verteidigt mich vor seiner giftigen Schwester. Das würde er doch nicht tun, wenn ich nur ein Rädchen in seiner Scharade wäre.

»Ich frage mich, was du sonst an ihr findest.«

»Wie meinst du das?«

»Sie ist nicht blond, sie ist nicht groß und dünn mit Körbchengröße Doppel-D, und sie redet ständig sonderbares Zeug, das kaum einer versteht.« Okay, das war deutlich.

»Hör auf, mir meinen bisherigen schlechten Geschmack vorzuhalten! Vielleicht habe ich mich ja weiterentwickelt. Vielleicht ist mir das Aussehen nicht mehr so wichtig, dafür Charme und Herz.«

Das finde ich jetzt weniger charmant. Man soll eben doch nicht lauschen. Ich bin also nicht schön genug für den Herrn Zuckermann … Bevor ich noch etwas hören muss, das es mir für den Rest des Abends unmöglich macht, entspannt und auf Knopfdruck zu lächeln, beende ich meinen Spionageeinsatz lieber. Irgendwie gelingt es mir, mich lautlos wegzuschleichen und über einen großen Umweg aus einer anderen Ecke wieder aufzutauchen. Auftritt Frau mit Herz und Geht-so-Aussehen. Wenigstens hat Elisabeth sich inzwischen ihren reizenden Enkeln angeschlossen und lächelt mich warm an.

»Da bist du ja, *Liebling!*« Fabian fasst mich am Arm.

»Ich muss dich was Wichtiges fragen.«

»Was denn, mein Herz?«

»Kannst du kochen, Mia?« Jetzt erwartet Kirsten wahrscheinlich wieder etwas Sonderbares. Kann sie haben. Schließlich soll ich ja nur die Verlobte spielen. Von Vorzeigefrau war nie die Rede.

»Ein bisschen. Zumindest wird nicht jedes Mal der Rauchmelder ausgelöst.«

Elisabeth lacht so herzhaft, dass alle miteinstimmen. Bis auf Kirsten, mal wieder. Ich glaube, sie hasst mich langsam richtig.

»Gut, kochen ist vielleicht nicht mein Spezialgebiet. Aber ich bin super bei der Vorratshaltung. Man packt Essen in eine Tupperbox, wenn man sich nicht traut, es sofort wegzuwerfen. Und wenn man sich auch eine Woche später noch nicht traut, dann friert man es am besten ein. Mit Glück fällt irgendwann in den nächsten fünf Jahren mal der Strom aus, und man kann alles aus der Tiefkühltruhe wegschmeißen.«

Kirsten schaut irritiert und gewohnt humorlos drein, aber neben mir erklingt das schönste Lachen, das jemand lachen kann.

»Eins a, bestanden, Schatz!«, sagt Fabian, als er sich wieder gefangen hat, stellt sein Glas ab, und ich spüre plötzlich seine zweite Hand an meinem Arm. Ich rühre mich nicht, als er mich komplett umfängt und an sich drückt. Eine Weile stehen wir so da, und ich frage mich, ob er gerade nur seine Schwester provozieren will oder ob er das tut, weil es sich richtig anfühlt und er das will. So wie ich. Ganz leicht lasse ich meinen Kopf an seine Schulter sinken. Sein Geruch trifft meine Nase, und ich bekomme Herzklopfen. Kurz schließe ich die Augen und gebe mich diesem Moment hin, von dem ich nicht weiß, wie lange er andauern wird. Und gerade als sich wieder die gewohnte Stimme in meinem Kopf meldet und mir zuflüstern will, nicht so naiv zu sein, schließlich spielen wir hier nur eine Rolle, fängt Fabian plötzlich ganz zart an, meinen Rücken zu streicheln.

Das ist hinten, das sieht niemand. Eigentlich müsste er das nicht machen, für wen sollte es also sein, wenn nicht für uns? Ich atme seinen Duft ein und gestatte mir die Illusion, er wäre wirklich in mich verliebt und würde mich so zärtlich festhalten, weil er sich genauso zu mir hingezogen fühlt wie ich mich zu ihm.

Plötzlich erklingt der Anfang von »Bobby Brown«, und ich beginne unwillkürlich, mich leicht im Takt der Musik zu bewegen. Fabian lässt mich los und lacht.

»Du hast einen schrecklichen Musikgeschmack!« Der zärtliche Moment ist vorbei.

»Gar nicht wahr!«

»Hast du übrigens die Desserts gefunden?«

»Nein, Ich glaube, die sind noch gar nicht aufgebaut«, antworte ich und frage mich gleichzeitig, woher er von meinen Nachtischgelüsten weiß. Unheimlich, der Mann. Er lächelt mich so an, als wäre ich der einzige Mensch auf dieser großen Terrasse, und dann nimmt er mich an der Hand und zieht mich mit. Lässt seine Familie einfach stehen und führt mich nach ein paar Abzweigungen in ein Hinterzimmer. Mein Herz klopft noch immer, seit er draußen seine Arme um mich gelegt hat. Als ich sehe, warum er mich in diesen kühlen, schmalen Raum geführt hat, muss ich schmunzeln, denn hier stehen die Nachtische sorgsam aufgereiht.

»Woher wusstest du das?«

»Tja, ich war schließlich schon mal hier. Das ist nicht die erste Party meiner Mutter. Probier mal.« Er hält mir ein kleines Stück Kokoskuchen direkt vor den Mund, und ich beiße vorsichtig ab.

»Hmm … schmeckt irgendwie sandig. Langweilig«, mümmle ich mit vollem Mund. Jetzt nimmt Fabian einen Bissen, dann öffnet er kurzerhand das Fenster hinter mir und wirft den Sandkuchen zielsicher hinaus in die Dunkelheit. »Weg damit!«

Ich starre ihn an.

»Du hast jetzt nicht ernsthaft den Kuchen aus dem Fenster geworfen, oder?«

»Du hattest recht. Sandig!«

»Aber das ist doch kein Grund …«

Wir kichern überdreht, und so, wie er dasteht, Krümel vom Kokoskuchen an den Lippen und mit diesem Blitzen in den Augen, sehe ich uns wieder in der Manufaktur an jenem Abend. Erinnere mich an die Berührung, aber auch daran, dass ich gekniffen habe, kurz bevor passiert ist, was ich mir so sehnlichst wünsche. Plötzlich werden mir der halbdunkle Nebenraum und Fabians Nähe ganz anders bewusst, und ich zerbreche mir den Kopf auf der Suche nach einer geistreichen Bemerkung, denn auf einmal bin ich schrecklich nervös. Ich habe einfach eine Scheißangst vor seiner Zurückweisung oder davor, dass ich alles falsch interpretiert habe. Andererseits sind wir beide angetrunken. Ich könnte es immer noch auf den Alkohol schieben. Ich mache probeweise einen Schritt auf ihn zu und will nach seinem Arm greifen, stolpere aber über eine Falte in dem orientalischen Teppichmonster und schubse Fabian Richtung Kuchen, sodass er mit der Hand gleich zwei Stücke auf einmal plättet.

»Aua, du Tollpatsch!« Er schüttelt seine Hände und reibt sich die Stelle, an der ich ihn angerempelt habe.

Na toll, das lief ja ganz fantastisch. Fabian hätte mich aber ruhig etwas galanter auffangen können, als mich auch noch anzupflaumen.

»Übrigens, ich hab das Gefühl, dass deine Schwester mich nicht mag«, ist das Nächstbeste, das mir einfällt.

»Ach, das bildest du dir nur ein«, lügt er. »Sie ist einfach … was ist ein nettes Wort für selbstsüchtig?«

»Egozentrisch, eingebildet, arrogant?«

»Da ist aber jemand streitlustig!«

»Ist doch wahr!« Und dann fällt mir nichts mehr ein, ohne meine Spionageaktion preisgeben zu müssen. Also stapfe ich wortlos zurück zur Party. Fabian folgt mir in einigen Metern Abstand. »Hey, warte mal!«

»Was ist?« Wir klingen, als wären wir ein zerstrittenes Liebespaar. Warum eigentlich nicht, diesen Akt hatten wir bisher noch nicht in unserer kleinen Theateraufführung.

»Hier, trink einen Cocktail. Dann bekommst du vielleicht bessere Laune.« Irgendwo hat Fabian sich unterwegs zwei Gläser mit einer pinkfarbenen Flüssigkeit geschnappt, die mit Kirschen und Physalis dekoriert sind.

»Trink doch selbst deinen Lady-Cocktail!«, sage ich und nehme stattdessen noch einen Sekt von einem Kellner, der gerade mit seinem Tablett vorbeiläuft. »Vielleicht verstehst du ja dann endlich, was Frauen wollen!« Ich trinke das Glas in einem Zug aus.

Als wir wieder bei seiner Familie angelangt sind, beobachte ich, wie er sich erneut mit Kirsten anlegt, eine Spur angriffslustiger als vorher.

»Willst du einen Cocktail, Schwester?«

Kirsten wehrt augenrollend ab. »Ich bin schwanger!«

»'tschuldigung. Wollt *ihr* vielleicht einen Cocktail?«

Georg bricht in so lautes Gelächter aus, dass ich mitlachen muss. Kirsten stößt ihren Mann in die Seite.

»Idiot!«

»Du hast mich freiwillig geheiratet. Wer von uns beiden ist da der Idiot?«, gibt Georg zurück. Elisabeth nimmt Fabian wortlos das Glas aus der Hand und trinkt einen riesigen Schluck. Dann blickt sie in die entsetzten Gesichter reihum, fängt an zu lachen und verschluckt sich so heftig, dass sie in ihr Baumwolltaschentuch mit den eingestickten Initialen prusten muss.

Irgendwie mag ich diese Familie.

Als Fabian mich ins Taxi setzt, bin ich so betrunken, dass ich erst zu Hause den Verlust meiner Geldbörse bemerke.

Okay, durchatmen. Es ist kein Drama. Ich meine, es ist kein Erdbeben, bei dem Leute verschüttet worden sind oder so. Es geht nicht um Leben und Tod, und vermutlich kommt es voraussichtlich nicht mal in meine Top Ten der schlimmsten Ereignisse meines Lebens. Hoffentlich.

Im Prinzip habe ich ja nur meine Geldbörse verloren. Die Karten kann man sperren lassen, das Bargeld ist vernachlässigbar wenig. Und die Adresse auf meinem Studentenausweis führt nur zu meiner verlassenen WG, in der es wirklich gar nichts zu rauben gibt, höchstens Katja, und die würde jeder Entführer sofort freiwillig zurückbringen, denn niemand kann es mit ihr aushalten, nicht mal die charakterstärkste Kindergärtnerin der Welt. Und schon gar kein Krimineller, der wahrscheinlich nicht mit den besten Nerven ausgestattet ist, nachdem er so viele Gesetze gebrochen hat, und der im Grunde jederzeit und überall verhaftet werden könnte.

Allerdings könnte es doch Fragen aufwerfen, wenn Kirsten oder Barbara ein amtliches Dokument mit dem Namen »Maria Magdalena Kammerer« und meinem Bild in die Hand bekommen. Und vor allem war neben all diesen ersetzbaren Sachen auch ein dünnes Heftchen darin, in dem ich alle Wörter notiere, die ich nicht kenne. Die schaue ich dann zu Hause nach. Mittlerweile kann man ja auf seinem Smartphone alles recherchieren, aber das mit dem Heftchen habe ich mir schon Jahre früher angewöhnt, und es hat mir geholfen, die Bedeutung von Wörtern wie »redundant«, »Marketender« und »Aporetiker« zu behalten.

Seit ich in der Schweiz arbeite, haben sich die Seiten mit einer ordentlichen Menge an seltsamen Ausdrücken gefüllt, und es wäre mir zu peinlich, wenn jemand, den ich kenne, die Erläuterungen zu »Küpli« (Sektglas), »Traktand« (Tagesordnungspunkt) oder »Hurenduppel« (Idiot) in die Finger bekäme.

Außerdem war auch noch ein uraltes Bild von meinem Vater und mir darin, das aus einem Fotoautomaten stammt.

Wir waren an dem Tag, als das Foto entstanden ist, zusammen in der Stadt und haben Schlumpfeis mit Streuseln gegessen, das Mama mir immer verboten hat. Es hat ziemlich langweilig und gar nicht blau geschmeckt, aber ich habe es bis zum letzten Klecks verschlungen, denn mein Papa hatte es mir gekauft, und ich wollte nicht riskieren, dass er mir vielleicht nie wieder etwas kauft. Außerdem war ich an diesem Tag das erste Mal allein mit meinem Vater unterwegs und, wie sich kurz darauf herausstellte, leider auch das letzte Mal in meinem Leben.

Daher erinnere ich mich an jedes Detail. Sein verknittertes Hemd, das mit seinen grünen Augen harmonierte, seine verkratzten Halbschuhe, sein leichter Bartschatten. Ich hätte zu gern einmal darübergestrichen, um zu sehen, ob er sich rau anfühlt, aber ich habe mich nicht getraut. Ich wollte ihm nicht zu nahe treten. Den Bartschattentest habe ich dann irgendwann bei Ralf, Beckys Vater, gemacht, der es gewohnt war, von seinen Kindern betatscht zu werden.

Die pralle Junisonne, der Geruch des heißen Asphalts, der Baulärm von der anderen Straßenseite. Mein Vater sprach vom Bundeskanzler und der Vertrauensfrage, die er stellen wollte. Ich fand dieses politische Zeug schrecklich langweilig, aber ich wollte nicht albern und mädchenhaft auf ihn wirken, also hab ich ihm zugehört und mir meine Fragen verkniffen wie: »Kann ich ein anderes Eis haben?« oder: »Ist es schlimm, dass mich noch kein Junge geküsst hat?« und: »Warum bist du nicht mit meiner Mutter verheiratet?«.

Hätte ich mich getraut, wenn ich gewusst hätte, dass es meine letzte Chance sein sollte, ihn überhaupt irgendwas zu fragen? Ich bin mir nicht sicher. Ich war so besessen davon, jederzeit lustig, cool, klug und unverletzbar zu wirken, dass kein Platz für wahre Äußerungen blieb. Ich war zu beschäftigt mit der Aufrechterhaltung meiner Fassade der coolen, umgänglichen Tochter, die niemals einen Mann in die Flucht schlagen würde, dass ich keine Kraft hatte, ihm die echte Mia zu zeigen. Heute denke ich, dass er vielleicht gern mal einen Blick auf mein Inneres geworfen hätte, so wie ich mich danach sehnte, ihn wirklich kennenzulernen, aber das haben wir beide verpasst.

Das Bild aus dem Automaten zeigt eine junge, dünne Mia, die mit einem halben Lächeln neben einem zerzausten Adrian steht. Er sieht sie liebevoll an, und sie blickt starr und angestrengt in die Kameralinse. Im Blick meines Vaters liegt mehr Liebe, als ich sie in all den Jahren gespürt habe. Deshalb war mir dieses Bild heilig. Es schien mir der Ausgangspunkt für eine gemeinsame Geschichte zu sein. Abends nach dem Ausflug pinnte ich es an die Wand über meinem Bett. Seine Augen sagten mir, dass er bereit war, mir meine Fragen irgendwann zu beantworten. Sein Lächeln verriet, dass mehr in ihm schlummerte, als Mama mir erzählt hatte. Das Bild war das Sinnbild für eine Weichenstellung. Ich las daraus eine ganz neue Beziehung zwischen meinem Vater und mir. Wenn ich älter wäre, würde er mich allein abholen kommen, und wir würden zusammen essen gehen, ins Kino, auf Reisen. Ich würde ihm von meinen Problemen erzählen und er mir von seinen. Wir würden eine echte Verbindung haben, und dann würde ich mich auch trauen, ihm all die Vertrauensfragen zu stellen, die mir jahrelang schwer auf der Zunge lagen.

Nie bin ich glücklicher eingeschlafen als an diesem Sommerabend. Zwei Wochen später war er tot.

Das Bild hing jahrelang an meiner Wand, bis es in meine Geldbörse wanderte. Ich habe niemals eine Kopie davon gemacht, weil mir das Original mit der eingerissenen Ecke und dem blauen Fleck auf der Rückseite so kostbar war.

Und nun ist es weg. Ich merke, wie mir die Tränen in die Augen schießen. Okay, das mit der Geldbörse ist doch eine Katastrophe. Ich muss das Bild wiederbekommen. Nur wo und wie?

22

Das Wetter stellt heute kostenlos neue Frisuren bereit. Schön, dass ich mir zwanzig Minuten lang Wellen geföhnt habe. Möglichst beiläufig frage ich am Empfang, bei den Kollegen und schließlich im Café nach einer Geldbörse herum. Vielleicht habe ich sie doch Freitag schon hier verloren?

Ich habe meinen ersten Kaffee noch nicht ausgetrunken, als Fabian ins Café rauscht und uns knapp grüßt.

»Mia, ich muss dich mal kurz sprechen.«

Oh. Ich lächle Maja zu, schnappe mir die Kaffeetasse und folge ihm in sein Büro. Inzwischen gefällt es mir dort mit dem vielen Leder und dunklen Holz sehr gut. Vor allem wenn Fabian sich so an den Schreibtisch lehnt, wie er es gerade tut. Ich stelle mir kurz vor, dass er mich zwischen dem Eichenholz und der alten Brockhaus-Enzyklopädie seines Großvaters verführen will. Das hätte Stil. Dann denke ich wieder an das Hinterzimmer auf der Party, und die vertraute Röte schießt mir in die Wangen. Nervös streiche ich mir den Rock glatt.

»Ja, mein werter Verlobter?«

»Gestern Abend ist bei Mama etwas für dich abgegeben worden.«

Mir wird kurz heiß und kalt.

»Was denn?

»Ein Portemonnaie!«

»Wirklich?«

»Ja!«

Ich könnte ihn küssen. Aber das könnte ich ja eh.

Als er es mir in die Hand drückt, nehme ich es in Empfang, als wäre es das Kostbarste, das ich je besessen habe. Alles ist noch drin, sogar das Geld, obwohl das am unwichtigsten gewesen wäre. Hauptsache, ich hab mein Foto zurück.

»Ehrliche Leute, die Schweizer«, strahle ich.

»Durchgeknallte Leute, die Deutschen«, sagt Fabian mit einem sprechenden Blick auf mich. »Das war knapp. Mama hat es mir glücklicherweise gegeben, ohne sich die Papiere darin anzusehen. Aber das hätte ins Auge gehen können!«

»Es war ja nicht meine Idee, das Ganze mit uns als Paar so ewig ausarten zu lassen«, gebe ich trotzig zurück. »Man könnte ja fast meinen, du hättest Gefallen daran gefunden.«

»Natürlich zeige ich mich gern mit einer schönen Frau, ich bin doch kein Hurenduppel.« O nein.

»Hast du etwa in mein Büchlein geschaut?«, frage ich empört.

»Würde ich niemals tun. Und jetzt lass uns zum nächsten Traktand übergehen.«

»Du bist doch ein Hurenduppel!«, knurre ich. »Ich gehe jetzt lieber.«

»Warte bitte noch. Setz dich kurz.«

Nachdem ich mit meinem Kaffee in der Hand Platz genommen habe, seufzt er einmal tief, bevor er weiterspricht. »Dass es mit unseren Zahlen nicht zum Besten steht, hab ich dir erzählt.«

»Ja.«

»Also, ich brauche eine zweite Meinung: Unsere saisonalen Produkte sind total eingebrochen, seit der neue Supermarkt die Gegend mit Billigschokolade überschwemmt. Die Großhandelspreise können wir einfach nicht unterbieten. Dabei schmeckt man den Unterschied, aber das ist den Leuten offenbar egal. Die Nikoläuse werden an Kinder verfüttert, die alles verputzen, was süß ist. Und seit der Sache mit dem Lastwagen habe ich heute Vormittag ein neues Versandunternehmen engagiert. Sie sollen sehr zuverlässig sein, aber kosten entsprechend auch deutlich mehr als die Vorgänger.«

Ich nicke ernst und warte, was kommt. Das mit dem Supermarkt wusste ich ja bereits von Vreni.

»Daher müssen wir schleunigst überlegen, wie wir den Umsatz auf einfache Weise steigern können, und sind auf die Idee gekommen, einen Mittagstisch anzubieten. Irgendwo müssen wir ja ansetzen.«

»Du meinst im Café? Das finde ich super. Ich hab schon neulich zu Maja gesagt, dass es doch schön wäre, ein Frühstück anzubieten, Croissants, Rührei …«

»Nein, ich hatte nicht an Rührei und Co gedacht. Ich dachte eher an hochwertiges Bio-Essen für gesundheitsbewusste Kunden.«

»Was bedeutet das konkret?«

»Rote-Beete-Smoothies, veganes Rührei mit Brunnenkresse. Leichte, erfrischende Mahlzeiten wie Suppe, Quinoa-Sandwiches, Salat. Gesundes Fast Food eben.«

»So was passt doch überhaupt nicht zum Stil des Cafés! Oder zu einem Ort, der für Genuss stehen sollte«, falle ich ihm ins Wort.

»Aber es ist trendy und zeitgemäß.«

»Dann bieten wir doch einfach mehr Kuchen an, von mir aus auch eine Version zuckerfrei und vegan. Wir könnten auch selbst backen, statt liefern zu lassen. Die alte Küche hinter dem Café steht doch sowieso leer!«

»Das wäre ein totaler Rückschritt, wir wollen uns doch nach vorn entwickeln. Zeitgemäßer werden.«

»Aber doch nicht zeitgemäß ohne Bezug zum Wesen der Manufaktur!«, erwidere ich, woraufhin Fabian, der sich unter einer zweiten Meinung anscheinend vor allem eine Bestätigung *seiner* Meinung vorgestellt hat, mich regelrecht aus dem Büro wirft.

Nach dem Mittagessen stelle ich fest, dass ich nicht die Einzige bin, die heute falsche Antworten gibt, denn im großen Büro platze ich mitten in einen Streit zwischen Fabian und Herrn Schröter. Herr Schröter scheint außer sich vor Zorn, weil ein gewisser Herr Schmidt angerufen hat.

»Hör dir sein Angebot doch wenigstens mal an!«, sagt Fabian in einem Tonfall, den ich von ihm gar nicht kenne.

»Niemals! Dein Großvater würde sich im Grabe umdrehen, wenn er das wüsste!«

Als sie mich bemerken, starren mich beide so wütend an, dass ich meinen Block packe und schleunigst aus der Schusslinie trete. Keine Ahnung, was dieser Herr Schmidt uns anbieten will, aber Herrn Schröters Reaktion nach zu urteilen, müssen es mindestens gequälte Seelen sein, im Dutzend billiger. Bevor ich leise den Rückzug durch die eine Tür angetreten habe, knallt Fabian die gegenüberliegende mit voller Wucht zu.

Weder Urs Schröter noch ich bewegen uns in den nächsten zwei Minuten. Dann fängt mein Kollege plötzlich ganz ungewohnt an, aus dem Nähkästchen zu plaudern, und fast bin ich gerührt, dass er seinen Chef, mit dem er gerade so eine heftige Auseinandersetzung hatte, nun beinahe in Schutz nimmt.

Er erzählt davon, wie Elisabeth in den Firmenanfängen 80-Stunden-Wochen geschoben und sich nebenbei um den kleinen Mark und seine Schwester gekümmert hat und dass ihr der Alfred oft keine wirkliche Hilfe war, weil er eine zu große Affinität zum Alkohol hatte, und dass sie nie gejammert, sondern stattdessen seine Aufgaben größtenteils einfach mit übernommen hat. Das hat Mark, ihr einziger Sohn, ihr dann gedankt, indem er auf das Familienunternehmen pfiff und ins Ausland ging. Und ihre Tochter hat noch keinen Tag in ihrem Leben gearbeitet, sondern sich nur um ihren Aufstieg in die Schweizer High Society geschert.

Dann erzählt Urs Schröter noch, dass Elisabeth seit Jahren die Manufaktur renovieren wolle und erst keine Zeit und dann kein Geld dafür da war und dass sie deshalb immer improvisieren musste. Und jetzt stelle sich Fabian stur und wolle ihr verbieten, endlich den schönen, passenden Mittelbau zwischen Vordergebäude und Produktionshalle bauen zu lassen.

»Es gibt seit Jahren Pläne für den Mittelbau, aber Fabian blockiert alles aus finanziellen Gründen. Stattdessen will er jetzt im Café *Fitness Food* anbieten.« Herr Schröter spricht Fitness Food so aus, als wäre es etwas sehr Unanständiges.

»Und ständig will er seine Pläne vor der Chefin geheim halten, dabei war für Alfred Offenheit und Transparenz immer das Wichtigste!«

Blöderweise kommt ausgerechnet in diesem Moment Fabian zurück und bleibt wütend in der Tür stehen.

»Ach, wirklich, Urs! Jetzt wird einfach hinter meinem Rücken weitergemeckert und getratscht?«

Es entbrennt eine unsinnige Diskussion, in der nur Herr Schröter ruhig bleibt und nicht anfängt, die Stimme zu erheben. Irgendwann sieht Fabian mich vorwurfsvoll an. Gut, ich bin wohl ein bisschen mehr auf Herrn Schröters Seite und habe das zu deutlich gezeigt. Herr Schröter empfiehlt sich schließlich grußlos, und ich weiß nicht, wen von den beiden ich kindischer finde.

Keine Ahnung, warum Fabian solche Probleme hat, offen mit seiner Oma zu sprechen. Dass er die Geldsorgen derzeit so gering wie möglich darstellt, weil er seine Oma liebt und schonen will – geschenkt. Aber er kann doch trotzdem mit ihr wie ein Mann und Chef über Änderungen und Maßnahmen in der Firma sprechen, oder nicht? Ich finde Elisabeth jedenfalls sehr vernünftig und rationalen Argumenten gegenüber aufgeschlossen, was ich Fabian noch mal in ruhigem Ton zu sagen versuche.

»Grosi versteht nicht, dass wir nicht nur ihre Kaffeetanten zufriedenstellen müssen, sondern auch die jungen Leute, die hier in der Gegend arbeiten. Die wollen eine moderne Bar mit Salattheke und frisch gepresstem Saft und keine trutschigen Omamöbel von vorgestern.«

»Und deshalb willst du die gemütlichen Sofas rausschmeißen, die Kronleuchter und die Samtvorhänge?«

»Genau. Wir müssen mit dem Zeitgeist gehen. Wir können das Unternehmen doch nicht ewig so weiterführen, wie mein Opa es begonnen hat.«

»Und deine Oma«, verbessere ich ihn. »Natürlich können wir nicht alles so fortführen, wie es deine Großeltern vor fünfzig Jahren aufgebaut haben. Aber warum nicht das Beste herausnehmen, damit weitermachen und ein paar Neuerungen einführen, die Geld bringen?«

»Ganz meine Rede! Deshalb will ich doch den Mittagstisch für die Geschäftsleute.«

»Aber Fabian, das hier ist nun einmal eine Schokoladenmanufaktur und kein Stammtisch für hippe Veganer. Das passt einfach nicht zusammen. Die Yuppies wollen Bio-Essen, Salat, vegane Burger und so was, Smoothies und Vollkornkuchen. Die wollen sich gesund ernähren, dünn sein und Vitamine schlucken.«

»Was ist daran verkehrt?« Er verschränkt seine Arme, was ihn aussehen lässt wie einen bockigen Zwölfjährigen.

»Nichts. Aber wir machen Schokolade. Und die hat nun einmal Kalorien. Eine Schokoladenmanufaktur ist das Sinnbild für Genuss, dafür, sich etwas zu gönnen. Wir stehen nicht für die alltäglichen Mahlzeiten, sondern für die kleinen Luxusportionen ab und zu. Lass uns Leute anlocken, die genießen, schlemmen und sich verwöhnen lassen wollen.«

»Also Omis mit Rettungsringen und Dauerwellen, die auf plüschigen Sofas sitzen und heiße Schokolade mit doppelt Sahne bestellen?«

»Zum Beispiel. Nicht nur, aber ja, die älteren Herrschaften, die sich zum Kaffeekränzchen treffen, achten weniger auf ihre Figur als auf ihr Wohlbefinden. Und sie zahlen schließlich auch, oder nicht?«

»Ja, eine Weile, bevor sie dann Adipositas und Diabetes kriegen.«

»Das hast du aber nett ausgedrückt. Soll ich das als Slogan in die neue Broschüre setzen?«

»Du weißt, wie ich es meine. Natürlich bin ich nicht gegen den Genuss. Ich will doch einfach nur gesunde Alternativen anbieten.«

»Dann mach ein Fitnessstudio auf!« Ich funkele ihn an. »Bedeutet dir das Erbe deiner Familie denn gar nichts?«

Fabian schweigt, und ich erahne den Hauch eines angedeuteten Nickens. »Dann steh zu dem, was es ist, und mach es noch besser, anstatt es zu verwässern!«

Zum ersten Mal seit Jahren habe ich etwas gefunden, was mir wirklich am Herzen liegt. Ich habe mich reingekniet, und ich merke, wie ich in dem Job aufgehe, dass er mir etwas bedeutet. Ich will so sehr, dass das Schokoladencafé überlebt. Und zwar als Schokoladencafé und nicht als Szenebar.

»Du hast schon recht. Das Problem ist einfach, dass für all diese Maßnahmen eigentlich viel zu wenig Zeit bleibt. So kann es nicht mehr lange weitergehen. Wir müssen ganz dringend irgendwo Geld einsparen oder mehr Umsatz kreieren, sonst können wir den Laden dichtmachen. Aber das sieht Grosi nicht.«

»Wie soll sie denn auch, wenn du die wahre finanzielle Lage immer vor ihr verheimlichst?«

»Man muss sie schützen. Du hast doch gesehen, wohin die Wahrheit – und es war nur die oberste Spitze des Eisbergs – das letzte Mal geführt hat. Sie ist zu sensibel, um das zu verkraften.«

»Du weißt doch gar nicht, ob es daran lag«, sage ich sanft, und weil wir die Einzigen im Büro sind, trete ich auf ihn zu und lege meine Hand auf seine. »Vielleicht hatte sie einfach einen Schlaganfall, und der hatte nichts mit dem zu tun, was du ihr gesagt hast. Ich glaube, deine Oma ist stärker, als du denkst.«

Fabian starrt gedankenverloren ins Leere.

»Es wird wieder besser, das hab ich im Gefühl!«, füge ich mit so viel Zuversicht in der Stimme hinzu, wie ich aufbringen kann.

Doch die einzige Reaktion ist ein müdes Seufzen. »Mia, das ist lieb. Aber das Ganze hat rein gar nichts mit Gefühlen zu tun. Irgendwo müssen wir einen Schnitt machen. Es muss sich was ändern. Bald.«

Er sieht wirklich bedrückt aus, als würde ihm eine riesige Last auf den Schultern liegen, und ich nehme mir vor, ihn das nächste Mal argumentativ zu unterstützen, wenn er Herrn Schröter eine seiner Ideen vorträgt. Vorausgesetzt, sie taugen wenigstens ein bisschen …

E lisabeth hat uns zum Tee in ihre bezaubernde Wohnung eingeladen, aber Fabian muss noch eine geheimnisvolle Sache regeln und will nachkommen. Komischerweise stört mich der Gedanke, Elisabeth allein zu treffen, gar nicht. Ich mag die alte Dame sehr, und wenn die anderen nicht dabei sind, habe ich nicht einmal das Gefühl, ihr etwas vorzuspielen. Es ist einfach schön, mit ihr zu sprechen. Fabian scheint auch froh, dass ich nicht den sturen Esel gebe, er setzt mich vor ihrer Tür ab, und wir verabschieden uns knapp. Der Vormittag und die zähen Diskussionen sitzen uns beiden noch in den Knochen. Fabian hat mir im Auto noch einmal eingeschärft, dass ich nicht alles, was Elisabeth über die Anfänge der Firma erzählt, für bare Münze nehmen soll, und vor allem, dass ich mich nicht »hinreißen« lassen soll, womit er meint, so gut wie möglich auf meine berühmten Improvisationen zu verzichten. Und außerdem soll ich Elisabeth auch keinen Grund geben, sich noch mehr für mich zu begeistern.

An diesem Punkt habe ich den Rest der Autofahrt über geknabbert, denn auch wenn wir unser Theaterstück aufführen und er mich permanent bittet, diesen Status aufrechtzuerhalten, so klingt es doch, als würde er langsam darüber nachdenken, wie er mich in absehbarer Zeit wieder loswird. Und auch wenn ich jedes Mal sage, dass wir damit aufhören müssen, ist der Gedanke daran, dass unsere Scharade enden soll, ein tiefer schwarzer Abgrund, der mir gar nicht gefällt, wenn ich hineinschaue.

Aber als ich Elisabeths Wohnung mit ihren Plüschsofas, den Perserteppichen und den antiken Nippsachen betrete und sie mich mit einem strahlenden Lächeln und einem zärtlichen »Miakind« in den Arm nimmt, ist das schlechte Gefühl sofort verflogen. Ihre Wohnung ist hinreißend und überhaupt die ganze Oma, wie soll man diese Frau nicht ins Herz schließen?, frage ich mich. Außerdem riecht sie so gut nach Puder und Lavendel. Bei unglaublich leckerem Gewürzkuchen erzählt sie spannende Geschichten von früher. Und das hat nichts mit den Erzählungen alter Leute zu tun, durch die man sich höflich und tapfer nickend durchlächelt. Diese Frau hat einfach was zu erzählen, und sie schüttelt immer ein interessantes Thema aus dem Ärmel.

»Alexander Fleming entdeckte das Penicillin rein zufällig, weil ihm Schimmelpilze in eine Kultur gerieten, die dann das Wachstum der Bakterien hemmten«, erzählt sie gerade, und ihre Augen leuchten. »Und genau ist ja nicht überliefert, wie Rudolf Lindt das Conchieren entdeckte, aber wahrscheinlich war es ganz ähnlich. Er hat einfach vergessen, die Umwälzmaschine rechtzeitig abzuschalten. Nach 72 Stunden entdeckte er dann zu seiner Verblüffung, dass aus der Schokoladenmasse eine cremige, aromatische Textur geworden war, die sich problemlos in Formen gießen ließ.«

»Wirklich?« Ich nehme aus einer dünnen, goldumrandeten Tasse einen Schluck schwarzen Tee mit Marzipanaroma.

»Wahrscheinlich schon. Zumindest stelle ich mir das so vor.« Elisabeth schafft es, ihren Tee zu trinken, ohne den rosafarbenen Lippenstift zu verschmieren.

»Bis dahin schmeckte Schokolade eher sandig und brüchig und zerging bei Weitem nicht so auf der Zunge wie jetzt. Bevor das Patent für die Conchiermaschine 1899 weiterverkauft wurde, unterlag das Verfahren deshalb auch einer strengen Geheimhaltung.«

Wenn sie so erzählt, kann ich mir richtig vorstellen, wie aufgeregt Rudolf Lindt damals war, als er die Schokolade plötzlich auf ein neues Level heben konnte. Bestimmt hat er deshalb auf dem strengen Schwarz-Weiß-Foto, das in einem goldenen Rahmen über dem Klavier hängt, in den Mundwinkeln so ein angedeutetes Lächeln. Eigentlich sieht er ganz süß aus mit seiner Fliege und dem kleinen Schnurrbart. Fast ein wenig wie Fabian, der in der Reihe neben Rudolf Lindt und Alfred Zuckermann auch seinen Platz bekommen hat, neben drei weiteren, mir unbekannten Männern.

»Entscheidend beim Conchieren ist, dass nur die unerwünschten Aromen wie Bitterstoffe entfernt werden, nicht aber die typischen Schokoladenaromen.«

Fabian versucht auch immer, so streng zu schauen wie Herr Lindt und dabei all seine Gefühle zu verbergen. Mittlerweile empfinde ich sein Foto in der Broschüre gar nicht mehr als hochmütig, sondern eher als den krampfhaften Versuch, seriös und chefmäßig zu wirken, obwohl er eigentlich jungenhaft und impulsiv ist. Das Bild hier im Rahmen muss aus derselben Serie stammen.

»Das ist Mark, mein Sohn«, erklärt Elisabeth, die meinen Blick, nicht aber die genaue Blickrichtung bemerkt hat. »Leider hatte er so gar keine Ambitionen, ins Familiengeschäft einzusteigen. Er lebt in Neuseeland. Das da ist Herbert, mein erster Mann. Und hier mein Vater, der hatte zwar nichts mit Schokolade zu tun, aber er gehört zu den wichtigsten Männern in meinem Leben.« Als sie ihn erwähnt, beginnen ihre Augen zu leuchten. Und während ich sie so ansehe, steigt ein riesiger Kloß in meiner Kehle auf. »Was ist denn los, Miakind? Du siehst plötzlich so bewölkt aus.«

Ich bin traurig, weil wir dir das verliebte Paar nur vorspielen. Bald muss ich zurück nach Deutschland und werde euch nie wie-

dersehen. Und ich mache mir Sorgen, dass die Schokoladenmanufaktur schließen muss.

Weil ich nichts davon sagen kann, schüttele ich nur stumm den Kopf und verbeiße mir die Tränen.

»Habt ihr euch etwa gestritten, du und Fabian?«, forscht sie weiter.

»Ein bisschen«, gebe ich zu.

»Nimm dir das nicht so zu Herzen, der Junge ist manchmal impulsiv. Das Wichtigste ist doch, dass es grundsätzlich zwischen euch stimmt. Männer sind eben manchmal anstrengend.« Ich lächle sie dankbar an und registriere, dass sie Fabian nicht automatisch in Schutz nimmt und auch nicht von vorneherein von seiner Unschuld überzeugt ist wie Esthers Schwester Lilo bei ihren Söhnen. Obwohl Elisabeth mich kaum kennt, will sie vermitteln und fair zu mir sein. Sie benimmt sich beinahe wie ein liebendes Elternteil. Ich sehe wieder auf die Fotos an der Wand, und plötzlich – vielleicht weil mir der Verlust der Geldbörse noch in den Knochen steckt, vielleicht aber auch nur weil Elisabeth mich so warm und verständnisvoll ansieht, ich aber nichts über Fabian und mich erzählen kann – platzt stattdessen meine seltsame Vater-Töchter-Geschichte aus mir heraus.

Ohne darüber nachzudenken, bin ich auf einmal total ehrlich und schütte ihr mein Herz aus über meine Angst, Annette würde mich nur als lästige Pflicht sehen.

»Und das Schlimmste ist, dass ich meinen Vater nicht mal mehr fragen kann, wieso er mir niemals von Annette erzählt hat«, beende ich meinen langen Monolog.

Elisabeth hat mich währenddessen nur sanft angesehen. Nun wiegt sie ihren Kopf leicht hin und her. »Weißt du, als mein erster Mann verunglückt ist, war ich schrecklich erschüttert. Meine Mutter musste mich auffangen, weil mir wortwörtlich die Beine weggeknickt sind. Und kannst du dir denken, worunter ich am meisten gelitten habe?«

»Dass du von da an allein warst?«

»Nein, also natürlich, aber vor allem hat mich gequält, dass wir uns vorher gestritten hatten und uns nie mehr versöhnen konnten.« Obwohl es so lange her ist, ist die alte Dame sichtlich aufgewühlt.

»Worüber habt ihr euch denn gestritten?«

»Darüber, wie wir den Garten anlegen. Ich wollte überall Blumen, Veilchen, Rosen und Lavendel, aber er hat auf einem Gemüsegarten bestanden. Nach seinem Tod habe ich dann vor lauter schlechtem Gewissen alles so gemacht, wie er es gewollt hat. Und ironischerweise war der Gemüsegarten dann in den ersten Jahren nach meiner Heirat mit Alfred und nach der Geschäftsgründung unsere wichtigste Nahrungsquelle. Erst Jahre später, als die Firma wirklich Erträge abwarf, habe ich mich getraut, auf Blumen umzusteigen. Und war bereit, dieses Schuldgefühl loszulassen. Als alles fertig war, habe ich Herberts Bild mit in den Garten genommen und ihm gezeigt, was ich angelegt hatte. Dann habe ich mich bei ihm für die Unterstützung bedankt und verkündet, dass ich ab jetzt aber nur noch Blumen anzupflanzen gedenke. Ich glaube, er hat es verstanden.«

Ich muss lachen, aber gleichzeitig beginne ich zu weinen.

»Ich hatte auch nie die Gelegenheit, mich mit meinem Vater auszusprechen. Seltsam, ich dachte immer, mich quälen zig andere Dinge, aber du hast recht. Dieses Gefühl, dass so vieles ungesagt geblieben ist, das tut am meisten weh.«

»Dann sprich dich jetzt mit ihm aus. Geh an sein Grab oder setz dich vor sein Bild. Sag ihm alles, was du ihm sagen willst. Stell ihm alle Fragen, schrei ihn an. Du wirst sehen, hinterher fühlst du dich besser.«

Ich kann mir nicht vorstellen, dass das funktioniert. Allein der Gedanke kommt mir albern vor.

»Natürlich habe ich mir nach Herberts Tod anfangs die Augen ausgeweint. Aber mittlerweile habe ich damit meinen Frieden gemacht. Er hoffentlich auch …« Sie sieht liebevoll zu den Fotografien an der Wand und schenkt mir noch einmal Tee nach. Dann schlägt sie einen unerwarteten Haken.

»Liebst du Fabian denn?«

»Ja, natürlich.« Das kam so selbstverständlich und ohne Zögern heraus, dass mir bei der Erkenntnis fast die Teetasse aus der Hand fällt.

»Das ist das einzig Wichtige. Dann mach dir keine Sorgen. Es wird schon alles gut.«

Als Fabian kommt, falle ich ihm stürmisch um den Hals, während Elisabeth diskret etwas weiter hinten im Flur stehen bleibt.

»Es hat länger gedauert, ich fürchte, wir müssen gleich los«, sagt er dann entschuldigend.

»Unser Streit tut mir leid!« Ich habe Tränen in den Augen und weiß nicht genau, warum. Fabian sieht etwas überfordert aus und scheint zu überlegen, ob er in irgendeine meiner Improvisationen einsteigen muss.

»Das war doch nicht einmal ein Streit, du hast eben deine eigene Meinung, und das ist in Ordnung.«

»Ich hab dich vermisst«, sage ich erleichtert. Ich löse mich langsam von ihm, lasse aber seine Hand nicht los. Sie ist warm und weich, und ich empfinde eine Welle von Zärtlichkeit für ihn. Er steht ein wenig verlegen da, mit seiner Hand in meiner. Sein Blick geht zu seiner Oma, und noch immer ist deutlich, dass er unsere Rollen und echten Gefühle zu sortieren versucht.

Und ich hoffe einfach, dass es ihm nicht unangenehm ist, aber wenn ich meine Angst abschüttle, glaube ich, in seinen Augen den gleichen Aufruhr zu sehen, der mich gerade halb wahnsinnig macht.

»Junge Liebe«, sagt Elisabeth lächelnd, und sie kommt mir unwissend und sehr weise zugleich vor. Hand in Hand gehen wir zur Wohnungstür. Und auch an der Garderobe lassen wir uns nicht los. Ich sollte es tun, aber ich will nicht. Also gebe ich vor, als würde ich es gar nicht bemerken, dass wir Händchen haltend Elisabeths Wohnung verlassen. Und Hand in Hand zu Fabians Auto gehen. Ich halte beinahe den Atem an, als wir vor seinem Mercedes stehen. Zögerlich lässt er meine Finger durch seine gleiten, als würde es ihm Mühe bereiten, mich loszulassen. Dann räuspert er sich, sperrt das Auto auf und öffnet mir die Tür. Wir steigen stumm ein und sprechen kein Wort, als er losfährt.

»Mach dir wirklich keine Gedanken wegen heute, Mia. Ich weiß, dass du es gut gemeint hast.« Dies ist das Einzige, was er sagt, bis er mich vor Annettes Haus absetzt. Er weiß gar nicht, wie gut ich es mit ihm meine. Mit ihnen allen.

Ende der Woche zitiert mich Vreni in Elisabeths Büro und bittet mich förmlich, Platz zu nehmen.

»Mia, mir ist zu Ohren gekommen, dass du eine romantische Beziehung zu Fabian Zuckermann unterhältst. Ist das wahr?«

Tja, was sage ich jetzt? Ich schüttele probehalber den Kopf. Woraufhin Vreni erleichtert ausatmet.

»Ich habe Vanessa gleich gesagt, dass das nicht sein kann. So was würde unsere Mia nicht tun, das ist doch gegen die Betriebsvorschriften. Und sie ist doch schlau genug, um sich nicht hochschlafen zu müssen. Außerdem steht Herr Zuckermann normalerweise auf einen ganz anderen Typ Frau … Wie dem auch sei, ich bin sehr froh, sonst müsste ich dich jetzt nämlich offiziell verwarnen.«

Ach, wirklich? Ich möchte zwar ungern verwarnt werden, aber das finde ich ziemlich stark.

»Und ihn etwa nicht?«, frage ich empört.

»Doch, euch beide. Also ist es doch wahr?« Ihre Gesichtszüge entgleiten ihr, und ich frage mich, wie Vreni genau vorhat, den eigenen Chef zu verwarnen. Ich beschließe, es drauf ankommen zu lassen.

»Hol ihn doch dazu, soll er sich selbst dazu äußern«, sage ich und weiche Vrenis prüfendem Blick nicht aus.

»Das hätte ich sowieso getan. Ich wollte dir nur zuerst die Gelegenheit bieten, frei zu sprechen, bevor es zu einer Blamage für dich wird.« Oh.

Vreni steht auf, geht zum Nebenzimmer, und ich höre, wie sie einige Augenblicke auf Fabian einredet. Dann trottet er herein, schaut kurz irritiert, als er mich sieht, und lässt sich dann still auf den zweiten leeren Stuhl fallen. Da sitzen wir wie ungezogene Schulkinder, und Vreni ist plötzlich nicht mehr das liebe Vreni, sondern wieder die strenge Frau Rosenthal, die hier das Zepter für Anstand und Ordnung schwingt.

»Herr Zuckermann, bitte entschuldigen Sie die Frage, ich stelle sie im Namen von Herrn Schröter. Unterhalten Sie eine sexuelle Beziehung mit Maria Magdalena Kammerer?«

»Nein«, sagt er fest, seine Augenbraue zuckt nur für einen winzigen Moment, dann sehe ich einen amüsierten Zug um seine Mundwinkel. Prima, ich finde das nämlich auch ziemlich lächerlich.

»Wir hatten nie Sex, ich schwöre es!«, rufe ich, verkneife mir aber das ›Euer Ehren‹, zu sehr will ich Vreni nicht provozieren. »Nicht mal, als wir die ganze Nacht allein in der Schokoladenküche waren und alles mit flüssiger Schokolade bespritzt haben. Fabian hat mich nie angerührt, nie.« Das klang jetzt ziemlich bedauernd.

Vreni findet alles nach wie vor nicht lustig. »Sie behaupten also, dass es zwischen Ihnen keinerlei romantische Beziehung gibt?«

»Keine Romantik!«

»Und das entspricht der Wahrheit?«

Wir nicken beide mit ernsten Mienen. Ich sehe, wie Fabian versucht ist, die Finger zum Schwur zu erheben – doch in diesem Moment öffnet Elisabeth die Tür und steckt ihren Kopf herein.

»Wenn du hier fertig bist, Fabian, kannst du dann bitte mit deiner Verlobten kurz ins Café kommen? Ich muss euch etwas fragen bezüglich des Fototermins. Mia, du musst auf jeden Fall mit in den neuen Prospekt, du gehörst ja jetzt praktisch zur Familie!«

Als sie die Tür geschlossen hat, sieht Vreni uns so perplex an, dass wir uns das Kichern nur mühsam verbeißen. Ihre Augen funkeln wütend. »Es gibt also keine romantische Beziehung zwischen Ihnen beiden, aber Sie sind verlobt?«, fragt sie fassungslos.

»Ja. Die Ehe ist für uns in erster Linie ein juristischer Vertrag«, sagt Fabian todernst.

»Korrekt, Fabian ist total unromantisch«, sage ich. »Er bringt mir nie Blumen oder so was mit. Pralinen soll ich mir hier selbst machen. Definitiv keine Romantik!«

»Wir haben auch keine Kosenamen füreinander.«

»Im Grunde sehen wir uns kaum.«

»Im Grunde *kennen* wir uns kaum«, ergänzt Fabian. Nun klingt *er* fast ein wenig bedauernd.

»Aber wieso wollen Sie denn dann heiraten?«, fragt Vreni aufgebracht.

»Geld«, sage ich. »Mir geht es nur ums Geld. Und es ist schön in der Schweiz.«

»Und ich brauche eine billige Arbeitskraft«, sagt Fabian. »Wissen Sie, was in der Schweiz Köche und Putzfrauen kosten?«

»Sie zünden mich an, Herr Zuckermann! Ist Frau Kammerer nun die Ihnen Versprochene oder nicht?«

»Na, Sie haben es ja von der Chefin selbst gehört, dieses Arrangement können wir jetzt wohl kaum leugnen ...«

Vreni sitzt kopfschüttelnd auf Elisabeths Bürostuhl. Das hatte sie sich wohl anders vorgestellt. Vermutlich wollte sie Herrn Schröter einfach nur die unangenehme Pflicht abnehmen, peinliche Fragen zu stellen, fast tut sie mir leid.

Fabian offensichtlich weniger, denn er fragt: »Liebe Frau Rosenthal, sagen Sie, das interessiert mich jetzt doch: Wie sieht so eine Verwarnung denn eigentlich aus, wenn sich der Chef mit einer Angestellten verlobt?«

»Sie bringen mich noch ins Grab, alle beide!«

Vreni entlässt uns, und wir nennen uns den ganzen Nachmittag lang »mein Versprochener« und »werte zugedachte Braut«. Aber wir fassen uns kein einziges Mal mehr an den Händen.

Die ›Bösen Überraschungen‹ verkaufen sich so gut, dass Herr Zuckermann damit liebäugelt, sie ins reguläre Sortiment mitaufzunehmen«, berichtet Vreni mir, als ich nach dem Wochenende und mit müden Augen ins Büro komme. Ha! Offensichtlich hat sie beschlossen, den kleinen Vorfall in Elisabeths Büro zu ignorieren und aus ihrem Gedächtnis zu löschen, was mir nur recht ist.

In seinem Büro schiebt Fabian mir einen Probeausdruck meiner neuen Broschüre zu, der nur so vor Korrekturen strotzt.

»Was ist das, um Himmels willen?« Er sieht nicht aus, als wäre er in Flirtlaune, sondern kneift die Augen grimmig zusammen.

»Die neue Broschüre. Frisch, modern, du hattest doch gesagt …« Doch weiter komme ich nicht.

»Das klingt wie eine feministische Kampfschrift! Wir sind keine Gleichstellungsbehörde, wir wollen Schokolade verkaufen.«

»Ich will auch Schokolade verkaufen!«, sage ich empört. »Das macht man nun einmal mit einer guten Geschichte. Einer Marke Persönlichkeit verleihen, Werte transportieren und so. Und die Firmengeschichte wurde bisher ganz falsch dargestellt. Es war eben nicht der liebe, gute Alfred, der alles aufgezogen hat, sondern deine Oma, die das Geschäft am Laufen gehalten hat, während dein Opa zu oft ins Glas guckte.«

»Kann ja sein, aber so was schreibt man nicht. Herrgott, Mia, hast du noch nie Öffentlichkeitsarbeit gemacht?«

»Ähm, nein«, gebe ich zu. »Aber du hast doch gesagt, dass ich gute Ideen habe, und Frau Rosenthal sagt, dass sie mir vertraut.«

»Das Vreni? Die hat doch gar keine Ahnung von dem Metier.«

»Aber sie ist doch die Marketingleiterin …?«

»Wer hat das denn gesagt? Sie hat früher das Café geleitet, und als unsere Spezialistin für Öffentlichkeitsarbeit in den Ruhestand gegangen ist, hat sie übergangsweise ihre Arbeit übernommen, und Maja macht seitdem alles im Café allein und springt manchmal noch im Laden ein, wenn unsere Stundenkraft mal wieder absagt. Obwohl sie eigentlich in der Produktion arbeitet. Das ist nur eine improvisierte Übergangsphase. Wie so vieles hier …«

Ach du meine Güte.

»Wer sollte mich denn dann einarbeiten?«

»Keine Ahnung. Ich dachte, das macht Godila.«

»Wer?«

»Godila. Godila Marder!« Oh. Godila ist ihr Vorname? Wie soll irgendein Mensch bitte da drauf kommen?

»Aber du hast gesagt, dass ich einfach mal machen soll und es schließlich nicht schlimmer werden kann!«

»Ja, aber da wusste ich noch nicht, dass du unsere Familiengeschichte auf Hochglanzpapier breittreten willst.«

»Das will ich ja gar nicht!«, gebe ich kampflustig zurück. »Ich hab nichts von seiner Alkoholsucht geschrieben. Ich will nur, dass deine Oma den gebührenden Respekt bekommt, den sie verdient. Sie muss in der Geschichte richtig gewürdigt werden. Sie hat immerhin voll gearbeitet und nebenbei noch zwei Kinder aufgezogen, und zwar ohne Kindergarten oder Mittagsbetreuung.«

»Mia, das ist fünfzig Jahre her, das interessiert doch heute keinen mehr.«

»Ach ja? Soll ich dir mal was sagen? *Mich* interessiert es! Und ich wette, viele andere Frauen … Menschen auch. Die Leute kaufen doch längst nicht mehr nur Waren oder Produkte ein. Die kaufen ein, womit sie sich identifizieren können.« Ich schnaufe vor Wut. »Davon abgesehen glaube ich, wenn man deiner Oma mal den Lorbeerkranz windet, den sie längst verdient hätte, würde sie sich auch nicht mehr dauernd in alles einmischen und täte sich vielleicht leichter damit, zu akzeptieren, dass sie irgendwann das Zepter abgeben muss.«

Fabian schaut nach links auf das Bücherregal und antwortet nicht.

»Kann ich jetzt gehen? Ich habe nämlich noch mehr zu tun, als mich mit dir herumzustreiten. Zum Beispiel eine Broschüre umzuschreiben, die eigentlich gut ist.«

»Warte mal kurz. Glaubst du wirklich, Grosi braucht eine ausdrückliche Anerkennung all dessen, was sie geleistet hat?«

Meine Güte, ist der Mann schwerfällig. »Ja, natürlich, davon rede ich doch die ganze Zeit!«

»Wie fändest du es, wenn wir die Veranstaltung im Frühjahr unter das Motto ›Starke Frauen‹ stellen würden?«

»Wie meinst du das?«

»Es gibt momentan eine Veranstaltungsreihe vom historischen Museum, in der Frauen des zwanzigsten Jahrhunderts gewürdigt werden, die im Stillen Großes geleistet haben. ›Unbekannte Heldinnen‹ oder so ähnlich.«

»Sprich weiter.« Ich setze mich wieder hin.

»Die haben mich vor ein paar Wochen angerufen und gefragt, ob wir uns im Frühjahr mit einer Veranstaltung beteiligen wollen, aber ich habe abgesagt.«

Männer!

»Vielleicht habe ich die Nummer noch. Meinst du, das könnte Oma gefallen? Ob ihr das nicht zu viel Rummel um sie wäre?«

»Frag sie doch einfach«, sage ich.

»Ja, vielleicht mache ich das.«

Ich will endlich gehen, doch er hält mich noch mal zurück. »Nimm die Broschüre mit und schau sie dir noch mal genau an. Es ist ja nicht alles verkehrt dran.« Na, vielen Dank auch. Oben am Rand sind seltsame Striche und Pünktchen. Hat er versonnen beim Telefonieren vor sich hin gemalt?

Ich rausche aus seinem Zimmer und renne beinahe die erstaunte Vreni über den Haufen, die langsam und elegant mit einem Tablett auf Fabians Büro zusteuert.

»Männer!«, zische ich ihr zu. So ganz wird sie uns das leidenschaftslose Verhältnis jetzt wohl nicht mehr abnehmen, aber das ist mir egal. Von Romantik kann hier schließlich kaum die Rede sein!

In den nächsten Tagen fallen mir zwei Dinge auf. Erstens: Die interessierten Blicke der Kollegen in meine Richtung häufen sich – offensichtlich hat unsere Verlobung die Runde gemacht. Und zweitens: Elisabeth ist ständig in der Firma. Entweder es ist ein gutes Zeichen, weil sie sich wieder komplett erholt hat, oder sie ahnt, dass irgendetwas Seltsames vor sich geht. Manchmal sieht sie mich so prüfend an, als hätte sie eine Ahnung von unserem Täuschungsmanöver. Vielleicht hoffe ich das auch nur, weil mir die Scharade jeden Tag schlimmer vorkommt. Je länger wir weitermachen und je mehr ich diese alte Dame ins Herz schließe, desto schlechter fühle ich mich dabei. Jemandem ein, zwei Tage lang etwas vorzumachen ist zwar dämlich, aber keine riesige Sache. Aber wie soll man einen Vertrauensbruch wieder kitten, den eine wochenlange Lüge erzeugt? Das Hauptproblem ist, dass ich dieses Theater mindestens so gern augenblicklich beenden will, wie ich nicht aufhören möchte, Fabian wie meinen Verlobten zu behandeln. Immer wieder Gründe zu haben, mit ihm zu sprechen – na gut, es sei denn, es geht um so was wie Broschüren – und ihn zu sehen. Wie es ohne dieses Theater wäre, traue ich mich nicht, mir auszumalen, obwohl ich spüre, dass da irgendetwas zwischen uns ist. Wenn es sich nur nicht jeden Tag ändern würde.

Heute früh haben sich die Dinge dann noch einmal verschärft, weil Elisabeth entgegen Fabians strikter Weisung einen Blick in die Geschäftsbücher werfen konnte und sich nun ebenso wie ihr

Enkel große Sorgen um die Firma macht. Und das leider zu Recht.

»Wie geht es jetzt weiter? Bist du in den letzten Tagen auf eine rettende Idee gekommen?«, frage ich Fabian im großen Büro, denn zumindest Vreni weiß ohnehin Bescheid, und Urs Schröter ist heute nicht da.

»Ja, aber sie wird kaum einem gefallen. Heute Nachmittag kommt ein Vertreter von der Großhandelskette, um uns seine Schokonikoläuse vorzuführen«, sagt Fabian und wirkt schuldbewusst. Herr Schmidt, kombiniere ich. Ach so. Deshalb war Urs Schröter so aufgebracht.

»Aber Herr Zuckermann, das können Sie doch nicht machen!« Vreni ist ehrlich entsetzt, und ich kann es ihr nachfühlen.

»Wir produzieren hier im Haus hochwertigste Schoggi, und Sie wollen dieses Billiggemisch woanders einkaufen?«

»Von wollen kann nicht die Rede sein, liebe Frau Rosenthal, uns bleibt keine andere Wahl. Da kostet eine Schoggifigur 13 Eurocent im Ankauf. 13 Cent! Und wir verkaufen sie dann für sieben Franken weiter. Das ist eine Gewinnspanne, die wir mit unseren eigenen Produkten niemals erreichen könnten.«

»Aber ich dachte, das Ziel ist, eher hochwertiger zu werden. Im Sinne einer Manufaktur eben. Mehr Handarbeit, mehr Qualität. Nicht das Gegenteil davon!« Vreni ist genauso fassungslos wie ich. Das kann Fabian nicht ernsthaft für eine gute Idee halten.

»Das will ich ja noch immer. Aber nicht mehr in diesem Jahr. Wir brauchen ein Polster. Wir stürzen sonst in ein Loch, aus dem wir nicht mehr herauskommen. Das hier soll uns nur übergangsweise den Hals aus der Schlinge ziehen.«

Fabian sieht mitgenommen aus, und ich habe den Impuls, ihn zu beschützen.

»Hören wir uns das Angebot von diesem Herrn Schmidt doch erst mal an, bevor wir ablehnen«, schlage ich vor. Fabian sieht mich dankbar an, und Vreni zuckt mit den Schultern, sieht aber gar nicht begeistert aus.

Herr Schmidt passt ziemlich gut zu seiner Ware. Alles an ihm glänzt, wie um den minderwertigen Inhalt zu übertünchen: sein Scheitel, sein Polyesterhemd, seine übertriebene Sprechweise.

»Sie werden es nicht glauben, aber diese Figur ist ein Phänomen.« Mit großer Geste stellt er einen Schokonikolaus ohne Papier auf den Tisch – oder einen Osterhasen, so genau kann man das nicht sagen. Die wenigen Rillen, die über dem breit lachenden Gesicht nach oben führen, könnten eine faltige Zipfelmütze oder ebenso gut zwei eng aneinanderliegende Hasenohren darstellen.

»Was sehen Sie hier?«, fragt er.

»Einen unangemessen fröhlichen Nikolaus?«, schlägt Fabian vor.

»Einen grenzdebilen Gartenzwerg«, sagt Vreni. Ich unterdrücke ein Lachen.

»Und was sagt das hübsche Fräulein dazu?«, fragt Herr Schmidt keckernd. Ich brauche einen Augenblick, bis ich begreife, dass er mich damit meint.

»Einen Osterhasen?«, rate ich.

»Alles in einem!« Er schlägt sich auf die Schenkel, als habe er einen besonders guten Witz gemacht.

»Und das ist unsere wiederverwendbare Wendefolie.« Mit seinen speckigen Fingern holt er eine rotgolden glitzernde Folie aus seiner Tasche und stülpt sie der Figur über.

»Hier, der heilige Nikolo!« Ja, es ist eindeutig ein Weihnachtsmann, auch wenn er einen etwas verschlagenen Blick hat.

»Und jetzt kommt der Kostümwechsel! Bitte einen Tusch!«
Herr Schmidt sieht uns erwartungsvoll an. Offenbar erwartet er
wirklich einen Tusch.

»Dadadada!«, singt Vreni schließlich gequält, und ich stimme
mit ein, um sie nicht allein dieser Peinlichkeit auszusetzen. Derweil hat der Vertreter die Folie abgezogen und umgedreht. Er
setzt sie der mittlerweile leicht ramponierten Schokofigur wieder auf und streicht sie glatt.

»Nun präsentiere ich: das Osterhasi!« Okay, die Rückseite ist
golden, grün und braun, und wenn sie richtig sitzt, könnte das
Ding eventuell einem fröhlichen Schokohasen ähneln. Theoretisch. Tatsächlich ist sie verrutscht, und dadurch sieht es so aus,
als ob der Hase sich übergibt. Ein Blick in Fabians Gesicht verrät,
dass er das jetzt auch gern tun würde.

»Mit diesem genialen Trick verwandeln Sie alle nicht verkauf-
ten *Nikolaes tutti pronti* in *Easter Bunnies!*«

Der Mann hat ein Problem mit dem Plural, wie mir scheint.

»Und das für einen Stückpreis von 13 Eurocent, ab zehntausend können wir sogar auf zwölf Eurocent runtergehen«, fügt er
vertraulich hinzu.

»Und woraus besteht dieses ... Osterhasi?«, fragt Fabian.

»Das wollen Sie lieber nicht wissen!« Herr Schmidt schlägt
sich krachend auf die Schenkel. »Hahaha, war nur Spaß. Hauptsächlich Zucker, Kakaopulver und Palmöl.«

»Und wie können Sie Ihr Produkt so sagenhaft günstig anbieten?«, fragt Vreni missmutig.

»Günstigen Kakao aus Amazonien, mehr Zucker und Palmöl
zum Großeinkaufspreis.«

»Und die Kakaobutter?«, fragt Fabian.

»Viel zu teuer. Palmöl tut es auch.«

»Aber nach europäischem Recht darf man nur bis zu fünf Prozent
der Kakaobutter durch Pflanzenöl ersetzen«, wendet Fabian ein.

»Natürlich.« Herr Schmidt zwinkert ihm zu. »Keine Sorge, das ist alles ganz legal. Wir messen den Palmölanteil der Mütze, und da stimmt die Prozentzahl aufs Gramm. Unsere Laborproben sind sauber. Womit wir die restliche Form ausgießen, hat noch nie jemand überprüft. Aber das lassen Sie schön unsere Sorge sein. Für Sie ist nur der Preis relevant.«

Das läuft allen Richtlinien entgegen, die Fabians Opa aufgestellt und die Elisabeth zu bewahren versucht hat. Mir dreht sich der Magen um.

»Wollen Sie mal kosten?« Der Vertreter reißt die Folie herunter und bricht ein Stück von der Mütze ab. Oder von den Ohren. Er lässt die Bruchstücke in eine Plastikschüssel fallen und bietet sie uns reihum an.

Ich nehme mir zögerlich ein paar Krümel mit dem beigelegten Plastiklöffel. Sie schmecken … okay. Nicht super, aber irgendwie nach Schokolade. Fabian steckt sich mutig ein größeres Stück in den Mund. Herr Schmidt sieht ihn erwartungsvoll an. Er stellt vier weitere Plastikschüsseln auf den Tisch und beginnt, den Körper des Bunny-Nikolaus zu zerbrechen. Fabian taucht seinen Löffel in den zerbröselten Hasenkörper und probiert davon eine deutlich kleinere Menge. Ich tue es ihm nach und habe Mühe, meine Gesichtszüge zu kontrollieren. Das ist keine Schokolade, das ist einfach nur ekelhaft süß und hat einen bitteren Nachgeschmack.

Nur Vreni bringt es nicht über sich, den Bunnykolausi zu kosten. Sie steht energisch auf und kommt nach einer Weile mit drei unserer Probierschälchen aus der Ausstellung zurück. Dann schüttet sie unsere Schoggipröbchen in die hässlichen Schüsselchen von Herrn Schmidt. »Und jetzt probieren Sie bitte im Gegenzug mal unsere Schokolade!«, verlangt sie.

Herr Schmidt schaut sie misstrauisch an, kommt ihrer Aufforderung aber nach. Sobald er die Probierstückchen im Mund hat, geschieht, was ich so oft schon selbst erlebt habe. Sein Blick ist überrascht und wird dann ganz weich. Man sieht ihm an, wie die Schokolade auf seiner Zunge zergeht und sich das köstliche Aroma ausbreitet. Jetzt wird nicht nur der Mund, sondern auch das Herz warm. Der Mann sieht glücklich aus.

»Kann ich noch mal?«, fragt er, und Vreni nickt. »Das ist Schokolade. Dafür lohnt es sich, jeden Morgen früh aufzustehen«, sagt sie, und noch nie habe ich sie mehr gemocht. Herr Schmidt lächelt zwar noch immer beseelt, winkt aber währenddessen schon geschäftsmäßig ab.

»Dass es schmeckt, mag ja sein, aber, mein Herr und meine hübsche Damen, der Preis, der ist nicht Ihr Freund! Sonst wäre ich kaum hier, oder nicht?«

Tja, da muss man dem Mann leider zustimmen, doch stattdessen sehe ich ihn nur möglichst wütend an.

»Was ist denn hier los?« Elisabeth steckt ihren hübsch frisierten Kopf herein. Nein, o nein. Wer soll ihr das denn jetzt bloß erklären? Und das direkt nach der Entdeckung von heute früh. Kurz mache ich mir selbst Sorgen um ihre Gesundheit. Mit einem Blick in die Runde sagt sie allerdings nur: »Ach, der Herr Schmidt! Haben Sie es endlich geschafft, zu meinem Enkel durchzudringen?«

Fabian wird knallrot.

»Herr Schröter ist heute nicht da«, sagt Herr Schmidt lapidar und grinst. »Da war es praktisch ein Kinderspiel.« Es ist ihm nicht mal peinlich. Fabian windet sich und versucht, irgendwie seine Würde zu bewahren.

»Es tut mir leid, aber letztendlich können wir das auf lange Sicht eh nicht vor dir geheim halten, Grosi. Ja, wir haben Herrn Schmidt hergebeten, um uns eine Kostprobe seiner Waren geben zu lassen.« Er steht auf und nimmt seine Großmutter, die noch immer im Türrahmen steht, am Arm. Dann senkt er seine Stimme ein wenig. »Du hast die Bücher selbst gesehen, Grosi. Es wäre nur für den Übergang. Ein Rettungsring. Nicht unser neues Schiff.«

Elisabeth sieht ihren Enkel eine Weile lang an, ehe sie an Herrn Schmidt gewandt sagt: »Dann lassen Sie mich doch mal probieren!« Sie lächelt souverän, nimmt sich einen Löffel und steckt ihn in ein Schüsselchen mit unserer Schokolade. Dann kostet sie und hält überrascht inne. Vreni sieht mich entsetzt an, und ich bin hilflos.

»Das ist gut, das muss ich zugeben. Da habe ich Sie wohl all die Jahre falsch eingeschätzt. Man muss auch eingestehen, wenn man falschliegt.« Elisabeth hat die gute Schokolade erwischt. Unsere.

Ich sehe genau, wie es in Fabian arbeitet. Diese Verwechslung spielt ihm in die verzweifelten Hände. Er sieht mich bittend an. Schon klar, wenn Grosi ihm jetzt ihren Segen gibt und ihm erlaubt, diese Scheußlichkeiten zu bestellen, dann sind wir vorerst gerettet. Zumindest finanziell. Und Elisabeth müsste nichts von der Lage erfahren, über die die Bücher noch nichts berichten. Über unseren Ruf darf ich allerdings gar nicht weiter nachdenken. Ich muss nur schweigen.

Aber ich kann nicht anders. Es würde Zuckermanns Confiserie zerstören, wenn die Leute diese bittersüßen Scheußlichkeiten mit uns in Verbindung bringen. Auch wenn das nur für kurze Zeit der Fall wäre. Von so einem Einbruch erholt man sich nicht. Wie kann Fabian das nicht sehen? Er ist verzweifelt, klar. Aber das kann ich nicht zulassen.

»Das war die falsche Schüssel!«, rufe ich. »Elisabeth, das war unsere eigene Schokolade. Probier mal das hier.« Ich nehme ein neues Löffelchen und tauche es in die ekligen Krümel von Herrn Schmidt. Der sieht mich wütend an. Fabian anzuschauen traue ich mich gar nicht erst.

»Igitt!« Elisabeth hustet und spuckt die Schokolade in ihr Taschentuch. »Das ist ja die reinste Körperverletzung. Wie schön, wenn man doch richtigliegt. Und jetzt verlassen Sie bitte meine Manufaktur, Herr Schmidt!« Innerhalb von einer Sekunde verwandelt sie sich von der freundlichen Omi in eine bestimmende Gebieterin. »Und Ihre sogenannte Schokolade können Sie mitnehmen!«

Aber Herr Schmidt kippt das unappetitliche Zeug lieber in den Mülleimer, bevor er Leine zieht.

Fabian hat fassungslos zugesehen, wie Elisabeth den Vertreter aus dem Büro schmeißt. Jetzt fixiert er mich und sieht wütend und unglücklich aus.

»Tut mir leid«, flüstere ich. »Aber das konnte ich nicht zulassen. Ich hab es für dich getan.« Ich strecke meine Hand in seine Richtung aus, aber er schüttelt nur müde den Kopf.

»Vreni, wären Sie so gut und würden mir einen Kaffee holen? Ich möchte gern allein mit meinem Enkel sprechen.«

Ich trete mit gesenktem Kopf den Rückzug an, und nicht einmal Elisabeth hält mich zurück, aber es passt zu ihr, dass sie Fabian nicht vor seiner Verlobten bloßstellen will. Der Verlobten, der Fabian hoffentlich verzeihen wird. Er wird es verstehen, wenn ihm nicht mehr die Existenzangst im Nacken sitzt. Vielleicht ist er mir dann sogar dankbar. Es sei denn, die Firma geht vorher pleite, und in dem Fall wird er mich vermutlich auf ewig hassen. Als ich das Büro verlasse, habe ich einen ekligen Klumpen im Magen, der sich den ganzen Tag lang nicht mehr auflöst.

27

Seit ihrem seltsamen Auftritt als Anstandsdame ist Vreni besonders höflich zu mir, weil sie mich in einer Beziehung mit Fabian wähnt. Ich glaube, dass sie mich gleichzeitig ein bisschen bewundert und verachtet. Ich habe aber keine Zeit, mir den Kopf über den Firmenklatsch zu zerbrechen, weil ich mir – mit Verweis auf mein Praktikum, bei dem ich doch richtig was lernen soll – die Geschäftsbücher der letzten Monate vorgenommen habe und alle Ausgaben nachzuvollziehen versuche. Es muss doch eine andere Möglichkeit geben, Kosten einzusparen! Die Sache mit Herrn Schmidt ist aber endgültig vom Tisch, und keiner verliert mehr ein Wort darüber. Marco und seine Kollegen schaffen eine Menge vorweihnachtlicher Schokoladenfiguren aus der Produktion heran und türmen sie im Laden auf. Offenbar werden nun auch wieder Weihnachtsmänner im Haus produziert. Zum Glück.

Und Fabian ist mittlerweile auch nicht mehr ganz so abweisend, wenn es um das Thema geht, zwar zu renovieren, aber den gemütlichen Kaffeehausstil beizubehalten. Als ich spöttisch frage, wie es zu dem Sinneswandel kommt, brummelt er, dass ich mich lieber um die Broschüre kümmern solle. Er ist also noch immer etwas beleidigt, aber da kann ich ganz gut drüberstehen. Außerdem will ich mit meinen Plänen nicht nur Elisabeth einen Gefallen tun, sondern auch meinem eigenen ästhetischen Empfinden. Denn je öfter ich über den Parkplatz gehe, desto weniger kann ich es ertragen, wie der scheußliche Mittelbau das vordere und hintere Gebäude gleich mit verschandelt. Hier muss etwas gemacht werden. Nicht der Bunnykolaus braucht ein neues Kleid, sondern diese Manufaktur.

Da auch Elisabeth die Gunst der Stunde spürt, haben wir Fabian eine Woche später so weit, dass wir ernsthaft darüber sprechen können. Wir müssen nur schwören, brav die Ausgaben im Blick zu behalten. Und wir beginnen erst einmal mit dem Café. Auf der Suche nach günstigen Ideen nehmen Fabian und Elisabeth mich mit in das alte Bauernhaus, in dem ausrangierte Möbelstücke herumstehen. Auf dem Weg dorthin berührt er immer wieder leicht meinen Arm, wobei ich nicht sagen könnte, warum: weil der Gang so eng ist, weil er sich erinnert hat, dass wir Oma eine Show bieten müssen, oder weil er mir allmählich wirklich verziehen hat.

In dem muffigen Raum stehen Tische mit schweren Glasplatten, unter denen Muscheln und Sand vor sich hin schimmeln. Blau-weiß gestreifte Vorhänge, ein kaputter Strandkorb und ein alter Schwimmreifen liegen in der Ecke.

»Opas maritime Phase«, sagt Elisabeth. »Zum Glück hat sie nicht lange angedauert.«

»Zu schade, dass wir die alten Glastische nicht verwenden können«, sagt Fabian. Die Tische sind massiv und in gutem Zustand, nur die Muscheln und der Sand wirken antiquiert und mittlerweile eklig.

»Und wenn man die Muscheln durch Kaffeebohnen ersetzen würde?«, schlage ich vor. »Und ein paar färben wir golden?«

»Das ist gar keine dumme Idee. Und dann reißen wir die hässlichen Platten raus und schleifen den alten Holzboden ab.«

»Wie bitte? Unter dem Boden im Café ist Holz?«

»Ja, Eichenparkett, aber das fand man in den Siebzigern altbacken. Damals war Linoleum der letzte Schrei. Wild gemustert, abwischbar, pflegeleicht. Zum Glück konnte ich deinen Opa davon abhalten, die Platten zu verkleben. Sie sind nur verkantet«, erzählt Elisabeth.

Hektisch zupfe ich Fabian am Ärmel. »Stell dir mal vor, wie das Café mit Holzboden wirken würde!«

»Ja, und mit neuen Tischen. Aber wir haben nicht genug Glastische für das ganze Café.«

»Ich hab da neulich was gesehen, kommt mal mit!« Ich schleife die beiden ins Café und dirigiere sie zu meinem Stammplatz, an dem ich meinen Laptop hinterlassen habe.

»Wo ist denn die verhaltensauffällige Serviertochter?«, fragt Elisabeth, womit sie Maja meint.

»Die ist nur kurz in der Küche«, erkläre ich und öffne die Lesezeichen an meinem Laptop. Es hat auch was Gutes, wenn man dauernd auf hübschen Seiten herumsurft.

»Wir sollten noch eine Zusatzkraft für den Laden einstellen«, brummt Elisabeth, und Fabian verdreht die Augen. Warum redet er denn nicht endlich mit ihr über die finanzielle Situation? Also die echte. Dann würden auch nicht dauernd neue, unnötige Missverständnisse entstehen. Aber ich habe mich schon ausreichend eingemischt, finde ich. Sogar für eine Fake-Verlobte.

»Schaut mal, die Tische in diesem Shop sind von der Form her im alten Stil, aber aus goldglänzendem Metall. Dazu passen sowohl die Plüschsessel als auch Fabians geliebte Barhocker, und die Glastische mit den Kaffeebohnen könnten wir abwechselnd dazwischensetzen«, sprudelt es aus mir heraus. »Wenn man die Wand golden streichen und mit großen künstlichen Pralinen dekorieren würde, hätte man ein elegantes zeitloses Interieur, das zu jedem Publikum passt.«

»Goldene Wände? Wir sind doch nicht in einem Bumslokal!«, protestiert Elisabeth, und Fabian und ich brechen in Gelächter aus.

Elisabeth scrollt durch die Möbelfotos, und Fabian holt irgendein sperriges elektronisches Gerät aus einem Hinterzimmer.

»Was willst du mit dem Ding? Das kommt mir nicht ins Café, das ist alt und hässlich!«, sage ich energisch.

»Das ist ein Beamer und kein Dekorationsgegenstand, Fräulein Ich-weiß-alles-besser.« Ach so. Kann ich ja nicht wissen. Fabian schließt das staubige Ding mit einem Kabel an seinen silbernen Laptop an und schaltet die Lampe ein.

»Könntest du mir kurz helfen, die Rollos herunterzulassen?«

Als es im Café dunkel wird und Fabian ein Tapetenmuster auf die Wand wirft, verstehe ich endlich, was das soll.

»Wow, das sieht unglaublich aus!«

»Kannst du es mal rot machen?«

»Oder grün?«

»Oder gestreift?«

Elisabeth wünscht sich wilde Muster aus den Siebzigern, und Fabian begeistert sich für dunkle, langweile Farbtöne wie Grau, Braun und Sepia.

»Dann können wir es auch gleich so lassen, wie es ist«, sagt Elisabeth. »Nimm doch mal was Helles!«

Seufzend lässt Fabian die Wand in Sonnengelb, Babyrosa und Himmelblau erstrahlen. Nein, das ist alles nichts.

Er klickt sich durch unzählige Farben und Muster, bis wir irgendwann alle drei gleichzeitig aufschreien.

Wenn die Wand pink angestrahlt wird, leuchten die Tische goldbraun, und die Theke bekommt einen leicht goldenen Schimmer.

»Das ist es! Die Wände werden pink!«

»Und was meintest du vorhin mit riesigen Pralinen?«, fragt Elisabeth.

»Wenn man die an die Wände hängen würde, mit einem halben Meter Durchmesser, runde und eckige, mit Goldstreifen,

Streuseln und vielleicht einer Kaffeebohne drauf oder dem Logo aus Gold …«

»Keine echten aus Schokolade, oder?«, fragt Fabian.

»Nein, aus Plastik oder Fimo, Ton, Holz … Hauptsache, glänzend lackiert«, sage ich.

»Du liebst Gold sehr, oder, Mia?«, fragt Elisabeth und schmunzelt.

»Es sieht halt schön aus«, verteidige ich mich.

»Lass dich nicht ärgern, sehe ich doch genauso, mein Goldmädchen.«

Jetzt bin ich verunsichert. Hält sie mich für ein verzogenes Luxusgeschöpf? Sie lächelt – schaut sie auf meinen Fake-Ring?

»Der war gar nicht teuer«, murmele ich und nehme meine Hand vom Tisch.

»Hast du wieder geknausert, mein Herz?«, fragt Elisabeth Fabian, und der läuft rot an.

»Mia hatte die freie Wahl!«

»Also, ihr jungen Leute habt es nicht so mit Humor, oder? Der Ring ist sehr schön, Mia. Zeig ihn mir doch noch einmal.« Widerstrebend halte ich ihr den dünnen Freundschaftsring hin, und sie mustert ihn mit zusammengekniffenen Augen.

»War der nicht mal dicker? Im Krankenhaus ist er mir breiter vorgekommen.«

»Vielleicht hat er sich abgenutzt«, sage ich.

»Innerhalb von vier Wochen? Woraus besteht er, aus Knetgummi?«

»Das war ein Witz, Omi. Du weißt doch, Mia ist lustig, haha.«

Fabian sieht kein bisschen locker aus, sondern hat wieder seine Stirnfalte über der Nase. Und ich hätte gern meine Hand zurück, die Elisabeth noch immer eisern im Griff hat.

»Wollen wir nicht zusammen einen Kaffee trinken und uns noch mal die Website des Herstellers ansehen?«, schlage ich vor.

Fabian nickt dankbar, und Elisabeth ist ebenfalls einverstanden. Erleichtert sehe ich, dass Maja in dem Moment aus der Küche zurückkommt.

»Bald bist du so weit, und ich lasse dich an die heilige Kaffeemaschine«, stellt Maja mir in Aussicht und zieht ein Herz aus Kakaostaub in den Milchschaum.

»Das sagst du schon seit Tagen!«

»Tja, so einfach ist das nicht. Wenn hier jeder Kaffee machen könnte, wäre es ja nichts Besonderes mehr.«

»Jedenfalls lächelt dazu niemand so herzallerliebst wie du.«

Sie streckt mir die Zunge raus und holt mit der Zuckerzange drei Pralinen aus der Schachtel mit den guten, als Beigabe auf unsere Unterteller.

»Oha, wenn die Queen dabei ist, kriegen wir sogar mal was von der gelungenen Schokolade.«

»Du merkst den Unterschied doch eh nie«, erwidert Maja, womit sie vollkommen recht hat.

»Hör auf zu plaudern und komm zu uns!«, ruft Fabian, und ich balanciere alle drei Tassen auf einem Tablett zu ihm an den Tisch. Es schwappt ein wenig über, aber nur aufs Tablett. Na ja, eine Kellnerin wird aus mir wohl nicht mehr.

Fabian hat sich die Adresse des Herstellers notiert, und Elisabeth hat meine Möbelvorschläge mit ihrem Handy abfotografiert. Sie scheinen sich tatsächlich einig geworden zu sein.

»Wenn wir schon dabei sind, zu renovieren, warum lassen wir nicht die Fassade streichen und draußen alles einheitlich bepflanzen?«, frage ich mutig. »Dann wäre das Areal mit dem Parkplatz nicht mehr so karg und trostlos und würde sich auf den Fotos für die Website und den Prospekt viel besser machen.«

»So etwas Ähnliches plane ich seit Jahren!«, ruft Elisabeth begeistert. »Kommt mal mit raus.«

Wir lassen unsere Kaffeetassen stehen und folgen der alten Dame durch den Hinterausgang in den Innenhof, wo sie mit den Händen Bilder in der Luft malt.

»Hier vorn war die Backstube, da hat es immer fantastisch geduftet. Das Bauernhaus und die Scheune hat Alfred erst in den Siebzigerjahren dazugekauft, als wir mit der Schokoladenherstellung begonnen haben und Platz für die Maschinen brauchten. Anfangs gab es nur eine Holzüberdachung, die mein Mann und der Urs an einem Wochenende im Herbst eigenhändig zusammengezimmert haben, damit wir im Winter trockenen Fußes hin- und hergehen konnten. Damals habe ich nicht ansatzweise geahnt, wie groß das Unternehmen mal werde würde. Jahrelang haben Jo und Urs uns neben ihren normalen Jobs abends geholfen, bis wir dem Urs endlich eine richtige Anstellung geben konnten. Den Bürotrakt haben sie auch selbst Stein für Stein aufgebaut.«

Jetzt wird mir klar, warum sie an diesem wunderlichen, älteren Mann festhält, der mir meistens umständlich und unbeholfen erscheint. Und plötzlich empfinde ich das zusammengestückelte Gebäude gar nicht mehr als lächerlich, sondern als etwas, worauf man stolz sein kann. Man spürt beinahe die gelebte Geschichte hinter Elisabeths Worten.

»In den Nullerjahren, als es an der Börse so gut lief, haben wir die Produktionshalle renoviert, neue Maschinen angeschafft und den Ausstellungraum mit der Produktionshalle verbunden. Seitdem gibt es auch die Glaswand, durch die man die Arbeitsvorgänge in der Produktion beobachten kann. Wir hatten privat ein wenig in Fonds investiert, und endlich konnten wir es uns leisten, einen Teil zu erneuern.«

Es ist typisch Elisabeth, erst mal neue Maschinen anzuschaffen, anstatt mit den Aushängeschildern, dem Café und dem Laden zu beginnen. Aber genau das liebe ich so an ihr, dass ihr Sein immer wichtiger als Schein ist und sie mehr Wert darauf legt, dass in der Produktion alles reibungslos läuft, als dass es nach außen viel hermacht. Ein wenig mehr von Letzterem würde jetzt allerdings nicht schaden.

»Ich habe immer davon geträumt, dass wir irgendwann die Mittel haben, den ganzen provisorischen Mittelteil abzureißen und eine ganz neue Verbindung zwischen Laden und Café sowie der Produktionshalle aus einem Guss bauen zu lassen. Vielleicht schräg, sodass sich ein großes Z ergibt, mit einem schicken Glasgang in der Mitte«, sagt sie verträumt.

»Aber Elisabeth, die Idee ist doch fantastisch!«

»Blödsinn. Das ist viel zu teuer, zu aufwendig, und vor allem, wer schaut denn schon von oben auf die Firma?«, fragt Fabian reichlich ungehalten.

»Na, zum Beispiel alle Wanderer auf dem Berg da drüben, würde ich sagen«, pariert seine Oma. Ha! Man sieht richtig, wie es in Fabians Kopf arbeitet.

»Das würde deiner begehrten Zielgruppe vermutlich gut gefallen, schicke Selfies von sich selbst auf der Bergstation der Seilbahn mit dem funkelnden Z im Hintergrund«, sage ich möglichst beiläufig. Ich weiß, dass man die Firma von der Aussichtsplattform sehen kann, weil Annette und Stefan mich bisher nicht nur auf *einen* Berg geschleift haben.

»Na gut, ich gebe zu, dass das etwas für sich hätte«, lenkt Fabian ein. »Aber es ist trotzdem zu teuer. Und man müsste das Bauernhaus abreißen, am Ende ist das noch denkmalgeschützt oder so.«

»Nein, ist es nicht, das wollten wir eigentlich schon vor vierzig Jahren abreißen, aber es kam immer etwas dazwischen«, sagt Elisabeth leicht verlegen.

»Sucht deine Mutter nicht ein neues Projekt, das sie unterstützen kann?«, schießt es mir plötzlich durch den Kopf.

»Woher weißt du das?«

»Wozu schleppst du mich denn mit auf ihre Party?«

»Ich könnte mal mit Mama reden«, sagt Fabian langsam. »Sie sucht tatsächlich ein neues Projekt, in das sie investieren kann. Die Kunst scheint ihr derzeit nicht mehr so viel Freude zu bereiten.«

Ich habe eine Ahnung, an welcher Giftspritze das liegen mag. Aber ausnahmsweise spare ich mir einen Kommentar.

»Nach welchen Kriterien wählt sie so ein Projekt denn aus?«, frage ich stattdessen.

»Es gibt eigentlich nur ein Kriterium: Sie will auf den Pressefotos gut aussehen«, sagt Fabian grinsend.

Wie so oft bin ich nicht ganz sicher, ob das die Wahrheit ist oder ob er einen Witz macht, doch Elisabeth scheint es für eine gute Idee zu halten. Plaudernd und scherzend gehen sie zurück in die Firma.

*A*m Freitag hat Vreni Geburtstag, und es gibt Kuchen und Sekt. Wir schlendern plaudernd durch die Ausstellung, und ich überlege, angeregt durch die ganzen Umbaumaßnahmen, was man hier noch ändern könnte. Kostengünstig, versteht sich.

»Wäre es nicht schön, wenn es zwischen den Stationen ein paar Schilder mit Zitaten gäbe, die die trockenen Informationen etwas auflockern?«, frage ich Vreni.

»Woraus sollen die sein?«

»Na, aus dem Internet.«

»Ich meine die Schilder. Woraus sollen die bestehen?«

»Oh, darüber hab ich noch gar nicht nachgedacht.«

»Wäre Messing okay?«

»Warum nicht? Das könnte allerdings vielleicht teuer werden.«

»Mein Onkel hat eine Werkstatt, in der Messing graviert wird. Ich könnte ihn fragen, er würde uns bestimmt einen guten Preis machen«, sagt Vreni.

»Das wäre doch super.« Ich hätte nicht gedacht, dass das so schnell so konkret werden könnte. Vreni ist plötzlich total motiviert, klatscht in die Hände und ruft alle zusammen.

»Leute, dann machen wir heute mal Brainstorming zu Schokoladenzitaten.«

»Aber wir feiern doch gerade Geburtstag!«, sagt Rita mit vollem Mund.

»Wir machen beides gleichzeitig, du kannst deinen Sekt ruhig weitertrinken.«

»Schokolade löst keine Probleme, aber das tut ein Apfel auch nicht«, liest Frau Marder von ihrem Handy vor. Ich verstehe sie immer noch, yeah.

»Die Schokolade hat mich angegriffen, und ich musste ihr die Rippen brechen!«, sagt Vreni, ebenfalls den Blick auf ihr Smartphone gerichtet.

»Alles ist gut, wenn es aus Schokolade ist«, ergänzt Urs Schröter.

»Ein Leben ohne Schokolade ist möglich, aber sinnlos«, steuere ich bei.

»Achtung! Schokolade lässt Ihre Kleidung schrumpfen«, schlägt Rita vor.

»Das streichen wir, das ist zu negativ«, bestimmt Vreni.

Frau Marder verdreht leicht die Augen, und ich fange an, sie irgendwie richtig zu mögen. Weiter geht's mit dem Sekt und den Zitaten.

»Schokolade ist Gottes Entschuldigung für Brokkoli«, sagt Rita Feldbrunn.

»Stärke ist die Fähigkeit, eine Tafel Schokolade mit bloßen Händen in vier Stücke zu zerbrechen – und dann nur ein Stück davon zu essen.«

»Das Leben braucht mehr Schokoguss!«

»Schokolade ist Trost ohne Worte.«

»Nichts ist wertvoller als ein guter Freund, außer ein Freund mit Schokolade, von Charles Dickens«, liest Frau Marder vor.

»Haben Sie das wirklich von Charles Dickens? Ich dachte, da geht es nur um Geister und Moral und so was«, sage ich.

»Keine Ahnung, dann lass den Verfasser einfach weg«, bestimmt Vreni.

»Solange Kakaobohnen an Bäumen wachsen, ist Schokolade auch Obst!« Herr Schröter gackert sekundenlang über diesen Satz. Der Sekt scheint seine Wirkung zu entfalten.

»Das Leben ist wie eine Schachtel Pralinen«, schlägt Vreni vor. »Man weiß nie, was man kriegt –«

»Nein, bitte nicht!«, falle ich ihr ins Wort. »Dieses Zitat aus ›Forrest Gump‹ ergibt überhaupt keinen Sinn. Auf jeder Pralinenschachtel sind Bilder, und die Namen der Pralinen stehen auch da. Wenn man sich die Legende anschaut, weiß man ganz genau, wo sich das Nougat versteckt und welche man meiden muss, wenn man Marzipan nicht mag.«

»Darüber habe ich noch nie nachgedacht«, räumt Vreni ein.

»Da hat die Maria Magdalena völlig recht«, sagt Frau Marder. »Hör doch bitte auf, mich zu siezen, und nenn mich endlich Godila! Wie oft soll ich dir das Du denn noch anbieten?«

O mein Gott, sie hat es mir bereits angeboten? »Tut mir leid, ich hatte anfangs Mühe, deinen Dialekt zu verstehen«, gebe ich zu.

»Da bist du nicht die Einzige. Godila ist Mittelhochdeutsch, danke an meine Eltern, Gott hab sie selig. Ich musste den Namen immer wiederholen und buchstabieren. Und was glaubst du, wie oft ich als Kind Godzilla genannt worden bin?«

»Das kann ich mir vorstellen.«

Sobald wir uns über blöde Namen und gemeine Mitschüler unterhalten, ist Frau Marder wie ausgewechselt und gar nicht mehr wortkarg. Als Fabian vorbeischaut, lädt sie ihn ein, ein Küpli mit uns zu trinken.

»Danke«, sagt er und wirkt erfreut. »Ich sollte eigentlich zu einem Stehempfang bei meiner Mutter, aber ich kann mich noch nicht recht dazu durchringen.«

»Wieso?«, frage ich überrascht.

»Lass uns mal ins Foyer gehen«, sagt er leichthin, und wie absichtslos schlendere ich aus dem Ausstellungsraum und setze mich mit Fabian in die kleine Ledersitzgarnitur im Foyer.

»Meine Familie erträgt man nur in kleinen Dosen. Manchmal wünschte ich, ich könnte einfach einen Stock mit einem Ballon, auf dem mein Gesicht abgebildet ist, hinschicken. Den können sie beim Fotografieren in die hinterste Reihe stellen, das würde keinem auffallen. Und ich könnte in Ruhe zu Hause bleiben.«

Da ist er wieder, Fabians seltsamer Humor, den ich inzwischen so liebe.

»Wenigstens hast du noch eine Familie. Wenn ich euch so zusammen sehe, bin ich immer etwas traurig«, sage ich.

»Tja, das Gras auf der anderen Seite ist immer grüner und so weiter. Meine Mutter ist sehr nett, aber sie ist nicht lieb. Sie sagt das Passende, aber nichts Persönliches.« Ich schlucke und kann ihm nicht widersprechen. Besser hätte ich es nicht beschreiben können.

»Und dein Vater?«

»Ach, den sehe ich höchstens einmal im Jahr. Ich nehme mir immer wieder vor, ihn öfter anzurufen. Und wenn ich es dann mal tue, fällt mir wieder ein, warum ich ihn so selten anrufe. Ein Teufelskreis.« Er grinst schief und nimmt einen Schluck aus seinem Sektglas.

»Aber wenigstens kannst du ihn anrufen! Auch wenn er dich nervt – er lebt. Ich würde alles dafür geben, wenn ich noch einmal mit meinem Vater sprechen könnte.«

»Oder mit deiner Mutter?«, fragt er sanft.

Ich nicke. »Obwohl es irgendwie so besser für sie war. Sie war ein bisschen wie eine Elfe, die nicht zum Leben auf der Erde taugt. Wie ein impulsives Kind, und ich war die Mutter, die auf sie aufpassen musste.«

»Das ist bestimmt schwer gewesen.«

»Ja. Und weißt du, was das Schlimmste ist? Das habe ich noch nie jemandem gesagt. Irgendwie war ich erleichtert, als ich wusste, dass es zu Ende geht.«

»Ich verstehe, was du meinst.« Fabian sieht mich warm an. Er verurteilt mich nicht. Jetzt ist er wieder der emotionale, andere Fabian, nicht der gestresste Chef, und für einen Moment wird mir klar, wie viel wir mittlerweile schon vom anderen wissen. Aus welchem Grund auch immer, aber wir sind uns nah, und ich habe das Gefühl, ich kann ihm alles sagen.

»Ich hatte jahrelang Schuldgefühle deswegen.«

»Das Leben ist nun mal kein Instagramprofil. Es besteht nicht aus Verabredungen zum Mittagessen, stylischen Klamotten und der passenden Deko zum richtigen Anlass. Es beinhaltet auch beschissene Momente, Verzweiflung und unlogische Gefühle. Das zeigt nur niemand.«

»Fast niemand«, korrigiere ich. Wir schweigen einen Moment lang, und Fabian klopft nur leise einen Rhythmus auf das Holztischchen.

»Morgen muss ich übrigens auf Leon aufpassen. Möchtest du vielleicht mitkommen?« Irgendwie verletzt mich der abrupte Wechsel zurück zu unserer Fake-Beziehung.

»Wozu sollen wir einem Kind etwas vorspielen?«

»Dem ist das doch egal. Ich fände es einfach schön.«

»Ach so.« Möchte Fabian tatsächlich Zeit mit mir verbringen? »Ja, dann sehr gern.«

»Fein. Gehen wir wieder zu den anderen?«, fragt er dann.

»Holen wir uns noch einen Sekt!«

29

Als wir Leon am nächsten Nachmittag abholen, steckt er mitten in einem Streitgespräch mit Kirsten, das er voraussichtlich gewinnen wird.

»Du darfst nicht am Regal hochklettern, sonst fällst du womöglich runter und tust dir weh!«

»Aber ich bin nicht runtergefallen!«

»Aber du hättest dich verletzen können!«

»Aber ich hab mich nicht verletzt.« Dann sieht er uns und kommt strahlend auf uns zu. »Hallo, Fabi, hallo, Mia!«

»Hallo, mein Kleiner!« Fabian wuschelt ihm zärtlich durch die Haare. Leon scheint sich über die Zärtlichkeit für eine Sekunde zu freuen, bevor er sich unter Fabians Hand wegduckt. Dann mustert er mich interessiert.

»Mia, jetzt weiß ich, warum du dich letztes Mal angemalt hast. Mach das lieber wieder, so siehst du gar nicht gut aus. So blassig, irgendwie.«

Ich lache gekünstelt und schaue dann erschrocken in den großen Silberspiegel. Na, so schlimm ist es doch gar nicht, oder? Ich meine, ich hab immerhin Foundation und Wimperntusche drauf. Aber wenn Leon das sagt, male ich mir lieber noch die Lippen rot an.

»Sieht das nicht etwas übertrieben aus?«, fragt Kirsten. Ach, Mann. Denen kann man nichts recht machen. Ich überlege, Fabian zu fragen, muss dann aber wieder an seinen Spruch über meinen Charakter denken und dass das Aussehen nicht so wichtig sei. Bevor ich mir also von dieser Familie noch weitere charmante Dinge anhören muss, lasse ich das lieber bleiben.

Bevor wir gehen können, muss Leon sich mit fünf Küsschen von Mama verabschieden, und als das erledigt ist, muss sich noch sein Stoffhund mit zehn Küsschen von Mama verabschieden, weil der die Trennung sonst nicht ertragen kann. Kinder sind anstrengend. Meine Güte. Das könnte ein langer Nachmittag werden. Doch dann sehe ich rüber zu Fabian, der gerade Kirstens Kindersitz ablehnt, weil er für seinen Neffen einen eigenen im Kofferraum hat, und lächle.

Fabian kutschiert uns zu einem Café mit einem eigenen Spielplatz, bei dem man Kuchen essen und sein Kind in den eingezäunten Spielbereich setzen kann. Sehr schlau, die Schweizer.

»Wie alt ist denn Ihr Sohn?«, spricht uns eine junge Mutter in Wollpullover und mit Zöpfen an.

»Oh, das ist mein Neffe. Er ist sechs«, sagt Fabian freundlich.

»Schon sechs? So sieht er gar nicht aus!«

»Wie alt ist denn Ihr Sohn?«, fragt Fabian höflich.

»Mortimer ist 43 Monate alt.« Wie bitte?

»Fehlen nur noch die genauen Tage«, sage ich leise.

»Es sind 43 Monate und 13 Tage«, ergänzt die Mutter, die offenbar gute Ohren hat.

»Na, dann hätten Sie aber auch gleich dreiundvierzigeinhalb Monate sagen können«, verbessert Fabian sie freundlich.

»Ja, das stimmt«, sagt sie verwirrt. Ich halte mir die Hand vor den Mund, um nicht laut herauszuprusten, aber Fabian bleibt ernst und gratuliert ihr zu dem wunderbaren Alter, in dem sich ihr Kind befindet.

»Ich kann schon lesen«, sagt Leon stolz.

»Und damit musst du hier vor den jüngeren Kindern angeben?«, faucht die Frau ihn an. »Du siehst doch, dass Mortimer jünger ist als du.«

»Schulligung«, sagt Leon.

Eine Weile lang schweigen wir und sehen Leon und Mortimer dabei zu, wie sie einträchtig einen Turm aus Klötzchen bauen.

Dann sagt die Frau plötzlich an Fabian gewandt: »Sind Sie sicher mit dem Neffen? Der Junge ist Ihnen doch wie aus dem Gesicht geschnitten! Fast könnte man meinen, dass Sie nur nicht zu Ihrem Kind stehen wollen. Solche Geschichten hört man ja immer wieder.« Sie sieht Fabian prüfend ins Gesicht und runzelt die Stirn.

»Sie haben mich erwischt. Er ist mein Sohn. Ich wollte mich nur vor den Unterhaltszahlungen drücken«, sagt Fabian und zwinkert mir zu. »Möchten Sie uns vielleicht einen Kuchen spendieren? Jetzt, wo meine Lebenslüge aufgeflogen ist, wird mich die Nachzahlung vermutlich in den Ruin treiben, und dann kann ich meine jugendliche Geliebte nicht mehr zu Kaffee und Kuchen einladen.«

Für einen Moment funkelt die Frau Fabian böse an, dann dreht sie sich abrupt um. »Mortimer, wir gehen zurück zu unserem Tisch. Die Leute haben heutzutage keine Moral mehr.«

Mortimer interessiert sich offenbar mehr für den Bagger als für die Moral. Erst als seine Mutter ihn am Arm packt und wegzerrt, lässt er das Spielzeug los. »Komm, du kriegst auch einen Haferkeks!«

»Armer Mord immer!«, sagt Leon. »Darf nicht spielen. Und hat so einen doofen Namen.«

»Wusstest du, dass Walt Disney seine Micky Maus ursprünglich Mortimer Mouse nennen wollte?«, erzählt Fabian. Nein, wusste ich nicht.

»Ich mag Micky Maus!«, tönt Leon laut. »Und Kuchen!«

»Ich mag Kuchen auch«, schließe ich mich an. Also gehen wir gemeinsam mit Leon an der Hand zur großen Glastheke, in der die Kuchen und Torten ausgestellt sind. Rhabarber-Baiser, Erdbeer-Sahne, Zitronentörtchen, Nusstorte und Schwarzwälder Kirsch machen uns die Entscheidung schwer.

»Welchen möchtest du?«, frage ich Leon.

»Alle!«

Wenn Fabian lacht, sieht er manchmal aus wie ein freundlicher Kater.

»Vielleicht kannst du dich für drei entscheiden? Dann nehmen wir die und teilen jedes Stück in drei Teile?«

»Aber nicht mogeln!«

Fabian schwört feierlich, alle Stücke gleich groß zu machen, und wir kehren an unseren Tisch zurück. Fabian zerschneidet die Zitronentarte, den Schokobrownie und die Erdbeertorte in ziemlich wackelige Stücke, und Leon wählt zweimal das größte und einmal das kleinste Stück. »Wegen der Gerechtigkeit.«

»Er hat ein moralisches Empfinden«, sagt Fabian stolz. »Da haben wir bei der Erziehung wohl doch nicht alles falsch gemacht.«

»Sicher liegt es vor allem an dem großartigen Beispiel, das du jeden Tag abgibst – und an den Genen, natürlich«, ergänze ich.

Mortimers Mutter beobachtet uns finster vom Ecktisch. Hinter ihrem Rücken zerquetscht Mortimer einen Keks und wirft die Krümel in einen Blumentopf mit einer Zimmerpalme.

»Onkel Fabian macht keine Beispiele, der macht Schokolade. Aber die ist ganz komisch, mit Alkohol und Kaffee, die mag ich nicht.«

»Weißt du denn, wie man Schokolade herstellt?«, frage ich ihn.

»Nö!«

»Es ist ganz einfach, man braucht eigentlich nur Kakaobutter, Kakaopulver, Zucker und Fett«, erklärt Fabian.

»Langweilig.« Leon interessiert sich offenbar kein bisschen dafür, wie man Schokolade produziert.

»Finde ich nicht«, widerspreche ich. »Ich würde das gern mal sehen.«

»Dann komm nachher mit zu mir, und ich zeige es dir«, sagt Fabian leichthin. Mir bleibt vor Verblüffung die Spucke weg. Er will mich abends mit zu sich nach Hause nehmen, um mit mir … Schokolade zu machen? Ist das ein Code für wilden, leidenschaftlichen Sex? Oder meint er es ernst? Ich würde es ihm zutrauen.

Die Schweizer sind meistens ausgesucht höflich, was nicht gleichbedeutend mit freundlich ist. Im Gegenteil, sie beherrschen es sogar verblüffend gut, gleichzeitig höflich und unfreundlich zu sein. Nur bei Fabian stehe ich völlig auf dem Schlauch.

Im Café wird gerade ein riesiger Bildschirm angeschaltet, auf dem ein Fußballspiel zu sehen ist. Och, nee.

»Ich hasse Fußball.«

»Warum?«, fragt Leon.

»Ich finde Fußball langweilig«, korrigiere ich mich.

»Ich auch«, sagt Fabian.

»Echt?« Das hätte ich nicht erwartet.

»Ich stehe auf Eishockey.«

Eishockey kann nicht so schlimm sein wie Fußball. Wobei ich nicht einmal den Sport an sich hasse, der ist mir ziemlich egal. Ich hasse es nur, was er mit den Männern macht, mit denen ich in einem Raum bin. Sie schauen glasig, schreien oder brechen in Tränen aus. Und am schlimmsten finde ich die absurden Sätze, die kaschieren sollen, dass sie sich gegenseitig eins auf die Nase geben. Sogar Ralf, Beckys feinsinniger Vater, ist nicht davor gefeit.

»Sie gehen sehr körperbetont zur Sache« oder »Natürlich suchen sie nicht immer nur die spielerische Lösung« bedeutet jedes Mal, dass sie unfassbar brutal sind. Warum können sie das nicht einfach zugeben?

Zu meiner Verwunderung stimmt Fabian mir zu. »Das sind keine guten Vorbilder für die Kinder. Leon sollte lernen, sich richtig auszudrücken, nicht Subjekt, Prädikat, Beleidigung, Alter!«

Ich glaube, er wäre ein richtig guter Vater. Wer hätte das gedacht – es gefällt mir, mit ihm und Leon im Café zu sitzen und mich wie der Teil einer richtigen Familie zu fühlen. Wenn ich ihn und Fabian ansehe, breitet sich ein warmes Gefühl in mir aus. So wie früher, wenn ich Serien wie »Unsere kleine Farm« oder »Die Waltons« gesehen habe. Es muss schön sein, ganz selbstverständlich zu einer Familie zu gehören. Die einen immer liebt, egal, wie man sich verhalten hat. Die einem Fehler verzeiht und hinter einem steht. Das alles hatte ich bei Esther und Ralf zumindest annähernd. Aber dass ich mir dieses Zuhause durch meine blödsinnige Aktion mit Johnny zerstört habe, wird mir erst jetzt richtig klar. Wie soll ich weiterhin unbeschwert bei Beckys Eltern ein und aus gehen, wenn mein Ex-Freund mit seiner Freundin nebenan wohnt? Ich könnte mich selbst schlagen für so viel Dummheit. Johnny und ich hatten doch einen ganz guten Status quo. Unsere Teenie-Romanze war verwunden, jeder hatte sein Leben. Wieso habe ich es nicht dabei belassen können? Mein Zuhause bei Esther habe ich zerstört, und vermutlich werde ich auch zu diesem wunderbaren Mann hier neben mir niemals wirklich gehören. Ich habe echt ein Talent, Dinge zu vermasseln.

»Weinst du, Mia?«, fragt Leon.

»Nein.« Ich wische mir eine halbe Träne weg.

»Brauchst du ein Nastüechli?« Jetzt muss ich doch lachen, der Ausdruck für ein Taschentuch ist zu süß. Den verstehe ich zwar sofort, der muss aber unbedingt in mein Büchlein.

»Willst du ein Smartie?« Leon fummelt zwei angelutschte Schokoladenbonbons aus seiner Hosentasche und hält sie mir erwartungsvoll hin.

»Nein danke.« Jetzt zittert seine Unterlippe leicht. »Okay, ich nehme sie.« Schon strahlt er mich wieder an. Der emotionale Gefühlshaushalt eines Kindes scheint meinem nicht unähnlich zu sein, stelle ich fest.

»Danke, schmecken wirklich gut.« Ich wuschele ihm durch die Haare, während ich vorgebe, die Smarties zu kauen, und sie heimlich hinter mir in einen Blumenkübel werfe. Danke für den Tipp, Mortimer. Leon ist ein Schatz.

Und dann beschließe ich, die Zeit zu genießen, die ich mit den Zuckermanns verbringen darf, egal wie kurz oder lange sie noch andauert.

*A*ls wir Leon nach Hause gebracht haben, schaue ich Fabian erwartungsvoll an. Er steckt den Zündschlüssel ins Schloss, dann dreht er sich zu mir um und grinst. »Also, Mia, wollen wir dann mal Schokolade machen?«

Ich nicke, eventuell etwas zu eifrig, und habe das Gefühl, als stünde in großen, leuchtenden Buchstaben ›Ich will dich!‹ auf meiner Stirn, aber Fabian scheint diese Spannung nicht zu empfinden, jedenfalls lässt er sie sich nicht anmerken.

Nachdem er mich gefragt hat, ob ich noch etwas essen will, und ich verneint habe, mixt er uns in seinem Wohnzimmer zwei Gin Tonics, und wir plaudern über Leon. Ich bin ziemlich gerührt darüber, wie wichtig ihm sein Neffe ist, und überrascht, als ich erfahre, wie oft er ihn sieht und etwas mit ihm unternimmt.

»Man macht so vieles im Leben, was völlig unwichtig ist. Aber diesen kleinen Kerl ins Bett zu bringen, ihn, bis er eingeschlafen ist, im Arm zu halten und ihm zu versichern, dass alles gut ist, das hat eine Bedeutung. Das wird bleiben. Wenn er dieses Grundvertrauen fasst, kann er später alles überstehen.«

»Ja, das muss schön sein«, sage ich. »Ich war schon in der ersten Klasse auf mich allein gestellt, und zum Einschlafen hatte ich eigentlich nur meinen Stoffdelfin.«

»Das tut mir sehr leid für dich, Mia. Kein Kind sollte sich allein in den Schlaf weinen müssen.« Er schaut mich so zärtlich an, dass ich mich schwer damit tue, ihn noch einmal so zu sehen wie an meinem ersten Tag in der Firma. Wie der Schein doch trügen kann.

Fabian bemerkt meinen Blick. »Was denkst du?«, fragt er.

»So hätte ich dich nie eingeschätzt«, gebe ich zu. »Ehrlich gesagt habe ich dich anfangs für total arrogant gehalten.«

»Die meisten Leute bilden sich in den ersten acht Sekunden eine Meinung von ihrem Gegenüber und weichen dann nicht mehr davon ab«, bemerkt er. »Da falle ich meistens durch. Wenn ich nervös bin, werde ich irgendwie hölzern.«

»Kenne ich. Ich habe immer Angst, etwas Falsches zu sagen, und dann sage ich vor Aufregung erst recht idiotisches Zeug.«

»So wie das mit dem Schlittschuhlaufen?«

»Ja.« Ich bin erleichtert, dass er das Prinzip Mia mittlerweile durchschaut hat und mich nicht für eine Idiotin hält.

»Es tut gut, offen mit jemandem zu reden. Mit meiner Schwester kann ich das leider gar nicht.«

»Warum denn nicht?«

Der Gin Tonic macht mich weich und unvorsichtig, und ich habe keine Lust, meine Geschichte länger zu verheimlichen. Elisabeth habe ich sie immerhin auch schon erzählt, und danach habe ich mich nicht beschämt gefühlt, sondern gestärkt. Und ich merke, dass dieses Thema stark in mir arbeitet, seit ich bei Annette angekommen bin. Das Leben gibt dir immer das, was du brauchst, nicht unbedingt das, was du möchtest. Also gebe ich dem Drang, es noch einmal zu erzählen, nach, und nach einem großen Schluck Gin Tonic fange ich von vorne an. Ich erzähle von der Affäre, dem Brief bei der Beerdigung und davon, dass ich so gern mit meiner Schwester über unseren Vater sprechen würde. Und wie immer kommen mir an dieser Stelle fast die Tränen.

Fabian, der wie seine wunderbare Großmutter einfach nur sanft und schweigend zugehört hat, sagt nicht etwa, dass sich das schon einrenken wird oder dass es nicht so schlimm ist. Er nimmt mich einfach in den Arm und schimpft dann ein bisschen über Menschen, die immer alles unter den Teppich kehren und schweigen und aussitzen, davon kennt er nämlich auch ein paar. Und das tut so unsagbar gut, dass ich schon wieder fast heule.

»Willst du noch einen Gin Tonic?«

»Klar.«

Er bringt mir das nächste Glas, und wir setzen uns damit auf den gemütlichen flauschigen Teppich.

»Irgendetwas habt ihr sicher gemeinsam, du und deine Schwester. Finde raus, was es ist, und dann macht das zusammen. Schafft euch eine Basis, das Komplizierte wird dann von allein leichter.«

Grünkohl, Sport, früh aufstehen, Wandern, Stefan … Ich zerbreche mir den Kopf, aber mir fällt keine Gemeinsamkeit ein.

»Wir mögen beide Pflanzen«, sage ich schließlich. Ich meine, das ist keine Lüge, ich habe mir wirklich letztens Samentütchen und ein paar Blumentöpfe gekauft und wollte auf dem Fensterbrett in der Küche einen Kräutergarten anlegen. Und für den Fall, dass sie nicht keimen, wollte ich notfalls fertige Töpfe mit Basilikum, Kresse und Petersilie kaufen und die reinsetzen. Aber dann hat meine Mitbewohnerin Katja etwas von Hygienevorschriften in Mietswohnungen herumgebrüllt, und letzten Endes habe ich die Gärtnersachen wieder in die Papiertüte zurückgepackt und unter mein Bett geschoben. Wo sie jetzt noch stehen.

»Wunderbar, das ist doch perfekt! Dann geht doch mal zusammen in einen Gartenmarkt und kauft ganz viele Stauden, und dann könnt ihr zusammen …«

»… das Grab unseres Vaters bepflanzen?«

Fabian sieht mich einen Moment lang erschrocken an, dann bricht er in Lachen aus.

»Du bist seltsam, wenn du betrunken bist. Also *noch* seltsamer, meine ich.« Er lacht. Der Alkohol macht auch ihn redseliger. »Mein Vater war begeistert von Neuseeland. Solange wir dort waren, durfte ich meine Träume verwirklichen. Er gab mir Englischunterricht und schickte mich zum Kickboxen. Ich wollte Geige spielen, und er hat mir Unterricht geben lassen. Es war eine tolle Zeit.« Fabian sieht mich wehmütig an. »Aber als wir dann in die Schweiz zurückkehrten, war alles anders. Ich merkte, dass es ihm von Anfang an gar nicht um meine Interessen ging, er wollte mich nur ausleben lassen, was er als Kind nicht gedurft hatte. Sobald ich mich für andere Hobbys begeisterte als er, war Schluss mit der Großzügigkeit. Auf einmal sollte ich mich anpassen, mir die Haare schneiden lassen, Opa in der Firma zur Hand gehen, gute Noten schreiben. Und er selbst ist dann nach der Scheidung von meiner Mutter nach Neuseeland zurückgegangen, weil er das spießige Leben hier nicht aushielt.«

»Das war sicher schwer für dich.«

»Ja. Er hat das eine gepredigt und das andere getan. Seit ich in der Schweiz lebe, fühle ich mich, als wäre meine Seele in zwei Hälften zerbrochen, die sich nicht mehr zusammenfügen lassen. Ich bin weder in Neuseeland noch hier richtig zu Hause. Immer fehlt ein Stück. In Neuseeland sehen sie mich als Schweizer und hier als Neuseeländer. Wo meine Heimat ist, weiß ich nicht. Am ehesten steht das Wort bei mir für einen Menschen. Bei Grosi fühle ich mich geborgen, sie ist am ehesten meine Heimat.«

Ich glaube, ich fand Fabian noch nie anziehender als gerade. Wie er da vor mir sitzt, in dem dunkelgrünen Pulli, der seine schönen Augen und den schlanken, sportlichen Körper betont – und so offen, wie er mit mir spricht.

Ein Teil von mir will ihn in den Arm nehmen und trösten, ein anderer Teil würde gern ganz andere Dinge auf dem weichen Teppich tun.

Aber wir tun weder das eine noch das andere, wir machen jetzt Schokolade. Fabian ist aufgestanden, hat die Sentimentalität offensichtlich von sich abgeschüttelt und reicht mir die Hand, um mich in die Küche zu geleiten.

Seine Hand ist wie immer trocken und angenehm warm. Als er den Topf für das Wasserbad aus dem Schrank holt, streift er kurz meinen Arm, und eine Gänsehaut überzieht meinen Körper. Ich beobachte, wie er alle möglichen Utensilien aus den Schränken holt und die Kakaobutter zusammen mit ein wenig weißem Kokosöl schmelzen lässt.

»Weißt du wirklich nicht, wie man Schokolade macht, oder wolltest du dir nur einmal meine Küchenschränke ansehen?«, fragt er in leicht spöttelndem Ton. Pah!

»Du hast mich doch eingeladen, das war nicht meine Idee!«

Er zwinkert. »Stimmt, vielleicht wollte ich dich nur in meiner Küche haben …«

O Mann. Am Ende dieses Abends habe ich einen Herzinfarkt, fürchte ich. Darauf könnte er doch auch mal Rücksicht nehmen und mich einfach küssen. Er nähert sich, greift aber nach dem Kakaopulver hinter mir und drückt es mir in die Hand. »Jetzt kannst du das Kakaopulver dazugeben. Vorsichtig, damit das heiße Öl nicht spritzt!«

Ich lasse den feinen, weichen Kakao in das helle Gemisch rieseln und rühre die Masse um.

»Jetzt den Zucker.« Fabian reicht mir die Packung und berührt dabei wieder meinen Arm. Meine Haut kribbelt an der Stelle sofort.

»Sehr schön. Jetzt probier mal, ob es schon süß genug ist.« Er steht auf einmal hinter mir, und ich spüre seinen Atem sacht über meinen Nacken wehen.

»Schmeckt gut«, befinde ich.

»Gib noch eine Prise Vanille dazu.« Meine Hände bewegen sich, als würde Fabian sie an unsichtbaren Fäden dirigieren.

»Und umrühren nicht vergessen.« Er greift um mich herum nach dem Kochlöffel, wobei er mit seiner Wange kaum fühlbar an meinem Ohrläppchen entlangstreift. Ich halte die Luft an. Mein Herz ist kurz davor, zu zerspringen.

»Jetzt können wir die flüssige Schokolade in die Formen gießen.« Er greift erneut über mich hinweg, um sie zu holen, wobei er mit seinem Bein ganz sachte meinen Oberschenkel berührt. Ob er das bitte noch einmal machen könnte?

»Und das ist schon alles?«, frage ich ungläubig.

»Ja, was willst du denn sonst noch machen?«

Da hätte ich schon Ideen, aber die haben nichts mit Schokolade zu tun.

»Hier, nimm die Topflappen.« Er wirft mir lässig zwei zu, und gerade eben erwische ich beide und komme um eine erneute Blamage herum. Ich polstere den Rand des Topfes mit den beiden roten Topflappen, bevor ich ihn anfasse und die flüssige, heiße Schokolade vorsichtig in die erste Form fließen lasse. Meine Hände zittern, was er hoffentlich nicht gemerkt hat. Vielleicht doch, denn er stellt sich wieder hinter mich und legt seine Hand behutsam auf meine.

»Besser so?« Seine Stimme ist rau, und ich empfinde eine Sehnsucht nach ihm, die ich kaum noch verbergen kann.

»Und jetzt noch eine. Vorsicht, nicht wackeln!«, sagt er und haucht mir einen Kuss auf die Schulter, und fast lasse ich den Topf fallen.

»So, fertig.« Gemeinsam setzen wir den leeren Topf ab, und Fabian leckt sich die geschmolzene Schokolade von den Fingern. Ich tue es ihm nach.

»Und? Schmeckt sie?«, fragt er mich. Ich will ja antworten, aber es kommt kein Laut aus meinem halb geöffneten Mund. Und dann nimmt er mich ganz selbstverständlich in die Arme und küsst mich, wie ich seit Jahren nicht mehr geküsst worden bin.

Bin ich *überhaupt* schon einmal so geküsst worden? Noch nie hat sich etwas so richtig, so verlockend und fremd zugleich angefühlt, und ich verliere alles an Zeitgefühl, Gedanken oder Ängsten. Alles ist ein Kuss. Mein Kleid ist voller Schokoladenflecken, als wir atemlos voneinander ablassen, aber es ist mir egal.

»Du schmeckst nach Schokolade.«

»Du auch.«

Für eine Sekunde sehe ich eine Frage in seinen Augen, und ich nicke, während ich ihn wieder küsse. Und wieder. Ich möchte nie mehr damit aufhören. Seine Hände streichen über meinen Körper, finden ganz von allein den Reißverschluss, und mein Kleid fällt zu Boden. Sein Pullover und seine Jeans folgen, und wir taumeln küssend durch die Küche, auf dem Weg ins Schlafzimmer. Weiter als bis zum Teppich kommen wir nicht. Und er ist so weich, wie ich ihn mir ausgemalt habe. Fabians Berührungen sind sanft, fordernd, und immer wenn ich in seine Augen sehe, lächeln sie. Ich bin so glücklich, dass mir schwindlig wird. Und die Schokolade ist vergessen.

Später liegen wir in seinem großen Bett unter der Dachschräge. Fabian hält mich im Arm, und ich fühle mich geborgen wie lange nicht mehr.

»Dein Make-up ist verlaufen …« Oh. Instinktiv will ich meine Hand vors Gesicht halten, doch Fabian ist schneller. Zärtlich fährt er über meine Wange. »Jetzt kann man viel besser sehen, wie schön du bist.« Wir küssen uns erneut, und dann schmiege ich meinen Kopf wieder an seine Brust.

Er bewegt seine Finger sanft an meinem Rücken, fast so wie Becky und ich früher beim gemeinsamen Übernachten Rückenmalen gespielt haben, aber er malt natürlich keine Buchstaben, die ich erraten könnte, sondern tippt eine kleine Melodie, die wohl nur in seinem Kopf Sinn ergibt.

Ich fühle mich ganz und beschützt, und für lange Zeit liegen wir einfach so nebeneinander, bis Fabians Atem immer tiefer und ruhiger wird und irgendwann sogar in ein ganz leises Schnarchen übergeht. Im Grunde ist es eher ein Schnurren, und wenn er schon beim Lachen manchmal wie ein Kater aussieht, dann im Schlaf erst recht. Vollkommen im Reinen mit sich, friedlich und unabhängig. Lange sehe ich ihn an, mittlerweile ist es längst nach Mitternacht, und ich müsste todmüde sein. Doch je weiter sich der Zeiger auf der Uhr schiebt, desto mehr befällt mich eine nagende Unruhe. Je länger ich Fabian betrachte und je voller mein Herz dabei wird, desto schwerer wird es für mich, dieses Gefühl auszuhalten, denn mit ihm kommt die altbekannte Angst. Die Angst, nicht gut genug zu sein. Mir alles nur einzubilden. Und die Panik, dass das, was mich gerade zum glücklichsten Menschen macht, morgen mit eiserner Faust mein Herz zermalmt. Bis nur noch Schmerz übrig bleibt. Was, wenn Fabian mir morgen früh mit einem peinlichen Schweigen begegnet oder mich höflich hinauskomplimentiert? Wenn es für ihn nur ein unbedeutender One-Night-Stand gewesen ist, der ihn über Isabella hinwegtrösten sollte? Wenn er das zwar wiederholen möchte, aber unser Status irgendwo zwischen Chef und Schauspielkollegin verharrt? Es ist ja nicht so, dass er mir vor dem Sex noch einen Zettel geschrieben hätte, auf dem steht: Willst du mit mir gehen? Was soll ich denn morgen sagen, sobald er seine Augen öffnet?

Guten Morgen, ich hab mich übrigens neulich von meinem Freund getrennt und wollte fragen, ob wir vielleicht eine feste Beziehung führen können?

Guten Morgen, ich hab die ganze Nacht kaum geschlafen, weil du mich so verwirrst. Ist das jetzt was Ernstes zwischen uns, oder hast du mich nur benutzt, du Arsch?

Guten Morgen, ich liebe dich. Wollen wir vielleicht doch ernst machen mit der Hochzeit?

Guten Morgen, ich bin ein emotionales Wrack, das nach jedem
Fitzelchen Liebe giert, das es bekommen kann. Jetzt ist die letzte
Gelegenheit, vor mir zu flüchten, so wie es der vorige Mann getan
hat, mit dem ich im Bett war.

Plötzlich kommt es mir unmöglich vor, neben Fabian aufzu-
wachen, und wenn ich ihn noch länger ansehe, werde ich vor
lauter Angst, dass alles nur ein schöner Traum war, vermutlich
zerspringen. Ich muss raus und an die frische Luft!

So leise, wie ich kann, sammle ich meine Kleider und meine
Tasche zusammen und gehe auf Zehenspitzen aus dem Zimmer.
Ich ziehe die Tür zentimeterweise zu und horche entsetzt auf das
leise Knacken, mit dem der Türschnapper einrastet. Als kein
Laut aus dem Zimmer kommt, atme ich auf und schleiche ins
Bad. Im Spiegel blickt mich ein hohläugiges Gespenst mit ver-
wischter Wimperntusche an. Ich schlüpfe in meine mit Schokolade besprenkelten Klamotten, ziehe die Jacke an und verlasse
Fabians Wohnung. Eine Weile lang stehe ich vor der Tür, atme
und starre in den Sternenhimmel hinauf. Das Universum will
mir aber offensichtlich nichts mitteilen, und deswegen rufe ich
irgendwann den Taxiservice. Als mein Handy wenige Minuten
später klingelt, fahre ich vor Schreck zusammen. Erst denke ich,
es ist Fabian, der mein Verschwinden bemerkt hat, aber Beckys
Name leuchtet auf dem Display.

Normalerweise schlafe ich um drei Uhr nachts. Deshalb wundere ich mich, und als ich das Gespräch annehme, hoffe ich, dass
sie mir nur betrunken irgendeine Sexgeschichte erzählen will.
Aber ich habe im Grunde schon ein mulmiges Gefühl, bevor ich
sie schluchzen höre.

»Becky, was ist denn los?«

»Mein Vater ist gestorben. Kannst du kommen?«

31

Die Sonne scheint, und es ist ein viel zu schöner Tag. Es sollte regnen, stürmen, heulen – alles, nur nicht dieser sanfte, trügerische Sonnenschein, der so tut, als wäre das Leben schön und beständig. Ich gehe wie in Trance durch die Gepäck- und Körperkontrolle des Flughafens und lande irgendwie auf meinem Sitzplatz. Es ist nur Annette zu verdanken, dass ich gleich den ersten Flug am Vormittag bekommen habe. Ich fühle mich wie auf Autopilot und war in den letzten Stunden bis auf das mechanische Tippen einer Mail an Vreni zu keinerlei eigenständigen Handlungen fähig. Annette hat mir ein paar Sachen zusammengepackt, mich zum Flughafen gefahren und dort am Schalter mit ihrer Kreditkarte gewedelt. Mit dem Zug hätte ich acht Stunden gebraucht, und gerade jetzt kommt es auf jede Stunde an. Zum Abschied drückt sie mich fest, und würde ich irgendwas registrieren, dann wäre das vermutlich die schönste Umarmung gewesen, seit ich sie kenne.

Ich kann es nicht fassen, dass Ralf so plötzlich und ohne irgendwelche Vorzeichen einen Herzinfarkt erlitten hat. Er war erst achtundfünfzig. Becky ist geschockt und verzweifelt, und wie es Esther und den Jungs geht, will ich mir gar nicht ausmalen. Ich muss bei ihnen sein, sie trösten, irgendetwas tun.

Ich blättere in den zerlesenen Magazinen, ohne wahrzunehmen, was auf den Hochglanzseiten steht, und verbiete mir jeden Gedanken an letzte Nacht. Kurz bevor ich das Handy ausmachen musste, habe ich Fabian noch eine SMS geschrieben.

Muss dringend wegen eines Todesfalls nach Deutschland. Meine Lieben brauchen mich jetzt. x

Für mehr Infos hatte ich keinen Kopf, und mehr als das kleine x habe ich mich nicht getraut. Ich hoffe, er versteht es als Kuss, wenn er möchte. Aber wenn die Nacht für ihn nichts weiter bedeutet hat, könnte es genauso gut ein Tippfehler sein. Hätte man mir vor 24 Stunden ein Bild meiner Gefühlskurve gezeigt, ich hätte angefangen zu lachen oder erwidert, dass das unrealistischer und dramatischer ist als jede mexikanische Soap, aber hier sitze ich nun. Und am Ende dieser Kurve ist nur noch Müdigkeit und Taubheit abzulesen, und als das Flugzeug startet, lasse ich die letzte Nacht und all das Glück und die Angst zurück.

Im Kopf gehe ich stattdessen immer wieder den letzten Tag mit Ralf durch. Wir hatten Pizza bestellt, im Garten gesessen und rumgealbert. Ralf hatte Wein für uns aufgemacht und den Kleinen alkoholfreie Kindercocktails gemixt. Er hat mit den Jungs Fußball gespielt und mir die wichtigsten schweizerischen Begriffe erklärt. Sie stehen alle in meinem Büchlein, und als ich mit dem Finger darüberfahre, kommen mir direkt wieder die Tränen. Danach hat er eine defekte Lampe ausgewechselt und Felix erklärt, warum man vorher die Sicherung herausdrehen muss. Felix hat gleich begriffen, welchen Draht man womit verbinden muss, und sich ein fettes Kompliment von seinem Vater geholt. Fünf Minuten später brüllte Felix dann: »Wir haben Stromausfall!«, und Ralf erwiderte trocken: »Ich nehme die Bemerkung über deine Intelligenz mit Bedauern zurück.«

Ralf war immer für mich da, und ich habe es nicht mal wirklich registriert. Ich bin zutiefst beschämt darüber, wie selten ich in den letzten Wochen an ihn gedacht oder mich gemeldet habe. Dabei ist er es gewesen, der mich zur Führerscheinprüfung gefahren hat. Er hat mich nach Mamas Tod aus der Klinik abgeholt und zu Esther heimgebracht, und als Becky und ich das bestandene Abitur mit zu starken Cocktails gefeiert hatten, hat er uns kommentarlos morgens um fünf in Rotterdam abgeholt. Bei all meinen wichtigen Meilensteinen der letzten Jahre ist er dabei gewesen. Und jetzt ist er fort, für immer, und ich konnte mich nicht mal verabschieden. Ich weine schon wieder, und es ist mir egal, ob jemand das sieht.

Das Taxi hält vor Esthers Haus, und ich steige mit zitternden Beinen aus. Der fehlende Schlaf, der Stress und die vielen Tränen machen sich bemerkbar.

Becky öffnet die Tür, noch bevor ich klingeln kann, und ich falle ihr in die Arme. Neben ihr steht Esther, blass, aber gefasst. Sie schließt die Tür und nimmt mich ebenfalls in den Arm. Und während ich weine und mit den anderen ins Wohnzimmer gehe, wird mir klar, dass ich ebenso wie Becky ihre Tochter bin. Ich gehöre dazu. Ich gehöre dazu – und einer fehlt.

Wir sitzen auf dem Sofa und haben ein kleines Bild von Ralf aufgestellt. Ich habe es vorhin ausgedruckt und einfach einen Rahmen mit einem unwichtigen Urlaubsbild von der Wand genommen. Es ist ein kleiner, aber schöner schlichter Goldrahmen. Davor brennt eine Kerze. Die Jungs sind bereits im Bett. Sie verhalten sich, als würden sie von einer Trauerpfütze in die andere hüpfen, mit viel Normalität dazwischen. In der Badewanne haben sie gelärmt und gespritzt, aber beim Essen waren sie still, und im Bett hat Lukas kurz geweint. Sie merken, dass etwas Schlimmes passiert ist, aber so richtig können sie es noch nicht einordnen. Felix hat gefragt: »Wie lange ist Papa tot?«, und ich habe es nicht übers Herz gebracht, »für immer« zu antworten. Ich habe ihnen eine Geschichte von verwelkendem Laub erzählt, das irgendwann verrottet und zu Erde wird, aus der neue Blumen wachsen. Damit sind sie lächelnd eingeschlafen. Diesen

Vergleich hat Esther mir vor zwölf Jahren nach Mamas Tod erzählt, und obwohl ich ihn damals blöd und nichtssagend fand, habe ich ihn im Hinterkopf aufbewahrt, und nun ist er zur richtigen Zeit wieder hervorgekommen.

Jetzt haben wir die Vorhänge zugezogen, und es läuft leise klassische Musik. Becky hat sich beruhigt, und wir sprechen mit Esther über Ralf.

»Ich kann es einfach nicht fassen, dass es so plötzlich geschehen ist. Vorgestern war er noch total normal und fit, und dann plötzlich dieser Anruf, und alles ist anders. Es kommt mir so unwirklich vor«, sagt sie, und ihre Stimme zittert.

»Ich bin auch total schockiert.« Mehr kann ich im Moment nicht sagen. Mir fallen zwar einige beschwichtigende Sätze über den Tod ein, die ich nach Mamas Tod zu hören bekam, aber keinen davon will ich Esther und Becky zumuten. Ich kann nicht viel tun, aber immerhin kann ich ehrlich sein.

»Er war vollkommen gesund, vor sechs Wochen hatte er den letzten Check. Und dann hört sein Herz einfach auf zu schlagen, und er ist tot.«

»Was hat sein Arzt gesagt?«

»Er hat es Sudden Cardiac Death genannt. Eine Art Kammerflimmern, ein plötzlicher, unerwarteter Herztod. Nicht jeder Patient hat warnende Anzeichen wie Schwindel oder Schmerzen in der Brust.«

»Ich will jedenfalls nichts davon hören, dass ein plötzlicher Tod ein Geschenk ist oder dass man nie sicher sein kann, ob man den nächsten Tag überlebt«, sagt Becky grimmig. »Ich will einfach nur um meinen Vater weinen.«

»Wer hat das denn gesagt?«

»Tante Lilo«, erklärt Esther.

»Blöde Kuh«, sage ich aus vollem Herzen.

Irgendwann umarmen wir uns und gehen schlafen, ohne einen passenden Abschluss für den Abend zu finden. Manchmal gibt es einfach nicht die richtigen Worte.

Ich bin unglaublich froh, dass Esther mein ehemaliges Zimmer nie ausgeräumt hat. Obwohl ich schon vor drei Jahren ausgezogen bin, hängen noch meine BRAVO-Poster an der Wand hinter Esthers Computer und meinem alten Bett, das mittlerweile als Gästebett fungiert. Es sind also genügend Erinnerungsstücke von mir geblieben, damit ich mich heimisch fühle. Erst in meinem alten Bett, kurz bevor meine Augen den Kampf mit dem Schlaf verlieren, habe ich Gelegenheit, an Fabian zu denken. In meinem Kopf blitzen Bilder von uns beiden auf, sein Oberkörper mit den zart definierten Muskeln über mir, sein Duft in meiner Nase, seine Lippen an meinem Ohr. Es kostet mich alle Kraft, ihm nicht zu schreiben, wie sehr ich ihn vermisse.

Doch er hat mir um Punkt siebzehn Uhr eine förmliche, sachliche Nachricht geschickt, in der er mir sein Beileid ausspricht und viel Kraft für die kommenden Tage wünscht, als hätte er sich das als zu erledigenden Punkt auf dem Kalender notiert. Kein Kreuzchen, kein Kuss, keine Anspielung auf unsere gemeinsame Nacht. Reine Höflichkeiten, als hätten wir uns nie zwischen den Schokoladenflecken geliebt. Und so überlagern sich zwei Gewissheiten schwer über meinem Herzen, bevor ich einschlafe: Wieder war ich nichts weiter als ein unbedeutender One-Night-Stand für einen Mann. Und Ralf, der mich jetzt trösten könnte wie kein anderer, ist für immer fort.

32

Das Aufwachen am nächsten Morgen fühlt sich an wie nach einem Umzug oder einer Trennung. Ich liege in meinem alten Zimmer bei Esther und blicke auf das Beatles-Poster mit der eingerissenen Ecke. Die Wand ist mir bis hin zum winzigsten Riss vertraut, und eigentlich könnte ich glücklich sein. Dennoch fühle ich im ganzen Körper, dass irgendetwas falsch ist. Dann, nach einer langen Sekunde, fällt mir alles wieder ein. Der Schmerz kommt überfallartig und würgt mich in der Kehle. Aber es geht momentan nicht um mich. Ich muss aufstehen und funktionieren, ich muss für meine Familie da sein und sie trösten. Also gehe ich duschen, ziehe mich an und mache Kaffee. Noch ist niemand in der Küche. Vielleicht sollte ich zum Bäcker gehen und Brötchen holen?

Draußen ist es kühl, und ich hole meinen alten Wintermantel aus dem Keller. Ein Paar rosafarbene Fellstiefel steht auch da, hässlich, aber warm. Zum Glück hat Esthers großes Haus einen noch größeren Keller, sodass unsere modischen Jugendsünden alle noch eingelagert sind.

Es tut gut, ein paar Schritte zu gehen, auch wenn es nur zehn Minuten bis zur Bäckerei sind. Mein warmer Atem prallt auf die kalte Luft, bald wird es Frost geben. Doch noch blühen die letzten Rosen hinter dem Zaun unseres Nachbarn, und die meisten Bäume tragen noch ihr Laub. Der Herbst befindet sich im Stadium zwischen rotbuntem Leben und dem grauen November, der vor der Tür steht. Obwohl ich den Wechsel der Jahreszeiten

schon so oft erlebt habe, graut es mir vor den immer kürzer wer-
denden Tagen. Früher war der Herbst aufregend – mit dem neu-
en Schuljahr, neuen Klassenkameraden und Festen wie Ernte-
dank und Halloween. Jetzt kommt er mir vor wie ein Tod auf
Raten, heute ein braunes Blatt, morgen leere Baumgerippe. Wieso ist Ralf gestorben? So plötzlich? Von Mama hatte ich mich
wenigstens verabschieden können. Beim Bäcker treffe ich auf
eine uralte, gebeugte Nachbarin, die die Verkäuferin anfährt und
misstrauisch das Wechselgeld zählt. Schon damals, als ich zu Esther zog, kam sie mir vergreist vor. Jetzt ist sie mindestens neun-
zig, und ich ertappe mich bei dem Gedanken, wie ungerecht das
Leben ist.

Dienstag und Mittwoch ziehen mit einer Fülle kleinerer und
größerer Aufgaben wie ein zu schnell abgespulter Film an mir
vorbei. Kurz frage ich mich, ob meine hastige Abreise den Kollegen Schwierigkeiten beschert oder ob Fabian mich nicht doch
vermisst. Doch außer der förmlichen Beileids-SMS kommt von
ihm keine weitere Zeile. Dafür schickt Vreni eine freundliche E-
Mail, in der sie mich für die komplette Woche freistellt und mir
im Namen des ganzen Teams ihr herzliches Beileid ausspricht.

Am Donnerstag bin ich schon vor dem Weckerklingeln wach.
Der Tag fühlt sich so bedeutsam an wie sehr lange keiner mehr
in meinem Leben. Ich ziehe mein schwarzes Kostüm an und
schminke mich ganz dezent, ich will auf keinen Fall eitel rüber-
kommen, nur ordentlich und gepflegt. Es ist mir wichtig, bei
Ralfs Beerdigung das Richtige zu tragen, zu sagen und zu tun.
Bei Papas Beisetzung ist mir Annette zum ersten Mal begegnet,
und dieser Moment ist wie mit einem hellen Lichtkegel ausgeleuchtet. Daneben verblasst alles, was sonst noch war – ich weiß
weder, was ich getragen, noch, was ich an dem Tag gegessen oder
anschließend gemacht habe.

Durch Mamas Beerdigung bin ich unter Beruhigungstabletten und von Ralf und Esther gestützt getaumelt. Ich wollte sie einfach nur überstehen. Heute habe ich das Gefühl, zum ersten Mal bei einem solchen Ereignis präsent zu sein. Ich will eine gute Figur machen, ich will mich angemessen und würdevoll verhalten. Eben so, dass Ralf stolz auf mich wäre. Becky steht vor ihrem Kleiderschrank, schleudert einen Rock in die Ecke und schluchzt: »Er passt nicht mehr.«

»Becky, deinem Vater wäre es egal, wie du angezogen bist.«

»Das weiß ich«, schnauzt sie mich an. »Aber er ist nicht da, um ihnen allen das zu sagen. Es werden jede Menge idiotischer Leute kommen, die sich das Maul zerreißen!«

Ich streiche ihr über den Arm und erwarte halb, dass sie meine Hand wegschlägt, aber sie hält sie fest und beginnt zu weinen.

»Mia, ich soll bei der Feier etwas sagen, aber das kann ich nicht! Ich kann nicht bei der Totenmesse für meinen eigenen Vater nach vorn gehen und auch nur einen Satz herausbringen.«

»Das musst du auch nicht, Becky. Keiner kann dich dazu zwingen.«

»Aber der Pfarrer hat bereits als Programmpunkt notiert, dass die Tochter des Verstorbenen ein paar Worte spricht. Könntest *du* das nicht machen? Du bist doch genauso seine Tochter … gewesen. Und es kann doch nicht *niemand* was beitragen.« Wieder beginnt sie zu weinen.

Mich befällt die blanke Panik bei dem Gedanken, vor fünfzig Leute zu stehen und etwas über Ralf zu sagen. Andererseits ist Becky meine Schwester im Herzen, und sie ist am Ende. Beim Blick in ihr verheultes Gesicht nehme ich mich zusammen und sage Ja.

Wir sind rechtzeitig bei der kleinen Kapelle auf dem Friedhof und stehen vor der geöffneten Tür. Die Sonne scheint schon wieder. Ich wünsche mir stattdessen Hagel, Regen, Schnee, Gewitter – nur das würde zu dem heutigen Tag passen.

Esther ist gefasst, sie schafft es sogar, die ankommenden Leute anzulächeln. Lukas imitiert Esther und schüttelt den Gästen förmlich die Hände, während Felix mit einem Mädchen in seinem Alter zwischen den Grabsteinen umherspringt.

»Das ist ziemlich pietätlos, kannst du ihn nicht zur Ordnung rufen?«, fragt Tante Lilo und verzieht ihren knallrot geschminkten Mund.

»Er ist elf und hat seinen Vater verloren«, sagt Esther. »Ich bin über jede Sekunde froh, in der er lacht.«

Becky klammert sich die ganze Zeit über an meine Hand und sagt kein Wort. Ich sehe, wie sie mit der Wut und den Tränen kämpft.

»Wollen wir reingehen?«, flüstere ich, und sie nickt. Ich führe sie in die Kapelle und zu ihrem Platz in der ersten Reihe.

»Können wir nicht weiter hinten sitzen?«, fragt sie leise.

Was sollen die Leute denken, geht mir flüchtig durch den Sinn, aber dann ist es mir egal. Ralf hat sich niemals darum geschert, was er für einen Eindruck macht. Und Becky soll heute sitzen, wo immer sie will. »Klar«, erwidere ich also, und wir gehen zusammen in die dritte Reihe und setzen uns hin.

Die Orgel ertönt, plötzlich sind alle Plätze besetzt, und der Pfarrer beginnt zu sprechen. Ich drehe das Papier, auf dem ich mir Notizen zu meiner Rede gemacht habe, zwischen meinen Fingern hin und her. Jedes Wort kommt mir vor wie eine hohle Phrase. Ich werde den Pfarrer bitten müssen, die Rede der Tochter zu streichen.

Doch der Moment kommt so schnell, dass ich es verpasse, ihn noch irgendwie zu umgehen, und als der Pfarrer Becky nach vorn bittet und sie mich flehend ansieht, stehe ich, ohne zu zögern, auf. Mit wackeligen Beinen und Magenschmerzen trete ich vor und fasse schlafwandlerisch nach dem Mikro. Erst kommt kein Ton aus meiner Kehle, sie ist wie zugeschnürt, doch Esther sieht mich so dankbar und voller Liebe an, dass es irgendwann geht.

»Gestern las ich auf Facebook von einem kleinen Spiel. ›Nenne eine Sache, die dein Vater dir beigebracht hat‹, hieß es. Ich musste lange überlegen, was das sein könnte, denn ich bin nicht mit meinem Vater aufgewachsen. Dann ist mir doch einiges eingefallen: Mein Vater hat mir beigebracht, jeden winzigen Moment mit einer geliebten Person auszukosten, weil man nie weiß, ob man sie oder ihn wiedersieht. Er hat mir beigebracht, mir so viel Mühe zu geben, wie es überhaupt nur geht, nie Vorwürfe zu machen, immer zu lächeln. Mein Vater hat mir beigebracht, Menschen nicht zu vertrauen, weil sie flüchtig sind wie er. – Mein Vater hat mir gar nichts beigebracht außer der Angst, nie gut genug zu sein.« Ich mache eine kurze Pause. »Aber zum Glück gab es in meinem Leben nicht nur meinen biologischen Vater. Zum Glück gab es auch noch Ralf, meinen eigentlichen Vater. Ralf und Esther haben mich nach dem Tod meiner Mutter aufgenommen, als ich vierzehn war. Ralf hat mir die Beatles nahegebracht. Er hat mir beigebracht, wie man Auto fährt. Er hat mir erklärt, wie Vektorgeometrie funktioniert, und mich hundertmal zum Essen ausgeführt. Er hat mir beigebracht, dass man bei einer Sorte Alkohol bleiben und zwischendurch immer wieder ein Glas Wasser trinken sollte. Und ich habe ihm erklärt, wie man twittert. Ralf war für mich mehr Vater als irgendjemand sonst in meinem Leben. Ich werde ihn nie vergessen. Ralf hat mich wie seine Tochter behandelt, obwohl er drei eigene Kinder hatte. Das wird mich bis an mein Lebensende tragen.«

Jetzt bricht meine Stimme doch, aber das Wichtigste habe ich geschafft. Den Rest kann ich zwar sagen, aber vermutlich kann es bei all den Tränen außer mir niemand hören. »Ralf hat mir gezeigt, wie man liebt. Und das wird bleiben, uns allen.« Ich lege das Mikro fort und gehe zu meinem Platz zurück. Auf meine Notizen habe ich nicht einen Blick geworfen.

Becky steht auf, kommt mir entgegen und nimmt mich in den Arm. Dann reicht sie mir ein Taschentuch, ich schnäuze mich, und plötzlich lacht jemand. Ich drehe mich um und sehe Lukas und Felix lächeln.

Becky drückt meine Hand und sagt: »Danke.«

»Sehr gern geschehen«, antworte ich, und dann weinen wir zusammen.

Am Grab sehe ich Johnny zum ersten Mal seit seinem Verrat und dieser ganzen armseligen Episode in meinem Leben wieder. Er steht am Ende der Kondolenzschlange, und als er bei mir ankommt, verkneife ich es mir, an mich und meinen persönlichen Kummer zu denken, und bin bereit, an diesem Ort nur eines zählen zu lassen: Die Trauer um Ralf. Also umarmt Johnny mich wie jeder andere Gast auch, und es fühlt sich fürchterlich an. Gerade als ich mich so schnell wie möglich wieder von ihm lösen will, flüstert er mir plötzlich ins Ohr: »Du siehst heiß aus.« Ja, geht's eigentlich noch? Mit einer so intensiven Wut, wie ich sie schon lange nicht mehr gefühlt habe, schubse ich ihn von mir. »Was bist du nur für ein Mensch!«, schreie ich ihn an und würde ihm am liebsten eine kleben. »Scher dich fort und lass dich hier nicht mehr blicken!«

Johnny taumelt zurück, stolpert über eine lose Steinplatte und reibt sich erstaunt die Stelle, an der mein Stoß ihn getroffen hat. Dann dreht er sich peinlich berührt um und geht. Tante Lilo, einige andere entfernte Verwandte und Kollegen von Ralf mustern mich entsetzt oder neugierig, aber Esther applaudiert mir.

»Richtig so. Das Einzige, was dieser Affe seit Langem verdient hat, meine Liebe! Ralf wäre stolz darauf, was für eine mutige, selbstbewusste Frau aus dir geworden ist«, sagt sie gut hörbar für alle anderen. Dann hakt sie mich unter, und ich gehe zwischen ihr und Becky zum Ausgang des Friedhofs.

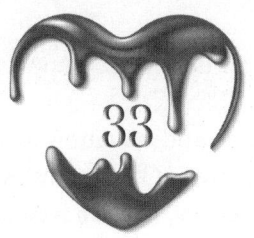

33

*A*m Tag darauf hat Becky tatsächlich Brötchen und Croissants geholt und den Tisch fürs Frühstück gedeckt.

»Was ist denn mit dir los?«, frage ich und lange müde nach meiner Kaffeetasse. Ich habe zwar geschlafen, bin jedoch mit dem Gefühl aufgewacht, als hätte mich ein Laster überrollt.

»Das Schlimmste hab ich wohl hinter mir. Schlimmer als gestern kann es nicht mehr werden.«

Hoffentlich behält sie recht.

Später begleitet Becky mich in meine verwaiste WG, weil ich mir wärmere Klamotten für die Schweiz holen will. Sie wirkt tatsächlich so, als wäre eine Last von ihr abgefallen. Ich kenne diese Phasen. Jetzt kommt eine Verschnaufpause, bevor eine zweite Art der Trauer einen überfällt und lange nicht mehr freigibt. Ich wünsche ihr, dass die kleine Pause noch eine Weile anhält, und es sieht ganz danach aus. Ab und zu bekommt sie eine melodisch klingende SMS und lächelt jedes Mal, wenn sie liest.

»Wer schreibt dir denn?«, frage ich neugierig.

»Ach, ein alter Bekannter von Johnny. Unwichtig.« Aber dabei lächeln ihre Augen.

»Wer denn?«, frage ich neugierig.

»Erinnerst du dich an David?«

»Ja.« Ein großer, schweigsamer Junge, der mit Johnny Fußball und mit Becky stundenlang Karten gespielt hat, bevor er aus unserer Straße weggezogen ist. Einer der wenigen Jungs, die sich nie über uns Mädchen erhoben oder uns verspottet haben. Ein zuverlässiger Junge, in dessen Gegenwart man sich sicher gefühlt hat.

»Seine Mutter hat es in der Zeitung gelesen, und er hat mir kondoliert«, erzählt Becky. »Offenbar hat er sein Studium abgeschlossen und zieht demnächst nach Hamburg zurück. Apropos Umziehen, wirst du eigentlich jemals wieder in diese Wohnung zurückkehren?«, fragt sie mich. »So wenig, wie man in den letzten Wochen von dir gehört hat, könnte man meinen, es gefällt dir in der Schweiz ganz gut. Dann solltest du vielleicht mal kündigen, oder? Oder wann kommst du nun endgültig zurück?«

Tja, wenn ich das wüsste.

»Im Dezember vermutlich. Obwohl Elisabeth irgendwie angedeutet hat, dass sie mich gern weiterbeschäftigen würde.«

»Und was sagt dein Fake-Verlobter dazu?«

»Bisher noch nichts.« Obwohl ich Becky die Geschichte unserer vorgeblichen Verlobung grob erzählt habe, bringe ich es nicht fertig, ihr zu gestehen, wie lapidar Fabian neulich auf Elisabeths Vorschlag hin erwidert hat, dass eine Verlängerung meines Praktikums leider nicht möglich sei und ich in ein paar Wochen nach Hause fliegen müsse. Er hat es nicht mal für eine Sekunde in Betracht gezogen, mich zu fragen, was ich denn will. Wobei ich ihm natürlich keinen Vorwurf machen darf, weil ich ihn ja gebeten hatte, diese Verlobungs-Schmierenkomödie zu einem Ende zu bringen. Ich gebe zu, manchmal ist es nicht leicht, zu erraten, was ich will. Aber es ist noch nicht lange her, da war es sehr deutlich, was ich wollte beziehungsweise wen, und sein Schweigen seit der knappen Kondolenz-Nachricht spricht Bände. Da gibt es wenig Spielraum für Interpretationen.

Im Bad meiner WG erwartet mich ein wütender Zettel von Katja:

Waschbecken plank putzen!

»Wie soll ein Zettel denn wütend sein?«, will Becky wissen, die mein Gefluche hört.

»Doch, ein Zettel kann wütend sein. Schau selbst!« Und als Becky einige Sekunden später neben mir steht, schüttelt sie nur den Kopf.

»Plank putzen, oh Mann. Ich habe auch einen Zettel gefunden. Im Flur steht ein Sack mit dem Hinweis: ›Altkleidertonne. Keine Kleider herausnehmen!‹« Sie verdreht die Augen.

»Ich bereue, dass ich Katja meinen Besuch angekündigt habe.«

»Besser so, sonst hätte sie dir vielleicht wieder eins mit dem Baseballschläger übergebraten«, sagt Becky.

Ich muss lachen. »Du übertreibst. Sie hat mir nur einmal hinter der Tür aufgelauert, und das war an Halloween, und ich war als Monster verkleidet.«

Wir kramen in meinem Schrank herum und wundern uns über die seltsame Ausbeute.

»Ich schätze deine Kreativität und deine überbordende Fantasie in allen Lebenslagen, meine Süße, aber du hast trotzdem dreizehn graue Wollkragenpullover in deinem Schrank«, stellt Becky fest.

»Grau und Schwarz stehen mir halt am besten.«

»Unsinn, die sind nur am sichersten. Das ist ein Unterschied! Gibst du mir mal das WLAN-Passwort? Ist das euer Netzwerk: ›*Pretty fly for a WiFi*‹?«

»Nee, unseres ist ›*Mama klicke hier für Internet*‹.« Jetzt muss Becky kichern. »Aber wieso, bekommt Katja so oft Besuch von ihren Eltern?«

»Ja, und nur von denen. Und bevor die auftauchen, putzt sie immer, und trotzdem findet ihre Mutter irgendwo noch ein Staubkörnchen und macht sie zur Schnecke. Oder mich, denn mein Zimmer kontrolliert sie auch. Ist das zu fassen?«

Es macht Spaß, ein bisschen mit Becky herumzulästern, und es ist jedes Mal ein Geschenk, sie lächeln zu sehen.

Als wir im Café um die Ecke sitzen und die erfolgreiche Mission feiern, meine Sachen geholt zu haben, ohne dabei Katja begegnet zu sein, wird Becky wieder schwermütig.

»Denkst du noch oft an deine Mutter?«, fragt sie und nimmt einen großen Schluck von ihrem Chaitee.

»Ja. Aber es tut nicht mehr so weh.«

»Wenigstens hast du in der Schweiz Annette!«

»Aber die ist doch kein Mutterersatz.«

»Ich finde schon«, sagt Becky, und ich denke darüber nach.

Während Mama sich meistens wie eine alberne große Schwester verhalten hat, behandelt Annette mich eher wie eine strenge Mutter, die ihr Küken endlich auf die richtige Bahn bringen will. Ihr Genörgel und ihre Kritik haben mich bisher meistens genervt, aber plötzlich wird mir klar, wie froh ich darüber bin, dass es eine Person gibt, die sich wirklich dafür einsetzt, mich weiterzubringen. Die klare Ziele hat und nicht nur darauf vertraut, dass mir eines Tages wie von Zauberhand schon die richtige Berufung über den Weg läuft. Annette war es wirklich wichtig, dass ich rechtzeitig ein Ersatz-Praktikum bekomme, und sie hat alle Fäden gezogen, die ihr zur Verfügung standen. Und auch Stefan war sofort bereit, mich in seine Firma einzuführen, wo er schon seit Jahren arbeitet. Offenbar liege ich ihm auch am Herzen.

Am Samstag, dem Abend vor meiner Abreise, sitzen wir erneut auf Esthers Sofa. Doch dieses Mal fühlt es sich schon nicht mehr so furchtbar trostlos und ungeheuerlich an.

»Ich fange langsam an, den Schock zu verdauen«, sagt Esther.

»Aber ich kann immer noch nicht glauben, dass Papa sich morgens munter von uns verabschiedet und abends einfach nicht mehr heimkommt«, sagt Becky und zupft an der Wolldecke, auf der sie sitzt.

»Ich weiß nicht, was besser ist. Auf Mamas Tod habe ich mich vorbereiten können, aber es ist schwer, wenn man irgendwann nur noch darauf wartet. Nach jedem Besuch habe ich gedacht, es könnte der letzte sein.«

»So viele Beinahe-Abschiede ... So ging es mir auch bei meiner Mutter«, sagt Esther. »Irgendwie war ich erleichtert, als es dann endlich vorbei war.«

»Ja, das war ich auch.« Das spreche ich zum ersten Mal nach all der Zeit laut aus und fühle dabei nicht mehr diese nagende Schuld. »Ich war unglaublich erleichtert, als ich wusste, dass ich nie wieder in dieses Krankenhaus gehen muss. Dass Mama es geschafft hatte. Dass sie jetzt nicht mehr leiden musste. Ich habe sie sehr vermisst, ja, aber die schrecklichste Zeit war kurz nach der Diagnose, als ich realisiert habe, dass sie sterben wird.«

Becky drückt meine Hand.

»Ich konnte mir gar nicht vorstellen, was du da durchgemacht hast.«

Lange zurückliegende Trauer, die man bewältigt hat, vermittelt eine Art Gelassenheit. Ich würde den beiden so gern ein wenig davon abgeben. Aber jeder muss selbst die Erfahrung machen, und so beschränke ich mich darauf, die Hände der beiden zu halten und ihnen zuzuhören. Da zu sein, so wie sie immer für mich da waren und sind.

Esthers Stimme ist ruhig und unendlich traurig zugleich, während sie weiterspricht. »Wir hatten noch so viel gemeinsam vor. Im Juni wollten wir nach Rom fliegen, weil Ralf trotz seiner vielen Geschäftsreisen noch nie dort gewesen ist.«

»Papa hat immer gesagt, dass man mit dem Papst keine Geschäfte machen kann«, wirft Becky ein, und ich muss gegen meinen Willen lachen.

»Dein Vater war der aufrichtigste Mensch, den ich kenne«, sage ich mit warmer Stimme und fahre fort: »Ich wäre gern noch mal mit ihm Shoppen gegangen. Er hat mich bei jeder passenden Wahl bestärkt, mir aber nie das Gefühl gegeben, albern auszusehen, wenn ich mal danebengegriffen habe.«

Esther lächelt. »So hat er es in allen Lebensbereichen gemacht, deshalb hat sich jeder in seiner Gegenwart wohlgefühlt. Übrigens, wenn du noch Kleider für die Arbeit brauchst, ich hab noch ein paar aus meiner Anfangszeit als Sekretärin, da hatte ich ungefähr deine Figur. Die werde ich nie wieder anziehen. Willst du sie mal durchsehen, Mia?«, fragt sie.

Zu dritt stehen wir in Esthers Schlafzimmer. Ein paar Klamotten sind ausgeleiert und unmodern, aber Esther besitzt vier perfekt sitzende, schlicht geschnittene Kostüme in Grau, Schwarz und Dunkelblau.

»So was ist jetzt wieder in«, sagt Becky, die nie ihren Hippiestil aufgeben würde. »Und ich hab auch noch was für dich, ein Geschenk von Katja.«

»Von Katja? Wieso sollte sie mir was schenken?«

»Na ja, genau genommen weiß sie nichts davon. Hier!« Becky hält mir ein paar kleine Stoffetiketten hin.

Versace, Prada Milano, Gucci.

»Was hast du gemacht?«, frage ich entgeistert.

»Die habe ich von den Kleidern in dem Altkleidersack abgetrennt, bevor ich sie in den Container geworfen habe. Ich habe aber kein einziges Stück rausgenommen, genau wie sie es befohlen hat. Und jetzt brauchen wir die Nähmaschine.« Sie lacht triumphierend, und Esther und ich stimmen mit ein.

Innerhalb einer knappen Stunde hat Becky aus den Sachen ihrer Mutter mithilfe der Nähmaschine und der abgetrennten Etiketten perfekte Designerkostüme gefertigt. Wenn schon innerlich ein Wrack, werde ich wenigstens in einer angemessenen Hülle zurückkehren.

Ich umarme sie innig – zum Dank, aber auch weil ich sie in den letzten Wochen wirklich unheimlich vermisst habe.

Manchmal habe ich das Gefühl, Becky ist der einzige Mensch, der mich instinktiv immer richtig versteht. Obwohl, das stimmt nicht ganz. Fabian hatte das in der letzten Zeit auch ziemlich gut drauf, und da ist sie schon wieder: die Traurigkeit. Nur dass ich dieses Mal wohl jemanden verloren habe, den ich noch gar nicht richtig kennenlernen durfte. Aber immerhin gibt es in meinem Leben Liebe, und gerade Esther und Becky tragen so viel davon in sich. Das wird sie durch die kommenden Wochen bringen – und mich auch.

»Schau mal«, sagt Esther, als wir wieder im Wohnzimmer sitzen. Sie gibt mir einen dünnen Ordner mit alten Zeitungsausschnitten. »Den hast du auf dem Dachboden gelassen.« Ich sehe den schmalen Ordner mit den wenigen Artikeln über meinen Vater an, und Erinnerungen durchfluten mich. Sämtliche Artikel hatte ich als Kind akribisch gesammelt und katalogisiert, und Ralf hat den Ordner für mich aufbewahrt. Bei meinem Auszug wollte ich ihn nicht mitnehmen, aber ich habe es auch nicht übers Herz gebracht, ihn wegzuschmeißen.

Nun nehme ich den Ordner und quetsche ihn nur in meine übervolle Reisetasche. Dann sagen wir uns gute Nacht, und ich gehe in mein Jugendzimmer – vorerst zum letzten Mal – und lege mich in mein Bett. Im Dunkeln kann ich plötzlich nur noch an Fabian denken: an sein Gesicht, sein liebes Lächeln, sein Schulterzucken, wenn er versucht, seine Gefühle zu überspielen. Warum zum Teufel schreibt er mir nicht? Weiß er, dass ich morgen zurückkomme? Ja, sicher weiß er das. Er geht doch im großen Büro aus und ein, und es ist ja nicht so, als wäre man bei uns vor Firmenklatsch sicher. Wenn alle wissen, in welcher Farbe Marcos Vermieter die Fensterläden streichen lässt, dann wissen auch alle, wann die Beerdigung meines Ziehvaters war und wann ich zurückfliege.

Ich angle mein Handy, das ich in den letzten Tagen entgegen meiner sonstigen Gewohnheiten kaum bei mir hatte, vom Nachtkästchen und öffne noch einmal unseren Nachrichtenverlauf. Fabians letzte Nachrichten von dem Tag, an dem wir Leon abgeholt haben:

Schon wach, Schlafmütze? Heute ist der offizielle Tag des Kinderverziehens. Ich hole dich um 14 Uhr ab, zieh dich warm an. Eventuell müssen wir uns an Spielplätzen herumtreiben. Dafür stelle ich dir eine schokoladige Belohnung im Kaffeehaus in Aussicht, dein Versprochener.

Das ist so süß, dass mir beinahe die Tränen kommen.

Noch einmal denke ich an diesen Tag und vor allem an den Abend, der darauf folgte, und mein Herz krampft sich kurz vor Glück zusammen, nur um danach diesen Stich zu fühlen, der mir leider so vertraut ist.

Dann kommt schon meine nächste Nachricht:

Muss dringend wegen eines Todesfalls nach Deutschland. Meine Lieben brauchen mich jetzt. x

Das klingt ziemlich kühl, aber ich war ja auch völlig durch den Wind. Weiß Fabian eigentlich, wie sehr ich ihn vermisse? Habe ich ihm auch nur *angedeutet*, was ich für ihn empfinde? Vielleicht ist er genauso unsicher wie ich? Immerhin bin ich wortlos aus seinem Bett gestiegen und mitten in der Nacht abgehauen, während er schlief. Nicht die feine Art, wenn man es recht bedenkt. Aber morgen kann ich das ja alles klären. Ich werde einfach zu ihm gehen und ihm sagen, was ich fühle. Wenn mir Ralfs Tod eins gezeigt hat, dann dass man das Wichtige gleich tun und sagen sollte. Sein Herz öffnen und mutig sein. Mit diesen Gedanken schlummere ich ein.

Ü bermüdet und zerknautscht steige ich Sonntagfrüh aus dem Flugzeug. Eigentlich hatte ich vor, zunächst zu Annette zu fahren, zu duschen und mich liebestauglich herzurichten. Andererseits müsste ich dann eine Menge erzählen und würde vielleicht nicht in absehbarer Zeit wieder fortkommen. Außerdem achtet die wahre Liebe doch nicht auf Äußerlichkeiten wie zerzauste Haare, oder? Fabian hat mehrmals betont, wie unwichtig ihm das ist.

Ich sehne mich so sehr nach ihm, und ich muss jetzt einfach, so schnell es geht, alles richtigstellen. Ihm sagen, was ich fühle. Wie schwer kann das schon sein? Wie zur Antwort setzt mein Herz ein paar Schläge aus. Kurz hatte ich im Flugzeug überlegt, zu schreiben. Aber keine meiner begonnenen Versionen fühlte sich richtig an oder brachte auch nur ansatzweise rüber, was für ein Gefühlschaos ich mit mir herumtrage. Ich muss einfach zu ihm, ihm um den Hals fallen und es ihm persönlich sagen. Und zwar so schnell wie möglich.

Ich mache mich also, bevor ich in den Zug nach Unterrügeri steige, einfach in der Bahnhofstoilette etwas frisch, kaufe dann zwei Schokocroissants in der leisen Hoffnung auf ein Frühstück im Bett und fahre sofort zu ihm.

Im Treppenhaus überkommt mich eine Mischung aus Angst und Vorfreude, mein Puls überschlägt sich fast, als ich die letzten Stufen hochlaufe. Ich drücke auf seine Klingel und fixiere die Wohnungstür, bis sie sich endlich öffnet. Und weil bei seinem Anblick alle Worte aus meinem Kopf verschwinden, falle ich ihm einfach um den Hals. Während er mir überraschte Worte ins Ohr murmelt, schließen sich seine Arme so liebevoll um mich, dass ich nicht verstehen kann, wie ich es so lange ohne ihn ausgehalten habe. Ich brauche ihn, in meinem Leben, in meinem Herzen, in meinen Armen. Seine Umarmung fühlt sich so richtig an, dass es mir unbegreiflich ist, in was ich mich da vor einigen Nächten so hineingesteigert habe. Es geht ihm wie mir, und er hat mich genauso vermisst wie ich ihn. Ich bin unfassbar glücklich und erleichtert zugleich, und gerade als ich anfangen will, ihm alles zu erklären, höre ich eine Stimme aus dem Wohnzimmer.

»Fabi, wer ist es denn?«

Ich lasse ihn reflexartig los und sehe ihn schockiert an.

»Du hast Besuch?«

»Ja.« Am Sonntag um elf Uhr morgens?

Die Frau, die nun in die Diele tritt, sieht atemberaubend aus. Lange Beine, blonde Haare, kein Gramm zu viel. Sie lächelt mich einigermaßen höflich an.

»Das ist Isa«, sagt Fabian. Er sieht mir nicht in die Augen. Ich bekomme einen solchen Schock, dass ich mich an der Kommode festhalten muss. Isabella? Die echte Isabella? Irgendwie hatte ich vergessen, dass sie tatsächlich existiert. Dass ich am Ende nur ein Trost für ihn sein könnte, ein kleiner Zeitvertreib, das war durchaus Teil meiner Super-GAU-Szenarien. Aber dass Fabian sich mit dem Original versöhnen könnte, ist mir nicht ein einziges Mal in den Sinn gekommen. Auf den Schock, ihr gegenüberzustehen und mich schlagartig klein und so dumm zu fühlen – darauf bin ich einfach nicht vorbereitet.

»Grüß dich Gott, ich bin Isa.«

»Das ist Mia, unsere ... Praktikantin im Marketing, und das hier ist –«

Ich falle ihm ins Wort und sage schnell: »Ich wollte nur …
wollte Ihnen nur kurz das hier geben, Herr Zuckermann.« Ich
drücke Fabian die Gebäcktüte in die Hand.

»Was ist das?«, fragt er überrascht. Offensichtlich überfordert
ihn die Situation ebenso wie mich – richtig so. Ich hoffe, er er-
stickt an dem Inhalt dieser Tüte.

»Ähm, Probierstücke. Mit Schokoladenmousse gefüllte Blät-
terteighörnchen. Maja überlegt, ob sie die ins Sortiment mitauf-
nehmen soll.« Eine bessere Lüge fällt mir so schnell nicht ein.

»Schokohörnchen?«, fragt Isa angeekelt. Schon klar, dass sie
keine Schokolade isst, bei den Hüften. Ich glaube, ich ertrage ihren Anblick keine Sekunde länger, zumal ich noch immer die
Wärme von Fabians Armen um meine Taille spüre. »Ich muss
dann auch los. Auf Wiedersehen!« Während ich den Rückzug
antrete, stoße ich noch gegen die Kommode und reiße Leons
selbst gemachten Nudelrahmen runter, den ich aufhebe und Fabian ebenfalls in die Hand drücke. Dann schließe ich die Tür
hinter mir. So schnell bin ich noch nie Stufen hinuntergerannt.

Mein Herz klopft irgendwo in meinem Hals, und mir ist
furchtbar übel.

»Mia, warte mal!«, ruft er im Treppenhaus hinter mir her.
Ganz sicher nicht! Ich werde nicht zuschauen, wie Isabella meinen Fabian küsst. Ich werde ihnen nicht gratulieren, und ich
werde ihnen nicht gestatten, zu sehen, wie mir die Tränen über
das Gesicht laufen.

Wie blöd kann man eigentlich sein? Habe ich wirklich gedacht, dass Fabian mich mit offenen Armen empfangen und mir
seine Liebe gestehen würde? Ja, irgendwie schon.

Ich habe an mich geglaubt, an meine Träume. Und daran, dass
ich es verdiene, wirklich geliebt zu werden von einem so wun-
dervollen Mann wie Fabian, der Kinder mag, einen Job hat und
nicht bei seiner Mutter wohnt.

Tja, mal wieder falsch gedacht, Mia. Wäre ja auch zu schön gewesen. Dann werde ich mich in Zukunft also auf die Arbeit konzentrieren, solange ich diese Praktikumsstelle noch habe. Ich werde mir danach irgendeine Katze und viele Pflanzen besorgen, die mir nicht das Herz brechen, und das mit den Männern einfach lassen. Aber jetzt wanke ich erst mal zu Annette und werde mir die Bettdecke über den Kopf ziehen.

35

*N*ach einem komatösen Schlaf sieht die Welt ein wenig besser aus. Ich krieche aus dem Bett, dusche heiß und trinke einen doppelten Espresso. Dann gehe ich mit Anette und Stefan zum Abendessen in ein nahe gelegenes Lokal. Wir bestellen uns Soul Food, Spätzle mit Pilzen in Sahnesoße, und anstelle von Salat einen Nachtisch. Wir sitzen zusammen wie eine richtige Familie, und ich erzähle den beiden von der Beerdigung, von Becky, Esther, meiner WG, von den letzten Tagen. Sie hören mir aufmerksam zu, fragen nach und lachen mit mir über Katjas Verbote. Ich erzähle ihnen alles – bis auf meinen Besuch bei Fabian, den vergrabe ich ganz tief in meinem Unterbewusstsein. Stefan und Annette machen es mir leicht, das für einen Moment vergessen zu können. Wider Erwarten fühle ich mich gerade ein wenig, als wäre ich nach Hause gekommen. Wir gehen locker miteinander um, als wären wir uns seit Jahren vertraut. Irgendwie haben wir endlich den Draht zueinander gefunden, und ich bin dankbar, sie zu haben. Wie sehr sich alles ändert, sobald man sich auf das Wichtige besinnt.

Später im Bett lasse ich den Gedanken an Fabian probeweise zu, und sofort überkommt mich ein Schmerz, der mich fast umschmeißt. Gut, dass ich schon weich liege. Ich kann es immer noch nicht fassen, und es tut so weh! Aber ich muss überlegen, wie ich zukünftig mit ihm umgehen soll – mit meinem Chef. Fakt ist, ich habe mich nicht nur in Fabian verliebt, sondern auch in die Manufaktur und in die Menschen, die dort arbeiten.

Ich will meinen Job in der Schokoladenmanufaktur nicht vorzeitig aufgeben, nur weil Fabian meine Liebe nicht erwidert. Ich korrigiere mich: … ein herzloses, abgebrühtes Arschloch ist! Ich kann Elisabeth und die anderen nicht hängen lassen, nur weil der Chef zu seiner dürren Prinzessin zurückgekehrt ist. Wir haben noch so viel vor. Zum ersten Mal in meinem Leben habe ich mich in etwas reingekniet, gute Ideen geliefert und Dinge ins Rollen gebracht, und deswegen werde ich mein Praktikum auch bis zum letzten Tag durchziehen.

Aber ich muss Fabian, so gut es geht, aus dem Weg gehen, und vor allem kann ich diese Scharade nicht weiter fortführen. Sie lief eh schon viel zu lange, aber nun ist es wirklich genug. Er hat ja jetzt seine echte Verlobte wieder, und Elisabeth wird unsere Trennung hinnehmen müssen, so weh es auch tut. Wie er ihr diesen Wechsel dann erklärt, ist schließlich nicht mein Problem. Ich überlege lange und tippe schließlich:

> Fabian, ich kann so nicht mehr weitermachen. Es wäre mir lieb, wenn wir unseren Kontakt zukünftig auf die Arbeit beschränken könnten. Ich habe noch einige Wochen vor mir und möchte den Job ordentlich zu Ende bringen. Wenn du willst, nehme ich die Schuld für unsere Trennung auf mich. Mia

Dann starre ich ins Leere und versuche, das laute Ticken der Uhr zu überhören. Als es plingt, zucke ich regelrecht zusammen.

> Hallo, Mia, ich verstehe. Das musst du nicht. Du hast schon viel zu viel für mich getan, und es ist das Mindeste, dass meine Oma kein schlechtes Bild von dir bekommt. Ich werde ihr sagen, dass es an mir liegt. Kannst du noch einen Tag warten? Morgen Nachmittag kommen Kirsten und Elisabeth zum Fototermin, und ich würde die Bombe ungern vorher platzen lassen. F.

Ach, der blöde Fototermin. Den hatte ich vollkommen vergessen. Fabian natürlich nicht. Klar, wer kaltblütig die Rückkehr der einen Freundin plant, während die andere gerade erst das Bett geräumt hat, der vergisst natürlich auch keine anderen Termine. Doch vor allem registriere ich, dass er nichts erklärt, nicht von dem schreibt, was man doch eigentlich in solchen Momenten schreiben sollte: *Es ist nicht so, wie es aussieht!* oder etwas in der Art. Aber das kann er wohl nicht, weil es eben genau das ist, wonach es aussieht.

Also, was soll's. Dann warten wir eben noch einen Tag. Darauf kommt es jetzt auch nicht mehr an. Sicher ist es leichter, mich später aus den Bildern zu entfernen, als der gesamten Familie vorher zu verkünden, dass wir unsere Verlobung gelöst haben, das gibt nur Aufruhr und verwischte Wimperntusche – obwohl es die Qualität von Kirstens Lächeln steigern könnte. Ich werde mich einfach an den Rand stellen, sodass man mich leichter rausschneiden kann. Oder vielleicht melde ich mich einfach krank? Aber nein, das will ich nicht. Ich sehe noch immer Esther am Grab von Ralf stehen und mir applaudieren. Einer Mia, die stolz und selbstbewusst ist und sich von den Männern nicht fertigmachen und alles gefallen lässt. Ich werde sie nicht enttäuschen, indem ich jetzt kneife.

36

Der nächste Morgen beginnt genauso hektisch wie alle Arbeitstage und nach einer traum-, weil schlaflosen Nacht noch ein wenig später. Ich stehe zu knapp und mit fürchterlichen Kopfschmerzen auf, schütte einen Kaffee in mich hinein und weise wie jeden Morgen der letzten Wochen Annettes ekligen, grünen Smoothie von mir. Dann schlüpfe ich in Esthers schwarzes Kleid, lege hastig Make-up auf und nehme die hohen Schuhe in einer Stofftasche mit. Im Auto mache ich mich über einen Müsliriegel her, den ich im Handschuhfach finde, und bete, dass ich den ganzen Tag lang die Fassung bewahren kann. Ich verhalte mich am besten ganz normal, so als wären Fabian und ich nichts anderes als Kollegen. Mittlerweile bin ich doch geübt im Spielen von diversen Rollen. Ich sollte jeder Unterhaltung aus dem Weg gehen und das Fotoshooting schweigend über mich ergehen lassen. Lächeln muss ich ja nur, wenn es klick macht, und selbst dazu können sie mich kaum zwingen.

Maja, Vanessa und Rita fragen ganz lieb nach Ralf, und ich finde mich schon um neun Uhr umarmt und getröstet im Kreis dreier Kollegen im Café. Es ist inzwischen zu kalt, um draußen zu sitzen, aber Maja hat das Café mit Kastanien, Zierkürbissen, Blättern und Lichterketten geschmückt und bietet ab sofort auch einen Kürbis-Latte an. Wie schön wird es erst aussehen, wenn die Wände in neuen Farben erstrahlen und der alte Holzboden freigelegt ist! Es ist aber mit der Herbstdeko auch schon so gemütlich, dass ich am liebsten den ganzen Tag hier verbringen würde, und die Anteilnahme der anderen rührt mich total.

Zum Glück kommt Fabian nicht vorbei, aber allein der Stress, dass er vorbeikommen *könnte*, zwingt mich, eine Menge Zucker zu mir zu nehmen.

Um kurz vor drei zwänge ich mich in die High Heels und frische mein Make-up für das unvermeidliche Fotoshooting auf. Dann stöckele ich ins Foyer, wo Marco einen Tisch mit Erfrischungen aufgebaut hat. Auch hier werde ich von warmen Armen begrüßt, und ich reiße mich zusammen, damit kein Tränchen mein Make-up zerstört. Auch wenn niemand merken würde, dass die Tränen weniger mit Ralf zu tun haben als mit dem Star dieses Shootings. Ich begrüße Elisabeth und Kirsten, die unerwartet nett kondoliert, und versuche, Fabian zu ignorieren.

»Hallo, Mia«, sagt der rau. »Mein Beileid.« Ich presse ein höfliches »Danke« heraus und wende mich ab, um mir am Tisch eine Flasche Mineralwasser auszusuchen. Es gibt drei verschiedene Sorten, und ich tue so, als würde ich jedes einzelne Etikett von vorn bis hinten lesen. Es ist ja eine wichtige Entscheidung, wie viel Milligramm Magnesium man pro Schluck zu sich nimmt. Hauptsache, ich muss den Kopf nicht heben und Fabian in die Augen sehen. Trotzdem meine ich, jeden seiner Blicke auf meinen Schulterblättern zu spüren, aber zum Glück spricht er mich nicht noch mal an. Offenbar will er das Ganze auch möglichst schnell hinter sich bringen.

Die Zuckermanns sind hübsch angezogen und frisiert, aber abgesehen von ihren Outfits harmoniert gar nichts. Und ich stehe dabei, wie selbstverständlich als Teil von ihnen, und fühle mich dabei gleichzeitig wie der größte Fremdkörper, der man nur sein kann.

»Warum trinkst du kein Wasser?«, fragt Kirsten Elisabeth mit strengem Blick.

»Bloß nicht, ich bin schließlich nicht mehr im Spital. Für mich bitte einen Cognac!«

»Aber Grosi, das hat der Arzt verboten!«

»Ja, und dir hat er verboten, noch mal schwanger zu werden.« Kirsten schaut Elisabeth wütend an.

»Sie hat ein zu schmales Becken«, erklärt Elisabeth mir, was Kirsten sichtlich unangenehm ist.

»Dafür gibt es Kaiserschnitte!«, sagt sie schnippisch.

»Und gegen Alkohol gibt es Aspirin und Bullrichsalz«, kontert Elisabeth.

Kurz befürchte ich, dass Kirsten in Tränen ausbricht, aber sie schluckt und sagt dann nur: »Touché!«

»Könnt ihr mal mit euren Privatgesprächen aufhören und herkommen?«, sagt Fabian.

Die Fotografin stellt alle auf und platziert Elisabeth in der Mitte. Es dauert ein wenig, bis sie zufrieden mit der Anordnung und den Größenverhältnissen ist, und immer wieder muss jemand aufstehen und eine neue Stelle ausprobieren. Ich stehe noch immer am Rand, bin froh, dass mein Fehlen bisher noch nicht bemerkt wurde – und traurig zugleich. »Und wo soll Mia stehen?«, fragt Elisabeth schließlich.

»Ich muss doch nicht mit drauf«, sage ich aus meiner Ecke. »Ich bin doch bloß die Praktikantin.«

»Blödsinn. Das ist bald meine Schwiegertochter, also Schwiegerenkelin!«

»Aber ich bin schrecklich unfotogen. Ich verderbe jedes Bild, und die Broschüre soll Kunden ja anlocken, nicht sie verschrecken.«

»So ein Unsinn. Unfotogen ist kein Grund. Jetzt stell dich neben Kirsten«, befiehlt die Oma, und Kirsten verdreht die Augen. Fabian sieht starr zur Fotografin und sagt kein Wort. Mit tauben Beinen gehe ich hinüber und nehme all meine Kraft zusammen, um ruhig stehen zu bleiben und mir so etwas wie ein Lächeln ins Gesicht zu zwingen. Klick, klick, klick. Ich habe gerade das freundlichste Gesicht aufgesetzt, zu dem ich mich durchringen kann, als eine große, blonde Frau das Foyer betritt. Schlagartig entgleisen meine Gesichtszüge. Klick, klick, klick. Das ist jetzt nicht wahr! Wieso taucht Isabella hier auf? Wieso hasst mich das Universum so?

»Warum habt ihr ohne mich angefangen?«, beschwert sie sich.

»Wer zu spät kommt, den bestraft das Leben!«, sagt Elisabeth. »Außerdem gehörst du ja wohl nicht zu den Führungskräften, junges Fräulein.«

»Aber ich werte jedes Foto auf«, sagt sie hochmütig. »Ich bin Model, hast du das vergessen?«

Was für eine blöde Kuh. Ich fasse es nicht, dass sie sich traut, in diesem Tonfall mit Elisabeth zu sprechen. Und sie zu duzen. Und sich einfach dazuzustellen. Und während es in mir raucht und brodelt, stolziert sie in unser Ensemble hinein und stellt sich so neben Elisabeth, dass ich hinter ihrer Modelfigur zwar rechts und links noch zu sehen sein sollte, aber mein Kopf verschwindet. Weg mit der Mia.

»Ich muss mal kurz verschwinden! Macht ruhig ohne mich weiter«, sage ich laut und flüchte ins Büro. Keiner ist da, also muss ich mir auch nicht die Tränen verdrücken. Sorry, Ralf, denke ich im Stillen, gleich bin ich wieder stark. Aber jetzt gerade geht es nicht.

»Mia, was ist denn los?«, fragt Fabian von der Tür her.

»Nichts!«

»Kann ich reinkommen?«

»Nein!«

Ich presse die Lippen aufeinander und höre nach einer Weile, wie er die Tür schließt, aber offenbar im Flur stehen bleibt.

»Was hast du denn? Ist es wegen deines Vaters?«

Ja, ist er denn der dämlichste Mensch der Welt, oder sind nachvollziehbare, emotionale Reaktionen ein Fremdwort für ihn?

»Fabian, ich kann das nicht mehr«, sage ich dumpf. »Egal, wie sehr ich mich anstrenge. Wir müssen damit aufhören. Und zwar jetzt und auf der Stelle. Ich ertrage das keine Sekunde länger. Ich ertrage *dich* nicht mehr.«

»Okay, wenn es das ist, was du willst, muss ich es akzeptieren«, sagt er, und fast klingt es, als wäre *er* derjenige, den man trösten müsse.

»Was sollen wir denn sonst machen?« Ich bin völlig orientierungslos.

»Mia, ich weiß, wie viel dir an der Firma liegt, und du musst hier nicht fort. Omi möchte dir eine feste Stelle anbieten. Niemand kann sich die Manufaktur mehr ohne dich vorstellen. Kannst du denn gar nicht in Betracht ziehen, hierzubleiben?« Und ob ich das kann. Aber nicht so.

»Und was ist bitte schön mit Isabella?«

»Ich glaube nicht, dass sie groß interessiert, was du tust. Sobald sie den nächsten Modeljob kriegt, ist sie eh wieder weg.«

Tja, das sind wohl die Beziehungen heutzutage. Es ist kompliziert. Es ist unverbindlich. Wer kümmert sich schon um die wahre Liebe.

»Fabian, für so etwas bin ich nicht geschaffen. Wie soll das denn gehen, wenn ich weiter hier arbeite? Irgendwann findet Elisabeth doch alles heraus. Was sagt sie überhaupt zu Isabella?« Zum Glück muss ich ihn bei der Frage durch die Tür hinweg nicht ansehen.

»Ach, Omi macht sich da keine Illusionen. Isabel war schon immer so sprunghaft, da erwartet sie gar nichts … Stetes.« Ah ja. Also, wenn Elisabeth nichts dagegen hat, dass sich ihr Enkel neben der Verlobten gleich noch eine Geliebte hält, dann habe ich sie wohl die ganze Zeit unterschätzt. Für mich ist das aber nicht modern, sondern völlig absurd.

»Wir müssen deiner Oma mitteilen, dass diese Verlobung aufgelöst ist. Jetzt!«

»Bist du dir sicher? Ich weiß, dass du nur deinem Herzen folgen willst, aber … ich wollte dir sagen …« Und dann kommt für eine Weile nichts mehr.

Sag es doch, sag irgendwas, oder lass mich in Ruhe, denke ich und bin kurz davor, durch die Tür zu brüllen. Doch dann höre ich, wie er sich räuspert.

»Mia, du weißt doch, dass du eine tolle Frau bist und ich dich jederzeit heiraten würde, wenn es das ist, was du möchtest?«

»Was?« Jetzt starre ich auf die Tür.

»Wenn du es dir nur auf diese Weise vorstellen kannst, hierzubleiben. Bei mir, bei uns.«

Er muss verrückt geworden sein. Er weiß gar nicht, was er redet. Hat er irgendeine Ahnung, was Menschen wollen, wonach sie sich sehnen? Als ob es mir darum ginge, meinen Stolz zu bewahren!

»Du bist toll in deinem Job, hast dich so schnell so gut eingelebt und bist bei allen beliebt. Du würdest ein richtiges Gehalt bekommen. Es ist doch gar nicht nötig, dass wir gleich alles beenden.«

Ich liebe ihn. Und er will mich kaufen mit einem blöden Schweizer Gehalt. Und hält immer noch an seiner blöden Täuschung fest. Er ist nicht Manns genug, um zu dem zu stehen, was ist. Er ist genauso feige wie mein Vater. »Nein«, sage ich fest. »Das ist bestimmt nicht das, was ich will. Ich will Liebe. Echte Gefühle. Und ganz bestimmt will ich nicht mehr an deiner Seite sein! So toll kann kein Job dieser Welt sein, dass er es wert ist, eine Lüge zu leben!«

Es bleibt still, mein Herz klopft, und als ich irgendwann die Tür aufmache, ist er nicht mehr da. Er ist einfach gegangen.

Zitternd stakse ich auf meinen hohen Schuhen zur Toilette. Ich stoße die Tür auf, knalle halb gegen Rita, die auf dem Weg nach draußen ist, murmele eine fahrige Entschuldigung und taumele in eine Kabine. Ich sperre ab, lasse mich auf den Toilettendeckel fallen und beginne haltlos zu schluchzen.

Du checkst es einfach nicht, Mia! Du verliebst dich in jeden Mann, der ein bisschen mit dir flirtet. Du bist lächerlich und erbärmlich.

Als ich sicher bin, dass niemand vor dem Waschbecken steht, wage ich mich aus der Kabine. Ich wasche mir die verlaufene Mascara aus dem Gesicht, aber meine Augen sind so verquollen, dass ich mich nicht zurück ins Foyer traue. Jeder würde mir ansehen, dass ich geweint habe.

Ich starre in mein aufgedunsenes Gesicht im Spiegel und hasse mich selbst. Wie bin ich auf die Idee gekommen, dass Fabian mich einer Grazie wie Isabella vorziehen könnte? Gnadenlose Selbstüberschätzung. Ich bin nicht Prinzessin Leia, ich bin Chewbacca an einem schlechten Tag. Ein hässliches, kleines Frettchen. Ein armes Waisenkind aus Deutschland, das sich mit gefakten Markenschildchen in billigen Klamotten in die Schweizer High Society gemogelt hat. Ein Wunder, dass ich nicht schon früher aufgeflogen bin. Wahrscheinlich lachen alle schon über mich, über die dumme Mia, die alles und jeden falsch versteht und sich alles Mögliche einbildet. Vermutlich ist auch Maja keine Freundin, wie ich dachte, sondern eine, die sich an meinem Unglück weidet und daraus lustige Geschichten für ihre Freunde macht. Je länger ich darüber nachdenke, desto erbärmlicher fühle ich mich. Stefan muss sich für mich schämen. Er hat mich in die Firma gebracht, und ich habe als Allererstes eine Affäre mit seinem Chef begonnen. Oder so was Ähnliches. Ist eine vorgebliche Affäre eigentlich schlimmer oder besser als eine tatsächliche Liaison?

Ich muss hier weg, und ich werde die Hintertür in der Produktionshalle nehmen. Der Taxiservice vermeldet eine Wartezeit von unglaublichen 25 Minuten, bis sie mir einen Wagen schicken können. Das ertrage ich nicht, und wieder ist es mein gutmütiger und lieber Schwager, dem ich schreibe, der eigentlich Überstunden abbaut und den Nachmittag freihätte. Ich weiß gar nicht, wie oft er mich in den letzten Wochen schon gerettet hat.

»Hoffnungslos romantisch?«, fragt er, als ich einsteige.

»Nur hoffnungslos«, heule ich los.

»Willst du es mir erzählen?«

Nach meinem empörten »Nein!« sprudelt alles in weniger als einer Minute aus mir heraus. Zusammen mit vielen undeutlichen und verheulten Entschuldigungen, dass ich ihn so blamiert habe.

Stefan hört ruhig zu und tätschelt ab und zu meinen Rücken. Dann sagt er: »Ich bin ja manchmal echt begriffsstutzig, deshalb begreife ich es nicht so ganz. Du empfindest einen Heiratsantrag also als Beleidigung?«

»Du verstehst mich nicht! Er hat mich verhöhnt! Er liebt mich nicht, er ist nur zu feige, seiner Oma die Lügen zu gestehen. Er will mich gar nicht!«

Stefan fährt mich schweigend nach Hause und macht mir dort einen ordentlichen Drink, während ich mich immer weiter in meine Wut hineinsteigere.

»Eine Ehe als kluge Investition in die Zukunft! Er will mich materiell absichern, pah! Denkt er, dass ich ohne ihn nicht zurechtkomme?«

»Bestimmt denkt er das nicht.«

»Ich hasse diese dämliche Isabella!«, schnaube ich.

»Isabel. Sie heißt Isabel«, korrigiert Stefan mich.

»Ist doch egal.«

»Ihr aber nicht. Sie wird richtig sauer, wenn man sie falsch anspricht. Fräulein Isabel von und zu Hohenstein, die Allerwerteste.«

»Wieso von und zu?« Ich bin mittlerweile mehr als angeschickert.

»Na, die Tochter der Chefin hat doch so einen Mini-Grafen geheiratet. Der Titel war zwar bloß durch eine sauteure Adoption erkauft, aber sie gibt trotzdem immer wieder damit an.« Seine Worte dringen nur langsam in meine angetrunkenen, überreizten und mittlerweile todmüden Gehirnwindungen.

»Die Tochter der Chefin?«, wiederhole ich also wie ein begriffsstutziger Papagei.

»Na, Marks Schwester, Fabians Tante halt, die schöne Helena. Erinnerst du dich etwa nicht an meinen Vortrag über die Familiengeschichte der Zuckermanns? Der Sohn geht nach Neuseeland, und die Tochter heiratet in die High Society ein und ist sich zu fein für ehrliche Arbeit. Deshalb ist Elisabeth ja auch so froh, dass sie den Fabian hat. Der einzige Enkel, der sich ernsthaft für die Firma interessiert. Isabel, die Tochter der schönen Helena, kommt nur ab und zu mal vorbei, wenn ihre Modelkarriere stagniert, und will dann plötzlich mitmischen. Aber länger als eine Woche hält sie es hier nie aus.«

»Moment mal. Diese grauenvolle, dürre, blonde Zicke ist Fabians Cousine?«

»Du bist aber sonst schneller von Begriff. Ich dachte, du hättest Abitur?« Stefan boxt mir in die Seite und grinst. Aber ich kann jetzt nicht lachen. Ich kann im Moment nicht einmal atmen. Isabel ist Fabians Cousine, nicht seine Ex-Freundin. Seine Cousine. Was müssen die beiden denn auch so verdammt ähnlich klingende Namen haben …

Die letzten Stunden, seit ich in der Schweiz zurück bin, laufen noch einmal vor meinem Auge ab. Aber jetzt ist es, als hätte jemand den Kinovorhang gelüftet. Oder die richtige Tonspur zum Film eingestellt.

Seine Cousine. Er ist nicht wieder mit seiner Ex-Verlobten zusammen. Er wollte mich nicht verhöhnen. Seine Cousine hat ihn am Wochenende besucht, und ich habe ihm nicht mal die Gelegenheit gegeben, sie mir richtig vorzustellen. Ich bin so unendlich erleichtert und glücklich, doch ein paar Sekunden später dämmert mir, wie unglaublich kalt und abweisend ich zu ihm gewesen bin, und die Erleichterung kippt über in eine tiefe Scham. Alle seine Worte ergeben plötzlich einen ganz anderen Sinn. Und ich habe ihn eiskalt abblitzen lassen.

Ich habe mich auf dem Sofa aufgesetzt und halte mich verkrampft an der Lehne fest. Mein drittes Glas Gin habe ich vor Schreck in einem Zug geleert. Mein Gesichtsausdruck muss wohl beängstigend sein, denn Stefan sieht mich besorgt an. »Ich glaube, für heute hattest du genug, Schwägerin. Wie wäre es, wenn du einfach schon ins Bett gehst?«

Dann trägt er mich mehr ins Bad, als dass er mich stützt.

»Kommst du allein klar?«, fragt er durch die Badezimmertür.

»Natürlich«, murmele ich und lege mich auf den Boden. Der Duschvorleger ist so schön kuschelig. Wie soll ich das alles nur wieder geraderücken? Wie soll ich Fabian morgen überhaupt unter die Augen treten?

*D*och Fabian ist am folgenden Tag gar nicht da, wie ich von Vreni erfahre, und ich weiß nicht, ob ich direkt wieder in Tränen ausbrechen oder erleichtert sein soll. Auf der einen Seite bin ich noch nicht so weit und habe keine Ahnung, was ich ihm sagen oder schreiben soll – wohl schlecht einfach nur »Entschuldigung. Schwamm drüber, dass ich dich für das größtmögliche Arschloch gehalten habe«. Andererseits ist der Gedanke, dass Fabian mich selbst noch länger für das größtmögliche Arschloch hält, unerträglich. Aber ich kann es gerade nicht ändern, vermutlich meine gerechte Strafe.

Im Büro drängen sich Vreni, Rita und Herr Schröter um Vrenis Bildschirm und klicken sich durch die Bilder des Fotoshootings. Isabel ist auch da, was für eine Freude.

»Mia, ich will dich ja nicht beleidigen oder so, aber die Bilder sind echt eine Katastrophe!«, kommentiert sie. Gerade will ich mich empört aufplustern, doch ein Blick auf die Fotos nimmt mir den Wind aus den Segeln. Sie meinte nicht mein Aussehen, sondern vermutlich mein nicht vorhandenes Lächeln. Also zucke ich nur mit den Schultern und sage: »Ich hab euch gewarnt, dass ich nicht fotogen bin.«

»Aber du siehst doch in echt auch völlig unscheinbar aus. Kannst du auf den Fotos nicht genauso aussehen?«, fragt sie mich. *Und wie kommt es, dass* du *auf den Bildern so nett und liebenswert aussiehst, obwohl du so gemein bist?*

»Schneidet mich halt raus.«

»Auf gar keinen Fall!« Elisabeth mischt sich von der Tür aus zum peinlichsten Zeitpunkt ein. »Mia gehört dazu. Und sie ist wunderschön, das sieht man da eben nur nicht!«

»Ist schon gut, Elisabeth, es ist mir egal.« Ist es natürlich nicht, aber ich will einfach rasch diese schreckliche Situation hinter mich bringen. Eine Weile lang stehen wir noch gemeinsam im Büro herum, bis das Grüppchen sich endlich zerstreut und wir wieder arbeiten können.

Ich hasse Isabel nicht nur, weil ich sie für Fabians Freundin gehalten habe, sondern auch, weil sie einfach unsäglich bescheuert ist. Sie wollte sich ein Kleid aus Schokolade gießen lassen. Ja, ein Kleid, und zwar für Halloween.

»Schokolade ist kein Stoff«, hat Vreni ihr erklärt.

»Aber da steht es doch!«

Auf dem Schild in der Ausstellung steht: »Mein Stoff ist Schokolade und mein Dealer der Süßwarenhändler.«

Bevor Vreni explodieren konnte, hat Maja Isabel ins Café gelotst und ihr da irgendeine Aufgabe zugewiesen, bei der sie nicht viel falsch machen kann. Atmen wahrscheinlich.

Ganz untypisch für Oktober sind die Temperaturen noch mal gestiegen, und mit Mütze und Jacke kann man tatsächlich noch mal auf der Terrasse sitzen, solange die Sonne scheint.

Fabian fehlt mir, und langsam wünsche ich mir dringend, dass er wiederkommt. Ich überlege, was ich zu ihm sagen könnte. Doch bevor mir etwas einfällt, mit dem ich zufrieden bin, kommt Fräulein Fotomodell in meine Sonnenecke geschlendert. Ich fixiere die einzige Kuh, die auf der Weide hinter uns grast und zweimal muht.

»Was will das blöde Vieh?«, fragt Isabel mich und setzt sich wie selbstverständlich zu mir an den Tisch. Hat sie vergessen, wie fies sie vorhin zu mir war? Wollen wir doch mal sehen, ob ich nicht genauso gemein sein kann.

»Wieso steht sie da so allein auf der Weide?«

»Weißt du das nicht? Das ist eine Wachkuh«, sage ich.

»Eine was?«

»Sie scannt die Umgebung, wie ein Wachhund. Und wenn sie etwas Böses wittert, gibt sie Laut.«

»Wie kann eine Kuh denn Laut geben?«

»Na, so wie jetzt gerade.«

Isabel sieht die Kuh verwirrt an.

»Wittert sie gerade etwas Böses?«

»Ja, offensichtlich. Sie erkennt Störfaktoren in menschlichen Schwingungen auf zehn Meter Entfernung. Du solltest aufpassen, sie wird leicht aggressiv.« Die Kuh sieht mich friedlich an und fährt dann fort, Gras zu mampfen.

»Also, ich hab noch nie eine aggressive Kuh gesehen.«

»Du bist auch nicht oft in der Natur, oder?«, frage ich.

»Stimmt schon. Ich bin meistens mit den Aufnahmen beschäftigt. Ich bin nämlich Fotomodell.« Ach was?

Sie packt eine Gabel aus und beginnt, zögerlich einzelne Fruchtstückchen aufzuspießen. Mann, wieso isst sie so langsam? Der halbe Apfel wird sie nicht gleich umbringen.

»Fabian wird wahrscheinlich die ganze Woche nicht kommen«, informiert sie mich dann.

»Wieso?«

»Angeblich ist er krank.«

»Wenn er das sagt, wird es schon stimmen.« Die ganze Woche nicht? Wie soll ich das aushalten?

»Du solltest vielleicht lieber drinnen essen«, schlage ich ihr vor.

»Wieso?« Weil ich es nicht ertrage, ihr länger zuzusehen.

»Vielleicht betrachtet die Kuh dich als Konkurrenz. Sie ist sehr eingebildet und will immer die Schönste sein.«

»Wie kann eine Kuh denn eingebildet sein?«

»Sie schaut ihr Spiegelbild stundenlang im Wassertrog an, sodass die anderen Kühe nicht zum Trinken kommen. Deshalb wird sie auch allein auf der Weide gehalten.«

Isabel mustert die Kuh erneut verwirrt.

»Ich wusste gar nicht, dass außer Affen noch mehr Tiere ihr Spiegelbild erkennen können.«

»Sie erkennt es nicht, sie bewundert es nur«, lüge ich weiter. Was muss ich denn noch alles sagen, bis sie endlich verschwindet?

Die Kuh schüttelt ihren Hals, sodass ihre Kuhglocke ertönt.

»Da, das war jetzt das Zeichen, dass etwas nicht stimmt. Jetzt scannt sie ihre Umgebung nach den Störfaktoren.«

Isabel rutscht auf der Bank ein Stück zurück. »Sie wittert ein richtig starkes Störfeld. Schlechte Schwingungen.« Isabel dreht ihre Wasserflasche zu und verschließt die Plastikschachtel mit dem Obstsalat.

»Vielleicht gehe ich wirklich lieber rein. Es fängt auch sicher gleich an zu regnen.«

»Ja«, pflichte ich ihr bei. Am strahlend blauen Himmel hängt keine einzige kleine Regenwolke.

»Dann bis später, Mia! Wir sehen uns.« Sie winkt mir gestelzt zu und stößt sich am Türbalken, bevor sie im Gebäude verschwindet.

Der Rest der Arbeitswoche ohne Fabian kriecht nur so dahin. Obwohl ich in der Manufaktur durch reichlich Arbeit abgelenkt werde, fehlt er mir dauernd. Abends bin ich mehrmals versucht, ihn anzurufen, aber immer wenn ich auf seinen Namen in meinem Handy tippe, verlässt mich der Mut. Alles, was ich am Telefon sagen könnte, erscheint mir zu wenig oder zu banal.

Aber in der Manufaktur setzen wir in diesen Tagen Meilensteine. Elisabeth, die in Fabians Abwesenheit fast täglich kommt, scheint sich mit Herrn Schröter gut zu verstehen, solange ihr Enkel nicht zwischen ihnen zu vermitteln versucht.

Gemeinsam mit Vreni gehe ich noch mal die Zahlen durch. »Wieso ist die neue Spedition eigentlich so teuer?«

»Weil wir alles nur noch versichert verschicken, seit der Lastwagen verloren gegangen ist.«

Ich sehe mir jeden Posten einzeln an. »Wurfsicherheit« ist mit sagenhaften 23 Prozent Aufpreis verbunden.

»Was bedeutet denn wurfsicher?«

»Na, was wohl? Dass die Pakete mit Samthandschuhen angefasst werden.«

»Und das kostet so viel? Wenn man das weglassen könnte, wären die Finanzen wieder im grünen Bereich.«

»Das kannst du aber leider vergessen. Du willst nicht wissen, wie die Sachen dann aussehen.«

»Kann man die Leute von der Spedition nicht irgendwie anders dazu bringen, vorsichtig zu sein? Auf eine Art, die nicht so viel kostet?«

»Sag Bescheid, wenn dir was einfällt.« Vreni steht auf und kramt in einer großen Schublade herum.

Was würde Ralf mir raten? Wenn du dich nicht zwischen zwei Wegen entscheiden kannst, dann such einen dritten. Wenn wir die Versicherung nicht bezahlen können, die Pakete aber auch nicht geworfen werden dürfen, dann müssen wir die Leute von der Spedition irgendwie dazu bringen, von sich aus vorsichtig zu sein. Wie bringt man Leute dazu, etwas behutsam zu tragen? Mit Lebewesen ist man vorsichtig. Mit stacheligen Sachen oder mit heißen. Aber wir können die Pakete ja nicht mit Stacheln versehen. Was noch? Mit Autos sind die Leute vorsichtig, mit neuen Klamotten, mit Computern … oder mit Fernsehern zum Beispiel.

»Vreni!«, rufe ich. »Wäre es ein Problem, auf die Kartonagen ein anderes Bild zu drucken?«

Zuerst haben wir zwei kleine Testkartons mit zerbrechlichen Schokoladenröschen und Mini-Schoggitörtchen per Express Post an uns selbst verschickt, und beide sind heil angekommen. Auf den Karton haben wir einfach ein Bild aus dem Internet von einem großen Fernseher geklebt. Der Paketbote hat Vanessa das Päckchen am nächsten Tag vorsichtig und mit Sorgfalt überreicht, wie ein neugeborenes Baby, wie sie kichernd erzählt.

Dann haben wir sowohl mit dem Inhalt des Aufklebers als auch mit der Verpackung herumprobiert. Eine freie Grafikerin hat einen Laptopbildschirm entworfen, auf dem das Menü unserer Website abgedruckt ist. Genial. Auf diese Weise hat das Bild einen Bezug zur Firma, aber trotzdem sieht das glänzende Ding eindeutig nach zerbrechlicher Elektroware aus. Diesen riesigen Aufkleber haben wir auf jedes Päckchen und Paket geklebt, einmal das komplette Sortiment aus dem Laden verpackt – inklusive all der vorweihnachtlichen Süßigkeiten wie Nikoläuse und Schokoladensterne, die jetzt die Regale füllen – und die Pakete abermals per Express an uns verschickt.

Das Café hat von Mittwoch bis Freitag geschlossen, weil tapeziert und der Holzboden abgeschliffen und geölt wird. Was wir hier machen, wird richtig gut. Wir wollten ursprünglich künstliche Kaffeebohnen als Dekoration für die alten Glastische kaufen, weil ich keine Lebensmittel verschwenden möchte, aber Maja hat nach ausgemusterten echten Bohnen gefragt und kostenlos zwanzig Kilo unregelmäßiger Bohnen von ihrem netten Lieferanten bekommen. Die haben wir dann im Hinterzimmer des Cafés aussortiert und die schönsten als Füllung für die Glastische verwendet. Die größten Bohnen haben wir mit Goldspray eingesprüht, und jetzt stehen sechs hinreißende Kaffeebohnentische im Aufenthaltsraum und warten darauf, dass der Holzboden trocknet. Seitdem glitzert ein wenig Goldglanz auf dem Boden im Hinterzimmer, den ich nicht mehr abkriege.

»Was soll's, sieht doch hübsch aus«, sagt Rita, die meine neuen Schilder in der Ausstellung lobt und mir ausrichtet, dass schon mehrere Leute sie bei der Führung fotografiert haben. Vielleicht bin ich als Freundin und Verlobte eine Versagerin, aber wenigstens meine Arbeit mache ich gut.

Am Freitag schwärme ich Elisabeth noch einmal von mehr Kuchen und Frühstücksangeboten vor und fühle mich kurz etwas schlecht, weil es sich anfühlt, als würde ich Fabian hintergehen. Aber dann erinnere ich mich wieder daran, dass ich hier alles gebe, um seine Firma zu retten und das Beste aus ihr zu machen – auch wenn wir eine unterschiedliche Auffassung von den Maßnahmen haben.

»Ich habe noch alle Rezepte aus unserer Backstube von damals«, sagt Elisabeth etwas wehmütig. »Zu Beginn haben wir alles selbst gemacht. Wir haben mit zwei Sorten Brot und drei Kuchen begonnen. Natürlich könnt ihr gern mal selbst backen und sehen, wie das ankommt.«

Bevor wir festlegen können, mit welchen Kuchen wir starten wollen, platzt Vreni mit einem Handkarren voll mit unseren Express-Kartons ins Büro und öffnet sie feierlich einen nach dem anderen. Was für einen Spaß es macht, Schokoladenpakete auszupacken, sogar wenn man sie selbst verschickt hat! Und das Beste ist, dass die Quote der unversehrten Schokowaren über 95 Prozent beträgt.

»Damit können wir definitiv leben«, strahlt Vreni. »Diese Aufkleber kosten uns einen Bruchteil der Wurfsicherheitspauschale. Mia, das war eine Glanzleistung.«

Ich könnte glücklich und stolz sein und bin es irgendwie auch, aber die positiven Gefühle dringen nicht richtig durch die Schicht aus Schuldgefühlen, Scham und Sehnsucht, die sich um mein Herz gelegt hat. Ich vermisse Fabian mit jedem Atemzug und wüsste zu gern, wann er wiederkommt. Und wie ich diesen ganzen Mist wiedergutmachen soll.

39

*N*ach dem kurzen Sonnenbadwetter letzte Woche sind die Temperaturen praktisch über Nacht um beinahe zwanzig Grad gefallen.

»Hast du zugenommen?«, fragt Annette, die mich mit Drink und Pralinen auf dem Sofa überrascht. Mann, ich finde es ja echt schön, dass wir uns jetzt näherstehen, aber gehören solche indiskreten Fragen auch dazu?

»Du weißt eben nicht, wie man genießt«, werfe ich ihr vor.

»Also bitte, ich hab mir einen grünen Tee gemacht. Mit Koffein drin!«, sagt sie und hält ihre Tasse hoch. »Wollen wir eine Runde joggen gehen?«

»Bist du des Wahnsinns? Heute Morgen wurde Schnee angekündigt.« Ich schüttle mich. »Ich bewege mich heute nur noch vom Sofa bis zum Bett.«

»Von wegen Schnee, draußen lacht der schönste Sonnenschein.«

»In der Freizeit darf man ja wohl mal seinen Hobbys nachgehen.«

»Auf dem Sofa liegen ist kein richtiges Hobby«, kontert sie. Es macht mich glücklich, dass wir mittlerweile richtige Schwesterngespräche führen, uns aufziehen und locker miteinander umgehen.

»Hast du schon was gegessen?«, fragt sie als Nächstes.

»Ich hab versucht, einen Smoothie zu machen, doch irgendwie ist ein Gin Tonic draus geworden. Aber es waren Blaubeeren und Himbeeren drin, ich schwöre es!«

»Das erinnert mich jetzt an Papa.« Wie bitte? Hat meine Schwester gerade von sich aus unseren Vater erwähnt? Ich weiß nicht, ob ich lachen oder weinen soll.

»Mit einem Drink in der Hand hat er die besten Vorträge über seine Diätpläne gehalten«, sagt sie. »Dein verunglückter Smoothie hätte ihm gefallen.«

»Schade, dass wir uns niemals zu dritt mit ihm treffen können«, platzt es aus mir heraus.

Annette nickt versonnen, und dann bestellt sie was vom Lieferdienst, ohne zu fragen, ob es clean oder biodynamisch ist.

Am nächsten Montag dürfen wir endlich wieder das Café betreten. Obwohl die Tische noch nicht ausgetauscht worden sind, werten die neue Tapete und der abgeschliffene Holzboden bereits den ganzen Raum auf.

Maja hat sich unser aller erbarmt und Isabel zum Backen mit in die Küche genommen, wofür ihr die komplette Belegschaft dankbar ist.

Elisabeth will etwas Wichtiges mit mir besprechen, wie sie mir in vermutlich rücksichtsvoller Absicht bereits angekündigt hat. Allerdings macht mich das erst recht nervös, weil ich nicht weiß, ob Fabian nicht inzwischen doch mit ihr gesprochen und reinen Tisch gemacht hat. Aber wenigstens will sie das Gespräch mit einer Kuchenprobe im Café verbinden, wo uns Isabel erwartungsvoll drei Sorten warmen Schokoladenkuchens serviert.

»Schmecken dir die Cupcakes, Mia?«, fragt sie. »Die habe ich selbst gebacken.«

»Ja, sie sind ein Traum«, sage ich überrascht. Sind sie wirklich, das hätte ich ihr gar nicht zugetraut.

»Nicht zu trocken?«, fragt sie.

»Überhaupt nicht, richtig luftig«, lobt auch Elisabeth.

»Vielleicht zu süß?«

»Nein, ich finde sie genau richtig«, beruhige ich sie.

»Vielleicht ist die Glasur zu dünn?«

»Ich mag sie so.«

»Ich hätte mehr Schokoladentröpfchen reintun sollen«, sagt Isabel. Okay, langsam geht sie mir auf die Nerven.

»Sie sind echt perfekt, zu viel Schokolade ist doch eh nicht gut«, sage ich bestimmt.

»Hast du gerade gesagt, zu viel Schokolade ist nicht gut? Na, da haben sie sich ja die Richtige als neue Marketingleiterin ausgesucht!«

Wie schnell ein Mensch von nett und nur leicht nervig zu unverschämt wechseln kann, unglaublich. Kann ich aber auch.

»Ja, zu viel Schokolade ist nicht gut«, wiederhole ich. »Davon wird einem schlecht, und man wird fett. Und wenn ich ehrlich bin, beim zweiten Bissen schmecken die Cupcakes doch nicht mehr so gut, irgendwie zu süß, zu trocken, und die Glasur ist auch zu dünn. Und wieso eigentlich Marketingleiterin?«

»Du hattest dein Mundwerk noch nie im Griff, oder, Isabel?«, sagt Elisabeth seufzend. »Ich habe Mia doch noch gar nicht gefragt. Vielleicht übst du dich eher daran als im Backen.«

Sobald Isabel schmollend abgezogen ist, sehe ich Elisabeth erwartungsvoll an. Ich weiß, was sie sagen wird. Ich glaube es nur noch nicht. Und ich habe keine Ahnung, was als Antwort aus meinem Mund kommen wird.

»Miamädchen, vielleicht kannst du es dir schon denken. Wir brauchen schon lange eine reguläre Marketingleiterin, und ich würde dir die Stelle gern anbieten.«

»Aber ich mache doch nur ein Praktikum! Ich habe noch nicht mal meinen Studienabschluss.«

»Zeugnisse sind mir egal. Du hast alles, was man für diesen Job braucht. Du kannst gut mit Menschen umgehen. Ich habe gehört, dass du einer Besuchergruppe alle Spitzhügeli verkauft hast. Ihre Firma hat am nächsten Tag sofort wieder eine Führung für nächstes Jahr gebucht. Und als du die falsche Bestellung entgegengenommen hast, hast du nicht gekniffen oder sie storniert. Du hast dich ins Zeug gelegt und die ganze Nacht durchgearbeitet, damit die Kundin pünktlich ihre Ware bekommt. Und deine Idee bezüglich der Spedition war einfach nur genial. Du bist kreativ und bist fleißig. Du kannst planen, aber du kannst auch ausführen. Aber am wichtigsten: Dir liegt etwas an dieser Manufaktur, du gibst dein Herz hinein und würdest uns nie hängen lassen. Und deswegen gibt es niemanden, den ich mir besser vorstellen könnte für diese Position. Und an Fabians Seite, ihr beide, wie könnte ich mich da nicht beruhigt zurückziehen ...«

Ich bin gerührt und auch ein bisschen stolz. Dieses Angebot ist zu schön, um wahr zu sein. Und genau das ist leider auch der Punkt, denn wahr kann es nicht werden. Sie macht das Angebot schließlich nicht mir als Mia Kammerer, sondern mir als Fabians Verlobter. Und mindestens genauso, wie ihre Worte mich mit Stolz erfüllen, beschämen sie mich in diesem Moment, denn sie hat keine Ahnung, wem sie dieses großzügige Angebot macht. Sie hat keine Ahnung, wie sehr wir sie hintergehen. Niemals hätte sie einer x-beliebigen kleinen Praktikantin aus Deutschland so eine Chance angeboten, wenn sie nicht glauben würde, dass ihr Enkel sie heiraten will. Ich habe ihr Vertrauen einfach nicht verdient.

»Elisabeth, das ist furchtbar lieb. Aber weißt du, zwischen mir und Fabian steht es gerade nicht so gut.«

»Na und? Das hat doch nichts mit dem Job zu tun. Überleg es dir, Mia. Ich setze dich nicht unter Druck.«

Es ist unheimlich verlockend. Ich könnte in der Schweiz bleiben und einen Job ausüben, den ich liebe. Gleich in einer Position, die zu erlangen ich sonst Jahre bräuchte. Ich müsste mich nicht einmal meiner Prüfungsangst stellen. Vielleicht könnte ich noch eine Zeit lang bei Annette wohnen und dann auf eigenen Füßen stehen. Mit dem regulären Gehalt könnte ich mir eine eigene Wohnung leisten. Nie wieder zurück in die WG zu Katja, nie wieder nach Hamburg.

Aber eine Stimme ganz tief in mir flüstert: Und was ist, wenn du den Job verlierst? Wenn die Zuckermanns pleitegehen? Dann stehst du ohne Abschluss da. Außerdem habe ich beinahe fünf Jahre lang studiert. Es wäre idiotisch, das Studium nicht abzuschließen. Der Job läuft mir nicht davon, auch wenn ich im Frühjahr in Hamburg meine Prüfungen schreibe. Aber den Universitätsabschluss kann ich nicht mehr nachholen, wenn ich jetzt die Fristen versäume. Und vor allem muss ich vorher Fabian sehen, muss wissen, ob er mir verzeihen kann, denn wenn ich nicht aufhören kann, Fabian zu lieben – und ich wüsste nicht, wie das gehen sollte –, wie könnte ich es da aushalten, Tag für Tag neben ihm zu arbeiten? Nein, das geht nicht. Aber ich bringe es auch nicht übers Herz, gleich abzulehnen.

»Ich danke dir, Elisabeth, aber ich brauche ein bisschen Bedenkzeit.«

»Natürlich, lass es dir ein paar Tage lang durch den Kopf gehen. Sag nur nicht gleich Nein, okay?« Das zumindest verspreche ich ihr, bevor sie in ihr Büro zurückgeht und ich vor einem großen Berg Kuchen sitzen bleibe.

»Und?« Isabel mustert mich feindselig. »Hast du den Vertrag schon unterschrieben?«

»Nein, hab ich nicht. Und du brauchst nicht übermäßig besorgt zu sein, denn wahrscheinlich lehne ich das Angebot sowieso ab.«

»Als ob! Du hast dich doch schon bequem in die goldenen Löffel gesetzt.«

Ich verkneife es mir, die Redewendung zu korrigieren – oder sie auf die finanzielle Situation der Manufaktur hinzuweisen. Stattdessen frage ich sie, was mich tatsächlich interessiert: »Wieso bist du eigentlich so eklig zu mir? Hab ich dir irgendwas getan, Isabel? Du hast doch alles. Lass mich doch einfach in Ruhe!«

»Ich habe alles?« Isabel reißt erstaunt ihre Puppenaugen auf. »Ich? Meine Eltern haben sich scheiden lassen, als ich 15 war. Meine Mutter ist ins Ausland gegangen, als ich noch in der Schule war und sie nicht begleiten konnte. Mein Vater hat jede Woche eine andere, jüngere Freundin. Sie reden seit zehn Jahren kein Wort miteinander. Ich bin nicht gerade die beste Schülerin gewesen, hab den Abschluss nicht geschafft, und seitdem versuche ich es in einem Job nach dem anderen, aber nichts klappt. Und offensichtlich nicht einmal das Hübschsein reicht aus, denn so steil ist meine Modelkarriere auch nicht gerade. Manchmal reicht gutes Aussehen eben nur für Vorurteile oder Eifersucht. Und dann mein Name. Alle sagen, oh, Isabel von Hohenstein, die kann wohl nur mit ihrem Namen glänzen. Und irgendwie haben sie recht. Meine Oma kennt dich erst seit ein paar Wochen und mag dich jetzt schon lieber als mich. Ich passe nirgends richtig rein. Dich mögen alle. Du bist gut in deinem Job. Du hältst alles eisern durch. Ich versage in jedem Bereich. Maja hat jetzt schon die Schnauze von mir voll.«

Nach diesem Monolog lässt sie sich auf den Stuhl neben mir plumpsen, nimmt mir die Gabel aus der Hand und piekst in ein großes Stück Schokoladenkuchen. Das hatte ich mir anders gedacht, jetzt fühle ich mich wie die Böse. Nach drei vollen Kuchengabeln und einem zufriedenen Seufzen spricht sie weiter: »Ich hab kein Abitur wie ihr alle. Und Kirsten gibt immer so an mit ihrem Kunststudium. Da fühlt man sich plötzlich echt klein.«

»Ach, Kirsten. Auf ihr Gerede darfst du doch nichts geben!«

»Nervt sie dich etwa auch?«

»Total!«, entfährt es mir. »Aber kein vernünftiger Mensch würde weniger von dir halten, nur weil du kein Abitur hast. Das ist doch Quatsch.«

»Du vielleicht nicht. Aber die meisten meiner Freunde, bei denen geht es immer nur darum, wer das dickste Auto fährt oder die luxuriösesten Urlaube macht. Oder wer den tollsten Job hat, die geilsten Deals bekommt und am besten dasteht.«

»Das klingt anstrengend«, sage ich langsam. »Aber bist du dir sicher, dass es echte Freunde sind?«

Ich denke an Becky, die noch nie einen Gedanken daran verschwendet hat, was für einen Schulabschluss ich habe. Sie liebt mich einfach und ist für mich da. Punkt. Wobei Becky auch deutlich netter ist als Isabel im Allgemeinen, aber womöglich ist das auch nur ein großer Berg Unsicherheit und Frust. Damit kenne ich mich wiederum ganz gut aus. Also sage ich das mit dem Nettsein lieber nicht.

»Das frage ich mich in letzter Zeit auch«, fährt Isabel fort. »Ich zweifle irgendwie an allem. Ich weiß gar nicht, wie ich mir die Zukunft vorstellen soll. Was ich machen könnte.«

»In irgendetwas musst du doch gut sein. Was machst du denn am liebsten?«

»Yoga.«

»Na ja, dafür wird man nicht bezahlt. Obwohl, wenn du Kurse geben würdest?«

»Dafür bräuchte ich doch einen Abschluss, irgendein Diplom.«

»Dann mach das halt.«

»Wie, machen?«

Ich zücke mein Smartphone und gebe »Yogazertifikat« + »Zürich« ein.

»Hier, fängt in zwei Wochen an. Sechs Monate, danach darfst du unterrichten.« Ich halte ihr mein Display vor die Nase.

»Wie machst du das, Mia?« Sie sieht mich an, als hätte ich übernatürliche Fähigkeiten.

»Es hat zwei Minuten gedauert, das zu googeln.« Also wirklich.

»Das meine ich nicht. Du siehst ein Problem und bist einfach überzeugt, dass es eine Lösung dafür gibt. Und dann findest du sie ganz selbstverständlich, als hättest du einen Gutschein dafür. Woher nimmst du dieses Vertrauen?«

»Keine Ahnung.« Aber das ist ein schönes Bild.

»Würdest du mir denn bei der Anmeldung helfen?« Kann sie nicht mal ein Formular allein ausfüllen? Aber sie sieht mich so bittend an, dass ich nachgebe.

»Danke, dann würde ich mich sicherer fühlen.«

Isabel fühlt sich sicherer, wenn ich ihr helfe?

»Okay. Dann machen wir das zusammen.« Das hätte ich mir letzte Woche auch noch nicht träumen lassen, dass ich jetzt hier mit Isabel sitze und sie mich um Hilfe bittet. Mit ihren Rehaugen sieht sie mich schmachtend an, und irgendwie finde ich sie auf einmal ganz süß und gar nicht mehr so nervig. Außerdem hat es noch einen ganz egoistischen und entscheidenden Vorteil, wenn man anderen hilft. Es lenkt einen von den eigenen unlösbaren Problemen ab und lässt hoffentlich auch die Zeit schneller vergehen.

In der Mittagspause am nächsten Tag ist es besonders schlimm. Die Gedanken und Gefühle purzeln durch meinen Kopf. Minutenlang starre ich ins Leere und bekomme kaum einen Bissen herunter. Irgendwann sitze ich als Letzte mit meinem Lunchpaket im Aufenthaltsraum. Plötzlich ertönt leise Musik. Ich kann das Lied nicht gleich identifizieren, aber es klingt vertraut und tröstlich.

»Barbra Streisand!«, sagt Herr Schröter, der sich in die andere Ecke des Raumes gesetzt hat, ohne dass ich es mitbekommen habe. Richtig, *Woman in Love*, eins von Mamas Liebesliedern. Wie lange habe ich das nicht mehr gehört?

»Golden Oldies«, sagt Herr Schröter und packt seine Tupperdose aus. Ich bin froh, dass er keine Kopfhörer trägt, sondern mich an der Musik teilhaben lässt. Dann essen wir schweigend und hören uns durch *Hotel California*, *Seasons in the Sun* und *Breakfast in America*. Die Melodien erinnern mich an Mama. Sie hatte all diese Musik auf Platten zu Hause und hat sie rauf und runter gehört. Die hatte ich ganz vergessen, bei Esther gab es meistens klassische Musik. Auf einmal fühle ich mich in einen Moment meiner Kindheit zurückversetzt. Mama staubsaugt und singt dabei. Dann nimmt sie mich plötzlich auf den Arm und wirbelt zu den Beatles herum. Das war einer der Momente, in denen sie glücklich war und die nur mir gehört haben. Da ging es um keinen Mann, nur um uns beide. Ich spüre, wie sich ein Lächeln auf meinem Gesicht ausbreitet.

»Ach, hier bist du!«, reißt Isabel mich aus meinen Gedanken. Miss Fotomodell hat ein Schüsselchen Obstsalat und eine Flasche Wasser dabei und lächelt mich an.

»Hat der Schröter dich mit seinem Gejaule gequält?«

»Ich mag diese Musik, ehrlich gesagt.«

»Ernsthaft? Aber du weißt, dass der Mann bald in Rente geht, oder? Die Menschen bleiben ja bei der Musik ihrer Jugend hängen und halten sie zeitlebens für das Größte. Du müsstest dann doch eher auf was Modernes stehen, so was wie Ed Sheeran oder Beyoncé?«

Ich freue mich zwar, dass Isabel und ich uns inzwischen nicht mehr so feindlich gesinnt sind, aber ihr zu erklären, warum mich diese Musik mitten ins Herz trifft – so weit sind wir noch lange nicht.

»Ich hab wohl einfach den Musikgeschmack eines sechzigjährigen Mannes«, sage ich und zucke mit den Schultern. Und auf einmal mag ich Herrn Schröter richtig gern, und als er aufsteht und zurück ins Büro geht, winke ich ihm mit einem dankbaren Lächeln zu.

Eine Weile essen Isabel und ich still vor uns hin, und obwohl sie nicht gerade die Person ist, die ich jetzt am liebsten um mich hätte, isst es sich in Gesellschaft doch leichter als allein, mit trüben Gedanken und der Sehnsucht nach einem Mann, bei dem man es im schlimmsten Fall für immer vergeigt hat.

Als hätte Isabel meine Gedanken erraten, fragt sie plötzlich: »Sag mal, was hast du eigentlich mit Fabi angestellt? Er isst kaum was, ist blass und schlägt sich die Nächte um die Ohren. So habe ich ihn noch nie gesehen. Er hat es kaum geschafft, heute nach Bern aufzubrechen.«

»Oh«, sage ich nur. »Was macht er denn in Bern?«

»Irgendwas mit dem Lindthaus, er sieht sich eine Ausstellung an. Er will sich von dem Konzept inspirieren lassen, wie Rudolf

Lindt für sein Lebenswerk geehrt wird oder irgend so was ... ich hab nicht richtig zugehört.«

»Ich dachte, er ist krank?«

»Liebeskummer ist ja auch irgendwie eine Krankheit, oder?«

Mein Herz schlägt schneller. »Warum hat er denn Liebeskummer?«

»Tsss – und mir wird nachgesagt, blond und blöd zu sein ... Na, weil du ihn nicht mehr heiraten willst!«

Es wird Zeit, mit den Lügen aufzuhören, auch wenn es nur Fabians Cousine ist, die mir gegenübersitzt.

»Das ist Blödsinn. Isabel, wir waren nie verlobt. Wir haben das nur vorgespielt, weil Fabians Ex-Freundin mit ihm Schluss gemacht hat.«

»Was?«

»Ich bin hier nur die Praktikantin. Wir waren niemals ein Paar. Alles Lüge.« Du meine Güte, tut das weh, es so auszusprechen!

»Das kann aber nicht alles eine Lüge sein! Er schaut sich dauernd Bilder von dir auf Facebook an. Und von deiner besten Freundin, weil die dich überall markiert hat. Und wenn er deinen Freund sieht, kriegt er ganz üble Laune und trinkt Cognac.«

»Mein Freund? Wieso mein Freund? Ich habe keinen Freund!«

»Aber seit du in Deutschland warst, bist du doch wieder mit diesem langhaarigen Typen zusammen.« Wovon zur Hölle redet sie da? Sie zieht ihr Handy aus der Tasche und tippt darauf herum. Die Sekunden ziehen sich endlos, bis sie endlich »Hier!« ruft und mir das strassbesetzte Gerät herüberreicht. Mit zitternden Händen nehme ich es entgegen und starre Johnny an, der auf Instagram Ralfs Beerdigung gepostet hat. Unter den Hashtags #familyfirst, #waswirklichzählt und

#RIP sieht man ihn weinend am Sarg stehen. Auf dem nächsten Bild hält er mich im Arm und schmiegt sich an meine Schulter. Eine Sekunde später habe ich mich losgerissen und ihn angebrüllt, aber das sieht man natürlich nicht. Man sieht nur die Unterschriften #lieblingsmensch, #always, #miamylove, und mir wird übel. Ich stand ja vorher schon nicht so toll da, aber was muss Fabian mittlerweile nur von mir denken! Dass ich mich meinem Ex an den Hals werfe, eine Nacht nachdem wir uns geliebt haben? Was soll er gedacht haben, außer dass er mir offensichtlich völlig gleichgültig ist und nur ein Zeitvertreib für mich war? Mein schlechtes Gewissen bringt mich fast um.

»Das ist nicht mein Freund! Er ist mein Ex, und es ist schon lange vorbei. Wie kann man so pietätlos sein und Bilder von einer Beerdigung posten?«, sage ich heiser.

»Ich fand es auch komisch. Alles in Ordnung mit dir?«

»Nicht wirklich.« Ich bin kurz vor einem Nervenzusammenbruch.

»Soll ich dir ein Wasser holen?« fragt Isabel, und ich fühle mich gleich noch mieser. Sie ist gar keine blöde Kuh. Die einzige blöde Kuh in der ganzen Schweiz bin ich.

»Nein danke.« Meine Stimme zittert.

»Ich glaube, ihr solltet euch mal aussprechen. Aber vielleicht verrätst du Fabian nicht, dass ich dir das alles erzählt habe. Ich fürchte, das fände er doof.«

Ich nicke nur. Sie hat völlig recht. Ich werde auch nicht mehr warten, bis er von sich aus wieder in die Manufaktur kommt, ich muss zu ihm. Ich muss aufhören, zu kneifen und es mir bequem zu machen. In allen Bereichen!

»Wann kommt er denn aus Bern zurück?«, frage ich Isabel. »Und wie beichte ich das alles nun am besten Elisabeth?«, frage ich eher mich selbst.

»Wie beichtest du mir *was?*« Unbemerkt ist Elisabeth in den Raum getreten und sieht mich nun etwas überrascht, aber vor allem erwartungsvoll an. »Geht es um die Stelle?«, fragt sie mit sanfter Stimme, und statt einer Antwort breche ich in Tränen aus.

Hinter dem Fenster beginnt es zu schneien.

E lisabeth reicht mir zwar ein Taschentuch, aber dann setzt sie sich einfach neben Isabel und wartet ab, bis ich zu schluchzen aufhöre. Die macht keine Anstalten zu gehen. Elisabeth sieht mich erwartungsvoll an und nickt aufmunternd. Im Grunde muss ich doch nur wiederholen, was ich Isabel gerade gesagt habe. Wieso fühlt es sich nur so schwer an? Los, Mia, denke ich und öffne den Mund.

»Das mit Fabian und mir ist nicht so, wie du denkst. Also, es hat anders angefangen. Wir waren zuerst gar kein Paar, aber er wünschte sich, dass du das denkst, weil du, na ja, eine Schwiegertochter wolltest, also eine Schwiegerenkelin, ich meine …«

»Ich kann dir nicht ganz folgen, liebes Kind.«

»Fabian hatte zuerst eine andere Verlobte, Isabella, aber die hat mit ihm Schluss gemacht. Dann kamst du ins Krankenhaus, und er wollte sie dir vorstellen, aber weil sie nicht da war, hat er mich mitgenommen.«

»Daran kann ich mich erinnern«, sagt Elisabeth mit einem Lächeln. »Ich habe mich schon gewundert, weil du ganz anders aussahst als die Frau auf seinem Facebook-Profil.«

»Du hast es gemerkt?«, frage ich fassungslos.

»Ich mag alt sein, Kindchen, aber ich bin nicht blind oder blöd. Glaubst du, ich kann mir keine Bilder im Internet anschauen?«

Ja, das hatte ich irgendwie gedacht. Einige Sekunden lange schaue ich sie hilflos und irritiert an.

»Und dann bist du nicht gestorben«, greift Isabel mir unter die Arme.

»Ja, auch das weiß ich noch«, sagt Elisabeth amüsiert.

»Fabian wollte jedenfalls nicht, dass wir dir die Wahrheit sagen, damit du nicht gleich den nächsten Schlaganfall bekommst. Aber ich bin die Falsche! Dass ich mich danach in Fabian verliebt habe, war Zufall.«

»Die meisten Leute verlieben sich zufällig.«

»Aber du verstehst mich, glaube ich, nicht. Das war alles nicht echt! Der Ring war nicht echt!«

»Du hast ihn doch am Finger.«

»Ja, aber wir haben ihn erst hinterher gekauft. Zuerst war es nur ein goldenes Haargummi. Wir …« Ich dachte nicht, dass es so schwer sein würde.

»Ihr habt euch also erst etwas später verliebt.«

»Nein, also, ich weiß es nicht. Ich glaube, er nicht. Ich bin bestimmt die Einzige, die …« Es ist hoffnungslos.

»Natürlich ist er in dich verliebt, das sieht doch jeder in der Firma. Sogar Isabel hat das gemerkt.« Die nickt bestätigend.

»Aber das, was du gesehen hast, gehörte doch nur zu seinem Theater. Weil er dich liebt und dich schonen wollte. Das war nur vorgespielt!«, sage ich traurig.

»Mein liebes Kind, Männer können eine Menge heucheln und vorgeben, aber weder diese Verzweiflung noch diese Wut wie nach eurem Streit.«

»Weil der Streit echt war! Wir haben uns wirklich gestritten, seine Wut war echt. Aber das mit der Verlobung hat nicht gestimmt. Das mit der Liebe hat nicht gestimmt.«

»Hat er dich etwa nicht gefragt, ob du ihn heiraten willst?«

»Doch, schon. Aber das hat er nicht so gemeint! Er wollte nur irgendwie das Richtige machen. Und dich nicht mehr anlügen, aber eben auch nicht zugeben, dass alles gelogen war.« Gefühlt wird es dunkler und dunkler im Zimmer.

»Glaubst du wirklich, mein Enkel wäre so saublöd und heiratet eine Frau, die er nicht liebt? Nur damit ich zufrieden bin?« Sie sieht mich mit großen Augen an.

»Er würde sicher alles für die Firma tun«, sage ich verzweifelt.

»Papperlapapp! Er kriegt die Firma doch sowieso. Kirsten würde sie nicht mal geschenkt nehmen.«

»Und was ist mit mir?«, wirft Isabel ein.

»Um dich geht's gerade nicht, Engelchen.«

»Aber wir haben dir das glückliche Paar nur vorgespielt. Empört dich das denn gar nicht?«

»Liebst du meinen Enkel oder nicht?«

»Natürlich liebe ich ihn«, heule ich, »aber das ist doch nicht der Punkt.«

»Was ist denn der Punkt?«

»Dass ich dir etwas vorgemacht habe! Ich habe dir was vorgemacht und es dann nicht aufgeklärt, um weiter hier arbeiten zu können.«

»Nur deshalb?«

»Und um dir keinen Schock zu verpassen. Um dich nicht zu gefährden. Und damit die Firma nicht pleitegeht. Und damit ich in Fabians Nähe bleiben konnte!«

»Und das findest du eigennützig?«, fragt sie.

»Irgendwie schon. Nicht nur, aber auch … Du bringst mich ganz durcheinander.«

Elisabeth wiegt ihren hübsch frisierten Kopf hin und her. »So viele Zweifel. Sie will immer alles perfekter als perfekt machen. Meine Mia mit dem goldenen Herzen.«

Das ist so falsch, dass ich beinahe aufschreie: »Ich hab kein Herz aus Gold, höchstens eins aus billigem Metall mit ein bisschen Goldfarbe drauf, die schon abblättert! Ich bin eine Mogelpackung, Elisabeth! Bist du gar nicht sauer auf mich?«

»Sauer? Wieso denn das? Du tust mehr für diese Firma, als meine Kinder je getan haben.«

»Aber ich bin eine Betrügerin. Und um die Finanzen steht es nicht nur schlecht, ihr seid kurz vor der Pleite. Fabian will dich immer nur schonen, aber ich glaube, dass du es einfach wissen solltest.«

»Und du denkst, dass ich mein Lebenswerk jemandem übergebe, der nicht geeignet ist? Glaubst du, ich würde aus Sentimentalität meine Firma an eine unfähige Nachfolgerin abtreten, nur weil sie hübsche blaue Augen hat?«

So habe ich das noch nie betrachtet.

»Natürlich möchte ich dich hierhaben, auch wenn du das mit Fabian nicht mehr … willst. Ich brauche jemanden, der dauerhaft die Marketingleitung übernimmt.«

»Natürlich will ich! Aber Fabian will mich jetzt sicherlich nicht mehr, und von Liebe hat er auch nie ein Wort gesagt.« Die Verbitterung bricht aus mir heraus. »Ich scheine einfach nicht für die Liebe gemacht zu sein. Aber ich heirate keinen Mann, der mich nicht liebt. Das tue ich mir nicht an. Dann bleibe ich vermutlich einfach auf ewig allein.«

»Wie alt bist du, Mia? Sechsundzwanzig?«

Ich nicke.

»Also, Mitte zwanzig und hat Angst, allein zu bleiben. Das ist ja süß. Zu *meiner* Zeit wurde man schief angeschaut, wenn man mit sechsundzwanzig noch nicht unter der Haube war, aber in der heutigen Zeit bist du doch noch ein Küken. Kannst du nicht Tinder machen oder so etwas, wenn es mit Fabian nicht klappt?«

»Woher weißt du, was Tinder ist?«

»Ich kann lesen, weißt du. Und ich lese eine Menge Artikel online. Die kann man größer stellen, da brauche ich keine Brille wie bei der Zeitung.«

Manchmal vergesse ich, dass ältere Menschen einfach nur schon länger leben. Sie bekommen genauso mit, was in der Welt passiert, wie unsereins, und man sollte sich echt in Acht nehmen, sie zu unterschätzen. Besonders diese alte Dame hier. Ich komme mir plötzlich sehr jung und dumm vor. Und ich kann nicht glauben, dass sie unser Schauspiel von Anfang an durchschaut hat. Und mich trotzdem noch mag.

»Also Mia, was nun?«, fragt mich Elisabeth, und Isabel schaut so gespannt zu mir rüber, als wären wir in einem Film und es würde nur noch die Tüte Popcorn fehlen.

»Ich will nicht tindern. Ich will nur Fabian.«

»Was tust du dann noch hier?«

Ja, das ist eine gute Frage.

»Ich glaube, dann mache ich mich besser mal auf den Weg zu ihm.«

»Na bitte, Kindchen, es geht doch! Wenn ihr zwei nicht zusammengehört, dann weiß ich auch nicht«, sagt Elisabeth und verschränkt zufrieden die Arme vor der Brust.

»Er kommt erst morgen zurück«, wirft Isabel ein.

»Dann fahre ich eben nach Bern!«

»Das glaube ich nicht, schau doch mal aus dem Fenster«, sagt Isabel. Ich ziehe die Gardine zurück und starre auf eine weiße Welt. Es schneit und schneit und schneit und schneit.

42

€ s schneit so stark, dass Stefan schon um halb fünf nach Hause aufbrechen will. Ich schnappe meine Sachen und folge ihm durch die unwirkliche Szenerie. Schon im Normalzustand war die Natur um die Firma herum wunderschön, doch jetzt ist sie einfach nur atemberaubend. Alle Bäume und Sträucher sind verzuckert, die Straßenlaternen leuchten geheimnisvoll unter ihren Schneehäubchen. Und es herrscht eine unglaubliche Stille, als hätte der Schnee jedes überflüssige Geräusch geschluckt.

»Ich muss nach Bern, kannst du mich am Bahnhof absetzen?«, frage ich, sobald der Motor läuft.

»Spinnst du? Bei dem Wetter fährst du nirgendwo allein hin! Wir fahren auf dem schnellsten Weg heim zu Annette.« Ich bin zum ersten Mal froh über die wettertauglichen Reifen, die mein Schwager aufgezogen hat.

Ich versuche unterwegs viermal, Fabian anzurufen, aber sein Handy ist aus. Wir hören Autoradio und werden gewarnt, nur das Haus zu verlassen, wenn es absolut notwendig ist.

»Aufgrund der Schneelast sind diverse Mobilfunkmasten zusammengebrochen. Das Mobilfunknetz ist nur unzureichend gewährleistet, und in einigen Orten gibt es Stromausfälle.« Dann beginnt es zu knirschen, und plötzlich ist der Radioempfang weg.

»Stefan, was bedeutet das?«, frage ich angstvoll.

»Das bedeutet, dass der Empfang gestört ist und dass ich heute Nacht noch einen Einsatz mit dem Schweizer Zivilschutz habe. Zum Glück gibt es nicht in jedem Jahr einen so frühen Schneeeinbruch!«

Ich versuche, Annette anzurufen, aber mein Handy ist jetzt auch tot.

»Versuch es mit meinem, wir haben beim Schweizer Zivilschutz ein eigenes Netz.« Ich fummele an seinem Telefon herum, aber plötzlich kracht etwas auf die Windschutzscheibe, und ich schreie auf. Stefan bleibt ganz ruhig.

»Scht, keine Angst. Das war nur Schnee von einem Ast. Schau, den kriege ich sogar mit dem Scheibenwischer weg.«

Ich werde nie wieder etwas gegen Geländewagen sagen, nie wieder. Wir bleiben am Straßenrand im warmen Auto stehen und warten, bis der Scheibenwischer die Windschutzscheibe frei gemacht hat.

»Keine Sorge, ich bringe dich heim, sobald ich wieder etwas sehen kann.«

Über sein Diensttelefon bekommt Stefan tatsächlich Kontakt zu Annette. Er gibt ihr unsere Position durch und verspricht, mich heil abzuliefern.

»Möchtest du noch irgendjemandem eine Nachricht zukommen lassen?«

»Brauchst du die Leitung nicht für den Zivilschutz?«

»Erst wenn ich im Einsatz bin. Solange wir hier rumstehen, kannst du gern was verschicken.«

Ich habe Stefans Diensthandy in der Hand und will lostippen, aber dann halte ich inne. Ich kann von seinem Handy aus doch keine Liebesschwüre ans Handy seines Chefs senden, auch wenn ich Fabians Nummer auswendig weiß.

Ich weiß ja nicht mal, wer das Handy später alles noch in die Hand bekommt. Vielleicht benutzen es noch andere Mitglieder vom Zivilschutz? Und wie soll ich in wenigen neutralen Worten all unsere Missverständnisse auflösen und das Kuddelmuddel klären, über das ich mir seit Tagen vergeblich den Kopf zerbreche? Andererseits kann mir niemand garantieren, dass ich mein Handy heute Nacht überhaupt noch mal benutzen kann.

Seit dem Gespräch mit Elisabeth habe ich den verzweifelten Wunsch, Fabian ein Zeichen zu senden. Egal wie. Dass ich an ihn denke. Dass ich ihn liebe. Dass er mir fehlt. Ich muss irgendetwas schreiben, was meine Gefühle transportiert, aber Stefan nicht in allzu große Erklärungsnöte bringt.

In diesem Moment kracht neben uns ein Haufen Schnee von einer Litfaßsäule herunter und gibt die Sicht auf ein Kinoplakat frei: »Can you ever forgive me?«

Natürlich, das geht. Ich lächle dankbar und fange an zu tippen.

Can you ever forgive me? Du neben mir. Für immer vielleicht?

Ich sende meine Botschaft an Fabians Nummer.

»Achtung, wir fahren weiter!«

Es ruckelt, aber der Jeep findet Halt auf der rutschigen Straße. Nie wieder ein Wort von mir über protzige Geländewagen, wirklich nie wieder.

Annette ist bereits zu Hause und erwartet uns mit besorgtem Gesicht und – man glaubt es nicht – mit einem heißen Kakao, den sie mit Sahne und Marshmallowstückchen garniert hat.

»Ich kann jetzt keinen Kakao trinken. Ich muss nach Bern!«, sage ich zum wiederholten Mal, doch die beiden lachen nur, und Annette schüttet mir Amaretto in den Kakao. »Du gehst heute nirgendwo mehr hin!«

Dann zieht Stefan sich für seinen Einsatz um. Annette küsst ihn zärtlich zum Abschied, und dann kuscheln wir uns auf ihr großes Sofa.

»Machst du dir keine Sorgen um deinen Mann?«

»Ach, Stefan und seine Jungs kriegen das schon in den Griff. So was passiert hier jeden Winter früher oder später.«

Mein Herz blutet, weil Fabian irgendwo in Bern allein ist und mich mit einem anderen in einer Beziehung wähnt. Ich würde mir am liebsten Schneeschuhe anziehen und nach Bern laufen. Gleichzeitig bin ich durchgefroren und müde.

»Komm, Mia, lass uns ins Bett gehen.«

»Sollen wir nicht aufbleiben und warten, bis Stefan nach Hause kommt?«

»Das kann zwölf Stunden dauern, bis dahin sind wir längst wieder wach.«

Ich möchte etwas erwidern, aber Annette nimmt mich in den Arm und sagt nur: »Nein, heute geht's nicht mehr nach Bern.« Ich gebe mich geschlagen, und dann dimmt Annette das Licht, und ich tappe in mein Bett.

Ü ber Nacht hat sich die verzauberte Traumwelt in eine chaotische Realität verwandelt. Schneemassen, Schmutz, Matsch und ein riesiges Chaos sind von verschiedenen Einsatzkräften und freiwilligen Helfern zu bewältigen. Stefan war nur kurz zu Hause, um zu duschen und etwas zu essen, jetzt ist er schon wieder fort, um weiter umgestürzte Bäume von den Straßen zu schaffen. Nie wieder werde ich ihn Hipster nennen, auch wenn sein Bart noch so akkurat gestutzt ist. Er ist stark, zuverlässig, hilfsbereit und unendlich gutmütig.

Ich tigere in der einsamen Wohnung herum. Mein Handy geht immer noch nicht, und Annette hat sich geweigert, mich mitzunehmen. Sie hat tatsächlich ihre Schneeschuhe angezogen, um im Ort das Nötigste einkaufen zu gehen. Insgeheim bin ich ihr dankbar dafür, dass ich nicht in die kalte, unwirtliche Welt da draußen gehen muss, um mir mein Essen zu erjagen. Aber dass der Kommunikationsweg zu all meinen Lieben abgeschnitten ist, macht mich beinahe wahnsinnig. Was mir am meisten auf der Seele brennt, ist natürlich Fabian. Ich hoffe sogar, dass Isabel vielleicht mehr Glück mit ihrem Handynetz hat und ihn längst über alle Missverständnisse aufgeklärt hat.

Schließlich setze ich mich auf mein Bett und fange an, meine Uniunterlagen durchzulesen. Ganz langsam, als würde ich das alles zum ersten Mal sehen. Zeit habe ich jetzt ja.

Schon auf der ersten Seite stoße ich auf einen unbekannten Begriff und schlage ihn einfach sofort nach. Dafür hatte ich bisher keine Muße. Und sobald ich erst mal begonnen habe, das Wiki-System zu studieren, finde ich es erstaunlich logisch und gut aufgebaut. Vielleicht liegt es daran, dass ich alles, was hier steht, gedanklich irgendwie auf meinen Job anwende oder plötzlich praktischen Bezug darin sehe, aber zum ersten Mal habe ich das Gefühl, etwas zu lernen, ohne mich dabei groß anzustrengen. Es macht beinahe Spaß, wenn man mal die beschissenen Umstände um mich herum vergisst. Irgendwann klopft Annette und bringt mir einen Tee und einen Obstteller.

»Wann bist du fertig?«

»Keine Ahnung, ich lerne, und wir haben ja wohl nichts vor, außer weiter abgeschnitten zu sein, oder?«

»Kannst du dir trotzdem vorstellen, um 19 Uhr eine Pause zu machen? Ich habe eine kleine Überraschung für dich.«

Ich schaue zu ihr rüber, fast wirkt sie ein wenig nervös, und ich nicke.

»Prima, und zieh dir was Ordentliches an!«, setzt sie nach. Tja, zum Essen wird sie mich nicht ausführen können, aber ich habe jetzt ja genügend hübsche Kleider hier, und wenn es ihr eine Freude macht …

Als ich drei Stunden später ins Esszimmer komme, ist der Tisch stilvoll gedeckt.

»Liebe Mia, das ist eine Einladung mit einem ganz besonderen Gast. Und sie ist längst überfällig!«

Die Kerzen brennen, und am Tischende steht ein großes Bild von Papa in dem verschnörkelten Rahmen. Es ist gar nicht pixelig, sondern scharf aufgelöst und beinahe lebensecht. Er trägt sein hintergründiges Lächeln und scheint liebevoll über den Tisch zu blicken. Ich sehe zu Annette, dann wieder auf das Bild und erneut zu meiner Schwester.

»Wir werden heute Abend mit unserem Vater zu Abend essen«, erklärt sie mir.« Offensichtlich kann sie meinen Blick ebenfalls nicht deuten und ist genauso unsicher wie ich. »Findest du das blöd?« Und noch ehe sie ausgesprochen hat, schüttle ich den Kopf und umarme sie. »Das ist das Verrückteste und Liebste, das seit Langem jemand für mich getan hat«, sage ich gerührt, und sie sieht erleichtert aus.

Feierlich setzen wir uns, und Annette schenkt mir Weißwein ein, dann hebt sie ihr Glas.

»Papa, hier sind deine Töchter, Annette und Mia, wir stoßen heute auf dich an. Und heute möchte ich dir außerdem sagen, dass ich dir vergebe. Ich verzeihe dir, dass du uns niemals zusammengebracht hast, dass du zu feige oder egoistisch warst, um mir von Mia zu erzählen, und wir so unendlich viel voneinander verpasst haben. Aber mittlerweile bin ich älter und habe verstanden, dass das Leben nicht einfach und logisch ist. Wir machen alle Fehler, wenn unsere Gefühle verrücktspielen oder wir Angst haben, Dinge oder Menschen zu verlieren. Und wichtig ist am Ende für mich nur eines: dass Mia und ich uns gefunden haben. Also, Papa, danke dafür, dass du mir eine Schwester geschenkt hast. Jetzt du.«

Ich kämpfe mit den Tränen. »Ich weiß nicht, was ich sagen soll.«

»Alles, was du ihm je mitteilen wolltest«, sagt sie warm.

»Also gut. Hallo, Papa. Mir hat das Schlumpfeis nicht geschmeckt. Ich hätte gern ein anderes gehabt, aber ich hab mich nicht getraut, dich darum zu bitten.«

Annette nickt mir aufmunternd zu. Es ist gar nicht so schwer, wie ich dachte, und ist das hier nicht der gleiche verrückte Ratschlag, den mir auch Elisabeth gegeben hat?

»Papa, ich war gar nicht so cool, wie ich immer getan habe. Manchmal war ich schrecklich traurig, bevor du gekommen bist, aber ich habe mich jedes Mal zusammengerissen, mir die Tränen abgewischt und dich angelächelt. Ich hatte Angst, dass du mir sonst wegläufst.«

Annette greift nach meiner Hand.

»Papa, warum bist du nur dieses eine Mal mit mir allein in die Stadt gegangen? Warum hast du mich nicht ab und zu abgeholt und etwas mit mir unternommen, nur wir beide?« Ich will eigentlich noch mehr sagen, aber weiter komme ich nicht, mir bricht die Stimme weg. Annette streichelt mir über den Handrücken. Ich schweige für eine Weile, dann sage ich: »Papa, ich fand den Krimi total blöd, den du mir geschenkt hast. Ich hab so getan, als hätte er mir gefallen, aber in echt hab ich nach vierzig Seiten abgebrochen und die Zusammenfassung gegoogelt. Ich meine, die haben immer nur darüber geredet, wer über oder unter seinem Stand geheiratet hat. Diese Lady Dormer hat einen Knopffabrikanten geheiratet, den sie wirklich geliebt hat. Er war nett, sie waren glücklich, und mit der Zeit hat er sogar richtig viel verdient. Trotzdem hat ihre Familie den Kontakt zu ihr abgebrochen, weil er kein Adliger war. Sie hätten ihre Tochter lieber an einen alten adligen Tattergreis verheiratet. Ganz ehrlich, Papa, wie kann man so was gut finden?«

Annette prustet plötzlich los.

»Was ist?«

»Du bist echt eine Marke. Du hast endlich die Gelegenheit, alle offenen Fragen zu klären, und nach drei Runden streitest du dich posthum über Literatur?«

Ich zucke mit den Schultern. »Bücher sind mir eben wichtig.«

Annette zwinkert mir zu, dann wird sie wieder ernst. »Mia, sag, was dich wirklich beschäftigt. Heute laufen wir beide nicht weg, okay?«

»Es ist einfach nicht fair, dass er schon eine Familie hatte und nie richtig mein Papa war, so wie er es hätte sein sollen! Manchmal bin ich so wütend auf dich, weil du das hattest.«

»Das verstehe ich, Mia. Und nein, es war nicht fair. Ich hätte ihn gern mit dir geteilt, glaub mir. Aber weißt du, die großen Dinge im Leben sind selten die Folge von einer bestimmten Entscheidung. Niemand wacht auf und denkt sich: Oh, heute fange ich mal ein Doppelleben an. Heute gründe ich eine zweite Familie, die ich dann jahrelang geheim halte, sodass meine Kinder nichts voneinander wissen.«

Jetzt muss ich doch wieder lachen. »Okay, so gesehen hast du wahrscheinlich recht.«

»Papa hat mich manchmal so traurig angesehen. Dann hat er mir übers Haar gestrichen und ›Ach, Kindchen‹ gemurmelt. Ich habe nie nachgefragt, was er damit gemeint hat. Heute habe ich so eine Ahnung, woran er dann denken musste.«

Ich schlucke. Wir schweigen beide kurz und gehen unseren jeweiligen Gedanken nach.

»Ich hätte einfach gern mehr von ihm gewusst, weißt du …«

»Dann frag mich. Ich hab einiges von ihm mitbekommen.«

»Was war seine Lieblingsband?«

»Die Beatles.«

»Seine Lieblingsfarbe?«

»Blau.«

»Sein Lieblingsfilm?«

»›Die Nacht mit dem Teufel‹.«

»Sein Lieblingsbuch?«

»›Wem die Stunde schlägt‹.«

»Hat er an Gott geglaubt?«

»Er hat immer gesagt: ›Ich halte fast alles für möglich und nichts für bewiesen.‹«

Jetzt lächle ich. Das passt auch zu mir. »Papa, ich vergebe dir.«

»Ich vergebe dir auch«, flüstert Annette, und dann schnäuzt sie sich in eine der teuren Stoffservietten.

Ich hätte nicht gedacht, dass das so guttut. Dass man sich auch nach dem Tod noch mit einem Menschen versöhnen kann.

»Huh, war das kalt!« Stefan bricht frostklirrend in unsere kleine Blase ein. »Ihr habt es hier aber sehr schön.«

Annette küsst ihren übermüdeten Ehemann und sagt keinen Ton zu den Pfützen, die seine Kleidung beim Gang ins Bad hinterlässt. Die zwei sehen aus, als wären sie jetzt gern allein, und ich gönne es ihnen von Herzen. Ich umarme meine Schwester noch einmal fest, flüstere ihr ein Danke ins Ohr und wende mich dann in Richtung meines Zimmers.

»Warte, Mia, hier ist eine Nachricht für dich!« Stefan reicht mir sein Handy.

Während mir Tränen der Erleichterung übers Gesicht laufen, lese ich: *Der Spion, der aus der Kälte kam. Die Einsamkeit des Langstreckenläufers. Küss mich, Dummkopf.*

Darunter finde ich die Einladung zu einem Skypeaccount namens *stardust_memories*.

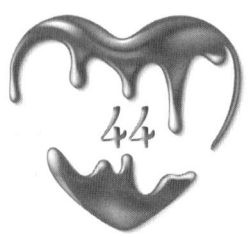

*N*ervös logge ich mich mit meinem Laptop bei meinem ur-
alten Skypeaccount ein. *Sturdust_memories* blinkt grün
und stellt mir innerhalb von drei Sekunden eine Videochat-
anfrage.

Ich ertrage die Sekunden kaum, bis die Verbindung hergestellt
ist. Fabian steht in Jacke und Mütze in einer Schneelandschaft.
Hinter ihm am Boden leuchten in regelmäßigen Abständen kleine Schneehügel.

»Hey, Mia«, sagt er mit zitternder Stimme.

»Hallo, Fabian. Wo bist du denn?«

»Im Hotelgarten in Bern. Kannst du mich im Ganzen sehen?«

»Nein.«

»Warte einen Moment.« Er befestigt das Handy auf irgendei-
ner Vorrichtung und geht langsam rückwärts, bis ich das Muster
der Schneelämpchen erkennen kann. Er steht in einem großen,
leuchtenden Herz aus kleinen Glaslaternen mit einem Schriftzug
aus Tannenzweigen am Boden.

»Willst du mich in 10 Jahren heiraten?«, prangt in grünen
Buchstaben mit roten Beeren verziert im Schnee.

»Wie lange stehst du schon da draußen?«, frage ich fassungslos. Ich bin so aufgeregt, froh und durcheinander zugleich, dass
mir gar nicht gleich auffällt, was an dem Schriftzug nicht stimmt.

»Nicht lange«, sagt er bibbernd. »Vielleicht drei Stunden oder
vier. Einmal musste ich die Kerzen schon erneuern.«

»Fabian, du holst dir den Tod! Geh rein ins Warme!«

»Erst wenn du meine Frage beantwortet hast. Mia, willst du mich irgendwann mal in zehn Jahren oder noch später heiraten, wenn es dir richtig vorkommt? Und willst du bis dahin einfach nur meine Freundin sein? Ich kündige dir auch, wenn du dich dann besser fühlst.« Dann kommt er wieder näher an die Kamera heran.

Ich starre ihn an. Sein Gesicht ist so nah, als könnte ich es anfassen. Ich würde nichts lieber tun, als ihn zu umarmen und zu wärmen.

»Ja, natürlich möchte ich deine Freundin sein«, sage ich, und in mir zerplatzen lauter Eiskristalle und laufen mir über die Wangen. »Und ich will dich auch irgendwann mal heiraten, ja. Aber nur wenn du eine menschliche Temperatur halten kannst. Zu einem Eiszapfen lege ich mich nicht ins Bett.«

»Wenn du bei mir bist, bin ich kein Eiszapfen.«

»Geh jetzt rein und setz dich an die Heizung!«

»Aber nicht weggehen, in Ordnung?«

»Nein, ich gehe nicht weg.« Ich lächle breit und wische mir die Tränen aus den Augen.

Er schwenkt mit der Kamera durch eine holzgetäfelte Eingangshalle, über dunkle Treppenstufen bis hin zu einem brennenden Kamin. Dann lässt er mich durch die Glasscheibe hinunter in den Garten blicken. Von hier aus ist das Herz noch besser zu erkennen. Es ist etwas schief, und drei Kerzen sind erloschen, aber die Schrift ist gut zu lesen. *Villsl du mict in 1 Jahre heiqaten?*

»Es stürmt etwas«, sagt er entschuldigend. »Vielleicht müssen wir es doch vorziehen.« Dann dreht er das Display zu sich zurück. Jetzt, im Licht der Lampe, erkenne ich erst, wie durchgefroren er ist. Wenigstens hat er eine dampfende Tasse vor sich stehen.

»Schön, dich zu sehen«, sage ich aus vollem Herzen.

»Ja. Ich wäre jetzt so gern bei dir.«

»Das wegen Johnny tut mir so lei-«

»Schscht. Ich hätte dich einfach fragen sollen, anstatt mir sonst was zusammenzureimen. Isabel hat mir, glaube ich, das Wichtigste berichtet.«

»Elisabeth weiß über alles Bescheid«, gestehe ich.

»Ja, auch das hat sie geschrieben. War offenbar ein fantastisches Gespräch. Aber es ist gut so. Wir hätten das schon viel früher beenden sollen, es war von Anfang an eine bescheuerte Idee.«

»Ja, aber ohne deine bescheuerte Idee gäbe es uns wohl kaum.«

Ich nicke und kann nichts sagen. Ich will ihn so gern umarmen.

»Und bleibst du bei uns? Nimmst du den Job an?«

Ich sehe ihn an. Die Versuchung ist so groß, dass es fast wehtut. Es wäre so einfach. Aber nun schüttle ich den Kopf.

»Ich muss meinen Abschluss machen. Man weiß nie, was das Leben noch bringt. Das habe ich von deiner Oma gelernt.«

»Dann mach halt dein blödes Examen. Aber komm danach wieder zurück!«

»Weil ich so einzigartig in meinem Job bin?«

»Nein, du bist oberes Mittelmaß im Job. Aber du bist einzigartig für mich.«

Ob ich je aufhören kann zu heulen?

»Also soll ich nicht nur bleiben, damit Omas Seelenheil gesichert ist und weil die Firma eine neue Marketingleitung braucht?«

»Ich brauche nicht jemanden *wie* dich, ich brauche dich! Weißt du, wenn ich bei dir bin, dann mag ich mich irgendwie auch. In deiner Gegenwart habe ich das Gefühl, doch ganz in Ordnung zu sein. Neben dir finde ich mich plötzlich liebenswert. Das kannte ich nicht, und nach diesem Gefühl bin ich süchtig.«

Das bringt mich jetzt aus der Fassung. »Warum hast du mir das nicht früher gesagt?«

»Aber ich habe es dir doch immer wieder mitgeteilt!«

»Was hast du mir mitgeteilt?«

»Dass ich dich liebe. Im Morsecode. Ich habe es auf den Tisch geklopft, ich hab es auf dem Protokoll in Pünktchen hinterlassen und es dir auf den Rücken getippt, in unserer gemeinsamen Nacht. Du hast doch gesagt, dass du morsen kannst.«

Jetzt ist es an mir, betreten zu schauen. »Ich hab gelogen. Ich kann den Morsecode nicht.«

»Aber warum lügst du denn in so einer banalen Sache?«

Ich zucke hilflos mit den Schultern. »Ich weiß nicht. Vielleicht bin ich mir unbedeutend vorgekommen neben dir, der aus einer reichen Familie stammt, fantastisch aussieht, hart arbeiten und nebenbei noch Flöße bauen, Feuer machen und morsen kann …«

»Na und? Du kannst 200 Bestellungen in einer Nacht zaubern, die Speditionskosten verringern und aus ein paar hölzernen Zeilen einen lebendigen Text machen. Deshalb lüge ich dich doch nicht an. Das macht doch nur alles komplizierter.«

»Ja, ich weiß. Sagt Annette auch.«

»Hast du mir sonst noch irgendetwas vorgemacht?«

»Nein«, sage ich schnell. Er sieht mich prüfend an.

»Nur damit, dass du mir nichts weiter bedeutest. Dass es mir egal ist, ob ich bleibe oder nach Deutschland zurückgehe. Und dass ich dich … nicht liebe.« Jetzt ist es heraus.

»Dass du mich nicht liebst?«

»Ja«, gebe ich zu.

Jetzt lächelt er, und ich habe den überwältigenden Drang, nach seinem Arm zu greifen.

»Also, da du nicht morsen kannst, muss ich es wohl laut und deutlich sagen: Ich liebe dich, Mia. So sehr wie noch nie jemanden zuvor. Ich kann meine Gefühle für dich ebenso wenig zum Einhalt bringen, wie ich aufhören kann zu atmen.«

Mir laufen wieder die Tränen über die Wangen, und ich wische sie mit meinem Ärmel weg. Das ist das Schönste, was jemals ein Mann zu mir gesagt hat.

»Kannst du bitte, so schnell es geht, zu mir kommen?«, dränge ich.

»Ja, sobald die Straßen frei sind.« Er lächelt, und irgendwo im Hintergrund sehe ich plötzlich einen Regenbogen mit einer lächelnden Mia und einem zweiten Fabian darunterstehen. Habe ich Halluzinationen?

»Was ist das da hinter dir?« Fabian greift hinter sich, nimmt ein gerahmtes Bild vom Tisch und hält es in die Kamera. Es sind wir beide beim Juwelier, mit den Sektgläsern, den Ringen und ich mit meiner albernen Stola. »Als du in Deutschland warst, bin ich hingefahren und hab gefragt, ob ich die Fotos doch noch haben kann. Die Juwelierin schien sich zu freuen. Das eine hab ich nach Bern mitgenommen, das andere steht zu Hause an meinem Bett.«

Am liebsten würde ich schon wieder in das Display hineingreifen und Fabian in meine Arme ziehen.

Weil das nicht geht, beschränke ich mich darauf, gleichzeitig weinend und lachend wild durchs Zimmer zu tanzen, und es ist mir nicht mal peinlich, dass mein Freund mir dabei zusehen kann.

Epilog

Den Themenabend zum Motto »Unbekannte Heldinnen« in der Schokoladenmanufaktur zu begehen, war eine gigantische Idee, das sagt nicht nur die Kuratorin der Museumskette.

Der Neubau des schrägen Mittelteils wird erst nach der Feier starten, aber das Bauernhaus ist bereits abgerissen und alles Gerümpel entfernt, und seitdem sieht der Innenhof richtig schön aus. Man hat jetzt einen guten Blick auf die freigelegte Fachwerkscheune, die mit dem neuen weißen Putz nun sogar schöner und frischer daherkommt als das Werbefoto. Die Gäste des Cafés können jetzt auch hier sitzen und das herrliche Bergpanorama zu ihrem gesunden Frühstück genießen. Ja, es gibt jetzt ein Schlemmer- und ein Hipster-Frühstück, und unsere unterschiedlichen Zielgruppen scheinen sich bestens bei einer heißen Schokolade vereinen zu lassen, wie Maja berichtet. Ich bin selbst überrascht über die Fortschritte seit meinem letzten Besuch vor sechs Wochen. Das Beste ist aber der Schokoladenduft, der aus der Conchiermaschine direkt in die Ausstellung umgeleitet wird. Eine so simple wie effektive Lösung, die unser Architekt da gefunden hat.

Inzwischen habe ich die schriftlichen Prüfungen hinter mich gebracht und nur noch die mündlichen vor mir, womit ich das Examen so gut wie bestanden habe. Trotzdem werde ich erst im Juli endgültig in die Schweiz umziehen und meinen Job antreten.

Das Foyer ist schon gut gefüllt, und Maja und Vanessa reichen Sekt und Minipralinen herum. Die Ausstellung ist um großflächige Plakate ergänzt worden, auf denen der Lebensweg von Elisabeth Zuckermann nachgezeichnet ist, inklusive körniger Schwarz-Weiß-Fotos, alter Zeitungsberichte und der ersten Werbebroschüren. Das kommt so liebenswert und zugleich professionell rüber, dass man sich einfach in Elisabeth als junge Frau verlieben muss.

Dazwischen sind natürlich die Schokoladenstationen in Betrieb, zum Kosten, Vergleichen, Verzieren und Selbermachen. Die Leute von der Presse sind zahlreich erschienen und knipsen alles, was ihnen vor die Linse kommt.

Fabian trägt einen altmodischen Anzug seines Opas und harmoniert dadurch perfekt mit Elisabeth und Kirsten, die ebenfalls in Grün und Grau gekleidet sind. Die drei sind ein hinreißendes Fotomotiv, und ich bin ganz gerührt, als ich sie vor dem Schokoladenbrunnen sehe.

»Komm, stell dich zu uns!«, fordert Elisabeth mich auf, und ich kann nicht anders und gehe auf sie zu, obwohl die Fotos dadurch wahrscheinlich furchtbar werden. Elisabeth, die tollste Omi, die ich je kennengelernt habe, Fabian, der atemberaubendste Mann, dessen Hand ich je gehalten habe, und Kirsten, die zugegebenermaßen auch noch mit Neunmonatsbauch sexy und cool wirkt und die außerdem bereits den süßesten Sohn hat, den ich kenne. Der beste Beweis dafür, dass sie im Verborgenen liebenswert sein muss, und ich bin mir sicher, dass sie mir früher oder später auch diese Seite zeigen wird. Manchmal braucht es eben etwas länger. Eine Familie zum Verlieben, denke ich glücklich und bin es ja längst.

Bevor der Pressefotograf uns ablichten kann, stürmt ein grüngrauer Leon in einem Minianzug auf uns zu und stellt sich breit grinsend vor uns. »Jetzt sind alle da!«

»Vorsicht mit deinen Fingern, mein Kleid!«, zischt Kirsten ihm zu, aber dann lächelt sie ganz professionell und unterdrückt ihre Erziehungsmaßnahmen eine halbe Minute lang.

Als sie hört: »Okay, alles im Kasten!«, lässt sie ihr Lächeln fallen und beendet ihren Satz über Schokoladenfinger, Feuchttücher und teure Seidenkleider. Puh, das mit den liebenswerten Seiten könnte noch ein Weilchen dauern. Wie gut, dass ich alle Zeit der Welt habe. Fabian steht noch immer hinter mir, seine Hand an meiner Taille. Sachte tippt er etwas auf den Stoff meines Kleides. Ich werde rot und drehe mich um, um ihn zu küssen. Morsen ist doch ziemlich praktisch, wenn man es mal kann.

Leon starrt inzwischen durch die Glasfront auf das Plakat auf der gegenüberliegenden Straßenseite.

»E-ro-tik-mes-se«, entziffert er langsam. »Mama, das ist doch das, wofür ihr euch angemeldet habt, oder?«

»Das war Aerobic!«, faucht Kirsten und sieht Leon böse an.

Vielleicht sollte ich ihr schnell eine Frage zu irgendwas mit Kunst stellen? Zum Beispiel, ob …

»Steh einfach dazu, Kirstie!«, neckt Fabian sie. »Erotik ist mittlerweile doch salonfähig.«

»Wie oft soll ich es denn noch sagen, ich habe ›Shades of Grey‹ nicht gelesen! Das war ein Geschenk«, sagt sie nachdrücklich und wird zartrosa.

»Meine Güte, du hast dich doch nicht künstlich befruchten lassen, oder?«, sagt Elisabeth. »An ein bisschen Sex ist noch keiner gestorben.«

»Omi!«

»Kindchen, wir haben das damals auch gemacht, nur wurde eben nicht darüber gesprochen. Aber heutzutage kann man doch sogar im Fernsehen erzählen, wie viele Orgasmen man hatte.«

»Wieso ist die jüngste Frau in der Zuckermann-Familie eigentlich die prüdeste?«, fragt Maja Fabian.

»Tja, da bin ich überfragt. Aber zum Glück hole ich mir ja jetzt eine aufgeschlossene, moderne junge Frau in die Familie, die gut mit Worten kann.«

»Ich werde eure Marketingleiterin«, widerspreche ich Fabian. »Das mit dem Heiraten dauert noch neuneinhalb Jahre.«

»Das ist wohl kaum das richtige Thema für eine Partyunterhaltung«, motzt Kirsten. Zum Glück wird die Musik in diesem Moment lauter, und Vanessa, Rita und Vreni tragen einen herzförmigen Schokoladenkuchen mit Wunderkerzen herein. »Unbekannte Heldinnen: Elisabeth Zuckermann + Mia Kammerer« steht in Zuckerschrift auf der Glasur.

Elisabeth ruht immer in ihrer Mitte, ist immer elegant und würdevoll, aber noch nie habe ich sie dermaßen glücklich gesehen wie gerade jetzt. Sie hat Tränen in den Augen, lächelt und strahlt den Kuchen inmitten ihrer Belegschaft an.

Fabian legt den Arm um mich, sieht seine Oma an und raunt mir zu: »Wie recht du hattest. Das hat ihr immer gefehlt. Unglaublich, dass ich das nicht selbst erkannt habe.«

»Dafür hast du ja jetzt mich.«

»Ja, und ich gebe dich nie wieder her!«

Zum Glück nimmt Urs Maja das Mikro aus der Hand und beginnt eine langweilige Rede über Traditionen und Werte, bevor noch alle sehen, wie ich auch losheulen muss. Während Kirsten die Augen verdreht, schnäuze ich mich in ein Taschentuch und beruhige mich dann mit einem Glas Sekt.

Fabian umarmt mich erneut stürmisch.

»Vorsicht, ich verschütte gleich alles!«

Fabian nimmt mir das Sektglas behutsam aus der Hand und stellt es ab.

»Schade, dass du keinen neuen Ring willst. Diesmal würde ich mir auch Mühe geben: mich anständig unterm Regenbogen fotografieren lassen, Champagner trinken und lächeln.«

Ich umfasse seine Taille und ziehe ihn zu mir heran. »Ich könnte keinen anderen Ring so lieben wie meinen jetzigen. Und unsere Fake-Verlobungsbilder kann eh nichts toppen.« Er riecht so gut, dass ich es nicht lassen kann, mich in seine Halsbeuge zu kuscheln.

»Habt ihr kein Zuhause?«, fragt Maja und grinst uns an. Ich lächle breit zurück.

Heute bin ich so glücklich, dass es beinahe überschwappt. Die Liebe um mich herum bringt meine alten, dämlichen Ängste zum Einstürzen. Diese Menschen haben mich gern. Sie sehen weder das Kind verrückter Eltern noch eine bedauernswerte Waise in mir, sondern einfach nur Mia, die lustige, kluge, ein wenig tollpatschige Mia mit dem zuverlässigen Kern. Das Innere reicht ihnen, sie brauchen keine dicke Schokoschicht, die meine Unzulänglichkeiten überdeckt. Vielleicht bin ich nicht so toll, wie sie mich sehen, aber irgendwas muss ich doch richtig machen, um sie alle in meinem Leben zu verdienen. Meine Selbstzweifel sind ein uraltes Anhängsel, das ich loslassen kann.

Und dann kuschele ich mich an Fabian und warte darauf, dass die Torte angeschnitten wird.

Danksagung

· · ·

Ich danke meiner Mama, dass sie mich in einem Haus voller Bücher aufgezogen und mir die Liebe zur Sprache vermittelt hat.

Ich danke meinem Papa für die vielen Stunden, die wir lesend in Cafés verbracht haben – mit dir schweigt es sich unglaublich angenehm.

Ich danke meiner Cousine, dass sie mir jederzeit in Windeseile auf jede sprachliche Frage antwortet.

Ich danke meiner Familie, dass sie meinen Lebensrhythmus akzeptiert, zu dem das Schreiben zu jeder Tages- und Nachtzeit dazugehört.

Ich danke der wunderbaren Franziska Hoffmann, dass sie mir den Traum erfüllt hat, Vollzeitautorin zu werden.

Ich danke dem Team bei Droemer Knaur, das diesen Roman mit mir gemeinsam so liebevoll aus der Taufe gehoben hat.

Ich danke Gisela Klemt für ihr einfühlsames Lektorat.

Ich danke den Mayas, dass sie die »Xokolatl« erfunden haben. Und Rudolf Lindt dafür, dass er die Bitterstoffe aus meiner Lieblingssüßigkeit entfernt hat. Wie mein Leben ohne Schokolade verlaufen wäre, kann ich mir gar nicht vorstellen.

Und ich danke all meinen Lesern und Leserinnen, die dieses Buch gekauft haben. Ohne euch wäre all das nicht möglich.

Eure Ella

Zarte Romantik, ungezähmte Natur
und ergreifende Schicksale

JULIE BIRKLAND

Hoch wie der Himmel

ROMAN

Als Ärztin nach Norwegen ans Meer – dieser Traum ist alles, was Annik nach dem Unfalltod ihres Mannes geblieben ist. In dem beschaulichen Städtchen Lillehamn wagt sie mit ihrem kleinen Sohn Theo einen Neuanfang. Zwischen tiefen Wäldern, der rauen See und einem endlos wirkenden Himmel wird Anniks Schmerz mit jedem Tag ein wenig erträglicher. Wäre da nur nicht Krister Solberg, ihr wortkarger Boss. Annik ist sich sicher, dass der attraktive Chirurg sie nicht leiden kann. Doch unberührt lässt er sie nicht. Krister allerdings hat seine ganz eigenen Gründe, der neuen Ärztin in seiner Praxis zunächst aus dem Weg zu gehen …

Die »Northern Love«-Reihe geht weiter:
Band 2: »Tief wie das Meer«
Band 3: »Wild wie der Wind«